潮目の予兆

日記　2013・4－2015・3

原　武史

みすず書房

目次

2013

四月一日（月）

毎週日曜日の午後十一時からNHKで放映される韓国ドラマ「トンイ」を必ず見ている。その第11回が終わった瞬間、日付が変わり、四月一日となった。

今日から日記をつけることにした。竹内好は五十一歳のときから、『みすず』に日記を連載し始めた。六〇年安保闘争で岸信介内閣に抗議し、東京都立大を辞職した翌々年、六二年六月号からである。私も五十歳。大学を辞めたわけではないが、この一年間はサバティカルのため、大学に行く必要はない。

竹内と比べるのは不遜もはなはだしい。そんなことは百も承知だけれど、竹内が日記を書き始めたころと現在とでは、時代の空気が似ていなくもない。

安保反対を叫ぶ国民の声は、六〇年七月に岸信介内閣が退陣し、「所得倍増」を掲げる池田勇人内閣が成立するや、下火となった。この年の十一月に行われた総選挙では、自民党が三百議席近くを獲得して圧勝した。自民党は〈政治〉を当面封印しつつ、〈経済〉へとカジを切ることで、いったん揺らいだ国民の支持を不動のものにした。

同じことが、ポスト三・一一にも起こっているとはいえないか。「安保」を「原発」に、「六〇年七月」を「一二年十二月」に、「岸信介内閣」を「野田佳彦内閣」に、「池田勇人内閣」を「安倍晋三内閣」に、「所得倍増」を「アベノミクス」に、「十一月」を「十二月」に変えてみればよい。もっとも、岸と安倍は血縁関係にあり、改憲志向も共有しているから、「安倍晋三内閣」はいつでも「岸信介内閣」に戻る可能性がある。

竹内の日記には、六〇年安保で深い挫折を経験したにもかかわらず、そして大きな人生の転機を経たにもかかわらず、それを感じさせない余裕がある。酒を飲み、碁を楽しみ、海水浴に加えて新たにスキーを始めるなど、不真面目な記述があふれているようにすら見える。半世紀以上たって読み返してみると、六〇年代という時代状況のなかで、竹内が自覚的にこうした方法を選び取っていたことに気づく。

午後、月刊誌『東京人』6月号の路線バス特集のための原稿を投函してから東急田園都市線に乗り、渋谷に行く。例によって鈍行。読書や原稿のチェックには最高の環境だ。小田急小田原線のように線路端やホームにまで桜並木が迫る区間もないから、車窓を気にせずに集中できる。先日、町田から下北沢まで小田急に乗ったときには、満開の桜並木が車窓にたびたび現れ、ついに本をほうり出した。

道玄坂に面した「キーフェル」という喫茶店でNHK FMのDさん、構成作家のSさんと、五日に収録される「トーキングウィズ松尾堂」という番組の打ち合わせ。テーマは「団地を見直す」。そのあと、セルリアンタワーに移動し、ラウンジ「坐忘」で『週刊文春』のI記者より昨今の皇室をめぐる動きにつき取材を受ける。[1]

長嶋茂雄と松井秀喜に国民栄誉賞。「巨人、大鵬、卵焼き」の「大鵬」の次は「巨人」か。長嶋の故郷、佐倉には国立歴史民俗博物館があり、佐倉宗吾をまつる宗吾霊堂もある。だが、観光の目玉となるべきは「長嶋茂雄記念館」ではないか。

四月二日（火）

東京新聞朝刊に被災地の鉄道に関する私へのインタビ

ュー記事が出ている。今年から毎週土曜日の朝刊に東京各地を紹介するコーナー「東京どんぶらこ」の連載陣に加わるなど、最近は東京新聞のお世話になることが多い。

午後三時、京橋の中央公論新社へ。月刊誌『中央公論』編集部のＮさん、Ｉさんと、九日の企画の打ち合わせ。何も考えていないＪＲ東日本に代わって、京浜工場地帯を走る鶴見線にふさわしい車両や駅を考えようという企画。

リニア中央新幹線の計画凍結を求める「リニア新幹線沿線住民ネットワーク」は、二月十日に結成集会が開かれてから、何の連絡も来ない。一体大丈夫だろうか。

四月三日（水）

神武天皇祭。午前中に新潮社のＰＲ誌『波』に掲載する渡辺靖さんの新潮選書版『アメリカン・コミュニティ』の書評原稿をファクスで送る。

東京午後一二時四〇分発の東北新幹線「やまびこ61号」に家人と乗る。東北の被災地の現場を一度は見ておきたいと家人が言うので、三陸鉄道南リアス線が一部復旧する翌日に乗りに行くことにした。折からの強風と雨で、飛鳥山の桜はもう散っている。宇都宮付近は桜がちょうど満開。郡山や福島では桜の代わりに白梅が満開だ。しかし北上《きたかみ》あたりまで北上すると冬に逆戻りしたようで、日陰には雪も残っている。

同じ新幹線でも、こうした急激な風景の変化は東海道新幹線にはない。わずか二時間あまりで列島の「時間差」を体感できるのは東北新幹線ならではか。

花巻温泉の佳松園《かしょうえん》という旅館に泊まる。私が通っていた慶応高校は毎年修学旅行があったが、高校一年の修学旅行で泊まったのは千秋閣という巨大旅館だった。それ以来だから、三十五年ぶりの花巻温泉ということになる。全体に人が少ない。大浴場と露天風呂に夜と朝、三度行ったのに、ついに誰とも出会わなかった。

仲居さんの話によると、三・一一の直後はロビーに被災者を集めて従業員ともども寝起きしていたという。湯は重曹泉で肌ざわりがよい。露天風呂からは、赤松林と雪解け水を集める台川《だいがわ》の豊かな流れが見えた。

四月四日（木）

朝七時台のＮＨＫニュースで昨日一部区間が復旧した

三陸鉄道南リアス線を取り上げていた。昨夕六時台の岩手県内のニュースの時間に使っていた映像をそのまま流している。

花巻から釜石までJR釜石線の快速に乗る。これも二十数年ぶり。釜石駅で「ほたてそば」を食べ、南リアス線の暫定終着駅、吉浜までタクシーに乗る。吉浜から盛《さかり》まで三陸鉄道南リアス線。この線には初めて乗った。復旧した翌日も、余韻はまだ続いている。ほぼ満員。運行部長の吉田哲さんから車中いろいろと話をうかがう。三陸の海は穏やかだが、所々に現れる壊滅した街が現実を物語る。

大船渡市の中心駅である盛でJR東日本のBRT（バス・ラピッド・トランジット）に乗り換える。不通の大船渡線に代わり、気仙沼まで運行されているバスのことだ。最後部の座席からは、前方に固定された客の後ろ姿しか見えない。聞こえてくるのは、機械的に次の停留所を放送する音声のみ。鉄道とバスは公共交通機関という点では共通するが、一方には公共圏があり、他方にはそれがなきに等しい。津波で一面のさら地となった陸前高田《たかた》の中心部を淡々と走るBRTの姿は、どこか不気味ですらある。

気仙沼まで一時間半を要した。鉄道よりも三十分ほど余計にかかっている。その時間がただの無駄にしか見えないところに、BRTの最大の問題があると思う。

気仙沼からJR大船渡線で一ノ関に出て、東北新幹線上り「はやて110号」に乗る。乗り換え時間があまりなく、あわてて駅弁を買ったら盛岡のNRE製[2]だった。家人は落ち着いて地元の駅弁業者の弁当を選んでいる。どちらにも飯の上にイクラがまぶしてあったが、粒の大きさが歴然と違う。

夜の八時過ぎに帰宅。リニア沿線住民ネットワーク事務局から電子メールが来ている。反リニアの運動は、反原発の運動に付属するものではない。反原発が「主」、反リニアが「従」という関係ではなく、運動の手順や方法も含めて、反リニアは反原発とは独立したものにしなければならない。しかしメールの文面から察するに、二月十日に抱いた危惧[3]が当たってしまったと言わざるを得ない。

四月五日（金）

午後一時、青山一丁目のNHK文化センターに行く。プロデューサーの小河原正己さんに呼ばれ、好きな万葉秀歌を紹介する講座にゲストとして出る。

午後六時、渋谷駅に近い高架下の「餃子の王将」でチャーハン定食。六時半、NHK放送センターへ。「トーキングウィズ松尾堂」の収録。司会は松尾貴史さん。収録中に突然、松尾さんが阪急宝塚線の駅名を暗唱し始める。「……川西能勢口、山本」と唱える松尾さんに、すかさず「雲雀丘花屋敷《ひばりがおか》が抜けてる」と茶茶を入れる。「鉄学者」の本領発揮というところか。

本を二冊挙げるよう言われていたので、松本清張『神々の乱心』上下（文春文庫、二〇〇〇年）と御厨貴《みくりやたかし》・松原隆一郎『政治の終焉』（NHK出版新書、二〇一三年）にする。前者は言わずもがな。後者は新刊の対談本。御厨さんは尊敬すべき先輩の政治学者だが、現実政治との距離のとり方がうまい。松原さんの主張にも首肯できるところが多々あった。

四月六日（土）

自宅にこもり、ひたすら原稿を書く。パソコンはメールのやりとりや原稿の修正などに使うだけで、原稿自体はいまだにワープロ専用機で書いている。

いま、現実政治の舞台として最も見ごたえがあるのは、沖縄だろう。本土からやってくる若手の閣僚を相手に、仲井眞弘多《ひろかず》知事は身振り手振りをまじえつつ、やんわりと要求をはねつけている。安倍内閣が行おうとしている四月二十八日の主権回復記念式典に、沖縄県が反発するのはきわめて当然だ。

沖縄ばかりか本土でも、一九五二年四月二十八日の独立回復に対する反応は、冷めたものでしかなかった。野上彌生子はこの日の日記に、「結局アメ一辺倒で準属国の地位がきまったに過ぎない」と書いている。

S学院大学の国語の入試問題に、拙著『滝山コミューン一九七四』（講談社文庫、二〇一〇年）が使われたという。先日はN女子大学の入試で拙著『鉄道ひとつばなし3』（講談社現代新書、二〇一一年）が使われたという連絡があった。高校時代に入試の現代国語を最も苦手としていた身としては、傍線やら空欄やら注やらの入った拙文の試験問題を目にあたりにして、何とも複雑な心境である。

四月七日（日）

午前中は原稿執筆。午後、神保町へ。明治大学図書館と本屋街に立ち寄る。勤務校の明学は明治、法政、青学などと提携して相互に図書館に入れるようにしているため、自宅から一本で行ける明大の図書館をよく利用している。

往復の車中ではマイク・モラスキー『ひとり歩き』（幻戯書房、二〇一三年）を読む。原文が日本語。逆接の「が」が多いのがやや気になるけれど、軽妙なエッセイで一気読み。著者の性格が私自身とよく似ている。帰宅後、書評委員をしている信濃毎日新聞に出稿すべく、書評の原稿を書く。

午後十一時よりNHKのドラマ「トンイ」第12回を見る。朝鮮王朝の十九代粛宗《スクチョン》の時代。賤民の出のトンイが女官になったのに対して、古くからの女官が反発する。

女官は近代天皇制でもきわめて重要なポストである。大正天皇や昭和天皇の時代に特定の女官を主人公とするドラマを描けないこともないが、あまりに「不敬」すぎてテレビで放映されることは絶対にあり得ない。

四月八日（月）

午前中は原稿執筆。午後一時前、神保町の「嵯峨谷《さがたに》」で天ぷらそば。そばは十割そば。天ぷらも揚げたてで、関東風のかつおだしのつゆによくなじむ。午後三時、東京駅丸の内ロオアゾで、山梨日日新聞のT記者に会い、山梨県出身の財界人、小林一三の生誕百四十周年に絡む取材を受ける。

福島第一原発の汚染水漏れが発覚した。原発再稼働にカジを切ろうとする政府への警告に見える。だが世論調査によれば、安倍内閣の支持率は高値安定の状態が続いている。

四月九日（火）

午後五時、『中央公論』の企画で水戸岡鋭治さん、梯《かけはし》久美子さんとJR鶴見線に乗る。下りはガラ空きだが、上りはどんどん乗ってくる。工場労働者ばかり。電車に乗り込むや客どうしの会話が始まる。帰宅途中ならではの解放感に満ち満ちており、三陸鉄道同様、車内が公共圏になっている。背景には黒く光る運河と、夕景にライトアップされた工場群。

京急鶴見駅近くの沖縄料理屋で鼎談。水戸岡さんは鶴見線に乗ったのは初めてだそうで、かなりの衝撃を受けたよう。アイデアが雲のように湧いてくるのか饒舌になる。毎日乗っている客やマニアよりも、よほど客観的に見ている。外国人の日本研究と似たところがある。鶴見線はJR東日本からJR九州に移管すれば、すぐにでも生まれ変わるだろう。

たとえどれほど大きな事件が新聞やテレビを賑わそうが、一人ひとりの日常はそれほど変わらない。毎朝同じ時間に同じ電車に乗り、職場に通勤し、夕方にはまた同じ電車で帰ってくる。その時間と空間を少し変えるだけで、日常そのものが大きく変わる可能性があるということを、水戸岡さんの話を聞きながら考えさせられる。

四月十日（水）

朝日新聞朝刊のオピニオン面「選挙無効の向こうに」で、與那覇《よなは》潤がおもしろいコメントをしている。丸山眞男の「自然」と「作為」を下敷きにしただけといえばそれまでだが、奇をてらうのではなく、使い古されたフレーズをあえて青二才になりすまして用いたことで、かえって正鵠を射るコメントになっているのがおもしろい。

自由が丘で途中下車し、「いちばんや」でラーメンを食べる。東急沿線で最もひいきにしているラーメン屋。スープまで飲み干せる。ラーメンというより薬膳料理を食べたあとのような余韻が残る。いつも空いているのがまたよい。

午後二時より、明学の白金校舎でゼミを行う。サバティカルだからゼミを行う義務はないが、月に一度行うことにした。出席しているのは他大学の学生や社会人が多い。これはもともとそうだったからで、いまに始まったことではない。

今回の課題図書は、橋爪大三郎・大澤真幸《まさち》・宮台真司『おどろきの中国』（講談社現代新書、二〇一三年）と、開沼博『フクシマの正義』（幻冬舎、二〇一二年）。代議制民主主義に対する異議申し立てとしての反原発デモを、当事者性の観点から批判した『フクシマの正義』は、学生の間に共感する声が多かった。これはゼミ生だけでなく、いまの二十代全般に共通する傾向ではないか。

四月十一日（木）

朝日新聞朝刊のオピニオン面によると、杉田敦が市民グループ「みんなで決めよう「原発」国民投票」の共同代表になったという。もう一人の共同代表は宮台真司。二人とも一九五九年の生まれだ。昨日のゼミの直後だけに、二十代の若者を動員できるかどうかが鍵ではないかと感じた。杉田さんは法政の政治学の教授で、ゼミどうしで交流したこともある。

午後、町田に行く。自宅は東急田園都市線の青葉台とJR横浜線の十日市場のほぼ中間にあり、どちらもよく利用する。町田は十日市場から十分もかからない。目当ての市立図書館は休みで、駅前のショッピングモール「モディ」に移転した有隣堂に行く。

有隣堂は神奈川県を中心とする書店。バスは神奈川中央交通。市外局番は相模原と同じ042。東京都なのに、どう見ても神奈川県にしか見えない。しかし町田には、東急の多摩田園都市にはない敗戦直後の闇市的な猥雑さがまだ残っている。

四月十二日（金）

村上春樹『色彩を持たない多崎つくると、彼の巡礼の年』（文藝春秋、二〇一三年）の発売日。朝からニュースでも鳴り物入りで宣伝している。私は村上春樹の熱心な読者ではないが、神保町の三省堂で立ち読みし、主人公が鉄道の駅に小さい頃から興味があり、鉄道会社（おそらくは小田急）の社員になること、最終章で（私自身も前掲『滝山コミューン一九七四』で描いた）JR新宿駅の中央本線ホームの様子が詳しく書かれてあったことなどから、これまでとは違う作風を感じ、購入することにした。

午後三時、神保町のカフェ「古瀬戸」で講談社『群像』編集部のHさんに会い、同誌に連載している「皇后考」9の原稿とフロッピーディスクを渡す。

帰りの車中も帰宅後も村上春樹の新刊を読み続ける。やはり最終章がいい。明日の運命がどうなろうが、鉄道は強固な形式をもち、安定した日常を形成している（ヘルシンキ中央駅の話が出てくるように、それは日本に限ったことではない）。地下鉄サリン事件にせよ東日本大震災にせよ、鉄道網がマヒするときこそ個人の実存が脅かされるというメッセージを読み取ることもできるのではないか。

日中文化交流協会より、私が常任委員に就任したという連絡が来た。私はいかなる公的な組織の役員にもなっていないが、この協会だけは例外だ。常任委員の顔触れを見ると、作家や芸能人が多く、学者は少ない。中国を専門とする学者はそれほど入っていない。私ごときがおこがましい感じがする。

四月十三日（土）

東京新聞朝刊の最終面「東京どんぶらこ」に、私が書いた高尾の記事が出ている。駅の北側にある武蔵陵墓地と、南側にいまも残る浅川地下壕を対比させた。

二月に出した『沿線風景』（講談社文庫、二〇一三年）の二刷が届く。三月三十一日付の『しんぶん赤旗』が同封されている。読書欄に取り上げられたからだ。「赤旗まつり」の話を書いたせいらしい。

夕方七時より、BSフジの東北の鉄道復興をテーマとする番組を九時まで見る。途中、私自身が取材に応じた場面が二度出てくる。仙石線の復旧が遅れていることに関連して、元JR東日本の職員が現在のJRの体質を批判しているのが印象的だった。会社を辞めなければこういう批判ができないところに、JR東日本の最大の問題があるのではないか。

四月十四日（日）

正午過ぎから午後二時まで、NHKFMの「トーキングウィズ松尾堂」を聴く。松尾さんが阪急宝塚線の駅名を暗唱した箇所はカットされていた。

午後十時前からNHKEテレでN響が演奏するショスタコービッチの５番を聴く。もう二十五年以上も前、国立国会図書館職員だったとき、同じNHKホールで聴いたことのある曲。当時はN響の会員だった。同じ職場のアルバイトの女性と一緒に聴いた。結局、その女性とは別れてしまったが。

四月十五日（月）

NHKの関東版ニュースで、所沢駅頭での西武線廃止反対の署名活動の模様を放映していた。西武沿線住民は、いまこそ鉄道を奪われたJR山田線や大船渡線や気仙沼線の沿線住民との連帯が可能な地点に立っている。

四月十六日（火）

正午過ぎ、JR上野駅構内の「蕎香」で海老と小柱のかき揚げそば。八百五十円。駅そばとしては破格に高い。うまくて当然だが、そば粉八割の二八そば。十割そばで価格もずっと安い「嵯峨谷」とついつい比較してしまう。

午後一時、『東京人』7月号の特集「散歩に行きたくなる鉄道・車窓風景100」の座談会のため、JR王子駅へ。北区の施設「北とぴあ」に川本三郎さん、丸田祥三さん、内田宗治さんと移動。各人が十選を披瀝しあう。東京都内限定なので結構難しい。私が挙げた区間や駅は、誰も挙げていなかった。

村上春樹の新刊の話題を最後に持ち出す。最終章に出てくる午後九時前の最終の「あずさ」が停車する新宿駅9・10番ホームの描写について話す。まだ読んでいないという川本さんに、読後の感想を聞いてみたい。

四月十七日（水）

午後二時、丸ノ内ホテルで『週刊現代』のNさん、Hさんから村上春樹の新刊につき取材を受ける。三・一一を連想させる突然の理不尽な共同体の崩壊から主人公がいかに立ち直り、かつての共同体に代わる世界を長い時間かけて獲得していったかを描いた小説という私見を述べる。最終章で「謎解き」がなされる点で、一種の推理小説とも読めるのではないかと話したが、たぶん全部は収録されまい。

午後三時、丸ノ内丸善で新たに書評欄担当となられた信濃毎日新聞のM編集委員に会う。もう二十五年以上も会っていない中学時代の親友、南郷周児が長野県立須坂病院で産婦人科医をしていることを話し、よろしく伝えるようお願いする。

四月十八日（木）

村上春樹の新刊が発売一週間にして百万部を超える。昨日会ったM編集委員より、文化欄にこの新刊について書くよう依頼を受ける。ある意味でこの小説は、信濃毎日新聞こそ最も論評するのにふさわしい媒体だと思う。

光栄に思い、すぐに原稿を仕上げてファクスで送る。千五十字。

四月十九日（金）

午後二時、国立国会図書館で日本に滞在中のワルシャワ大学教授、エヴァ・ルトコフスカさんと待ち合わせる。ルトコフスカさんは明治天皇の研究者で、ポーランド語で出版した新刊本を持参している。登録利用者カードをつくって入館し、納本する手助けをする。ルトコフスカさんと知り合ったのも、天皇研究が縁。彼女に招かれ、これまで二度ワルシャワを訪れたことがある。団地が多く、親近感のある街だ。

帰宅すると、TBSの「サンデーモーニング」担当者からメールが来ている。四月二十八日の主権回復記念式典に天皇が出席することについて、違憲か合憲かコメントする場面を至急収録したいとのこと。出演するつもりで担当者に電話したが、話しているうちに都合よく切り取って収録するテレビ独特の傲慢さを感じたため、断ることにする。

四月二十日（土）

JR立川駅中央線ホームの「奥多摩そば」で天ぷらそばを食べる。NREに乗っ取られているとわかっていながら、もともと立川で駅弁を販売していた「中村亭」の時代から変わらない暖簾を見ると入りたくなる。真冬のような寒さのせいか、にぎわっていた。

午後二時より、国立市公民館で「東京多摩の団地にみる戦後思想史」と題して一時間半ほど講演。参加者は五、六十名程度か。質疑応答に移り、国立富士見台団地の自治会長をしていたという年輩の男性より、あなたは国立の歴史をわかっていないという批判を受ける。後で聞いた話によると、多和田葉子さんの御父君だそうだ。NHK出版のKさんが手伝い、『団地の空間政治学』（NHKブックス、二〇一二年）のサイン会。十五冊ほど売れる。

四月二十一日（日）

TBSの「サンデーモーニング」で、主権回復記念式典への天皇の出席をめぐって二人の憲法学者がコメントしていた。似たりよったりの視点。これなら出演してもよかったと思う。

『群像』7月号に掲載する「皇后考」10をとりあえず脱稿。四百字詰めで三十数枚。いいペースだ。さすがに大学に行かないと、原稿がはかどる。

午後十一時よりNHK総合で「トンイ」第14回を見る。隣国の清から来た使節を国王が迎える場面。外交をめぐる駆け引きがドラマになるのが、日本の大河ドラマと違う。

四月二十二日(月)

午後三時、毎日新聞社で夕刊編集部のKさんに会う。村上春樹の新刊をめぐるインタビュー。今日発売の『週刊現代』に先日受けたインタビューが記事になっていた。ほかの評者は清水良典、加藤典洋、佐藤優、内田樹、中江有里。新宿駅9・10番ホームに着目していた人はいなかった。

四月二十三日(火)

午後二時、文藝春秋本社で『オール讀物』編集部のTさんとNさんに会う。五月中旬にJR青梅線の二俣尾《ふたまたお》と新宿駅9・10番ホームを訪れ、エッセイに仕上げる仕事を承諾する。

斎藤美奈子は『週刊朝日』で「毎度おなじみのセックス描写。女の役割が男の支援者か性的対象だっていうあたりが古くさい」と書いている。そういう部分にこだわる読み方もある。私は私で、別の部分にこだわっている。

四月二十四日(水)

午後五時半、角川書店でGさん、Kさんを相手に、不敬小説をめぐる講義。終わってから村上春樹の話題に移る。私たちの多くは、たとえ毎日新宿駅を利用していても、9・10番ホームを知らない。そこは現実にありながら、まるで1984に対する1Q84のような世界を形成している(実際に『1Q84』BOOK2後編(新潮文庫、二〇一二年)には、「線路のポイントが切り替えられた」という言い回しがある)。しかし、私たちは月が二つある世界に行くことはできなくても、午後八時五十分にそのホームに行けば、多崎つくると同じ世界を体験できる。世界一乗降客の多い駅の真ん中に、小説に描かれたのと同じ世界が、寸分違わぬ色と形をもって存在しているのだ。

四月二十五日（木）

午後一時、町田の「一風堂」で博多ラーメン。自由が丘の「いちばんや」に慣れてしまったせいか、随分しょっぱく感じる。小田急の町田駅からロマンスカーに乗り、新宿へ。自宅から新宿に行くとき、時々わざと町田経由でロマンスカーに乗る。乗車時間は三十分。ノンストップなので、好きな席に移動できるのがよい。今日は最後部の1号車。大きな窓から後方に退いてゆく景色を堪能できる。

ラーメンのせいで喉が渇いている。客室乗務員に熱いお茶を注文する。「走る喫茶室」はいまも健在だ。景色を横目に見つつ、復習を兼ねて前掲『1Q84』BOOK2後編を速読する。向ヶ丘遊園まではゆっくり走る。乗り降りがなく、静かで、読書にはもってこいの環境。これで特急券四百円は安い。

新宿駅に着き、9・10番ホームに行ってみる。駅全体のほぼ中央にあるのに、ほかのホームに比べて極端に人が少ない。このホームに注目している客もいない。予想どおりだ。

四月二十六日（金）

午後三時、早稲田大学に行く。政経学部棟に当たる3号館が跡形もなく消えている。11号館十四階の豊永郁子研究室を訪問。豊永さんは私の東大時代[4]の数少ない友人の一人。クリスチャンとしての中曽根康弘に関心があるという。

五階に移り、四時三十分より加藤典洋ゼミに参加する。加藤さんは元同僚で、最も信頼を置く文芸評論家の一人。村上春樹の新刊を扱うというので、特別に参加させてもらった。村上春樹は『1Q84』に出てくる「空気さなぎ」という小説を実際に書き、BOOK4まで準備していたが、三・一一に衝撃を受けてその執筆を断念し、代わりに書いたのが『色彩を持たない～』だったという加藤さんの解釈を非常に面白く聴く。終了したときには八時を過ぎていた。

四月二十七日（土）

朝日新聞朝刊のオピニオン面で、政治学者の片山杜秀が主権回復記念式典につきコメントしている。国民国家が崩壊しつつあるなか、安上がりな国民統合を図ろうとする仕掛けの一環という見方。その安直な仕掛けを最もよく見抜いているのが天皇自身という指摘は鋭い。が、占領期の民主主義との関連だけで天皇をとらえるのは一面的ではないか。

片山さんは一九六三年生まれというから、私と同学年か一学年下。慶応の法学部政治学科卒で、専門も同じ政治思想史だが、会ったことはない。もし慶応高校からそのまま内部推薦で政治学科に進学していたら、間違いなく顔を合わせていたはずだ。

昨日のゼミの疲れがまだ残っている。午後、ふと思い立って自家用車を運転し、多摩ニュータウン諏訪永山地区に行く。もう三十年も定点観測を続けてきた地区。廃校となった小学校の校舎からは、相変わらずカラオケで歌う老人の声が聞こえてくる。しかしその背後にそびえるのは、分譲の団地を取り壊した跡地に建設中の民間高層マンション群だ。

午後十時からの情報エンターテインメント番組に浅田彰が出ている。なぜか三島由紀夫の連作小説『豊饒の海』を思い出す。

四月二十八日（日）

両親の実家に妹とその娘二人が来ているというので、午後に出掛ける。両親が住む実家はJR外房線の土気《とけ》駅に近い千葉市郊外のあすみが丘にあり、途中錦糸町で乗り換え、片道二時間半かかる。夕飯を食べて帰る。

錦糸町の駅前では、行きは主権回復記念式典に合わせてか、右翼が街宣車を二台並べて演説していた。帰りは帰りで、「お兄さん、ちょっと遊んで行かない」と声をかけられる。顔付きとアクセントから、アジア系の女性だとわかる。久しぶりに東東京の空気に触れたような気がした。

四月二十九日（月）

昭和の日。政府は、主権回復の日、昭和の日、憲法記念日と並べることで、ゴールデンウィークを、昭和史の新しい物語を紡ぎ出すための期間にしようとしているように見える。四月二十一日から二十三日にかけての靖国神社春の例大祭を合わせれば、より完璧なものになるのかもしれない。

四月三十日（火）

終日、原稿執筆と読書。あっという間に一ヵ月が終わる。

（1）結局、取材された内容が『週刊文春』の記事になるという連絡が来ることはなかった。
（2）日本レストランエンタプライズ。JR東日本の系列会社。
（3）二月十日の結成集会で広瀬隆氏が基調講演を行い、リニアの問題点よりも原発の危険性の方を強調したことが、反リニアの運動と反原発運動の違いをかえって見えにくくしたのではないかという危惧。
（4）私は一九八九年から九六年まで、院生、助手の七年間を東大本郷で過ごした。

五月一日（水）

狭山事件から五十年の日。

富士山が世界文化遺産に登録される見通しに。テレビのインタビューでは、「日本人として嬉しい」と答える人が目立つ。桜とともに、明治日本が創出したナショナリズムの二大シンボルの揺るぎなさを実感させられる。

河出書房新社から、村上春樹の新刊をどう読んだかを三十人程度に書いてもらい、それらをまとめて単行本にするので執筆してほしいとの連絡が来る。承諾。『1Q84』と比較しつつ、一気に仕上げる。四〇〇字詰で十枚。

午後に買い物。ピーマンと筍、豚モモ肉、砂糖を買い、家にある紹興酒、片栗粉、塩、胡椒、醤油、中華だし顆粒、サラダ油も使って、久しぶりにチンジャオロースをつくる。大学時代のゼミの同級生から教わったレシピにしたがう。ピーマンと肉を細く切り、下味をつけるだけでたっぷり一時間以上かかる。ついでにチャーハンも。こちらはしばしばつくっているので、何も見る必要はない。家人が帰宅するのを待ち、皿に盛る。手間暇かけただけあってうまい。

五月二日（木）

午後三時、山の上ホテルで、月刊誌『潮』編集部のUさんに会う。何か連載してほしいとのこと。前々から池田大作の日記に東京─大阪間を鉄道で往復するときの心境が多く書かれているのが気になっていたので、池田を含めて二十世紀の日本人がこの車内での時間をどう過ごしたかをテーマにするのはどうかと提案する。創価学会系の雑誌だからこそ思いつきで提案したのだが、池田名誉会長が絡むと一存では決められないそうだ。とりあえず保留とする。

月刊誌『東京人』の特集、東京の車窓風景十選のキャプションと、東京新聞の連載「東京どんぶらこ」に掲載する「国立」の原稿を、電子メールとファクスで送る。

五月三日（金）

精神科医の中井久夫さんがみすず書房から『「昭和」を送る』を今月に刊行するのに関連して、中井さんに会いに日帰りで神戸まで行く。コーディネーターはみすずの守田省吾さん。大型連休の後半初日で、新横浜から乗った新幹線は満席。指定席車両のデッキまで人が立っていた。

新神戸で守田さんと待ち合わせ、地下鉄とバスを乗り継いで垂水区の老人ホームへ。初対面で緊張する。いまはなき岩波の雑誌『へるめす』に掲載された「神戸の光と影」を一読して以来、もう三十年近くにわたってこの著者のファンを自称してきたからだ。想像していた通りの穏やかなお人柄だが、こちらがあやふやなことをうっかり言うと眼光が鋭くなる。話題は大正天皇の病気から貞明皇后、昭和天皇、西武鉄道、果ては父が研究してきたポリオにまで及ぶ。

結局、三時間あまり応接室で対談。次々とよどみなく出てくる博覧強記ぶりに圧倒され続ける。まだまだ共通の話題がありそうで、再会を約して退去する。

帰りの新幹線は行きほど混んではいなかった。京都から米原にかけて、田植え直前でため池のように水をたたえた田んぼが延々と見える。水面が鏡となり、夕景が映っている。この季節ならではの景色に目を奪われる。

帰宅すると、拙稿「皇后考」９が掲載された『群像』６月号が届いている。群像新人文学賞が発表され、選考委員による選評が出ている。この選評の文章自体が批評に値するといっては失礼だろうか。小説家は小説を書くことを通して他者を演じることを仕事にしているせいか、ここでも選考委員という役割を各人が自覚的に演じているように見える。そのせいか文章がフィクションに見えてしまうのだ。

五月四日（土）

午後二時、青葉台のAという喫茶店で、『週刊現代』のHさんに会う。日本人の美女を五人挙げるという企画。四人は現在の女優や歌手、芸術家を挙げたが、最後の一人は山川菊栄にする。若いときの眼鏡をかけた理知的な表情にひかれていたからだ。明治から昭和にかけての女官もあげたいところだったが、有名人のなかから選ぶということで除外した。

五月五日（日）

「皇后考」の史料収集のため、都立中央図書館に行く。休日なので国会図書館は休み。蓮沼門三の全集を読む。修養団を創設した蓮沼は、師範学校に在学中から女性皇族に影響力をもつ下田歌子に可愛がられたという。そのせいか、宮中の女官ともコンタクトをとっていたようだ。

午後十一時よりNHKのドラマ「トンイ」を見る。南人《ナミン》派の官僚が仕組んだ謀略が、女官であるトンイの機転によって発覚する。トンイをますます可愛がる粛宗《スクチョン》の姿を見て、側室候補のチャン尚宮《サングン》が嫉妬心を抱く。大正天皇に可愛がられる女官を激しく嫉妬する貞明皇后を思い起こさせる。

五月六日（月）

横浜市立中央図書館に行き、徳富蘆花の日記を読む。この日記の多くを占めるのは、セックスと女性の下半身に関する記述である。男女の生殖器のイラストまで掲載されている。よくここまで飽きもせずに書けるものだと感心する。しかしそうした文章の合間に、時折あっと驚く皇室情報がさりげなく挿入されている。下ネタのオンパレードは、この重大機密を隠蔽するための方便なのではないかと勘ぐりたくなる。

帰途、桜木町の台湾料理屋「阿里山」で焼きそばと焼き餃子を食べる。東横線（とみなとみらい線）は桜木町から元町中華街に終点が変わり、人の流れが変わった。桜木町から野毛にかけての一帯も中華料理店が多いが、中華街より断然安いし、空いている。観光客はまずいない。

五月七日（火）

大正期の大阪朝日新聞と大阪毎日新聞の記事を大量にコピーする必要が生じたため、白金にある勤務校の図書館に行く。パソコンから印刷できるのだが、すべてのパソコンを学生が使用している。占拠したまま空きそうにない。研究のため来ているので何とかならないかと職員に相談したところ、「学生の皆さんも研究のため使っているのですから」と言われて反論。せめて一台でも教員用のパソコンを近くに設置するよう図書館長に伝えてくれと言い残して立ち去る。

五月八日（水）

文芸誌の発売日。『文學界』で沼野充義、内田樹、鴻巣友季子が、『新潮』で安藤礼二がそれぞれ村上春樹の新刊について批評している。最終章の新宿駅に注目している評者はやはりいない。元同僚の四方田犬彦が『新潮』で谷崎について長大な評論を発表し、『すばる』でも連載を始めている。四方田さん、いよいよ完全復活か。

午後二時半より、白金校舎でゼミを行う。『色彩を持たない〜』を中心に村上春樹について討論。政治学のゼミだが、小説も時々扱うことにしている。先月の加藤典洋ゼミと異なり、批判的な意見もかなり出る。いかに多様な意見を表出させるかが教員の腕の見せ所かもしれないと思う。

五月九日（木）

三月十一日、江戸川区のある小学校のクラスで漫画家の吉本浩二さんや新潮社のTさん、Iさんとともに三陸鉄道について特別授業を行ったさい、担任の先生に『滝山コミューン一九七四』を送ると約束し、後日送った。約四十年前に公立小学校で起こった出来事を、現役の小学校教員はどう受けとめるかに関心があったからだ。

そのお返事が届いた。内容がすこぶる興味深い。いまや学習指導要領こそが絶対で、社会科の時間にハングルで自分の名前を書く授業を行っただけで保護者から謝罪を要求されるという。余計なことは一切するなということなのだろう。なぜこの四十年間でこうも変わってしまったのか。小学校という現場から見えてくる戦後思想史もあるのではないか。大学という「温室」に安住しているだけでは絶対に気づくことのない視点である。長時間の過密労働のなか、時間を工面して読んでいただいた先生には感謝の言葉もない。

午後三時、文春本社でＨさんとＩさんに会う。学術系の文庫を新たに創刊するので、二〇〇七年にちくま学芸文庫から刊行されたものの絶版となっている『増補皇居前広場』と、一九九六年に朝日新聞社から刊行されたものの現在はオンデマンドでしか購入できない『直訴と王権』をラインアップに加えたいという相談を受ける。

五月十日（金）

予想通り、安倍内閣の改憲姿勢が目立ってきた。しかし歴史認識をめぐる問題では、韓国のほうが完全に上手《うわて》の対米外交をしている。さすがに朝鮮王朝時代から、宗主国との間に外交のかけひきを重ねてきただけのことはある。

いまや米韓が一体となり、日本政府の修正主義的な歴史観をたたくという構図ができている。景気回復さえすればいいと考えている日本人にとっては、過去の歴史などどうでもいいのかもしれない。が、そんな「常識」は国際舞台では到底通用しないことが明らかになった。

例えば、日中戦争で日本が中国のどれだけの都市を襲撃したか。正確にいえる日本人はおそらく誰もいないだろう。太平洋戦争の勃発にしても、真珠湾しか頭に浮かんでこないのではないか。おそろしく貧困な近現代日本の歴史観は、東京に国家レベルの近現代史を学べる博物館が靖国神社の遊就館しかないというおそるべき事実に象徴されている。その神社を先月、かつてない数の国会議員が参拝したのだ。

今日から十三日まで、家人が韓国に行く。しょっちゅう行っているので手慣れたものだ。

五月十一日（土）

保留にしていた『潮』の連載の件、池田大作の日記も含めてOKとの返事が来る。しかし自分から提案しておいてハタと困る。東京―大阪間を往復している人は無数にいる。その時間を日記に書きとめている人もそれなりにいる。が、ほとんどは事務的な記述にとどまる。連載として書けるほどの文章を残している人が果たしてどれだけいるかを考えると、はなはだ心もとない。アイデアはいいのだが、史料がついてこない。その史料を集めるだけの時間が十分にない。

夕方、自家用車に乗り、寺家《じけ》町の鰻屋「寺家乃鰻寮」に行く。鰻半丼とせいろそばを注文。寺家町は町田市との境にあり、青葉台から出る東急バスの終点に当たるが、昔ながらの町名を変えず、自治会が一体となって里山風景を保存するなど、「東急化(1)」を防いでいる。

五月十二日（日）

午前十時半、文藝春秋のTさん、Aさん、詩人の暁方《あけがた》ミセイさんと池袋からレッドアローに乗り、飯能で降りる。あてにしていたうどん屋「古久や」は休みで、近くの蕎麦屋に入り、鴨汁せいろ(2)を食べる。飯能には二〇〇七年十二月に一度、キリスト看板を探しに訪れたことがある。そのときには見落としていた看板を二つ見つける。それぞれ、「正しい人はいない」「神は心を見る」とある。

天覧山に登る。標高が一九七メートルしかないので、すぐに登れる。しかし標高の割には頂上からの眺めはよい。「天覧」という山の名にちなむ明治天皇行幸記念碑が立っている。一人で来ている若い男性が多い。Tさんにわけをたずねたら、あるアニメの舞台になっているからだという。これだけで引き返すのはあまりにあっけないので、もうひとつ奥にある多峯主《とうのす》山にも登る。こちらのほうが二七一メートルあって高いぶん、より雄大な景色を楽しめる。人出も天覧山よりは少ない。

帰路は別ルートをたどって下山し、吾妻峡と呼ばれる名栗川の渓谷に出る。ここがよかった。水の流れは清冽そのもので、鮎釣りのシーズンを控えているせいか、鮎の稚魚が川をさかのぼろうとしている。渓谷の両側は鮮やかな青葉に覆われている。川沿いには遊歩道が一応整備されているのに、どこまで行っても人の姿を見かけない。

西武に関心のある私ですら、飯能にこんな穴場があるとは今日まで知らなかった。なぜ西武鉄道はかくも沿線のＰＲが下手なのだろうか。

この登山は、日頃の運動不足を解消しようと、親しいＴさんに持ちかけたことから企画された。これからも定期的に無理のない範囲で山に登ることを四人で約束しあう。

五月十三日（月）

「皇后考」の史料収集のため、国会図書館と明大図書館に行く。貞明皇后は一九一七（大正六）年十一月、京都府の綾部を訪れている。天皇は同行していない。蚕業奨励を目的として「蚕都」と呼ばれた綾部を訪れたのだが、蚕業試験場に向かう途中、大本本部前を通過している。開祖の出口なおはまだ生きており、筆先を書き続けていた。この直後に書かれた筆先が、四年後の第一次大本事件で皇后に対する不敬を意味しているのではないかと問われる。なおと貞明皇后は、年齢こそ半世紀近い開きがあるが、一方はアマテラスに比せられ、他方はアマテラスを和歌に多く詠んだ点で似ている。両者がニアミスした一七年十一月十六日に世紀の一瞬があったのだ。久しぶりに史料を読みながら興奮する。

五月十四日（火）

午後三時、神保町の喫茶店「Folio」で河出書房新社のＦさんに会う。『色彩を持たない～』をどう読んだかについて、原稿を出したついでに久々にいろいろと話す。

帰宅すると、二階の廊下に小さなクロアリがたくさんいる。急に暑くなったせいか。わが家では暑くなると、チョウバエがよく出た。昨年に業者を呼んでシロアリ駆除をしたさい、軒下の水道管を修理したので、もう出ないはずだが、今度はクロアリである。どこから出てきたのかはわからない。とりあえず殺虫剤を撒いておく(3)。

五月十五日（水）

午後三時十分、新宿駅下り中央線ホームで、『オール讀物』編集部のＴさん、Ｎさん、カメラマンのＳさんと待ち合わせる。村上春樹の『１Ｑ８４』と『色彩を持たない～』に絡めて、青梅線の二俣尾《ふたまたお》と新宿駅９・10番線を取材する。立川で青梅線に乗り換える。青梅までは十年ぶり、青梅から先は三十八年ぶりだ。当時は中学一年で、労作展という秋の展覧会に出品するために南武線と青梅線について調べていた。相変わらず東青梅から先は単線のままで、風景もあまり変わっていない。御嶽《みたけ》まで行けば観光地らしくなるのだろうが、二俣尾は観光地でもなければ住宅地でもない、半端なところだった。

立川駅北口のラブホテルの隣にある蕎麦屋「無庵」でそばを食べてから、特快で新宿に移動し、午後八時二十分頃に9・10番線に行ってみる。九時発の最終の松本ゆき特急「あずさ」まで、9・10番ホームからは一本の電車も発車しない。徐々に客が集まり、発車が刻一刻と近づいてくるにつれホームの空気が濃縮してゆく感覚は、かつて会員だったN響の定期演奏会で客が段々と集まり、開演の時間が近づいてくるときに味わった感覚と似ている。音楽好きの村上春樹は、音楽を媒介として鉄道をとらえているのではないか。

五月十六日（木）

明治大学図書館に立ち寄ってから、午後五時に神保町のカフェ「古瀬戸」で『群像』編集部のHさんに会い、「皇后考」第10回の原稿とフロッピーを渡す。『群像』でちょうど連載が終わった田中慎弥の小説「燃える家」が面白かったと話す。安徳天皇にゆかりの深い下関でしか書けない小説。最後は壇ノ浦の戦いを思わせるカタストロフが訪れる。下関は神功皇后とも関係があり、三月に訪問した。同じ地方にずっと住み、土地の記憶を掘り起こす作風は中上健次を思わせる。

大阪市長、橋下徹のツイッターが物議を醸している。風俗史家の井上章一さんなら違ったコメントをするだろうが、沖縄での米兵の犯罪を防ぐために風俗を活用せよという発想は、政府が敗戦直後にいち早く占領軍の犯罪を防ぐため、特殊慰安施設協会（RAA）をつくったのと同じである。いまだに占領期が続く沖縄の状況を反映しているではないか。

五月十七日（金）

橋下市長がまたツイッターで反論している。「アメリカの日本占領期では日本人女性を活用したのではなかったか」。昨日も書いたように、これは違う。発想が敗戦直後の日本政府と同じだということに気づいていない。

政治家がこうした発言を繰り返すのは、国会議員に占める女性議員の割合が国際的に見てあまりに低いことにも一因があると思う。昨年十二月の総選挙で自民党が大勝したことで、ただでさえ低かった女性議員の率はますます低くなった。『AERA』が総選挙後に一度この問題で特集を組んだことがあったが、総選挙の前に『AERA』編集部から取材を受けた時点で、私はこの問題を指摘している。

安倍首相の口から「池田勇人」「所得倍増」という言葉が飛び出した。四月一日の日記で書いたことが的中している。

五月十八日（土）

午後二時半、雑司が谷の喫茶店「リールズ」で、経済学者の飯田泰之さんとフリー編集者の柳瀬徹さんに会う。二人とも初対面だが、飯田さんはテレビで何度か拝見しているのですぐにわかる。打ち合わせのあと、三時半より雑司が谷地域文化創造館で「効率に追いかけられる世界で、ぼくらは幸福になれるのか」と題して五時までトークショー。実際には団地や西武や東急など、いつもの話。話しながら、「その話はもう聴き飽きたぞ」「同じネタを使い回すな」というもう一人の声が聞こえてくるのを抑えようがない。聴衆は四十人程度で空席が目立つ。拙著を読んでいない人が多かったようなので、これでよかったのだと思うことにする。

終了後、もう一度「リールズ」に移動し、私たちの前に同じ会場でトークショーをやっていた内澤旬子さんと高野秀行さんに会う。こちらは大入り満員だったようだ。内澤さんとは久しぶりの再会。高野さんとは初対面。七時頃まで歓談。

五月十九日（日）

『オール讀物』の原稿「二俣尾から新宿駅9・10番ホームへ」を脱稿。四百字詰二十枚。続いて「皇后考」第11回の原稿の続きを書く。出口なおの死後に王仁三郎によって書き継がれた「神諭」に、すごいことが書かれている。貞明皇后の綾部行啓が大本に与えたインパクトの大きさは、想像以上のものがある。第一次大本事件を引き起こした遠因であるのはおそらく間違いない。この点を強調する必要がある。

午後十一時よりNHKで「トンイ」を見る。南人派《ナミン》と西人派《ソイン》の権力闘争[4]は、粛宗《スクチョン》の側室となり、世継ぎを生んだ禧嬪《ヒビン》対粛宗の母の大妃《テビ》という対立図式をもたらす。この図式に王妃も絡んでくる。監察部《カムチャルブ》の女官トンイは大妃を殺そうとする陰謀の解明に乗り出す。もちろんドラマではあるが、女たちが政治の主役になっているのが面白い。

五月二十日（月）

「皇后考」第11回を脱稿。四百字詰三十五枚。表題を「もうひとつの大礼」とする。まだ加筆修正はするが、これで来月のロンドン出張（六日から十五日まで）前の最大の課題がとりあえず片付いたことになる。

午後二時、外苑前の喫茶店「川志満」で、最相葉月さんに会う。初対面。三日に中井久夫さんに会ったのがきっかけで、中井さんへのインタビューを続けている最相さんに会うことができた。ほぼ同世代のせいか、すぐに打ち解ける。中井さんの人物評から始まり、中学時代に星新一を熱中して読んだ思い出、村上春樹の新刊本、ノンフィクションの書き方、さらには阪急沿線の文化に至るまで、二時間半あまりも話し込む。まだまだ話したかったが、喫茶店が五時に閉まるというので再会を約して別れる。

五月二十一日（火）

自家用車に乗り、町田市三輪町の東京田中短大の跡を見に行く。服飾デザイナーの田中千代は戦後、宮中に招かれ、香淳皇后の衣装を製作し、七二年には田中千代学園短大（後の東京田中短大）を設立させたが、九九年に死去した。この短大は、最近廃校になった。門は固く閉ざされているが、看板はそのままで、校舎もそっくり残っている。多摩丘陵の奥まったところにあり、背後は山で、三方を鬱蒼とした森に囲まれ、まるで秘密基地のように見える。

なぜ田中千代は、こんな辺鄙なところに短大を設立したのか。三輪町は横浜市青葉区奈良町に隣接している。三輪も奈良も大和国の地名である。このあたりに大和に由来する地名が多いことは、鶴川在住の白洲正子も『鶴川日記』（PHP研究所、二〇一〇年）で触れている。

五月二十二日（水）

『東京人』編集部から手紙が転送されてくる。私の出身小学校の先輩に当たる女性からだった。６月号の拙稿と『滝山コミューン一九七四』を読んでの感想が綴られていた。

京都御所の写真が必要になったので、午後に外出。地下鉄の二重橋前で降りて皇居外苑の売店に行こうとしたら、すっかり様変わりしていた。楠木正成の銅像にちなんだ楠公レストハウスという団体用の休憩室がつくられる代わりに、売店の規模が小さくなっていて、目当ての絵葉書は売っていなかった。しかしこのレストハウスのせいだろうか、あるいはスカイツリーや東京駅丸の内駅舎が波及効果をもたらしているからだろうか、前よりは明らかに皇居見物の観光バスの数が増えている。

ゼミの四年の太田輝《ひかる》さんからメール。神奈川新聞社の一次、二次の試験をパスし、次が最終面接だという。日経を受験したときの自分自身の体験を踏まえてアドバイスのメールを返信する。何とか受かってくれればと思う。

五月二十三日（木）

韓国の新聞『中央日報』の論説委員が、原爆は神の懲罰だったと書いたコラムがニュースになっている。政府も広島市長も長崎市長も、等しく遺憾の意を表明している。

被爆者の心情を踏まえれば当然のことだ。しかし厳密にいえば、広島と長崎では受け止め方が違うのではないか。キリスト教徒の多い長崎には、原爆投下は人類の迷いを覚ますために神が選んだ行為だったとする永井隆のような科学者がかつていた。「神罰」「神のいさめ」という言葉は貞明皇后も使っており、必ずしもキリスト教徒に限られるわけではない。貞明皇后にいわせれば、関東大震災も神の懲罰だった。「神」という言葉の多義性に注意する必要がある。

五月二十四日（金）

午後七時、二子玉川の料亭「ゆうき」で、髙山文彦さん、講談社のＫさん、Ｉさんに会う。髙山さんは、高千穂あまてらす鉄道の社長。この鉄道は、台風で不通になった高千穂鉄道の高千穂―天岩戸《あまのいわと》間にスーパーカートを走らせている。昨年十二月、Ｋさんと高千穂に行ったときには、天岩戸から先の復旧は無理と聞いていたが、七月に東洋一といわれた高千穂鉄橋まで開通させるという。話がいい方向に変わっている。鉄橋まで走れば、話題を呼ぶこと必定である。近くのスナックに移動。髙山さんが大宅賞を受賞(5)したときに飲み明かした店だそうだ。飲めない私には異次元の空間であった。酔えないと場がもたない。酔った髙山さんから、「早く大学辞めろ」と絡まれる。

深夜に帰宅後、東京新聞から送られてきたファクスに愕然とする。明日の「東京新聞」の「東京どんぶらこ」の大刷り。「くにたち公民館」が「くちたち公民館」になっている。一瞬、目を疑うが、もはや万事休すだ。

五月二十五日（土）

三田の慶応大学で開かれている政治思想学会に行く。この学会に行くのは数年ぶりだ。相変わらずルソー、ロールズ、アーレント、ハイデッガー、ハーバーマスといったおなじみの思想家の名前や、正義、公論、熟議といった「業界用語」が飛び交っている。ほとんど外国語を聞いているとしか思えない報告もあった。東大の宇野重規さんに不満をぶつけると、報告者が向いているのはフロアでなく、ましてや一般の市民でもなく、西洋の学会や研究者だからではないかと言われ、なるほどと納得する。発想が明六社から変わっていない。業界用語をなるべく使わず、有名な思想家が登場しない政治思想史のスタイルを一貫して追求してきた私の居場所でないとつくづく感じた。

午後七時、渋谷のKという店で二〇〇五年に卒業した元ゼミ生たちに会う。「情熱大陸」(6)に一緒に出演したせいか、この代だけ非常に団結力がある。十人中六人（女性五人男性一人）出席。もう三十歳になる。半分以上が結婚している。お互いに年をとるにつれ、いい関係になってきた。

五月二十六日（日）

注目していた小平の計画道路の見直しの是非を問う住民投票が行われた。投票率は三五％あまりで、開票に必要な五〇％を大きく下回った。この住民投票は小平市が行ったもので、結果だけを見て市民意識が足りないと結論づけるのはたやすい。しかし『レッドアローとスターハウス』（新潮社、二〇一二年）に書いたように、「小平市民」よりも「西武沿線住民」という意識のほうが強ければ、「沿線」の利害に直接関係のない「沿道」の問題に無関心になるのは当然のことだ。この問題は、西武線の廃止に反対する沿線自治体の署名活動と対比してみると面白い。

五月二十七日（月）

東京新聞のAさんから携帯に電話が入る。最終の12版では「くにたち」に直っていたとのこと。しかし11版では「くちたち」のままだったのは校閲の重大なミスであり、新聞社として訂正記事を出すという。了承する。

ゼミ生の太田さんからメール。神奈川新聞社の最終面接で落とされたという。面接の直後に発表があったようで、面接の前に事実上決まっていたのではないかという疑念をぬぐいきれない。教授会の体験から、自分たちの同僚になる人物をそう簡単に決められるはずがないのはわかっているからだ。もっとも世間的には、何事もすぐに決められないわが学部の教授会のほうが特殊かもしれないが。

五月二十八日（火）

庭師に来てもらい、庭の木々を植えかえる。伸びすぎた木を伐採したことで、すっきりとした景観になる。

午後四時、角川書店に行く。第一編集部のGさんとKさんを相手に不敬小説の講義。終了後、飯田橋の中華料理店「おけ以」で焼き餃子。駅のすぐ近くにある庶民的な店。パリパリとした皮の触感が何ともいえない。

五月二十九日（水）

梅雨入り。午後六時半、保土ヶ谷駅で四方田犬彦さんに会い、駅前の居酒屋「わん」で夕食。やきとり盛りあわせに大根煮、コロッケ、焼きうどん、キムチ、サラダなど。キムチはメニューになかったのに、四方田さんが注文するとなぜかセット（白菜キムチとオイキムチ）で出てきた。

四方田さんの母方の祖父、四方田保は、後に妻となる矢野柳子と車内で出会ったのだが、その列車を特定したいというので自宅にあった一九〇七（明治四十）年の時刻表復刻版を持って行く。明治時代の時刻表ゆえ、非常に見づらい。活字も細かくて不鮮明だ。時刻表に見慣れた私ですら手間がかかる。それでも二通りの可能性を推測できた。

大病にかかり、昨年大学を辞めて年収がめっきり減ったそうだが、見た目にはすっかり体調も回復し、酒を飲みながら縦横無尽に喋る快活さは以前と変わらない。いや、ひとつだけ変わったことがある。表情が柔和になった。そう言ったら、高校生のような表情に変わった。

五月三十日（木）

午後、国会図書館に「皇后考」の史料収集に出掛ける。帰宅すると、梯《かけはし》久美子さんから手紙と近著二冊が届いていた。綺麗な半紙に筆ペンで達筆の文章。先日の鶴見線がいかに楽しかったかが綴られている。こういう手紙は捨てられない。パラパラとめくるつもりで『猫を抱いた父』（求龍堂、二〇一三年）から読み始めたら、もうとまらない。無性に書評を書きたくなり、書評委員をしている信濃毎日新聞のMさんに連絡する。

五月三十一日（金）

からっとした五月晴れ。『猫を抱いた父』の書評原稿を一気に仕上げる。午後九時からのNHK「ニュースウオッチ9」に姜尚中が出演していた。最新作の小説『心』（集英社、二〇一三年）をめぐってのインタビュー。もう学者ではないと批判するのは容易だが、小説に救いを求めた彼の心境はわかるような気がした。

（1）丘陵地をならして一戸建主体の住宅地をつくり、元の地名を「みたけ台」「あざみ野」「つつじが丘」のように、平仮名プラス「台」「野」「が丘」に変えること。

（2）黒地に白や黄色で「死後さばきにあう　キリスト」などと書かれた看板のこと。

（3）その後、クロアリを見かけることはなくなった。

（4）西人《ソイン》、南人《ナミン》というのは、科挙で選抜された官僚の間にできた派閥。もとは朱子学の解釈の違いから生まれた学閥だったが、しだいに権力集団と化していった。

（5）高山さんは二〇〇〇年、北條民雄の生涯を描いた『火花』（飛鳥新社、一九九九年）で大宅壮一ノンフィクション賞と講談社ノンフィクション賞をダブル受賞している。

（6）毎週日曜日の午後十一時から十一時三十分までTBSで放映される番組。制作は毎日放送。

六月一日（土）

久しぶりに勤務校の白金図書館に行く。土曜日のせいか空《す》いていて、前回のような目にはあわなかった。大正期の大阪朝日新聞や読売新聞の記事を大量にコピーする。終了後、校舎を出たところで見知らぬ女性二人から声をかけられる。どうやら学生のお母さんのようで、私が国際学部付属研究所長をしていたときに毎年開催していた「公開セミナー」は今年はないのかと質問される。いまは所長を外れたが、同僚の高橋源一郎が計画しているのでたぶんあるだろうと答えておく。セミナーの常連だったそうだ。

帰途、大岡山から乗った各停が混んでいたので自由が丘で降り、次の急行を待っていたら、阿川尚之さんにばったり会う。

『東京人』で一度新幹線をテーマに対談したことがある。御父上の弘之さんは実家を空けており、実家には御母堂しかいないので帰省するとのこと。美しが丘のご自宅は外から拝見したことがある。

私は中学、高校の六年間を慶応で過ごしたのでよくわかるのだが、やはり慶応の雰囲気をもっている。来週からロンドンに行くと言ったら、乗るべき線を教えてくださった。親子ともに鉄道好きという点では私と似ているが、世界中の鉄道をまたにかけている点は違う。たまプラーザで阿川さんが下車するまで、立ちながらずっと話す。

六月二日（日）

渡邊十絲子《としこ》『今を生きるための現代詩』（講談社現代新書、二〇一三年）を読む。ツイッターやフェイスブックが氾濫し、わかりやすく書くためのハウツー本まで出ている昨今の日本語事情に対する渾身の異議申し立ての書。新書で二〇〇ページしかなく、改行の多い詩も多く引用されているのに、読むのにやたらと時間がかかる。外国語をいくつも習得するのではなく、日本語という母語にこだわり、その「穴」をどこまでも深く掘ってゆく生き方もあるのだと教えられる。英語を社内公用語にした楽天やユニクロの社員に読ませてみてはどうか。理解してもらえるかどうかはわからないけれど。

午後十一時よりNHKで「トンイ」第20回を見る。粛宗《スクチョン》の母、大妃《テビ》に毒入りの薬を交ぜて死なせた容疑で、王妃が平民に降格の処分を受ける。大妃は皇太后に、王妃は皇后にそれぞれ相当する。王妃候補の側室が控えているので、不適格な王妃がいれば取り替えればよいわけだ。皇太子妃に不満をもつ保守系の論者にはうらやましい制度に映るのではないか。

六月三日（月）

六日からロンドンに行くので、何となく落ち着かない。午後六時、麻布飯倉の鰻屋「野田岩」本店で講談社のSさん、Hさんに会う。年に一度あるかないかの「うな重」を食べながら、今後の「皇后考」の構想を話す。

韓国ソウル景福宮《チョンボックン》前に近現代史専門の国立博物館ができたらしい。朝日新聞夕刊に出ていた。国立中央博物館、戦争記念館、安重根《アンジュングン》義士記念館、ソウル歴史博物館など、ソウル市内だけでも歴史博物館は少なくない。加えて王宮もすべて開放されている。せいぜい遊就館と江戸東京博物館しかない東京とは対照的である。歴史認識に見られるこの「落差」こそ、今日の日韓関係を象徴している。

六月四日（火）

「皇后考」の史料収集のため、北千住にある足立区立中央図書館に行く。千住は日光街道の宿場町で、旧街道沿いには古い町並みが残っている。一本路地を曲がると、あめ玉を売る店と煎餅を焼く店が向かい合っていたりする。図書館は町外れにあり、野球帽をかぶった老人たちがたむろしていた。

JR東日本が、JR九州のまねをして豪華列車の運転を一六年春以降に運行するという。もしそれまでに被災した気仙沼線や大船渡線や山田線が復旧し、豪華列車が三陸沿岸を走るようなことがあれば、潔く自らの不明を謝罪し、拙著『震災と鉄道』（朝日新書、二〇一一年）を絶版にするだろう。

六月五日（水）

昨夜、日本がワールドカップへの出場一番乗りを決めたことから、朝から晩までテレビはこのニュースばかり。私は三十代のある時期から、ナショナリズムに全く感染しなくなった。だからこのニュースにもまるで関心がない。

明日からいよいよロンドンだ。今回はネットを使い、奮発してヴァージンアトランティック航空アッパークラスの切符を購入した。ＨＩＳなどより二十万円は安いが、それでも三十万円はする。飛行機が苦手なため、エコノミーに十二時間は耐え難い。ヴァージンアトランティックはファーストとビジネスに分けていないので、アッパークラスが事実上ファーストクラスになる。どれだけ豪華か楽しみでもある。

六月六日（木）

午前九時過ぎ、成田空港でチェックインを済ませ、ラウンジで朝食をとってから飛行機に乗る。やはりエコノミーとは違い、通路に面して一つずつ席が仕切られている。運ばれてきた昼食も機内食とは思えぬ味だった。席を完全に倒してベッドにすることもできる。

今回の旅行の目的は、ロンドンのナショナルアーカイブスに所蔵されている戦前の皇室に関する英国外務省の文書を閲覧することにある。しかし、最も見たかった文書のマイクロフィルムは、国会図書館の憲政資料室ですでに閲覧している。だから正確にいえば、この文書の現物を確認することが、主な目的ということになる。

けれども本音をいえば、そんな真面目なことばかり考えているわけではない。七年前に滞在したケンブリッジに行ったり、ユーロスターに乗って日帰りでパリに行ったり、大いに楽しもうと思っている。携帯は持って行くが、パソコンは持って行かない。余計な仕事を持ち込みたくはない。

現地時間で午後四時前、ヒースロー空港に着く[1]。すぐヒースローエクスプレスに乗り、ロンドンの中心駅の一つ、パディントンで降りる。あとはタクシーで滞在先のヴィンセントハウスに移動。元講談社の編集者で、いまロンドンで暮らしている岡本京子さんお薦めの長期滞在者向け施設である。

受付で鍵をもらい、三階の部屋へ。バストイレ付きで、テレビや冷蔵庫はないが、部屋の窓からは中心部とは思えぬ木々の緑が眺められた。一泊朝食つきで六十三ポンド。日本円に換算して九千円程度だ。ロンドンの物価水準からすれば、これでも安い。アッパークラスに乗ったにしては時差ぼけがひどく、まだ外が明るい八時過ぎに寝る。

六月七日（金）

鳥のさえずりとともに目覚める。最寄りの地下鉄駅、ノッティングヒルゲイトで一週間分のトラベルカード[2]を購入し、キングスクロス[3]に向かう。朝のラッシュ時、地下鉄の車内ではフリーペーパーを読んでいる客が多かった。七年前とはすっかり装いの変わったキングスクロスの駅で往復切符を買い、二〇〇六年七月から八月にかけて客員研究員として滞在していたケンブリッジに向かう。

この沿線の車窓は、これまで私が乗ったことのある鉄道のなかで、五指に入ると思う。ものの十分もしないうちに、十九世紀さながらの風景が現れる。黄色い絨毯を敷き詰めたような菜の花畑があちこちに見える。

さすがにケンブリッジは地図がなくても歩ける。快晴の空の下、ケム川のほとりのベンチでたたずみ、「ｗａｇａｍａｍａ」という日本料理屋で焼きそばを食べる。まあまあの味。店員にわがままの意味を知っているかと尋ねたら、childishかと言うからselfishだと答える。

キングスクロスに戻り、いったんハウスに帰って昼寝してからリバプールストリート[3]に行く。昨日も今日も温かい。ちょうど仕事帰りの時間で、パブの外では大勢の英国人が酒を手にしつつ口々に何事かを喋っている。それらが唱和して大音響になっている。いかにもロンドンらしい光景だ。

六月八日（土）

午前八時半、ハウスで岡本京子さんに再会する。地下鉄が運休しているため、オーバーグラウンド[4]を乗り継ぎ、キューガーデンズまで行く。歩いてナショナルアーカイブスへ。利用証を発行してもらう。パソコンにキーワードを入れ、史料をどんどん請求する。四十五分ほど待つと、現物がどさっと出てくる。通い慣れている岡本さんにいろいろと手助けをしてもらう。英国政府の情報収集力というのは日本人の理解をはるかに超えている。眉唾ものの情報も含め、なぜこんなことまで知っているのかという興味深い史料にあふれている。一日いてもあきそうにないが、肉筆を含め、判読しづらい英語の文書をずっと読み続けるのは疲れる。

六月九日（日）

今日はナショナルアーカイブスが休み。キングスクロス駅で岡本さんと待ち合わせ、レッチワース、スティヴネイジ、ウェリンと、同じ沿線にある三つのガーデンシティ（田園都市）を視察する。それぞれに違いがあって面白いが、田園都市の元祖というべきレッチワースが最もロンドンから遠いせいか、最もさびれていた。

岡本さんは英語でイギリスの住宅問題について論文を書いている。その論文を見せてもらったが、こなれた英文に驚く。日本人の学者一般よりずっとうまい。

ロンドンに戻り、チャーチル博物館に行く。日本のガイドブックには出ていない。第二次大戦中に首相だったチャーチルの執務室や会議室や寝室などに使われていた地下の空間がまるごと公開されている。岡本さんは前に立花隆さんをここに案内したことがあるそうだ。立花さんが興奮していたというのもうなずける。皇居の御文庫や地下壕も、こうした形で公開されたら歴史教育のいい施設になるに違いない。

六月十日（月）

今日もナショナルアーカイブスは休み。オーバーグラウンドに乗り、ハムステッドヒースに行く。丘陵地にある高級住宅街。巨大な森林公園の周辺の急勾配地に大邸宅が建ち並んでいる。なんとなく芦屋に似ている。

午後、ブリティッシュライブラリーに行く。利用証を発行してもらい、閲覧室へ。パソコンの画面でいろいろと検索しているだけで時間が過ぎてゆく。

六月十一日（火）

午前九時の開館とともにナショナルアーカイブスへ。こういう時間から入る人種は、国会図書館に朝からいる人たちと見た目にもそう変わらない。国会図書館で閲覧した史料の現物は、この日ようやく確認できた。ほかに大正天皇、貞明皇后、秩父宮、高松宮などの史料を閲覧する。昼は食堂で英国風のハッシュドビーフ。意外とうまいが、日本円に換算すると千円程度。英国はとにかく食費が高い。外食の場合、慎重に選ばないと高くてまずい店に当たってしまう。

午後に岡本さんが合流し、夕方に毎日新聞欧州総局長の小倉孝保さんにも会う。三人でポーランド料理店に行く。昨年にワルシャワに行ったさいに覚えた簡単なポーランド語で店員にあいさつする。日本人が突然ポーランド語で話しかけたせいか、びっくりされる。

六月十二日（水）

パリに行く日。午前七時、セントパンクラス駅[3]で朝食。朝からこれほどワクワクした気分に浸れる日は、一生のうちでもそうあるものではない。

税関を通り、八時三十一分発のユーロスターに乗る。二等車。新幹線の普通車よりも狭く感じる。満席だった。このユーロスターは、パリの北駅まで停車しない。

三十分ほど走るとユーロトンネルに入る。ドーバー海峡を貫くこのトンネルを抜けるだけで三十分あまりもかかる。抜けるとフランスのカレー。初のフランス入国だが、風景そのものはイギリスとそう変わらない。

住宅地が増えて複々線区間になり、ロンドンよりも明らかに高層の団地が目立ってくると、北駅に着いた。時計の針は十一時四十七分を指している。ダイヤ通りだ。時差が一時間あるので所要時間は二時間十六分ということになる。新幹線の東京―京都間とほぼ同じである。

とうとう手提げカバン一つで「外国」に来てしまった。パリは初めてなのに、ガイドブックも持っていない。地図を頼りにメトロに乗る。ロンドンより明らかにきたない。車内放送もそっけなく、駅名を一回言うだけ。それでも何度か乗り継ぎ、ノートルダムや凱旋門、チュイルリー公園などを訪れることができた。午後四時半には北駅に戻り、ロンドンよりも厳しい税関を通って五時四十三分発のユーロスターに乗る。結局、パリには六時間弱しかいなかった。

帰りの車中で、これまで訪れたことのある首都と比較しつつ、パリの街の構造について考える。天皇制や王制の存続する東京やロンドンはもちろん、帝制や王制の廃止された北京やソウル、モスクワ、ワルシャワなどでも、旧帝宮や旧王宮は街の中心にあって大切に保存され、観光の目玉になっている。しかしパリでは、王宮だったルーブル宮殿は美術館となり、郊外のヴェルサイユに王宮が建てられた。この点がほかの国と異なる。街の中心にあるのは、凱旋門のような人工物であって、「王」ではないのだ。

六月十三日（木）

午前十時、ナショナルギャラリーに行く。無料。十九世紀前半にコンスタブルが描いた郊外の風景は、ロンドンーケンブリッジ間の鉄道の車窓からいまも眺められるのがすごい。続いてナショナルポートレイトギャラリーへ。ここも無料。ホッブズやロックなど、政治思想史の定番の人物画を初めて見た。歴代の国王の肖像画も全部そろっている。明治神宮の宝物殿を思い出したが、入場者の数がまるっきり違う。

午後二時、ピカデリーの書店「ウォーターストーンズ」に行く。東京でいえば紀伊國屋のような大書店。迷わずに歴史のコーナーへ。アジア史のコーナーは小さく、日本史は朝鮮史と同じ棚の扱いになっている。しかも本のタイトルは、日本史の概説書やジョン・ダワーなどの著作を除けば、「NINJA」や「SAMURAI」が付くものばかり。あまりのレベルの低さに愕然とする。

それに比べれば、英国史のコーナーはさすがに充実している。第二次大戦中の国王ジョージ6世と王妃のエリザベスに関心があるので、関連する本を何冊か、店内のソファーに座って読む。本代は食費ほど割高ではない。エリザベスの書簡集など、いくつか面白そうな本を買う。

ロンドン滞在最後の夜は名物のフィッシュ&チップスにする。タラとじゃがいものフライだ。レギュラーサイズでも十分に大きい。四方田犬彦さんから、フィッシュ&チップスのうまい店は日よけが緑色をしていると聞かされ、その通りの店を選んだら果たして正解だった。けれども日本円に換算して二千円もすると思うと、嬉しさも半減してしまう。

六月十四日（金）

チェックアウトを済ませ、ヴィンセントハウスを出る。ノッティングヒルゲイトから地下鉄。途中二回ほど乗り換え、地下鉄でヒースロー空港まで行く。午後一時四十五分、成田ゆきのヴァージンアトランティック航空が定時に動き出す。往路と同じアッパークラス。機内で久しぶりに日本の新聞を読む。眼が日本語に飢えていたのがよくわかる。

六月十五日（土）

午前九時、予定より三十分早く成田に到着。帰宅の途につく。やはり日本はむし暑い。少し昼寝をしてから、近くのクリーニング屋とカメラ屋に行く。膨大な量の郵便物の開封や電子メールの返事に追われる。

六月十六日（日）

時差ボケは思ったほどでないが、郵便物の開封がまだ終わらない。竹内好も六三年八月の日記に、「旅行から帰って悩むのは、郵便物の整理だ」と書いている。溜まっている新聞や雑誌も読まねばならない。幸い、明日送る東京新聞の原稿と明後日に渡す「皇后考」11の原稿は完成している。あとは来月掲載の「鉄道ひとつばなし」の原稿さえ仕上げれば、「皇后考」12の原稿の準備に集中できる。

午後十一時から久しぶりにNHKで「トンイ」を見る。粛宗《スクチョン》が行列を組んで行幸する場面が出てくる。この時期はまだ沿道での直訴が合法化されていない。江戸時代の将軍や大名の行列と同じように、民が跪いている。

六月十七日（月）

午前中は「鉄道ひとつばなし」の原稿「日帰りでパリに行く」を書く。東京新聞の「東京どんぶらこ」に掲載する「多摩湖」の原稿をファクスで送る。英国政府が、二〇〇九年にロンドンで金融サミットが開かれたさい、各国代表団のメールや電話でのやりとりを傍受していたという。ナショナルアーカイブスで戦前の日本に関する驚くべき情報を英国が入手していたことを確認した直後だけに、さもありなんと思う。

六月十八日（火）

午後三時、神保町のカフェ「古瀬戸」で『群像』編集部のHさんに「皇后考」第11回の原稿を渡す。

朝日新聞夕刊の「時事小言」で、政治学者の藤原帰一が嘆いている。曰く、現在は外国語を直接読むどころか、翻訳すら読まずに日本語の世界だけで安住している日本人が増えている。これは一種の引きこもりではないか。韓国でも中国でもどんどん外に出てゆき、英語を母国語なみに使う人々が急増しているのとは対照的ではないかというのだ。「SAMURAI」や「NINJA」の本ばかりが大書店に並ぶロンドンから帰国してみると、藤原が鳴らす警鐘はいっそう深刻に響いてくる。まるで日本だけが、「鎖国」と呼ばれる秩序を保っていた江戸時代に戻ってしまったかのように見えるからだ。

六月十九日（水）

午後三時半、神保町の三省堂本店で、三省堂書店のＫさん、Ａさんに会う。三陸鉄道の復旧の歩みをテーマにした本をつくりたいという相談を受ける。

近くの「揚子江飯店」で五目焼きそばを食べてから、水道橋の日大法学部まで歩く。午後七時より、日本政策学校の講座「天皇制を考える」に講師として出る。Ａ４二枚のレジュメと資料を片手に一時間半ほど講義。大学時代の同級生、島桜子さんとの友情がきっかけで引き受けた。

聴講しているのは、政治家を目指す人たちや住民運動に関心のある人たちが四十人ほど。女性が意外に多い。政治家が歴史の教養を身につけることの大切さを強調する。質疑応答も活発で、学生を相手にするのとは全然違う。終了後の食事会にも付き合い、帰宅したときには日付が変わっていた。酒を飲まない私にしては珍しいことだ。

六月二十日（木）

河出書房新社より、私も執筆している『村上春樹『色彩を持たない多崎つくると、彼の巡礼の年』をどう読むか』が送られてくる。二十九人が書いているが、人によって長さが全く違う。締切日や枚数をきちんと守っている人が一番損をするというよくあるパターンだ。これは編集者の側の問題である。自分の書いた原稿が急に薄っぺらいものに見えてきて、本を開ける気がしなくなった。今月に出た岩波の『これからどうする』にも寄稿したが、こちらのほうがはるかに執筆者の数が多いのに、各人の枚数がほぼ均等に保たれている。

ウォーターストーンズで買った『*Sex With Kings*』という本が面白い。タイトルとは裏腹に、近世から現代にかけて、英国を中心とするヨーロッパの国王や皇帝の愛人について書かれた真面目な本。シンプソン夫人と恋に落ちて退位したエドワード８世は有名だが、エドワード７世にも愛人が三人いて、葬儀には三番目の愛人も出席していたとは驚いた。たとえ二十世紀に後宮がなくなっても、一夫一婦制が英国王室で確立されたわけではなかったことがわかる。

六月二十一日（金）

午後五時、渋谷の喫茶店「キーフェル」で平凡社のIさん、ライターのNさんに会う。Iさんは同社が二〇一二年から出している今尾恵介『東京凸凹地形案内』シリーズの編集担当。次はその鉄道編をつくるそうで、西武新宿線の地形的特徴についてあれこれ質問される。例によって細かいオタク的な話に終始する。

午後七時、表参道のTという店でゼミ卒業生の三枝英《ひで》加《か》さんに会う。このたび結婚が決まったというのでお祝いする。相手は韓国人男性だそうだ。

六月二十二日（土）

午後一時半より明治神宮社務所講堂で開かれたエヴァ・ルトコフスカ先生の明治天皇に関する講演会に行く。聴衆は百人以上。大変な盛況。大半は高齢者。終了後に明治神宮国際神道文化研究所主任研究員の今泉宜子さんと打越孝明さんに会う。二人とも私の「皇后考」を読まれているという。これは下手なことは書けないなと感じる。

昨日同様、表参道から電車に乗る。三軒茶屋の手前で急停止する。青葉台には六分遅れて着いた。昨日も遅れたし、その前も遅れた。日本の鉄道はパンクチュアルというのは、過去の常識になりつつある。ロンドンでも、電車が遅れると車内でおわびの放送が入ったのにはびっくりした。

六月二十三日（日）

午後二時半、明治学院記念館チャペルで、高木啓太さんと篠原徳子《のりこ》さんの結婚式。篠原さんは卒業後も私のゼミによく来ていた。少数意見を堂々といえる貴重な人材だった。私はキリスト教徒でないので、讃美歌の斉唱や祈禱はしなかった。

午後八時より、東京都議選の開票が始まる。NHKの開票速報番組を見る。自民と公明は候補者全員が当選して過半数を確保する一方、民主は共産にも負けて第一党から第四党へと転落した。共産党がこれほど躍進する選挙を久しぶりに見た。当選したのは、いずれも定員が三人以上の選挙区である。これは共産党が、小選挙区制よりも中選挙区制に強い政党であることを示している。番組を見ているうちに、中選挙区制時代の衆議院議員総選挙の記憶がよみがえってきた。

しかし投票率は四〇％そこそこで、「最大与党」が自民にも共産にも入れたくない層であるのは明白だ。参院選でもこの傾向はそれほど変わらないだろう。

六月二十四日（月）

午後三時、桜木町の横浜市立中央図書館に行く。座って本を読んでいたら、見知らぬ男性から「原先生ですか」と声をかけられる。私が所長だったとき、国際学部付属研究所主催の公開セミナーに来ておられたそうだ。初対面で会う方々のなかでこの公開セミナーの話題を持ち出す人が少なくない。また開催してほしいという声もよく聞く。

午後五時、横浜国立大学教育人間科学部の加藤千香子ゼミにゲストとして呼ばれる。学部と大学院の合同ゼミ。原ゼミ卒業生の王堂響子さんも所属している。拙著『滝山コミューン一九七四』をめぐってゼミ生の報告と私からの応答がなされる。それにしても、国立大学の研究棟というのはどうしてどこも同じ匂いがするのだろうか。東大や北大、お茶の水女子大などと全く変わらない。悪く言えば「官」の権威が学生を威圧している感じがする。学生が「お客様」で、教員が学生に奉仕している感のある勤務校との違いは大きい。

六月二十五日（火）

午後二時過ぎ、自家用車で自宅を出る。まず環状４号[5]、次いで国道16号線。相模原、八王子、福生、瑞穂などを経由し、入間で国道４０７号線に入る。鶴ヶ島、坂戸を経由し、午後五時過ぎに東松山市の文化センターに駐車する。なんと三時間もかかった。すぐ近くの「セレネホール東松山」で、午後六時から保阪正康さんの妻、隆子さんの通夜。

保阪さんとはもう十年以上の付き合いになる。在野の作家をずっと支え続けた伴侶を突然なくされた保阪さんの心境を思うと居ても立ってもいられず駆けつけた。半藤一利さん、朝日のＩさん、Ｓさん、毎日のＫさん、筑摩のYさん、講談社のYさん、日経のIさん、文春のIさん、Sさんらにも会う。
帰りも同じ道。途中、横田基地の横を通る。飛行場の夜景は美しいが、その巨大さに改めて驚く。午後九時過ぎにようやく帰宅。久しぶりの長いドライブであった。通夜の前に保阪さんと少し話せたのはよかった。

六月二十六日（水）

午後三時から、勤務校の白金校舎でゼミ。テキストはネグリ&ハート『叛逆』（NHKブックス、二〇一三年）と前掲『政治の終焉』。日本ではなぜ民主主義が制度に同定され、制度の物神化が進むのかという話になる。特に一九五〇年から五二年にかけて、「広場の政治」が後退していった歴史を検証することの重要性を強調する。六時過ぎに終了。出席者は七人と少なかった。品川駅前の「つばめグリル」でハンバーグを食べる。
帰りは大井町から東急大井町線。溝の口で田園都市線の急行に乗り換えると、目の前の席に座る客も、すぐ隣に立つ客も、みなスマホでゲームに興じている。画面だけを一心に見つめながら、しきりにボタンを押している。大宅壮一が唱えた「一億総白痴化」という言葉を思い出した。

六月二十七日（木）

松竹映画宣伝部の生田怜子さんに招かれ、午後三時半から東銀座の松竹本社試写室でハリウッド映画『終戦のエンペラー』を見る。マッカーサーの部下、ボナー・フェラーズを主人公にしたのは悪くないし、木戸幸一や関屋貞三郎などの宮中関係者に目をつけたのも画期的とはいえるが、いかんせん戦前米国に留学してきたアヤという架空の日本人女性をフェラーズが好きになってしまい、四五年に来日するまでずっとアヤを思い続けるというドラマ設定自体についてゆけなかった。フェラーズが天皇無罪論に傾いてゆく背景に、米国は強い「男」であり、日本は手をさし伸ばして助けるべき「女」（この「女」にはアヤと天皇という二つの意味が含まれる）であるというコロニアリズムがあるように思えた。早い話が、日本人の軍人が米国人の女性を好きになってしまうという逆の設定は、ハリウッド映画では絶対にあり得ないのだ。

六月二十八日（金）

『群像』の連載「皇后考」第12回をとりあえず脱稿。

夕方、家人と自家用車に乗り、たちばな台の割烹「鮨亀」に行く。一九七〇年開業というこの地域きっての老舗で、昭和天皇の侍従をしていた卜部《うらべ》亮吾の日記にも出てくる店だが、今月末に閉店するというので最後に天ぷら定食を食べに行った。

この店がある環状4号沿いには、いつの間にかファーストフード店や回転寿司、焼肉などのチェーン店ばかりができている。その種の店に比べれば確かに店構えも古いし、客も老人の姿が目立つ。しかし味は、間違いなくここにしかないものだ。まだ多摩田園都市が里山だらけだった七〇年代から、ずっと同じ味を保ってきたのだろう。

店にとって不運なことに、この地域では変わらないというのは遅れていることを意味するのだ。東急文化の犠牲者といっては言い過ぎだろうか。

六月二十九日（土）

国会図書館の憲政資料室で英国外務省のファイルを閲覧する。ナショナルアーカイブスで閲覧しそびれた箇所をコピー。九枚コピーして二百円もしない。膨大な金と時間をかけてロンドンまで行ったのは何だったのかと思わずにはいられない。そのうちにロンドンに限らず、世界中のあらゆる図書館や公文書館に所蔵されている資料が東京で、いや自宅で即刻見られるようになるのだろう。

六月三十日（日）

今日から二日間予定されていた皇太子夫妻の山梨訪問は、前日の夜になって皇太子妃の同行取りやめが発表され、またしても皇太子単独の訪問となった。被災地への訪問も延期されたままになっている。最近は週刊誌でも、皇太子妃に厳しい論調が目立つ。体調を崩してからもうすぐ十年になる。この間、生の肉声を聞いたことは一度もない。聞こえてくるのは、「体調は少しずつ回復に向かっている」という、宮内庁からのお決まりのメッセージだけである。

（1）英国のサマータイム実施期間中の日本と英国の時差は八時間（それ以外は九時間）なので、日本時間では午前零時前ということになる。
（2）ロンドンの地下鉄、バス、オーバーグラウンドに一日乗り降り自由のカード。ゾーンによって運賃が異なる。
（3）キングスクロスもリバプールストリートもセントパンクラスもロンドン中心部にあるターミナル駅の一つ。ロンドンという駅はなく、私鉄会社が別個に立派なターミナルを持っている。この点では私鉄に大阪という駅がなく、阪急、阪神、南海、近鉄、京阪が別個にターミナルを持っている大阪に似ている。
（4）地下鉄（アンダーグラウンド）に対する地上線を意味する。地下鉄に比べると少ない。
（5）横浜市内の環状道路の一つ。

七月一日（月）

午後三時、角川書店のGさん、Kさんと高田馬場で待ち合わせ、西武新宿線の急行で東村山に向かう。狭山丘陵の自然が保たれた八国山緑地や花菖蒲で有名な北山公園を案内する。「トトロの森」として知られる八国山緑地の緑は先月見たロンドン近郊のハムステッドヒースに似ていたが、八国山緑地はハムステッドヒースほど都心から近くはない。

東村山にはうどん店が多い。ただしほとんどが昼のみの営業。最もよく利用する北山公園近くの「野口製麺所」も、土日を除けば午後三時までしかやっていない。うどん店もラーメン店と同じように夕方も営業すれば、町おこしにもなるし、西武鉄道の収益も上がると思うのだが。

東村山から西武国分寺線で恋ヶ窪に移動し、恋ヶ窪からはタクシーで「いろりの里」という店に行く。SLの模型が料理を運んでくる店として前から注目していた。初めて来店。しゃぶしゃぶを注文すると、果たしてSL

にけん引された貨車が肉や野菜を運んできた。

七月二日（火）

角川文庫に収められる浅見雅男『闘う皇族』（角川選書、二〇〇五年）の解説を書く。三千四百字。七月に入ってもまだ三〇度を超えることはない。梅雨明けはまだだが、今日も雨は降らなかった。湿度も高くはなく、二階の窓を開ければ涼しい風が入ってくる。少しでも長くこの気候が続いてくれればと思う。

昨日、Gさんからいただいた筒井康隆『偽文士日碌』（角川書店、二〇一三年）を読み始める。二〇〇八年から一三年までのブログをまとめたもの。日記風なので、何かの参考になるかと思ったが、全然格が違う。

何しろ、日常的に電車に乗ることがない。タクシーやハイヤーでいろんな客が自宅にやってくる。外出する場合もタクシーやハイヤーが迎えに来る。電車といえば、せいぜい新幹線が出てくる程度。奥さん共々グルメ三昧。「日碌の碌は「碌でもない」の碌」と帯には書かれているけれど、こんな生活のどこが「碌でもない」のか、まるでわからなかった。似ていると思ったのは、せいぜい自分の新刊本の売れ行きをＡｍａｚｏｎでチェックすることぐらいか。

七月三日（水）

書評委員をしている信濃毎日新聞に出稿する「夏休みの一冊」の原稿を書く。取り上げたのは前掲『今を生きるための現代詩』。

新聞の書評で自分の専門の本を取り上げることは、新聞社から本を指定される場合を除いてあまりない。専門書で絶賛できる本もないわけではないけれど、どちらかといえば厳しい書評になってしまうからだ。

七月四日（木）

参院選の公示日。

七月の参院選で思い出されるのは、私が小学六年だった一九七四年。東京地方区で立候補した野坂昭如を初めて見た。七月七日が投票日だった。自民党が大幅に議席を減らす一方、日本社会党や日本共産党が議席を伸ばし、保革の議席差が七にまで縮まった。東京都の投票率は六八・五八パーセントで、参院選始まって以来の最高を記録した。私にとって、一九七四年が自らの生涯に決定的な影響を与える年であったことは、『滝山コミューン一九七四』で触れた。

もしあのとき、タイムマシンに乗って三十九年後の参院選を見ることができたら、どういう感想を抱いただろうか。まず、自民党が相変わらず政権与党であり続け、高い支持率を保っていることに仰天するだろう。社会党は社民党となって衰退する一方、公明党や日本共産党がまだそれなりの勢力を維持していることにも驚くかもしれない。

選挙の結果、昨年末の総選挙同様、自民党が大勝して民主党が大敗し、第一党と第二党以下の議席差が開けば、一九七四年のほうがまだしも政党政治に緊張感があると思うに違いない。衆参両院を通じて圧倒的な与党が誕生するという政治体制は、社会党が相対的に強かった五五年体制下の時代にはなかったからである。

七月五日(金)

午後三時、山の上ホテルで『潮』編集部のＩ編集長とＵさんに会う。先月から話題に出ている連載の件。もう少し史料を集め、連載が可能かどうかを判断することにする。四時半、本郷の東大総合図書館で小林一三の日記を読む。財界人の日記としては最も面白いと思う。

七月六日(土)

梅雨明け。ついに夏が来てしまった。昨日までは窓を開けてもしのげたが、さすがにエアコンを稼働させる。

東京新聞朝刊の最終面「東京どんぶらこ」に私が書いた「多摩湖」が掲載された。今回はもちろん誤植がない。

午後に駒場の東大図書館に行く。土日でも夜十時まで開館しているのがよい。さすがは東大である。

私の仕事はとにかく史料集めが大事。膨大な文書を手際よく読破し、使える箇所と使えない箇所を瞬時に判断する能力が求められる。「せっかく調べたんだからこれも拾っておこう」という考えは禁物。主題がぼやける上、頁数も多くなる。つきあわされる読者にとっては迷惑なことこの上ない。

七月七日(日)

東京では猛暑日となる。午後にまた駒場の東大図書館。

日曜日でも閲覧室は学生が多い。四日に書いたように、参院選投票日の一九七四年七月七日も日曜日であった。四谷大塚中野教室で日曜テストを受けたその日の記憶がよみがえる。

七月八日（月）

講談社のPR誌『本』の一九九六年1月号から連載している「鉄道ひとつばなし」の取材のため、三十年ぶりにJR只見線に乗りに行く。只見線は新潟県の小出と福島県の会津若松を結んでいるが、一一年の豪雨で只見―会津川口間が不通のままで、代行バスが走っている。

前回は真冬だったが今回は夏である。暑いことは暑いが、小出から少しずつ標高が上がるにつれ、涼しくなる。高校生は皆途中で降りてしまい、二両編成の列車には二人しか乗っていない。県境の長いトンネルを抜けると巨大なダム湖が現れる。日本の鉄道でも屈指の絶景が見られるのに、実にもったいない。

只見から会津川口までは代行のマイクロバスに乗る。このバスも三人しか乗っていない。集落はそれなりにあるのだから、需要はあるはずだ。鉄道からバスに変わるとますます採算がとれなくなり、やがてバスも廃止されてしまった前例は、これまでに北海道をはじめ、全国に山ほどある。

会津川口からまた二両編成の列車に乗る。線路は只見川に沿って敷かれ、鉄橋がいくつもある。形状もアーチ橋ありトラス橋ありで、SLが走っていた時代には絶好の撮影ポイントになっていた。ただ列車に乗っているだけでは鉄橋自体を見られないのが残念ではある。

会津坂下《ばんげ》から高校生の大群が乗ってくる。男子よりも女子が多い。本数が少ないのでいつも同じ列車に乗るのだろう。あっという間にボックス席が埋まり、まるで高校の教室に迷い込んだようになる。たいがいは友達どうしで固まっているが、一人の子もいる。教室内の人間関係が透けて見えてしまうのも、ローカル線ならではか。

四時間あまりかかって、只見線を乗り通した。そのうちの三時間近くが福島県会津地方に当たる。やはりこの線にも、「フクシマ」の影は濃い。全体に人が少なく、大河ドラマ「八重の桜」で沸くはずの会津若松の駅前も、空き地が目立つばかりで満足な食堂すらなかった。

会津地方は放射線量の測定値もそれほど高くないのに、

福島県にあるというだけで敬遠されている。けれども江戸時代には、会津（藩）という意識があった。いや、江戸時代までさかのぼらなくても、例えば私が住んでいる多摩田園都市では、神奈川県民や横浜市民よりも東急田園都市沿線住民という意識のほうが強い。鉄道は往々にして、行政区画よりも強い帰属意識をその沿線に作り出すのだ。

もちろん多摩田園都市ほどではないにせよ、只見線の沿線住民にもそうした意識はある。不通区間で目にした「つながれ、つながれ只見線」という横断幕が、それを示している。だからこそ、道路があればいいという話にはならない。「国道〇号線沿道住民」という意識は生まれないのだ。

七月九日（火）

今日も暑い。エアコンを入れつつ、『本』に掲載する「三十年ぶりの只見線」の原稿を書く。その前に『文藝』に掲載された暁方《あけがた》ミセイさんの初小説「青い花」を読んでいたせいか、会津坂下から乗ってきた女子高生の一群に触れた。この小説、言葉づかいが多少気になるところもあったが、男性にはわからない女子高生の心理の奥深いところがよく描かれている。

七月十日（水）

四日連続の猛暑日。うんざりする。午前中は「皇后考」第13回の執筆。午後は桜木町の横浜市立中央図書館に行く。Tシャツに短パン、サンダル姿で十日市場からJR横浜線に乗る。本当は国会図書館に行きたかったが、さすがにこの格好で田園都市線に乗り、永田町まで行くのは気がひける。

七月十一日（木）

朝七時半からのNHKの政見放送で、今日から東京都選挙区の候補者が出てきた。無所属のある候補者が、「陛下と美智子さまにお札の顔になっていただき、震災復興のための紙幣を発行する」と話している。この国ではこれまで天皇の肖像が紙幣に印刷されたことはない。

さらに一歩を進め、日本国憲法の第一条から第八条までをどうするか発言しないかと期待したが、そんな発言はなかった。改正草案を発表している自民党を除けば、いまや共産党を含めて、天皇条項に言及する政党はない。

七月十二日（金）

昨日に続いて朝七時半からの政見放送を見る。今度は無所属の別の候補者が、象徴天皇制の廃止と大統領制の樹立を訴え、「独立共和党」なる政党をつくると話している。まるで昨日の日記を見透かされたような発言に驚く。これほど明確に政見放送で天皇制の廃止を宣言した候補者を初めて見た。日本における言論の自由確立のために多大な貢献をしていると思うが、果たして身辺は大丈夫だろうか。

夜七時半からＮＨＫの番組「特報首都圏」で東京都選挙区の各候補を取り上げていたが、昨日の候補も今日の候補も全く無視されていた。経済政策、社会保障政策、エネルギー政策以外は争点にならないと判断されているからだ。

送られてきた坪内祐三『総理大臣になりたい』（講談社、二〇一三年）を読む。もし坪内さんが首相になったらという仮定のもとにつくられた本。どこまでが冗談でどこからが本気なのか、よくわからない。最後に「第一次坪内内閣」の閣僚名簿が発表され、私はなんと宮内庁長官に指名されている。

もし私が長官になったら、まずは天皇制をめぐる完全な言論の自由の確立を目指すだろう。そのために世界最大の広場である皇居前広場の規制を緩和し、集会の自由を大幅に認めるだろう。さらには皇居のなかに埋もれた御文庫《おぶんこ》や地下壕、あるいは歴代の天皇陵、特に関西に多い巨大古墳を公開し、観光の目玉にするための方策を考えるだろう。

七月十三日（土）

午後一時より五時半まで、朝日カルチャーセンター横浜で「東急vs西武　戦後郊外史」と題する講義を行う。このためにＡ４のレジュメと年表を合わせて五枚用意した。受講生は全部で十七人程度。机をコの字形に並べ換え、ゼミのような配置にする。『週刊文春』編集部のＨさん、元ゼミ生のＮさん、Ｔさんも来る。途中休みを二回入れつつ、五時前までぶっ通しでしゃべる。それが終わると質疑応答に移る。活発に質問が出たため、五時半を少しオーバーする。

私自身にとってはいつものテーマなのだが、これは潜在的に多くの人々が関心をもつテーマなのだということを実感させられる。帰宅後は思いのほか全身が疲弊していて、夜の十時過ぎに寝てしまう。家人によると、あっという間に大いびきをかいていたそうだ。

七月十四日（日）

文春のTさん、Aさん、Hさん、詩人の暁方ミセイさん、俳人の高柳克弘さん、神野紗希さんと奥湯河原から歩き、天照山《てんしょうざん》に登る。ここは原宿に本部があった神道大成教の聖地で、神社のほかに見事な滝もある。白装束を着た滝行の一団がいた。その後、箱根を回り、箱根湯本からロマンスカーに乗り、本厚木で下車して名物のシロコロホルモンを食べている間に急に不機嫌になる。ここで不機嫌になるということは、小学校時代のトラウマだというのは自分ではわかっている。が、そんなことは説明できないし、その必要もない。

東大の藤原帰一さんから『戦争の条件』（集英社新書、二〇一三年）が届いた。非常に面白い。具体的な国際問題を数学のチャート式問題よろしく抽象化し、練習問題のようにして次々と読者の前に提示する。新書で二百ページもないのに密度が濃い。もちろん同じ政治学でも、私が専攻する日本政治思想史とは分野が異なるが、この抽象的思考は大いに参考になる。具体的な史料をただ追ってゆくだけでは、統一的な思想史像を描くことはできないからだ。必ずどこかで、話のレベルを一段階上げるための抽象化が必要になる。その点で大事なのは、国語的能力よりも数学的能力だと思う。

夜十一時半より、二週間ぶりにNHKドラマ「トンイ」を見る。新たに王妃となった禧嬪《ヒビン》に殺されかけた女官トンイは、九死に一生を得て清との国境に接する義州《ウィジュ》に逃れる。現在の北朝鮮である。外交上重要な場所だったせいか、ソウルに劣らぬほど栄えているように見える。現在はどうなっているのだろうか。義州の商人は日本のことを「倭国」と呼んでいた。朝鮮の一般庶民の間には、十七世紀になっても日本という国号が定着していなかったのがわかる。

七月十五日（月）

鳥塚亮『ローカル線で地域を元気にする方法』（晶文社、

二〇一三年）を読む。千葉県の第三セクター、いすみ鉄道の社長に公募で選ばれた著者の経営哲学が会話体で書かれている。まさに平成の小林一三ここに現るといった感じで、従来の常識にとらわれない柔軟な発想がいかに大事かが伝わってくる。おそらくこの人が社長だったら、同じ首都圏にあった鹿島鉄道や日立電鉄も廃止を免れたに違いない。

午後から横浜市立中央図書館に行く。知り合いの図書館職員、吉田倫子《みちこ》さんにたまたま会う。本屋大賞に対抗して、神奈川県内の図書館で新たな企画が進行中とのこと。協力を要請されたので、「喜んで」と答える。

桜木町の駅に向かう途中、道端でUCCコーヒーの自動販売機を見つけて思わず買う。百円。いまどきの本格派の缶コーヒーとは異なり、二五〇ミリリットルの細長い缶と、コーヒー牛乳のような甘ったるさが懐かしい。

七月十六日（火）

東京の最高気温が十一日ぶりに三十度を下回る。やはり涼しく感じる。しかしよく考えてみれば、小学生だった七〇年代には三十度になっただけでも大変な暑さであった。恐るべき勢いで温暖化が進んでいる。

東京新聞の「東京どんぶらこ」に掲載する「三輪町」[1]の原稿を書く。ほかのメンバーが二十三区内の街ばかり取り上げるなかで、初回からずっと多摩地区を挙げている。この方針は今後も変えるつもりはない。

七月十七日（水）

午後三時、日経本社で編集委員のIさんに会う。近現代史の大型企画を予定しているそうで、大正期の大衆文化について取材を受ける。Iさんは新聞業界きっての皇室通として知られている。早々に取材を切り上げ、あとはひたすら皇室談義。相変わらず益するところが多い。

午後五時、三省堂本店で日テレ報道局の山口侑里《ゆり》さんに会う。山口さんはゼミの卒業生で、JR九州の「ななつ星」[2]の取材に出掛けるのでアドバイスが欲しいという。二十一日の放映予定だというのに全然固まっていないそうだ。

七月十八日（木）

午後から「皇后考」第13回の史料収集のため、国会図書館に行く。一九二一年十一月に皇太子裕仁が摂政になったときに読んだ新聞について、中野重治が小説「五勺の酒」で言及している。この新聞が気になり、パソコンでいろいろと検索した結果、東京日日新聞であることが判明する。

一九二二年三月に貞明皇后は福岡県を訪れ、神功皇后をまつる香椎宮に参拝している。このとき、九州日報の記者をしていた夢野久作が何か書いていないかと思い、全集をめくってみたが徒労に終わる。日記も刊行されてはいるが、この時期はまるごと抜けている。夢野は本名を杉山直樹（出家名は泰道）といい、父親は頭山満に近い杉山茂丸であったから、夢野自身も皇室につき何かしらの意見をもっていたと思われる。けれども、そうした意見を著作を通して積極的に表明することは、周到に避けていたようだ。

七月十九日（金）

午後にまた国会図書館。デジタルデータで長田《ながた》幹彦『小説天皇』（光文社、一九四九年）を読む。

国会図書館は私の元職場でもある。五時半になると、いっせいに三階の正面玄関から職員が退庁したことを思い出し、わざと五時半に待機していたが、全く動きがない。おかしいなと思ってよく見たら、一階の裏口から職員が出てゆくのが眺められた。当時は五時だった閉館時間は、いまでは七時になっている。正面玄関から出ると一般の閲覧者に見られ、目立ってしまうのを避けているのだろうか。

午後六時、護国寺の講談社に行く。『群像』編集部のHさんに、「皇后考」第12回の原稿とフロッピーを渡す。その後、文芸第一の担当となったHさんとSさんも加わり、タクシーで小日向の焼肉店「剣山閣」へ。巨人やヤクルトの選手がよく来る店らしい。上ミノとホルモンが柔らかくてうまかった。

七月二十日（土）

西武鉄道広報部より、『写真で見る西武鉄道100年』（ネコ・パブリッシング、二〇一三年）が送られてくる。西武鉄道が全面協力し、大手私鉄で唯一社史のない西武の社史に匹敵すると宣伝されていたので、大いに期待していたのだが、実際には車両や駅の変遷を紹介する写真集だった。堤康次郎や堤義明のツの字も出てこない。駅の写真も、東村山にあったとされるハンセン病患者の専用ホームや専用改札などは収録されていない。それでも、十二歳までこの沿線に育った人間にとって、西武鉄道が秘蔵していた六〇年代の各駅の写真は、どれも郷愁を誘わずにはおかない魅力に満ちていた。

七月二十一日(日)

参院選の投票日。ネット選挙が解禁ということで投票率が気になったが、五二%あまりで前回よりも全然低かった。結局、投票所に足を運ばなければ投票できないというスタイル自体を変えなければ何も変わらないのだろう。

七月四日に予想した通り、自民圧勝、民主惨敗で、政治学者として論評すべき言葉が見つからない。自民一強体制は、五五年体制とは明らかに異なるものである。ただ都市部で共産党が躍進したことは、四月一日の日記で書いた六〇年代の政治状況との類似性を感じさせた。二一世紀になおコミュニストパーティーの看板を掲げつつ、東京、大阪、京都の選挙区で当選者を出すこと自体が驚異である。民主が共産に競り負けたのは、投票率の低さが災いしていよう。

七月二十二日(月)

午後に東大駒場図書館。「皇后考」で折口信夫に言及する関係で、新版の『折口信夫全集』(中央公論社、一九九五—二〇〇二年)、特にその解題と索引を読む。

午後七時、小田急に乗り、経堂で途中下車。ずっと前に島田裕巳さんから教えていただいたつけ麺の店「季織亭」で特製つけ麺を食べる。千五十円。

小麦だけを使った麺も、石垣島の塩を使ったつゆも、チャーシューに筍、チンゲン菜、味付け玉子といった具も、一つひとつの素材は悪くない。しかし、それぞれの個性が強い分、つけ麺だと味がバラバラで、熱いつゆも冷たい麺をつけているうちにどんどんぬるくなってくる。これならメニューにある特製小麦そば(いわゆるラーメン)のほうが、おそらく三位一体の味が楽しめたに違いない。

七月二十三日（火）

内田樹が朝日新聞のオピニオン面をまるまる使って、参院選の結果を分析している。自民、共産、公明三党の大勝、躍進、堅調に終わったのは、この三党が「綱領的・組織的に統一性の高い政党」だからという説明に首をかしげる。これではアベノミクスを前面に掲げて「統一性」を装った自民党の戦略にまんまとだまされているだけではないか。

午後から都内でゲリラ豪雨。神奈川でも元住吉あたりでは雷が落ち、東横線が止まったようだが、ここ青葉台では大した雨にはならなかった。

朝日新聞夕刊で、藤原帰一も内田樹同様、参院選の結果につき分析している。衆参のねじれを解消した点で、自民党の大勝は評価できるという。一年ごとの政権交代は起こらず、政治は安定するからだ。もちろん手放しで評価しているわけではないが、これもまた自民党の選挙期間中のスローガンを後押ししているように見えてしまう。内田も藤原も、本人の意図とは別に、自民党の戦略がいかに巧みであったかを「証明」してしまった。少なくとも私にはそう読めた。

東大の菅原琢さんから、都内の自治体別に見た参院選各候補者の得票数の一覧表を電子メールで送ってもらう。これを見ると、都内で唯一、清瀬市だけ共産党の候補者がトップの票数を集めている。清瀬では、村内に多くあった結核療養所で占領期に戦闘的な共産党の細胞が次々と作られて以来、今日に至るまでずっとこの傾向が続いている。恐るべき政治風土の根強さである。同じ西武沿線の東村山市や東大和市でも、共産党と自民党の得票数はほぼ同じだったが、最も票を集めたのは公明党の候補者であった。

各地方ごとの選挙結果の差異に注目する議論や、ましてや東京都内の地域の差異に注目する議論は、管見の限り見たことがない。高畠通敏のような政治学者が、いまこそ再び求められているのではないかと思う。

七月二十四日（水）

午後三時より、白金の勤務校でゼミ。テキストは『これからどうする』（岩波書店、二〇一三年）。私自身を含む各界の二百二十八人が、政治、経済、社会、文化、科学技術などのさまざまな問題の将来について論じた本。

出席者は四人（うち正規の学生は一人）と少なかったが、密度の濃い議論ができた。もはや「大学」ではなく、「私塾」になりつつある。

これまでの教師としての人生を振り返ってみると、最も充実していたのは町田の東京エクセルという中学受験専門の塾で社会を教えていた一九八五年頃であったことは間違いない。福沢諭吉、岡倉天心、吉野源三郎、鈴木大拙などの文章をもとに問題文をつくり、記述式の設問もすべて自分で考えた。麻布中学や栄光学園中学などの社会の問題はよく練られており、ただの丸暗記では対処できなかったからだ。児童ならではの伸びやかな発想から教えられることも多々あった。彼ら彼女らはもう四十歳になっているはずだ。

七月二十五日（木）

午後二時、東大経済学部の図書館で、大正期の雑誌『太陽』を閲覧する。四時、飯田橋の角川書店。GさんとKさんを相手に、例によって不敬小説の講義。終了後、また「おけ以」で焼き餃子を食べる。ふと四十年前、店内の雰囲気がよく似た代々木駅前の「代々木食堂」で五目そばとラーメンを続けて平らげ、店員にびっくりされた記憶がよみがえってきた。この食堂はとっくになくなっている。

七月二十六日（金）

林真理子さんから突然携帯にメールが入る。来月末に甲府で知事や市長と一緒に山梨の歴史や文化について話し合うトークイベントがあるので、出席してくれないかという。私が三年間山梨学院大学で教えていた過去をご存じだからだろう。承諾する旨メールで返事をする。

七月二十七日（土）

国際日本文化研究センター（日文研）で開かれる国際シンポジウム「転換期の伊勢」に参加するため、新横浜から新幹線に乗り、日帰りで京都に行く。

私が担当するのは、セッション4「近代・現代」の高木博志さん（京都大学）、ジョン・ブリーンさん（日文研）の報告に対するコメンテーター。お二人ともに面識がある。新幹線、JR京都線、タクシーを乗り継ぎ、正午過ぎに日文研に着く。前に客員教授を三年ほどやっていたことがあるので、私にはなじみの深い場所である。
予想に反して大きなシンポジウムだった。さすがは日文研、世界各国の研究者が集まっている。お二人の報告は誠に興味深いものであったが、コメンテーターに与えられた時間は十分しかなく、どうでもいい鉄道の小ネタなどをはさんでいるうちに時間切れとなった。
久しぶりに京都の学会の空気に触れる。東京のような堅苦しさはちっともない。背広にネクタイなんて人はいない。私を含めてみなカジュアルな格好で、フレンドリーな雰囲気。あのむっとした盆地特有の暑ささえなければ、関西に研究の本拠をおくことも悪くないのだが。
井上章一さんに久々に再会する。また思想史学者のケイト・ワイルドマン・ナカイさんにも二十年ぶりに再会する。学会は同窓会という持論が証明される。

七月二十八日（日）

「皇后考」第13回を一応脱稿。四百字詰で四十枚。舞台は九州・香椎に移っている。昨年四月、香椎宮の春季氏子大祭の取材に出掛けたときに集めた史料や撮影した写真が、いまごろになって役に立っている。

山口・島根両県でこれまで経験したことのないような大雨と気象庁が発表。テレビのニュースを見ると、JR山口線の鉄橋や線路が完全に流されている。只見線のようになるのかもしれないと思うと、暗然となる。
夜十一時より、また二週間ぶりに「トンイ」。先週は参院選特集のため放映されなかった。王妃の子を中国（清）から正式に世子《セジャ》(3)として承認してもらうため、王妃の兄が国境の町の義州《ウィジュ》に派遣され、清の使節と面会する。接待の場所として妓楼があてがわれる。当時の朝鮮の中国観の一端が現れていて面白い。

七月二十九日（月）

終日、自宅で原稿を書く。午前中には大雨が降ったが、午後には小降りになり、夕方には青空が広がる。アブラゼミの鳴き声が聞こえてくる。

七月三十日（火）

午後二時、青葉台「東急スクエア」で中央公論新社のHさんに会い、保阪正康『昭和天皇、敗戦からの戦い』（毎日新聞社、二〇〇七年）の文庫版の解説を依頼される。

引き受ける。

文藝春秋から、中島岳志『血盟団事件』（二〇一三年）が送られてくる。中島さんとは一度、この本の取材で大洗に行くのに同行したことがある。あれから随分たった。難産の末の脱稿だったことは間違いなかろう。明日から韓国に行くので、機内の友として持って行こうと思う。

七月三十一日（水）

正午前、羽田から家人とともにアシアナ航空に乗り、ソウルに向かう。午後二時過ぎにソウルの金浦《キムポ》空港に着く。延世《ヨンセ》大に留学していた家人は韓国語が堪能で、私自身も助手時代には毎月のように韓国を訪れていたが、最近はめっきり行かなくなった。今回は大韓民国歴史博物館と書店と国立中央図書館を訪れることが主要な目的である。

金浦空港からソウルまで直通の電車に乗る。初めて乗ったが、早くて安い。ソウル駅からタクシーでウェスティン朝鮮《チョソン》ホテルへ。部屋からは中国の天壇に当たる圜丘壇《ファングダン》がよく見える。一八九七年に高宗《コジョン》が皇帝に即位した場所である。

最寄りの市庁《シチョン》駅で交通カードを買って地下鉄に乗り、二村《イチョン》で降りる。家人が住んでいた東部二村洞《トンブイチョンドン》の一帯を散策し、同じ二村にある国立中央博物館を少し見学してからタクシーで景福宮《チョンボックン》駅前に移動。土俗店《トソクチョン》という店でサムゲタンを食べる。こういう店には、連れがいないと入れない。韓国では一人で食事をする習慣がないからだ。昼間は東京並みに暑くても、夕方になると涼しくなる。歩いてホテルまで帰る。

（1）町田市の町名。奈良の三輪山に由来する。隣接する横浜市青葉区にも奈良町があるように、古代大和とのつながりを感じさせる。

（2）十月から運行されるＪＲ九州の観光寝台列車の愛称名。

（3）天皇制でいえば皇太子に当たる。

八月一日（木）

午前十時、ホテルから歩いて光化門《クァンファムン》前の大韓民国歴史博物館に行く。六月三日に書いたように、つい最近開館した博物館。入場無料。十九世紀後半から今日に至る歴史が詳しく展示されている。解放後の軍事政権下での民主化運動に対する弾圧の展示も見ごたえがある。もちろん日本には、六〇年安保や学園闘争などの歴史を展示する博物館はない。

乙支路一街《ウルジロイルガ》まで歩き、「南浦麺屋《ナムポミョンオク》」で平壌冷麺《ピョンヤンネンミョン》を食べる。麺は繊細で柔らかい。汁は比較的あっさりしている。麺は一本につながっていて、歯でかみ切る。日本のようにゴテゴテと具が載っているわけでもない。シンプルにして深い味わい。

午後は家人と別れて地下鉄二号線に乗り、瑞草《ソチョ》で降りて国立中央図書館まで歩いて行く。助手時代以来だから約二十年ぶりだ。入口でまず利用証を発行してもらい、荷物をロッカーに預けて入る。パソコンで検索。ハングルで前掲『直訴と王権』韓国語版のタイトルを入れると、地下のデジタル閲覧室で見られると表示される。しかし地下には行かず、三階の新聞雑誌閲覧室の歴史雑誌コーナーでしばらく韓国・朝鮮史関係の雑誌のバックナンバーを閲覧する。

どうせ明日も来るとわかっているので、適当に切り上げ、地下鉄の高速ターミナル駅まで歩く。地下鉄で光化門まで行き、駅に隣接する「教保文庫《キョボムンゴ》」へ。ソウル最大の書店の一つ。歴史コーナーで本をあさる。日本とは異なり、地べたに座って読んでいる客が多い。デジカメで必要な箇所を撮影している客もいる。さすがに店員に見つかると注意されていたが、別に悪びれる風でもない。本棚の前に座り込んでいる客がいると、並んでいる本が見えなくて困った。

夕方に家人と合流し、明洞《ミョンドン》でカルビを食べてホテルに戻る。新聞もテレビニュースも日本の話題が多い。慰安婦、サッカー試合での旭日旗、独島《トクト》（竹島）、靖国、下村文科相の「民度」発言、麻生副総理のナチス発言など、そのすべてが否定的なニュアンスをもって報道される。

八月二日（金）

昨日訪れた国立中央図書館に家人を案内する。彼女は韓国の民衆美術を研究しているので、関係資料や論文を閲覧するためである。まず地下のデジタル閲覧室へ。ロンドンのナショナルアーカイブス同様、座席指定方式になっている。パソコンでキーワードを入れて検索。家人は論文を見つけ、どんどん複写している。さすがに作業が早い。

昼食は館内の食堂でとる。メニューは二種類しかないので、迷うこともない。四千ウォンだから、日本円で三百六十円程度。食べ終えると三階の新聞雑誌閲覧室へ。家人は八〇年代の韓国の新聞のマイクロフィルムをせっせとコピーする。私は植民地時代の日本語新聞『京城日報』やハングルで書かれた『東亜日報《トンアイルボ》』などを閲覧する。「皇后考」の参考になるような記事は、残念ながら見当たらなかった。

地下鉄三号線で安国《アングク》に移動し、午後六時に家人の親友である金幸娟《キムヘンウォン》さんに会い、三人で韓定食店で夕食。金さんは日本語もできるので、韓国語と日本語が交じった会話をする。韓国語で喧嘩ができ、「在日同胞」と間違えられることもある家人は流暢に話している。

韓定食は野菜中心で胃にやさしい。久しぶりの再会だからというので金さんが全部払ってくれる。ちなみに韓国には、割り勘という文化はない。

八月三日（土）

日本大使館前まで歩き、慰安婦像を見る。厳重な警備が敷かれていた。背後には日本を非難する数々の横断幕。対馬の占領の不当性を訴える横断幕まであった。

それから近くの「永豊文庫《ヨンプンムンゴ》」に行く。教保文庫《キョボムンゴ》と並ぶソウル最大の書店。ベストセラー一位は村上春樹の新作だった。ここでも歴史コーナーをのぞいたが、前よりも専門雑誌が少なくなっている。冷房の効きが悪いのかやたらと汗が出てくる。

地下鉄で乙支路四街《ウルジロサガ》に行き、冷麺の店が集まる五壮洞《オジャンドン》で咸興冷麺《ハムフンネンミョン》を食べる。平壌冷麺《ピョンヤンネンミョン》に比べてコシが強く、ハサミで麺を切ってもらわないとかみ切れない。汁も平壌ほどあっさりしていない。この店の名物は唐辛子を混ぜて食べる汁のない冷麺なのだが、私はいつも汁のある冷麺を注文する。

ホテルにいったん戻り、タクシーで金浦《キムポ》空港に行く。日本円で二千円あまりと安い。午後三時三十分、金浦発。五時三十五分、羽田着。海外に行った感じがしない。思えば家人と一緒に日本から韓国に行ったのはこれが初めてであった。自分自身の収穫はあまりなかったけれど、結果的に家人の研究の手伝いができたのはよかった。

八月四日(日)

今日から日本での八月の日々が始まる。

一年のうちで三月と八月が最も憂鬱になる。三月は花粉症と最も苦手とする大学の儀式があるから、八月は特にお盆の前後に死が間近に感じられる上、月末にはまた余命が縮まったことを知らせる誕生日がやってくるからだ。しかも最近の八月の暑さは尋常でない。年をとってきたせいか、段々と暑さに抵抗力がなくなってきている。

ふと思い立って、講談社のPR誌『本』に連載している「鉄道ひとつばなし」の原稿を書く。「トンネルと政治意識」と題して、ユーロトンネルがEUの形成に果たした役割の大きさについて論じるとともに、行き詰まる日韓関係打開の切り札として、日韓トンネルの可能性を考えてみた。

午後十一時からNHK「トンイ」。王命ひとつで義州《ウィジュ》に駐屯する兵士を自由に動かせるのはすごい。さすがは中央集権国家だ。同時代(江戸時代)の日本ならばこうはいかない。

八月五日(月)

旅の文化研究所が発行する『まほら』に掲載予定の「出雲との出会い」を書く。二千字弱。旅の文化研究所は近鉄が出資している。日文研の白幡洋三郎さんから直接電話がかかってきて依頼されたので断れなかった。出雲大社で二人だけで結婚式を挙げたエピソードなどを初披露する。

八月六日(火)

韓国への旅行中、機内で読んでいた前掲『血盟団事件』を引き続き読んでいる。この本の下敷きになっている小沼正《おぬましょう》『一殺多生』(読売新聞社、一九七四年)を大学時代に読んでいるので、すらすらと読める。著者の中島岳志さんは格差社会としての同時代性を強調するが、

「一君万民」も「テロ」も否定された現代にあって、若者の絶望感を救う道はあるのか。著者はその解答を用意しているのか。最後まで読んでみないとわからない。

八月七日（水）

今日からまた家人が韓国に出掛ける。いったん収まった暑さがぶり返してきた。水不足が心配である。

八月十日からポレポレ東中野で公開される映画『恋する神様――古事記入門』のＤＶＤが送られてくる。監督の榎本敏郎さんが私のファンだそうで、十五日に予定されるトークイベントへの出演を引き受けたからだ。古事記のストーリーが、性交シーンなどを交えながら展開されるが、全然いやらしくない。それどころか本居宣長が登場し、宣長学の要点が解説されるなど、けっこう難解な映画であった。

午後二時半、大手町の産経ビルで産経新聞宮内庁担当のＩさんに会い、近々宮内庁から発表されるはずの天皇、皇后陵や土葬から火葬への変更につき、取材を受ける。「もっと右寄りの人でなくていいんですか」と言ったら、『正論』とは違いますので」と言われる。敬語は使わないようお願いしたが、果たして受け入れてくれるだろうか。

八月八日（木）

前掲『血盟団事件』を読了。結局、期待していた答えはなかった。その点がやや物足りなかったものの、事件に至るまでの経過が丁寧に扱われており、面白く読めた。信濃毎日新聞に出稿するべく書評を書く。

八月九日（金）

秋田、岩手両県でまたもや「経験したことのないような大雨」。儒教の天譴論[1]を想起する。

九州大学の清水靖久さんから『東大闘争と原発事故』（緑風出版、二〇一三年）が送られてくる。東大闘争にかかわり、授業再開後も授業拒否という不服従を貫いた折原浩の証言が貴重である。清水さんは東大大学院の先輩。丸山眞男に対する二律背反的評価は首肯できるところが多い。おそらくは小熊英二『１９６８』上下（新曜社、二〇〇九年）を想定しているであろう、大学闘争を青年期の「自分さがし」と見るような最近の風潮に対する苛立ちも十分に理解できる。職場の同僚、熊本一規《かずき》さんの意外な過去について知ることができたのもよかった。

八月十日（土）

甲府や館林などで四十度を超える。終日自宅にひきこもり、「皇后考」13の原稿を書く。

八月十一日（日）

東京では初めて最低気温が三十度を下回らなかった。今日も終日自宅にひきこもる。午後からしきりに雷鳴を聞くものの、雨は降らなかった。途中、昼寝をしながら「皇后考」13の原稿を書く。東京は三十八度を超えたようだが、緑に囲まれた皇居のなかはおそらくもっと涼しいだろう。

午後十一時よりNHKドラマ「トンイ」。親蚕礼《チンジャムネ》という王妃主催の儀礼が出てくる。日本でも明治以降、養蚕は皇后の重要な任務となる。現皇后も蚕を育てているが、雅子妃があの白い芋虫をいじっている姿はどうしても想像できない。

八月十二日（月）

久々に午前中から国会図書館に行く。冷房が効いていて涼しい。旧館一階の検索コーナーには、いつも見かける男性が今日もいた。別に本を請求するわけでもなく、ただ椅子に座っているだけだ。涼みに来ているのだろうか。

午後三時に、神保町のカフェ「古瀬戸」で、洋泉社MOOK『日本の原風景』のインタビューを受ける。鉄道から見える風景でいかにも日本らしいところを挙げるよう言われて、はたと困る。北海道の日本離れした風景は挙げられない。結局、山陽本線から見える瀬戸内海や只見線から見える水田など、本州を中心に思いつくまま挙げる。外国の車窓風景に精通していなければ、日本らしい風景とは何かがわからないではないかと言い、英国の鉄道を例にあげて説明する。

夕方に帰宅すると、昨日と同様に雷鳴が聞こえてくる。しだいにその音が大きくなり、激しい雨が降ってくる。久しぶりのお湿りとなる。一方で高知の四万十市では最高気温が四一度と、国内最高を記録する。

八月十三日（火）

夏休み中の安倍首相が地元の山口県に帰省したところ、ＪＲ長門市駅から市役所までの約一キロに六千人が出迎えたという。一九〇七（明治四十）年、皇太子嘉仁（後の大正天皇）の視察に先立ち、同じ山陰地方を検分した原敬が、「人民の歓迎最も盛んにして殊に甚しきは両手を合せて余を拝するものあり、途上に土下座する者あり」と日記に書いていたのを思い出す。

八月十四日（水）

午後三時、渋谷のセルリアンタワー二階のカフェ「坐忘」で朝日新聞社社会部のＮ記者から、前掲『写真で見る西武鉄道１００年』の読み方につき取材を受ける。数々の貴重な写真を通して見えてくる高度成長期の西武沿線の実像につき、思うところをいろいろと話す。

今日から一泊二日でわが家に甥が二人（義妹の次男と四男。中一と幼稚園年長）遊びに来ている。桐朋中学に通っている次男の英語の宿題を手伝う。四男は公文式の算数をやっている。食事中に四男が牛乳をこぼしたので注意したら、急に黙ってしまった。怖いおじさんと思われたらしい。七歳も年齢の差があるのに互いに仲がよく、家人によくなついている。ふだん使っていない一階の和室に二人分の布団を持ち運び、十時過ぎにはもう寝てもらう。

八月十五日（木）

終戦の日。いつもの年と同じように朝から暑い。蟬時雨がやかましく、空気が重苦しい。

午前七時、一階の和室で寝ていた二人の甥が起きてくる。暑くて起きたときに汗をかいていたという。午前中は次男にまだ学校で教わっていない英語の個人授業をする。四男はその横でおとなしく自習している。そのあと和室で煎茶道文人華道清泉幽茗《せいせんゆうめい》流の家元をもうすぐ引き継ぐ家人からお手前のレッスン。

午前十一時五十分からＮＨＫで全国戦没者追悼式の中継。皇后の足取りが重く感じる。安倍首相の式辞に加害責任への言及はなかった。靖国神社へは三人の閣僚が参拝した。日経の記者をしていた八七年の八月十五日には靖国にいて、首相になる前の竹下登をつかまえてインタビューしたこともある。このときは中曽根首相は参拝しなかったものの、外国訪問の閣僚を除く十七人の閣僚が参拝している。

午後六時に、新宿五丁目の「天一」で『群像』編集部のHさんに会い、「皇后考」13の原稿とフロッピー、添付資料の絵葉書と写真を渡す。八時半、新宿から中央線各駅停車で東中野に移動。映画館「ポレポレ東中野」に行く。『恋する神様』を監督した榎本敏郎さんに会う。初対面。九時二十分から映画上映。終了後、ステージに上がり、榎本監督と二十分ほどトークショー。観客は三十人程度か。次はぜひ平田篤胤を語り部にした続編をと注文をつける。

終わったら十一時を回っていたので、電車で帰るのが面倒くさくなりタクシーに乗る。運転手さんによると、今日は韓国大使館前や中国大使館前に全国から右翼の街宣車が集まり、大変な騒ぎだったという。お盆休みのせいか山手通り、首都高、東名、国道二四六号線ともに空いており、三十分あまりで自宅に着く。しかし謝礼だけではタクシー代が足りず、七千円あまりの出費となった。

八月十六日（金）

連日の猛暑のせいで、ついに頭がストライキを起こす。少し休ませろと主張している。軽い熱中症かもしれない。よって昨日分の日記を書いただけで原稿書きは終わりにする。少し横になってから、昼にもりそばを作って食べ、午後は町田に出て久しぶりにパチスロ(2)に興じる。

問題は、なぜ突然パチスロという、全く見向きもしなかったものを突然やろうとしたのかだ。お盆特有の死が間近に迫るようなマイナスガスから逃れたかったということはあるかもしれない。日記だから正直に書くしかない。

実は東大社会科学研究所の助手だった九〇年代の一時期、パチスロに少々はまったことがある。忘れ難いのは九五年七月七日。元号表記だと「７７７」となることから、多くのパチンコ店は大盤振る舞いを約束し、大宣伝を仕掛けてきた。私も渋谷駅前のある店に開店前から並び、午前十時の開店とともに「セブンリーグ」というパチスロ機に食らいついた。

昼食をはさみ、何時間いただろうか。一進一退の攻防が続いた末、最終的には五千円の稼ぎにしかならなかったが、あの日の店内の熱気はただごとでなかった。言い訳めいた書き方をするなら、自分が非常に特殊な世界にいるという意識が、それとは対極的な「庶民」の世界に時々向かわせたのだと思う。もし私が「平成史」という本を出すとすれば、こういう貴重な体験について書かずにはいられないだろう。

パチスロは機種の交代が激しい。「セブンリーグ」もとっくになくなっている。今日やったのは「アイムジャグラー」。これはよほど人気のある機種らしく、もう十年は置かれているように見える。リーチがかかると左下の「GOGO」というサインが点灯するのでわかりやすい。

最初の千円でまずレギュラー（小当たり。通称お化け）、続けてすぐにビッグ（大当たり）が来たのでこれはラッキーと思ったが、結局全部なくなってしまう。けれども、目押しで「7」を三つそろえたときの爽快感は、やはり何ともいえない。久しぶりに頭を空にすることができた。

私は時々ツイッターをやっているが、こういうときには精神衛生上、フォローしている他人のツイッターは見ないほうがよい。自らの堕落を思い知らされるだけだからだ。

八月十七日（土）

竹内好のように、二週間も伊豆の温泉に泊まり、海水浴でもしたい気分だが、諸事情によりそうはいかない。だからといって連日パチスロに興じるわけにもいかない。

『群像』編集部より、十一月に刊行予定の田中慎弥『燃える家』の再校ゲラが送られてくる。全部で六百ページ近い長編小説だ。『群像』誌上で田中さんとの対談が予定されているので、さっそく読み始める。『群像』連載当時は途中からしか読んでいなかった。読み始めた途端、今年の三月に訪れた下関の風景が脳裏によみがえってくる。安徳天皇や平家の伝説、ザビエル聖堂に象徴される山口県の風土と、九・一一のような世界史的な出来事とがダイレクトにつながるスリリングな展開に興奮する。

八月十八日（日）

今日も『燃える家』の再校ゲラを読む。が、ようやく半分を過ぎた程度。暑さのせいか、なかなか先へ進めない。

　午後十一時よりNHK「トンイ」。新聞のテレビ欄には、「中盤最大の山場」とある。洗濯の下女になりすまして宮廷に忍び込んだトンイが敵対する南人《ナミン》派の官僚に見破られ、追跡されるものの辛うじて逃げ延び、最後は粛宗《スクチョン》と念願の再会を果たす。ドラマだとわかっていながら、胸が熱くなる。

　そんな私を、朝鮮史を研究している学者は軽蔑するだろう。大学院に入ったころ、ある教授から大河ドラマも司馬遼太郎もフィクションだから見ないし読まないと言われたことがある。そのときには納得したが、よくよく考えてみれば、自分たちのほうが「事実」に即した研究をしているというのも、一種の独断ではないか。映像化することで初めて見えてくるものに対する感受性も必要ではないのか。

八月十九日（月）

　引き続いて『燃える家』の再校ゲラ。ひょっとしてこれは、深沢七郎「風流夢譚」以来の本格的な不敬小説なのではないか。前に地方を磁場としている点で中上健次と似ていると書いたが、下関には新宮と違って天皇陵があるし、神器が沈んだとされる海峡もある。東京と対峙する風土がもともとあるのだ。タイトルの「家」は天皇家を指しているようにも見える。著者との対談が楽しみになってきた。

八月二十日（火）

　八月二十日は私にとって特別な日として記憶されている。一九七〇年のこの日、日帰りで大阪万博を見に行った日だからだ。往路は飛行機、復路は新幹線だった。

　久しぶりに国会図書館に行く。昼過ぎに旧館三階の食堂でオムライスを注文する。入口にレジがあり、注文するとまず切符を渡される。そして席に座るとウエイトレスが来て、切符を半券にして持ってゆく。この方式は私にもうひとつの記憶を呼び寄せる。小学四年生だった一九七二年、毎週日曜日に北の丸公園にある科学技術館に通っていたことがあった。「サイエンスクラブ」という科学教室に通うためだったが、一番の楽しみは終了後に地下の食堂で五目そば（二百円）とフルーツパフェ（二百円）を食べることだった。入口には長蛇の列ができていた。ここもやはり切符制で、注文すると国鉄の切符のような硬券を渡されたものである。

国会図書館職員の試験を受けたとき、二回あった二次面接の合間にお茶を飲んだのも、確か旧館三階の食堂だったと記憶する。阪神が優勝した年だった。食堂のテレビでちょうど日本シリーズをやっていて、阪神の代打者がホームランを打ったのを見たような気がする。あれから二十八年がたっている。

携帯電話が鳴る。朝日新聞文化グループのIさんからだ。日曜読書面の「ニュースの本棚」で伊勢と出雲をテーマとして関連本を挙げてほしいとのこと。引き受ける。

八月二十一日（水）

午後三時より、白金の勤務校でゼミ。前掲『総理大臣になりたい』にならい、各自理想の組閣名簿をつくってくるように宿題を出しておいた。出席者十名。うち正規の学生は三名。宿題を忠実にやってきたのは、正規の学生でない聴講生ばかりだった。「私塾」と考えれば腹も立たない。

福島第一原発のタンクから高濃度の汚染水が海に流失している可能性が発覚する。こういうニュースは日本より外国、とりわけ周辺諸国のほうが敏感に反応する。中国や韓国の対日感情の根底には、歴史問題だけでなく、三・一一以降の日本に対する不信感があることを忘れてはなるまい。

八月二十二日（木）

『燃える家』の再校ゲラを読了する。また違った読後感に襲われる。一九二三年に起こった虎ノ門事件が思い浮かぶ。皇太子裕仁を狙撃したのは、山口県出身のアナーキスト、難波大助だった。この事件の直後に、難波が裕仁を狙撃したのは難波の許婚を裕仁に寝取られたことを恨んだからだという風説が広まった。『燃える家』でも、国体イデオロギーの権化のような倉田正司は、下関で主人公の母親を寝取ってしまう。その倉田に、主人公が闘いを挑むという最終章には、壇ノ浦の戦いだけでなく、虎ノ門事件の影までもが見え隠れするのだ。

東京女子大学比較文化研究所に所蔵されている野口幽《ゆ》香《か》の文書を閲覧したいので、閲覧許可願を書いて研究所に送る。野口はキリスト教徒でありながら戦中期に香淳皇后に進講するなど、宮中に影響を及ぼし続けた女性。けれどもこの研究所は毎週火曜日と水曜日しか開いていないという。本当に閲覧できるかどうか不安になる。

八月二十三日(金)

午後四時、山の上ホテルで『潮』編集部のUさんに会う。懸案となっている連載の件。連載開始を急がず、もう少し資料を集めてみたいと話す。了解していただく。

神保町から各停の中央林間ゆきに乗る。目の前に立った男性客が持つスマホから聞こえてくる電子音が止まない。何かゲームにでも興じているのだろう。私はこの耳にキンキン響く電子音が苦手である。読書にもまるで身が入らなくなる。堪らず注意する。幸いすぐに引っ込めてくれたが、それでもまだ鞄の中から電子音が聞こえてくる。

福島第一原発の汚染水流出が深刻の度を増している。二十五年後の観光地化を目指すダークツーリズム計画が脚光を浴びているが、現実は予断を許さないものがある。これは五輪招致にも影響を及ぼすだろう。

八月二十四日(土)

島根県石見地方でまた記録的な大雨。JR三江線が不通になる。先日の大雨で山口線と山陰本線が不通になったばかりで、石見地方の鉄道はマヒ状態となる。

自宅にこもり、「皇后考」14の執筆に専念する。山は越えたが、野口幽香の文書が閲覧できないため、野口に対する言及がまだ十分でない。『燃える家』を読んだせいか、難波大助の許婚のことが気にかかる。

夜、破裂音が聞こえる。二階の窓を開けてみると、花火が上がっているのが見える。恩田川という、鶴見川の支流のほとりで毎年開かれている花火大会があるからだろう。全く告知されないので、花火を見て初めてああ今日だったのかとわかるが、すぐに終わってしまう。

八月二十五日(日)

ようやく最高気温が三十度を下回る。横浜市長選の投票日だが結果がわかっているだけに行く気になれない。案の定、午後八時の投票終了と同時にNHKで現職の当確が出た。

朝日新聞文化グループから依頼されていた「ニュース

の本棚」の原稿を書く。井上章一『伊勢神宮と日本美』（講談社学術文庫、二〇一三年）、高木博志編『近代日本の歴史都市』（思文閣出版、二〇一三年）、千家和比古《よしひこ》・松本岩雄編『出雲大社』（柊風社、二〇一三年）の三冊をメインとし、千田稔『伊勢神宮』（中公新書、二〇〇五年）、村井康彦『出雲と大和』（岩波新書、二〇一三年）、『昭和天皇独白録』（文春文庫、一九九五年）にも言及する。

午後十一時よりＮＨＫ「トンイ」。いよいよ南人派《ナミン》の謀略が明るみに出た。これから先、西人派《ソイン》との激烈な権力闘争をドラマがどう描くかに関心がある。

八月二十六日（月）

午後三時、渋谷セルリアンタワーのカフェ「坐忘」で、ゼミ生の太田輝《ひかる》さんに会う。まだ新聞社への望みを捨てていない。作文などのアドバイスをする。この一カ月が正念場だろう。内田樹や高橋源一郎はゼミ生の就職につき一切関知しなかった（しない）ようだが、私はそういう考えを共有しない。自らも就職で苦しんだ経験があるせいだ。

八月二十七日（火）

「皇后考」14を一応脱稿。午後、神保町に行く。東京堂、三省堂、明治大学図書館を回る。

八月二十八日（水）

正午過ぎ、ＪＲ西荻窪駅で降りる。南口の冷房もなくお世辞にも綺麗とはいえないラーメン屋に、この暑さにもかかわらず行列ができている。若い女性も並んでいるではないか。信じがたい光景だ。北口の冷房の効いたそば粉百パーセントのそば屋を見つけ、冷やしけんちんそば（七百八十円）を食べる。信州とつながっている中央線沿線は駅付近にうまいそば屋があるという持論がまた証明された。

午後一時、東京女子大学比較文化研究所で野口幽香の文書を閲覧する。戦時中の香淳皇后への進講録や日記を見る。読みづらい肉筆だが、所々面白い記述がある。夏休み中で学生はほとんどいない。キャンパスは関学に似ていて美しい。帰路はバスで吉祥寺に出た。ちなみに地価は、杉並区の西荻窪近辺よりも武蔵野市の吉祥寺近辺のほうが高い。

八月二十九日（木）

五十一回目の誕生日。午後二時、八王子から特急「かいじ」に乗り、甲府へ。甲府で降りたのは山梨学院大学に通勤していた二〇〇〇年以来、十三年ぶり。県立図書館のある北口へ。北口も、南口から移転した図書館もすっかり変わっている。控室で林真理子さんと宮島雅展甲府市長に会う。午後四時、一階ホールへ。リニアの試乗会から帰ってきたばかりの横内正明知事に会う。知事、市長とは初対面。知事は標準語だが、市長は甲州弁丸出しで聞き取りづらい。三百名定員のホールはほぼ満席で、市長の甲州弁に笑いが起こる。

山梨の歴史と文化をテーマに話すはずが、リニアの話題になる。ちょうどいい機会だと思い、日ごろ考えているリニアに対する危惧を表明する。知事や市長に反対されると思いきや、かえって理解を示され驚く。知事は「下水管のなかを行くようだ」とリニアを評していた。

会場の反応も悪くない。山梨県民は、本音ではリニアを快く思っていないのがよくわかった。山梨出身の林さんには、そういう声を代弁してほしいのだが。

この日の甲府の最高気温は三十三度。久々に背広を着たせいか非常に暑い。それでも地元の方々によると、ピークの頃に比べれば全然涼しいという。三十三度で涼しいという感覚は、おそらく甲府ならではだろう。

八月三十日（金）

また猛暑がぶり返してきた。午後四時前、地下鉄有楽町線で飯田橋へ。ＪＲの駅前で法政の学生だろうか、中核派が機関紙『前進』を手に何やら演説している。いまどき珍しい光景。立ち止まる人は誰もいない。

四時から角川書店で不敬小説の講義。『燃える家』の話題を持ち出す。こういう小説が出てきたことが、ある意味でいまの日本の希望だと話す。

八月三十一日（土）

全然知られていないが、今日は大正天皇の誕生日だ。大正時代ですら、暑いという理由で天長節祝日を二ヵ月ずらし、十月三十一日に行っていた。しかし暑いといっても今日の比ではなかろう。正直にいうと、この理由には納得していない。もっと別の理由があるような気がしている。

ようやく憂愁に満ちた八月が終わる。シリアでの化学兵器使用が発覚したことで、軍事介入を主張する米国に対する各国の反応が注目されている。英国はイラク戦争の教訓に学び、下院議会が介入を否決した。日本はいまだに態度を明確にしていない。いつものことだ。

午後、思い立って芦之湯温泉の「松坂屋本店」という旅館に電話すると、空いているという。家人とともに町田から箱根湯本までロマンスカー、箱根湯本からバス。自宅から二時間ほどで着いてしまう。この旅館には三年前に一度泊まったことがあり、いい印象を持っていた。そのときと同じく、閑院宮[3]が泊まった和室に通される。芦之湯は数ある箱根の温泉の中で標高が最も高く、秋風が吹いている。猛暑で疲れた頭が冷えてゆく。

（1）天災は天が支配者に対して腐敗堕落を警告するために起こるとする考え方。

（2）パチンコ店に設置されているスロットマシン。

（3）正確には閑院宮載仁親王。閑院宮は江戸時代に新井白石の建言により創設された宮家だが、一九四七年に皇籍を離脱している。閑院宮は別邸が箱根の強羅にあったのに、わざわざ芦之湯まで泊まりに来たわけだ。この別邸は現在、強羅花壇という旅館が所有している。

九月一日（日）

箱根・芦之湯では未明からゲリラ豪雨になる。皇族も泊まった「松坂屋本店」の和室の窓ガラスに、雨が容赦なく叩きつける。思わず心配になりテレビをつけたが、気象情報は出ていない。どうやら局地的な現象のようだ。そのうちに眠りに落ちる。

朝になると雨は上がっていた。源泉百パーセントの風呂に入って朝食。午前九時過ぎにチェックアウト。女将がフロントで電話に出たきり挨拶に来なかった。霧が出ていて風が強い。天然の扇風機だ。しかしバスで湯本まで下ると猛暑が迫ってくる。ロマンスカーと横浜線を乗り継ぎ帰宅。

箱根もいろいろだと思う。標高の低い湯本では避暑にならない。しかし標高千メートルを超える芦之湯はさすがに別天地だ。家人は三年前に泊まったときと比べて食事もサービスも質が落ちたと言っていた。だが思い立ってすぐ避暑に行ける魅力は他をもって代えがたい。

九月二日（月）

中公文庫編集部から依頼された前掲『昭和天皇、敗戦からの戦い』の解説を一気に書く。五千字程度。解説というよりも私見を多く書いてしまった。

夕方、家人がいないので、得意のチャーハンを作って食べていると、電話が鳴る。朝日新聞の宮内庁担当、N記者からだった。五輪招致に関連して高円宮妃がスピーチをすることに対して、憲法に違反する皇族の政治利用という観点から批判的にコメントする。N記者はJRから宮内庁に担当が変わったばかりで、何かと縁がある。

埼玉県の越谷から千葉県の野田にかけて竜巻が吹き荒れる。すさまじい被害。いずれも東武の沿線だ。東日本大震災では、同じ東武沿線の南栗橋の住宅地が液状化の被害を受けた。いずれも東武には何の責任もないのだが、これでは天災に弱い沿線というイメージができてしまう。

九月三日（火）

午前中に東京新聞の連載「東京どんぶらこ」に出稿する「清瀬」の原稿を書く。八百九十字。

午後三時、渋谷セルリアンタワーのカフェ「坐忘」で、浅見雅男さんに会う。浅見さんは元文藝春秋の編集者で、皇族や華族をテーマとする本を多く出されている。判読が難しい倉富勇三郎の日記を早くから解読して研究に取り入れるなど、史料の読みが正確でおもしろい。「皇后考」でも大いに参考にさせていただいている。

九月四日（水）

終日在宅。講談社のPR誌『本』に連載中の「鉄道ひとつばなし」２１４回「上京と富士山」を書く。

福島第一原発の汚染水のニュースがぱったりと途絶えた。朝の連続ドラマ「あまちゃん」も震災後に舞台が移っているが、福島は決して映さない。五輪開催地の決定が近づき、東京に少しでもマイナスになる情報は流さないようにしているように見えてしまう。

九月五日（木）

午後二時、東急田園都市線、地下鉄半蔵門線、東武伊勢崎線、つくばエクスプレスを乗り継ぎ、八潮に行く。八潮市立八條図書館・八條公民館館長の石塚博之さんとサブチーフの北澤祐子さんの招きで、駅前から車に乗り、市内にある八潮団地、伊草団地という二つの団地を回る。ともに千戸に満たない小さな団地。公民館で講演を依頼されるが、隣接する草加市の草加松原団地に近く、団地をテーマとするシンポジウムも開催している獨協大学の岡村圭子さんに協力をお願いすることを逆に提案する。けれども市の企画になるので、すぐには実現は難しいとのこと。来年度の課題になりそうだ。

午後七時から、銀座の「楽山」で講談社のYさん、佛教大学の大谷栄一さんとすき焼きを食べながら談笑。血盟団、日蓮主義、皇后などの話題が次々に出る。

九月六日（金）

韓国が東北地方など八県の水産物全面輸入禁止を決める。このニュースは福島第一原発の汚染水流出とつながっているので、汚染水のニュースも伝えざるを得ない。五輪開催地の決定を前に安心・安全をアピールしようとする日本の姿勢に冷水を浴びせる格好になる。漁民は韓国の決定に立腹しているようだったが、真に立腹すべきは対策がずっと後手に回ってきた政府に対してではないのか。

朝日新聞出版から藤井聡『新幹線とナショナリズム』（朝日新書、二〇一三年）という本が送られてくる。著者は京大教授で安倍内閣の内閣参与。この著者には、原発も三陸鉄道も見えていない。自らもまた朝日新書から『震災と鉄道』を出したことを後悔する。

九月七日（土）

午後九時半より、ブエノスアイレスで開かれたＩＯＣ総会での東京のプレゼンテーションの生中継をＮＨＫで見る。

冒頭の高円宮《たかまどのみや》妃のスピーチ。フランス語、英語ともに発音は流暢だが、内容は明らかに政治的なメッセージを含んでおり、憲法違反の疑いは濃厚だ。

たとえ高円宮がどういう皇族であるかを正確に答えられる日本人がほとんどいなくても、このスピーチは高円宮妃の存在感を高めるのに貢献するだろう。猪瀬知事の英語の発音には相変わらず笑ってしまう。「ダイナミック、セーフ、アンドステイブル」と片仮名を棒読みしている感じ。これなら自分の英語のほうがまだましに思えてくる。

最も驚くべきは、安倍首相が福島の汚染水漏れについて、「状況はコントロールされている」とし、「健康問題については今までも現在も将来も全く問題ない」と答えたことだった。国内でも聞いたことのないはっきりとした口調で問題を否定するその自信、いや虚勢はいったいどこから来るのか。

九月八日（日）

朝起きたら東京に決まっていた。ＮＨＫは朝から晩まで特別番組に切り替えて五輪一色。とても見る気になれない。おかげで楽しみにしていた午後十一時からの「トンイ」がまた休止になってしまった。仕方なくＴＳＵＴＡＹＡに行って放映されるはずの回のＤＶＤを借りてくる。すでに一度ＢＳで放映されているので、ＤＶＤ化されているのだ。

一体誰が昨夜の首相の言葉の責任を追及するだろうかと思っていたら、ＴＢＳ「サンデーモーニング」で大宅映子が、ＮＨＫの正午のニュースでやくみつるが、それぞれちゃんと指摘していた。当然ながら経済界も歓迎一色。一九六四年の東京オリンピックに合わせて東海道新幹線が開業したように、計画を前倒しして二〇二〇年のオリンピックに合わせてリニア中央新幹線を名古屋まで開業させようという声が出てくるのではないかという予感すらしてきた。

陰鬱な気分を振り払おうと、書店で買った東島誠、與《よ》那《な》覇《は》潤『日本の起源』（太田出版、二〇一三年）を読む。二人ともまだ若いのに、しかも決して恵まれているとはいえない地方の公立大や私立大にいて雑用も多いはずなのに、驚くべき読書量。これだけでも素直に尊敬したくなる。とにかく、スリリングな仮説が次々に出てくる。この自由闊達さこそ、これまでの歴史学界に最も欠けていたものではなかったか。

九月九日（月）

原発事故で訴えられた東電の勝俣前会長や菅元首相ら四十二人全員が不起訴になる。ブエノスアイレスでの首相のスピーチで問題ないとされた上に、誰も責任者はいないとされた福島県民の気持ちやいかにと思っていたら、NHKの「ニュースウオッチ９」で県民がインタビューに答えていた。やはり相当な不満がたまっている。

この東京と東北の間に横たわるギャップの大きさは、まるで東北の冷害が深刻化した昭和初期のようだ。「只今の世の中は俗に申せば何でも東京の世の中です。（中略）兎《と》に角《かく》東京のあの異常な膨大につれて、それだけ程度、農村の方はたたきつぶされて行くという事実はどうあっても否定できん事実です」という橘孝三郎[1]『日本愛国革新本義』（一九三二年）の言葉がよみがえる。

九月十日（火）

午後三時、大手町の日経本社で編集委員のIさんに会い、阪神間モダニズムに関する取材を受ける。たまたま保阪正康さんが日経のセミナーに講師として来ており、終了後にお会いしてしばし歓談する。

帰宅後に新潮社のKさんと久々に電話で話す。朝のNHK連続ドラマ「あまちゃん」の話題になり、なぜ北三陸（久慈）と上野が代わる代わる出てくるのに、東北新幹線をはじめとするJR東日本の電車はいっさい画面に映らないのか、JRの切符を持ったユイちゃんはなぜ東京に出られなかったのか、なぜ国鉄時代の北の玄関口である上野が舞台となったのか、などにつき意見を交わす。

九月十一日（水）

午前八時前に自宅を出て、東急田園都市線、JR山手線、西武池袋線を乗り継ぎ、東久留米へ。十時から市役所で「東久留米のアイデンティティとは何か」と題して講演するためだが、市役所に着いたときにはちょうど十時だった。急いで七階の会議室に行ったら、平日の午前中なのに百人あまりも客が入っていて驚く。十一時半まで講演。「黒目川」[2]「氷川神社」[3]「西武」「自由学園」「団地」などをキーワードに、ここにしかない街づくりを提案する。最後に滝山団地世界遺産計画につき、私見を述べる。

駅前の書店「野崎書林」には、入口のところに原武史コーナーが設けられていて、拙著が何冊も平積みされていた。故郷のありがたみを実感させられる。

九月十二日（木）

朝日新聞の朝刊に、JR東海社長の会見が出ていた。二〇二〇年の東京オリンピックまでにリニアを開業させるのはどう見ても無理だという。八日に予感した通り、日本経団連会長が東海道新幹線を引き合いに出しながらリニアの早期開業を求めたことに対してこたえたものだ。

昨日の講演の疲れがまだ残っている。大学に行っていないので身体が講演に慣れていない。いやそうではなく、単に加齢のせいかもしれない。来年四月から本当に復帰できるのだろうかと不安になる。

九月十三日（金）

東急田園都市線とJR南武線を乗り継ぎ、立川の昭和天皇記念館に「摂政宮と関東大震災」展を見に行く。「皇后考」15で関東大震災を扱うので、参考になる展示はないかを確認するためである。ふだんは宮内庁宮内公文書館にあってなかなか閲覧できない皇后関係の貴重な史料も展示されており、思った以上に収穫があった。けれども入館者は私のほかに二、三人しかいなかった。この記念館に来たのは四回目だが、来るたびに入館者の数が減っている。

立川に来ると、決まって食べたくなるのが北口の「無庵」という、五月十五日の日記でも記した蕎麦屋。八ヶ岳産の玄そばを使った「碾《ひ》きぐるみ」をまず注文。これがあまりにうまかったので「せいろ」小を追加注文。支払いをして出ようとすると、美しい店員さんが玄関まで見送ってくださったので、よっぽど『オール讀物』７月号と前掲『沿線風景』でお店のことを書かせていただきましたと言おうとしたが、勇気が出なかった。今度行くときには、今日の日記が収録された『みすず』を持参しようか。

帰宅後、講談社から依頼されていた田中慎弥『燃える家』の推薦文を百字にまとめて書く。「おそるべき「不敬」小説だ」というのは最大級のほめ言葉。

東電がブエノスアイレスでの安倍首相の発言を事実上否定し、汚染水がコントロールできていないことを認める。虚偽の発言までしてオリンピックを招致したことに対して、世界はどう反応するだろうか。

九月十四日（土）

午前中は「皇后考」15の原稿を書く。午後、渋谷のＴＳＵＴＡＹＡに行く。車中、前掲『日本の起源』の続きを読む。ＴＳＵＴＡＹＡに目当てのＤＶＤはなく、帰途たまプラーザで下車し、美容院でカットしてもらう。この美容院はスタッフが多く、特に指名はしないので毎回違うスタッフに当たる。男性の場合もあれば女性の場合もある。スタッフによって髪形が微妙に変わる。もっとも家人に言わせれば、誰がやっても同じにしか見えない。

九月十五日（日）

まだ太平洋上にいる台風のせいで、未明から激しい雨。引き続き「皇后考」15の原稿。午後、雨がやんだので町田へ。町田市立図書館で『内村鑑三全集』34（岩波書店、一九八三年）所収の日記をコピーする。午後十一時半よりＮＨＫ「トンイ」。ＤＶＤで見たのに家人とまた見てしまう。

九月十六日（月）

台風が豊橋付近に上陸し、甲府や熊谷のあたりを通り、東北地方へと抜けて行った。ここ横浜では雨も風も大したことはなかった。テレビのニュースを見ると、京都では桂川が氾濫し、嵐山が水没している。宇治川のほとりに家がある井上章一さんは大丈夫だろうか。

それにしても今年は関東で水不足と言われているのに

対して西日本では水害が多い。山陰本線や三江線、山口線にはまだ不通区間がある。JR西日本はJR東日本と違ってすべての線を復旧させるだろうが、営業利益は当初の目論みよりもかなり悪化するのではないか。

台風が抜けた後の夕焼けが美しい。西側を向いた店や家の窓という窓がみな茜色に染まっている。こんな風景をどこかで見たことがあると思ったら、大学二年だった一九八二年の十月、田園都市線の二子玉川園（現・二子玉川）から二子新地にかけて、多摩川鉄橋を渡る電車の窓から富士山や丹沢のシルエットが夕焼けのなかに浮かび上がっているのを見たときのことを思い出す。Nという友人と、その日の藤原保信先生(4)の「政治学史」の講義について車内で議論していたのだが、電車が用賀を過ぎてトンネルを出るや、空があまりに美しく、思わずノートを投げ出したのだった。

九月十七日（火）

台風とともに夏が去っていったようだ。秋晴れのさわやかな天気。湿気もなく朝は二十度を下回る。

正午、神保町の立ち食いそば屋「嵯峨谷」で二枚もり。この界隈では駿河台下の「丸香」で釜玉うどんを食べるのが理想なのだが、昼時になると決まって長蛇の列ができており、最近はすっかり足が遠のいている。

午後三時、神保町のカフェ「古瀬戸」で『群像』編集部のHさんに会い、「皇后考」14の原稿を渡す。中沢新一さんと居合わせたので挨拶する。

午後五時、久しぶりに本郷の東大図書館に行く。元教員の特権を生かして書庫に入り、目当ての論文をコピーする。いつもながら、暗い書庫には独特のにおいと空気が充満している。あまり長くとどまっていたいところではない。

九月十八日（水）

講談社から拙著『「民都」大阪対「帝都」東京』（講談社選書メチエ、一九九八年）の重版を知らせる手紙が来た。これで12刷。増刷の回数では『〈出雲〉という思想』（講談社学術文庫、二〇〇一年）に次いで多い。もう十五年にわたって刷りを重ねてきたことになる。

午後二時、朝日新聞東京社会部のM記者が自宅に来る。私は原則として自宅では取材を受けないことにしているのだが、今回はワープロを愛用している人の取材ということで、自宅まで来ていただいたという次第。ＳＨＡＲＰの収益が好調なので、ワープロの再販売に期待したいと話す。

ＪＲ東海が、リニア中央新幹線の詳細ルートを発表する。品川―名古屋間を最速四十分で結ぶというが、品川も名古屋も地下深くに駅がつくられるため、それぞれ乗り換えに十五分、十分程度かかる。したがって事実上一時間五分はかかることになる。いまでも品川―名古屋間は最速ののぞみで一時間二十九分しかかからない。こうツイッターに書いたら、リツイートの数がどんどん増える。

九月十九日（木）

午後二時半、国会図書館憲政資料室へ。英国外務省文書を閲覧する。地下鉄半蔵門線と東西線を乗り継ぎ、六時半に木場。酒井順子さん、新潮社のＴさん、Ｋさんと合流し、フレンチレストラン「アタゴール」へ。ＪＲ東日本の寝台特急「北斗星」に併結されていた車両「夢空間」が食堂車に改造されている。誕生日を迎えたばかりの酒井さんをお祝いする。ＪＲ九州が来月から運転を始める「ななつ星」やリニア、三陸鉄道など、男女半々の割りには鉄分の高い話題が多い。思えば東横線の渋谷ターミナルの最後を見ようと三月に出掛けたときも、この三人と現場でばったり出会ったのだった。

九月二十日（金）

リニア批判のツイートに対するリツイートがついに７４４に達する。[5] もちろんすべてが同意ではないにせよ、これだけの反響があること自体、問題関心の高さを示すものだと思う。国民的な議論が必要にもかかわらず、ＪＲ東海の一存だけで工事がどんどん進んでゆくのは明らかに異常である。東浩紀はツイッターで、一民間会社が自己資金でやるのだから問題ないなどと書いているが、東電の事故を見たあとによくぞこんなツイートができるものだと感心する。

文藝春秋のＨさんから、『文春オピニオン２０１４年の論点１００』でリニアをテーマに書いてほしいという依頼が来た。躊躇せずに引き受ける。

九月二十一日（土）

原稿を書くのに、JR東京駅の地下にある総武・横須賀線ホームとJR上野駅の地下にある新幹線ホームの正確な深さを知る必要が生じたため、午後四時半、神保町の書泉グランデ六階の鉄道コーナーに行く。日本で最も鉄道関係の書籍が充実していると言われるマニアの聖地だ。見知らぬ男性客に挨拶される。やはりここでは顔が割れているようだ。結局わからなかったので、明治大学図書館に行き、地下駅が開業した当時の新聞の縮刷版を引っぱり出してきて確認した。

午後六時過ぎに帰宅し、家人とともにJR十日市場駅に近い「魚屋路《ととやみち》」という回転寿司屋に車で行く。連休初日のせいか満員。贔屓にしているたまプラーザの「金沢まいもん寿司」という回転寿司屋に比べると、値段も安いしネタの種類も少ない。隣の親子連れは、最も安い百円の皿と二番目に安い二百五十円の皿しか取ろうとしない。東急文化圏との格差は歴然としている。

九月二十二日（日）

午後三時、渋谷の喫茶店「キーフェル」で、NHKの番組を制作しているノマドという会社の牛久保明子部長に会う。「BSプレミアム」で鉄道をテーマとする番組を収録するので、出演してほしいという。話をうかがった上で丁重にお断りする。新幹線の運転や線路の保線、車両の海外輸出などを通して、日本人の鉄道にかける思いを伝えたいというのだが、ひとつ間違えばナショナリズム礼賛になる。ほかにふさわしい人はいくらでもいると話し、藤井聡氏を特に推薦しておく。

UCLAに留学したゼミ生の田中真穂さんから電子メールが来る。これから始まる米国での大学生活を前に、期待と不安で胸が一杯とのこと。このメール自体は日本語だったが、慣れない英語で返事を書く。

九月二十三日（月）

秋分の日。皇室では秋季皇霊祭および秋季神殿祭の日。わが家には先祖代々の墓というものがない。零歳で死んだ姉の小さな墓が多磨霊園にあるが、そこにもしばらく行っていない。今日も行かなかった。

昨日行われた東進ハイスクールの東大本番レベル模試「地理歴史」の問題が送られてきた。「日本史」に保阪正康さんと共著の『対論　昭和天皇』（文春新書、二〇〇四年）の私の文章が使われたからだ。非常に難しい。正直言って、私が大学で担当している持ち込み可の「日本政治論」期末試験問題といい勝負だ。

こういう問題を作れる予備校の教師は、雑用に追われる大方の大学教授より、よほど勉強していることは間違いない。東進ハイスクールには、東大の加藤陽子さんの連れ合いである野島博之さんというカリスマ教師がいるはずだから、野島さんが作ったのかもしれない。

九月二十四日（火）

神保町の「嵯峨谷《さがたに》」で天ぷらそばを食べ、明治大学図書館に立ち寄ってから午後二時、青土社に行く。『現代思想』が出雲の特集をするというので、編集部のOさんを相手に前掲『〈出雲〉という思想』におおむね依拠した話をする。ほかの話題も含めて三時間半も話したせいか、帰宅後に疲労がどっと押し寄せる。

九月二十五日（水）

午後零時半、自由が丘のラーメン屋「いちばんや」で久しぶりに醤油ラーメンを食べる。ラーメンが美味い季節になったのがうれしい。麵、つゆともに相変わらずの味。完食。食べ終わった後の余韻にしばし浸る。

午後三時より、勤務校の白金校舎でゼミ。今回のテキストは前掲『日本の起源』。出席者は七人。うち学生は二人。密度が濃い本なので、特に近代以降を重点的に読むよう指示しておいた。

私に言わせれば、拙著『直訴と王権』に対する與那覇さんの読みの鋭さだけでも「買い」なのだが、二人の歴史観を受け入れてしまうと、例えばいまも行われている反原発デモに対して、「そんなことじゃ社会なんか変わりませんよ」というニヒリズムに陥るのではないかという批判が、社会人から出る。そこから、歴史学はいったい何のために存在するのかという大問題へと議論が発展する。

九月二十六日（木）

また自由が丘に来た。昨日気になっていた「いちばんや」の向かいにある古風な中華料理屋で五目焼きそばを食べる。千百円。高い割には満員で、九百円のランチを食べている客が多い。ランチにしておくべきだったと後悔する。

午後一時半に国会図書館。五時に出て、永田町から地下鉄南北線に乗り、麻布十番で下車。歩いてテンプル大学日本キャンパスへ。ヘブライ大学のベン・アミー・シロニー名誉教授に再会する。外国人の天皇制研究者として知られ、日本でも海外でも多くの本が出されている。今回は伊勢神宮の二十年ぶりの式年遷宮にあわせての来日とのことで、十月に行われる「遷御の儀」に出席するという。

午後七時半から、大学内で天皇をテーマとする講演。英語だったが、専門を同じくしているせいか聞き取りやすく、通訳がなくてもほぼ理解できた。ありがたいことに、拙著『大正天皇』(朝日選書、二〇〇〇年)にも触れてくださった。

教室をほぼ埋めつくした多くの外国人にとっては、ふだんあまり考えたこともない天皇という存在についての、非常にわかりやすい解説だったのではないかと想像する。質疑応答の時間が一時間に及んだことが、関心の高さを物語っていた。

シロニー先生のいつもながらの博識に驚嘆させられたが、「皇后考」を連載している立場からすれば、批判がないわけではなかった。「母なる天皇」という言及はあっても、皇后についての言及がほとんどなかったのは残念であった。

九月二十七日(金)

関東大震災をテーマとした「皇后考」15をほぼ脱稿。四百字詰四十五枚で、通常よりも多くなった。最後は虎ノ門事件についても触れる。出口王仁三郎『霊界物語』69巻を使いつつ、いささか大胆な推理をする。

午後からまた国会図書館。デジタルデータで西川義方『侍医三十年』(一九五二年)を閲覧する。大日本雄弁会講談社(現・講談社)から公刊されたせいか、同じ貞明皇后の侍医が書いた山川一郎『拝命 一侍医の手記』(私家版、一九七二年)に比べて儀礼的言い回しが多く、面白みに欠ける。

九月二十八日(土)

NHK朝の連続ドラマ「あまちゃん」がついに最終回

を迎える。これほど熱心に見たテレビドラマも珍しい。最後は北鉄（実際には三鉄）の北三陸―畑野（実際には久慈―田野畑）間が開通し、お座敷列車で満員の客を乗せてアキちゃんとユイちゃんが歌う場面が再現される。

ＪＲ東日本の列車やＢＲＴ（バス高速輸送システム）はついに出てこなかった。久慈市の盛り上がりもドラマの後に生中継されていたが、同じ三陸沿岸でも、ＪＲの沿線に当たり、鉄道が復旧していない山田町や陸前高田市などの住民はどう見ているのだろうか。

見事なドラマであった。鉄道は単なる輸送手段ではなく、車内そのものが公共圏であり、その公共圏が復活するからこそ沿線住民は列車に向かって手を振るのだという考え方が、最後まで貫徹していた。所要時間や速度、本数などを数量で示すことはできても、車内で人々が顔を見合わせて語り合う公共圏を数量で示すことはできない。営業利益という経済的な数字に還元できるものでもない。

それは吉永小百合という国民的大女優をポスターに起用し、ＢＲＴの開通をもって「復旧」を宣伝するＪＲ東日本とは全く相いれない思想である。もちろん、九兆円という巨額の投資をしてリニアを建設しようとしているＪＲ東海とも相いれない。このドラマが終わって一番胸をなでおろしているのは、実はＪＲ東日本やＪＲ東海の幹部ではないか。

信濃毎日新聞のＭ編集委員に連絡し、前掲『日本の起源』の書評原稿を書く。だいたいポイントは頭の中に入っていたので、それを吐き出して一気に仕上げる。

九月二十九日（日）

朝日新聞読書面の「ニュースの本棚」に拙稿「伊勢と出雲」が掲載された。効果はてきめんで、『伊勢神宮と日本美』はＡｍａｚｏｎの順位が一〇〇〇位まで上がっている。恐るべき影響力である。

来週に加藤典洋さんと村上春樹をめぐって、再来週に田中慎弥さんともうすぐ刊行される『燃える家』（講談社、二〇一三年）をめぐって対談が予定されているので、その準備として村上春樹「品川猿」（『東京奇譚集』、新潮文庫、二〇〇七年に所収）と田中慎弥『夜蜘蛛』（文藝春秋、二〇一二年）を読む。「品川猿」と『色彩を持たない多崎つくると、彼の巡礼の年』の関係を説く加藤さんの指摘はなるほどと思った。『夜蜘蛛』は昭和天皇の死の後を追って自殺した元兵士の物語だが、背後に乃木希典の影が漂う。乃木もまた山口県にゆかりのある人物という点で、『燃える家』とつながっている。

午後十一時からNHKで「トンイ」。「あまちゃん」が終わっても「トンイ」はまだまだ続く。化粧品に鉛を大量に混ぜた影響でトンイに付いていた女官が次々に倒れるという話を見ながら、大正天皇の病気が乳母の母乳に含まれた鉛に由来するという説を思い浮かべる。五月三日に神戸で中井久夫さんと話したときにも、この話題が出た。

九月三十日（日）

午後六時から有楽町の東京會舘で開かれた講談社ノンフィクション賞、講談社エッセイ賞、講談社科学出版賞の授賞式とパーティーに出掛ける。五年前に講談社ノンフィクション賞を受賞したので親近感がある。今回は角幡唯介さんと高野秀行さんが同賞に選ばれた。二人ともフリーだが、三十代の角幡さんが本を出せば必ず何らかの賞をもらってきたのに対して、四十代の高野さんは、本人曰く苦節二十五年にして初めての受賞となった。挨拶にもそうした苦労がかいまみえ、好感がもてた。満票で選ばれるより、強い賛成と強い反対があるほうが作品としての力はあると信じるという高野さんの言葉は、私自身もそうだっただけに、その通りだと思った。

選考委員の林真理子さん、酒井順子さん、中沢新一さん、坪内祐三さんに会う。関川夏央さんにも久々に会う。関川さんにしては機嫌がよさそうだった。講談社はもとより、新潮社や文春、朝日新聞社など多くの編集者や記者に会う。たまにこういう社交的な場に出ることの大切さを痛感する。

（1）一八九三—一九七四。茨城県出身の農本主義者。五・一五事件で逮捕される。立花隆さんは親戚に当たる。
（2）荒川の支流で、東久留米市内を流れる。「黒目」は「久留米」の語源ともいわれている。
（3）スサノヲ、クシイナダヒメ、オオクニヌシを祭神とする。埼玉県の大宮氷川神社を中心に、東京都から埼玉県にかけて数多く分布する。
（4）一九三五—九四。早稲田大学政経学部教授。専門は西洋政治思想史。私は八三年から八五年にかけて藤原ゼミに所属していた。

（5）　結局、リツイートの数は839まで増えた。

十月一日（火）

今日からサバティカルも後半に入る。

午後四時に明治大学中央図書館。閲覧室で本も読まず、ひたすら手鏡を見ながら堂々と化粧している女子学生が目の前にいた。よほど注意しようかと思ったが、勤務先の大学ではないので、職員に、おたくの大学では閲覧室で化粧することは禁止されていないのですねと確認する。

午後六時半、神楽坂上の毘沙門天で日経のO論説委員、I編集委員と待ち合わせ、半地下のようになっている炭火焼きの店に行く。I編集委員から、新潮選書から刊行予定の井上亮『天皇と葬儀』の解説を『波』に書くように依頼され、引き受ける。安倍政権や五輪、ヘイトスピーチ、リニア、近現代史など、相変わらず話題が多岐にわたる。もう日経を辞めて二十五年になるのに、まだ交流が続いている。ありがたいことだ。

安倍政権が有識者のお墨付きを得て、来年四月から消費税率を八パーセントに上げることを表明した。

十月二日（水）

終日在宅。連載している「鉄道ひとつばなし」の原稿「「あまちゃん」と鉄道」を一気に書く。

夕方より伊勢神宮内宮で「遷御の儀」[1]。一連の式年遷宮行事のクライマックスに当たる。同じ時間に宮中三殿に隣接する神嘉殿の前庭では、天皇が内宮に向かって遥拝しているはずだ。けれどもまさにこのとき、多くの神官に囲まれて移動している八咫鏡の正体を知っている人間は、天皇を含めて誰もいない。シロニー名誉教授が南麻布のテンプル大学で講演したとき、この話を同大学の外国人教授にしたところ、彼は私に英語で、「本当はそんな鏡なんかないのではないのですか」と質問した。思わずグッドクエスチョンと答えた。

十月三日（木）

九月十三日に訪れた立川の昭和天皇記念館に、午後もう一度行く。筆写した史料に間違いがないかどうか、見落とした重要史料はないかなどを再確認するためだ。

過去の経験則から言って、一度だけでは必ず間違いや見落としがある。ゲラの校正で必ず誤植が見つかるのと同じ原理だ。果たして書き上げたばかりの「皇后考」15の原稿をもっていき、引用した史料の箇所と照合してみたら、次々と間違いや見落としが見つかった。ちなみに入場者は、この日も私を含めて二人しかいなかった。

たったこれだけの作業のために、わざわざ立川まで往復する。正確な原稿を書くためには、これくらいの労力を惜しんではならない。とはいえ、ベタに史料を並べるだけでもいけない。「皇后考」は史料集ではない。史料自体は正確に引用しつつも、そこから何が言えるかを大胆に推理する能力もまた要求される。難しいところだ。

十月四日（金）

終日自宅。明日の朝日カルチャーに備えて村上春樹の小説と加藤典洋さんの評論を読む。新潮社から『天皇と葬儀』のゲラが送られてきたので、これも読み始める。

ネットで秋山駿さんの死去を知る。建て替えの後も含めれば半世紀以上にわたってひばりが丘団地に住み続けた最後の団地文化人だった。奥泉光さんが野間文芸賞を受賞した年、授賞式が行われた帝国ホテルでお会いしたときの秋山さんの優しそうな笑顔がいまも忘れられない。

十月五日（土）

午後二時半、横浜ルミネの朝日カルチャーセンターへ。控室で加藤典洋さんに会う。四月二十六日に早稲田で会って以来だ。午後三時半から二時間、対談。新聞の宣伝もあまりなかったせいか、受講者は十数名程度。

テーマは『色彩を持たない多崎つくると、彼の巡礼の年』を中心とする村上春樹論。実際には対談というより、村上の全小説を読破している加藤さんの高説を、私を含む受講生が拝聴するというスタイルになる。もう少し自分の考えも話したかったが、あいにく時間がなくなってしまった。

終了後、加藤さんや講談社のSさん、元加藤ゼミ生の斉藤ゆかりさんらとともにすぐ下の階のレストラン街に行き、イタリア料理屋で歓談。あれだけしゃべった後なのに、加藤さんは相変わらず快活にして饒舌。気づいたら十時近くになっていた。

十月六日（日）

坂本多加雄五十二歳、鴨武彦五十四歳、橋本寿朗《じゅろう》五十五歳。いずれも、私と付き合いのあった政治学者や経済学者が亡くなったときの年齢である。みな超がつく一流の、そして孤高の学者であった。私も彼らの年齢に近づいてきた。大学に属しながら仕事をしすぎると死ぬということだ。

長年信頼をおいてきた編集者に不用意なメールを送ったのがもとで、その編集者を激怒させてしまった。人格がおかしいとまで暗に言われ、落ち込む。付き合いが長いぶん、その発言には信憑性があるからだ。こういう日にも日記を書かなければならないのは正直言って辛い。

十月七日（月）

また夏が戻ってきたような陽気になる。今日もなんとなく元気が出ない。明日の対談に備えて、『燃える家』をもう一度読む。『週刊ポスト』が、「「日本の明るい未来」を語ろう」と称して、リニアの特集記事を組んでいる。「鉄道アナリスト」の川島令三《りょうぞう》がJR東海の広報係をすすんで引き受けている。暗澹となる。

十月八日（火）

午後四時、講談社に行く。『群像』出版部（十月一日より『群像』編集部から『群像』出版部に改組）のHさんに連れられ、最上階の応接室へ。田中慎弥さん、文芸局長のKさん、『群像』出版部のSさん、Mさん、Hさん、Kさんらに会う。

さっそく田中さんと、『燃える家』をめぐる対談を始める。単に文才があるというだけでなく、歴史的な構想力を感じさせる作品に仕上がっている。奥泉光『神器』上下（新潮社、二〇〇九年）や赤坂真理『東京プリズン』（河出書房新社、二〇一二年）のように、最近でも天皇をテーマに高い評価を得た作品もあるが、下関という磁場にこだわり、この地で海に沈んだ安徳天皇という忘れられた天皇の怨霊が東京の天皇を中心とする現体制を揺るがすという構図は、下関にずっと住んできた田中さんならではだと思う。

二時間弱ほど対談し、タクシーで出版部の方々に率いられ、四谷三丁目に移動して夕食。さすがに田中さんは有名人で、店の人からも声をかけられていた。

才気あふれる作家との対談がいかに楽しく、刺激に満ちたものであるかを、今回もまた再確認させられる。

十月九日（水）

午後一時、共同通信福岡支社のSさんから、JR九州が運行する豪華クルーズトレイン「ななつ星」について、電話で取材を受ける。すでにヨーロッパや東南アジア、南アフリカ、韓国などでクルーズトレインは走っており、世界的に見れば遅きに失したこと、九州には西鉄バスという日本最大のバス会社があり、JR九州は常にライバルのバスにはできないサービスとは何かを考えざるを得ない立場にあるのを踏まえれば、「ななつ星」を生み出した最大の功労者は西鉄バスだといっても過言ではないことなどを話す。

十月十日（木）

やけに暑い。完全に夏が戻ってきたようだ。

午後四時、角川書店でGさん、Kさんを相手に不敬小説の講義。テキストは『燃える家』。丸山眞男に言わせれば、これもまた「肉体文学」の一種ということになろう。しかしセックスで男子が生まれなければ廃絶の危機に瀕する天皇制にとって、性はまさに核心的な問題にほかならない。だからこそ、徹底した「肉体文学」はかえって天皇制の核心を揺るがす「不敬文学」になり得るのではないか。

ノーベル文学賞が発表される。今年もまた村上春樹は受賞を逃した。村上の小説、例えば『1Q84』などは一種の「肉体文学」といえるかもしれない。現にポルノ規制が厳しい中国ではそのように読まれていると聞く。が、全共闘やオウムの残響は読み取れても、天皇や天皇制は一切登場しない。この先、村上が天皇を取り上げることはあるのだろうか。

十月十一日（金）

宮内庁楽部の雅楽演奏会の切符を入手したので、午前九時半に大手門に行ったが誰もいない。様子がおかしいと思って問い合わせたら、一週間後だという。またやってしまった。

数年前に佐賀で講演を頼まれたとき、誤って手帳に一日ずらして書いたまま当日まで気づかず、結局講演が中止になったことがある。共同通信からの依頼で、天皇制をテーマとする講演だった。知事も来ていたらしい。この大失敗以来、共同通信からは二度と講演の依頼が来なくなった。

午後五時、青葉台のカフェ「ANTONIO」で、時事通信のSさんから天皇、皇后の葬儀と陵墓のあり方につき、取材を受ける。宮内庁の会見は再三にわたり延期されているようだ。このままだと十一月にずれ込みそうだという。

十月十二日（土）

午前中は自宅で「皇后考」16の執筆。午後、自家用車に乗り、多摩ニュータウン永山、諏訪地区に行く。諏訪二丁目団地を建て替えた民間マンション「Brillia多摩ニュータウン」[2]が完成していた。景観がすっかり変わってしまった。帰宅してすぐに東京新聞の連載「東京どんぶらこ」に出稿する「永山」の原稿を書く。多摩ニュータウンについては、同じく多摩丘陵を開発してできた多摩田園都市と比較しつつ、いずれ考察をまとめて刊行したいと思う。

十月十三日（日）

新聞の日曜求人欄を眺める。建物設備管理員、電気主任技術者、教育ベビーシッター、家事手伝いなど、さまざまな職種が並んでいる。どれもかなりの倍率なのだろう。「大募集」「急募」などと書かれているが、どの職業にもつけない人々の実態は伝わってこない。同じ時間にどれだけの人々がこの欄を凝視しているかを想像する。

義父の新しい墓が八王子の南多摩霊園にできたのに伴う法事に行く。久しぶりの秋らしい天気で、ＪＲ中央線の高尾駅は京王線に乗り換えて高尾山に行く客でホームがあふれ、前に進めない。ようやく改札口を出ると、今度は墓参に行く客でバス乗り場もタクシー乗り場もあふれ返っている。このあたりは武蔵陵墓地ばかりか、東京霊園、南多摩霊園、八王子霊園など、一般人の墓地も多く、さながら墓地銀座という感じだ。義父の墓の近くには、革マル派の巨頭、黒田寛一の墓があった。赤茶色の墓石には、ただ一文字、「闘」という漢字が彫られていた。真新しい花も供えられていた。

十月十四日（月）

鉄道の日。未明に悪寒がした。体調があまりよくないので終日自宅で過ごす。

『現代思想』編集部から送られてきた近代の出雲に関するインタビュー原稿に手を入れる。電子メールの添付ファイルに送られてきた原稿の直しの部分だけを赤字にする。性分としてはファクスに赤ボールペンで直しを入れる方が好きだが、最近はパソコンで送ってくる場合が多い。

午後は桐野夏生さんから送られてきた『だから荒野』（毎日新聞社、二〇一三年）を一気に読破する。桐野さんの小説は大体読んできたが、今回もまたおもしろい。主人公は四十六歳の専業主婦。誕生日にさんざんバカにされてきた夫と二人の息子のもとから車で失踪し、長崎に向かうが、その途上で運命的な老人との出会いを果たす。長崎の原爆と三・一一との重なりを通して、孤独な死の向こう側に見える希望が語られる。ただの家族小説ではないところが、いかにも桐野さんらしい。壮大な構想力に敬服させられる。

十月十五日（火）

ＪＲ九州の豪華寝台列車「ななつ星」がいよいよ運転を始めた。どこかの雑誌から乗って原稿を書いてくれという依頼が来ることを期待したのに、そんな依頼はついに来なかった。来たのは、乗らずにコメントをしたり、原稿を書いたりする依頼ばかりであった。

『群像』出版部から送られてきた田中慎弥さんとの対談のゲラに直しを入れる。最後のほうで話した鉄道オタク的な余談までしっかりと収録されていた。

午後五時、神保町のカフェ「古瀬戸」で『群像』出版部のＨさんに会い、「皇后考」15の原稿と、田中さんとの対談のゲラの直しを渡す。先月に同じ店で会った中沢新一さんにまた会う。中沢さんも「古瀬戸」のコーヒーが好きなのだろうか。九月三十日の講談社ノンフィクション賞の授賞式でも会っているから、この一カ月間に三度会ったことになる。「何度も会ってしまってすみません」と意味不明な挨拶をする。

三省堂で買った國分《こくぶん》功一郎『来るべき民主主義』（幻冬舎新書）を読み始める。都道の新設をめぐる小平市の住民運動に携わった当事者の貴重な記録。西武沿線で民主主義を考えるというテーマにひかれる。

十月十六日（水）

台風26号の接近に伴い、未明に暴風雨が吹き荒れる。伊豆大島では土砂崩れが発生し、死者、行方不明者合わせて五十人を超える大惨事となる。(3)

午後三時より、白金の勤務校でゼミ。テキストは『〈出雲〉という思想』。質疑応答をしているうちに、なぜか東京オリンピックの話になり、マラソンのアベベと円谷幸吉の話になり、東京以降のオリンピックにおける日本のマラソン選手の話になり、ある年のびわ湖毎日マラソンで起こったハプニングの話になる。どうでもいい話にどんどん話題がずれてゆく。拙著をテキストにしてしまうと、どうしても緊張感がなくなってしまう。ゼミ終了後、教室で卒業用の写真を皆で撮影。正規のゼミ生以外も含めて九人ほどが集まる。女子が七人と圧倒的に多い。

午後七時、ゼミ生と品川の「つばめグリル」に移動。ゼミＯＢの小林太一くん、永澤佳祐《けいすけ》くんに久々に会う。小林くんは北大大学院に進学してからＨＢＣ北海道放送に勤めており、彼の上京に合わせて企画された食事会だった。先輩の男子を囲んで後輩の女子が話を聞いている。いい構図ではないか。

十月十七日（木）

宮中では神嘗祭。十月二日に続いて、天皇は伊勢神宮を遥拝したはずだ。皇后と皇太子妃は欠席。皇太子妃の欠席は当然だとしても、祭祀に熱心な皇后の欠席はやや意外。よほど膝の具合が悪いのだろうか。

午後三時、岩波書店のIさんとHさんに会う。岩波に行くのは久しぶり。一橋大学の吉田裕《ゆたか》さんと『岩波天皇・皇室辞典』（二〇〇五年）を編集したり、岩波新書から『昭和天皇』（二〇〇八年）を刊行したりした時期もあったが、最近は疎遠になっていた。ずっと気にかけてくださる編集者の存在はありがたい。

十月十八日（金）

一週間前に間違えて行った宮内庁楽部の雅楽演奏会にまた出掛ける。午前九時半、大手門で荷物検査を受けてから皇居東御苑内を通り、楽部に行く。演奏会は十時半から正午までで、管弦と舞楽に分かれていた。管弦は唐楽と呼ばれる器楽の合奏、舞楽は器楽をBGMにした舞である。いずれも中国、朝鮮からの影響を強く受けている。儒教でいえば「礼楽」に当たり、統治の手段として重視された。

例えば『論語』には、八佾《はちいつ》の舞といって、八列×八列、つまり六十四人による方形の舞が出てくる。これは天子の前で披露される舞である。今日の舞楽は、散手《さんじゅ》と林歌《りんが》と呼ばれるものであったが、前者は一人、後者も二列×二列、つまり四人による小さな方形の舞であった。貞明皇后の行啓に同行した吉田鞆子《ともこ》によれば、一九二四（大正十三）年十二月、京都御所内の諸大夫の間で雅楽演奏会が行われ、林歌の舞もあった。貞明皇后は雅楽を奨励していた。

朝鮮王朝では、銅鑼や鉦《しょう》、太鼓は国王の行列を止め、沿道の民が直訴するための合図として用いられた。それだけ農村にこうした楽器が普及していたのだ。けれども日本では、優雅な宮廷音楽の楽器になってしまった。

中央の舞台を取り囲むようにして客席が設けられ、二階にも客席があったが、満席であった。百名はいただろう。もちろん無料。和装の女性や喪服のような黒ずくめの女性など、格好はさまざまだった。たまには皇族のお出ましもあるという。この日のお出ましはなかった。

十月十九日（土）

朝日カルチャーセンター川西教室で「天皇とは何か」と題する講座を二回にわたって開くため、午前十時過ぎ、新横浜から「のぞみ325号」に乗る。三島から富士川鉄橋にかけて、五合目あたりまで雪化粧した富士山がよく見える。今日が初冠雪だそうだ。そういえば竹内好も、東海道本線の特急で東京と関西の間を往復するときにはよく富士山を眺めていた。新大阪で乗り換えて大阪で下車。相変わらず屋根のない歩道橋を渡り、梅田から阪急宝塚線の急行に乗る。

阪急の車両はいつ見てもほれぼれするほど美しい。マルーンと言われる羊羹色の車体が輝いている。十三《じゅうそう》で降り、「阪急そば」で細かくきざんだ油揚げをのせた「きざみうどん」を食べる。三百円。大阪近辺で最も気に入っている駅そば、いや駅うどんだ。

再び宝塚線の急行に乗り、川西能勢口で降りる。駅前の「アステ川西」へ。午後二時から四時まで講義と質疑応答。受講者は三十人弱。前に宝塚で阪急と小林一三について講演をしたさいに参加されたHさんに再会する。

午後四時半、川西能勢口から梅田、大阪を経由し、新大阪から「のぞみ246号」に乗る。新大阪で買った「但馬牛めし」を食べる。千百円。新神戸の淡路屋の駅弁だ。[4] 牛肉自体はさすがに柔らかかったが、いかんせん飯が冷えきっている。これではせっかくの肉のうまみが半減してしまう。かといって同じ淡路屋の「神戸のあっちっちステーキ弁当」にしてしまうと、仕掛けが大袈裟な代わりに量が少なくなる。客にとっては悩ましいところである。

十月二十日（日）

皇后の誕生日。宮内記者会の質問に対して、文書で回答を寄せている。その中で、皇后が初めて憲法に踏み込んだ私見を表明したことに驚く。五日市憲法草案にまで言及し、明治初期から日本人自身が日本国憲法に通じる憲法を作っていたとしたのは、自民党の改憲の動きに対する痛烈な批判にしか見えない。もうひとつ、宮中祭祀に対しても本心を吐露している。「前の御代からお受けしたものを、精一杯次の時代まで運ぶ者でありたいと願っています」という言葉には、祭祀に出ようとしない皇太子妃に対する不満の念がにじみ出ている。

午後十一時よりNHKで「トンイ」。ついに王妃禧嬪《ヒビン》と南人《ナミン》派の共謀が発覚した。南人派の要人が捕らえられ、国王粛宗《スクチョン》の命により拷問が加えられる。日本の時代劇ではまず見られないシーンだ。

十月二十一日（月）

午前は「皇后考」16の執筆。午後に国会図書館。関係史料をコピーする。いつも見かける男性がまた椅子に座っていた。元職場だが、ここに来ると時間が止まったような感覚に襲われる。同期で入ったI種職員はもう課長になっている。

十月二十二日（火）

『週刊文春』のKさんから電話。十月二十日の皇后誕生日に発表された皇后のメッセージに関する取材を受ける。皇后の宮中祭祀に対する思いにつき、貞明皇后にも言及しながら私見を述べる。あさってには店頭に並ぶのだろう。

皇后のメッセージについての私見をツイッターでつぶやいたら、またリツイートが700を超える。(5) フォロワーの数も3000を超えた。そら恐ろしい話だ。先日も楽天ファンの東北大学の教授が「千葉（ロッテ）滅びろ」とツイッターに書いたら炎上し、東北大学がホームページで謝罪したという。この日記も慎重を期さねばなるまい。

十月二十三日（水）

午後七時、銀座八丁目のYという蕎麦屋で、中島岳志さん、文春のTさん、Nさん、Hさんと会食。建前上は私が信濃毎日新聞で中島さんの『血盟団事件』の書評を書いたことに対するお礼ということだったが、そんな堅苦しい会合ではなく、久しぶりの再会でなごやかに歓談した。Hさんが昨日の談話の入った『週刊文春』をもう持参していた。まるで新聞なみの素早さで週刊誌ができることに驚く。

十月二十四日（木）

講談社から、『燃える家』が送られてくる。五百八十七ページで定価は二千三百円。装丁は赤地に白抜きの文字。まさに燃えるような色合いだ。帯には「原武史氏絶賛！」とあり、「現首相の地盤である下関には、平氏一門とともに海に沈んだ天皇が祀られている。その魂がまだ漂っているとしたら……。東京を首都とする国家の中枢を震撼させる著者の筆力にひたすら圧倒される。おそるべき「不敬」小説だ」という私の文章が掲載されている。

ここまでかかわってしまうと、責任感のようなものをひしひしと感じる。芥川賞に次ぐ賞を、この大著でどうしても取ってもらわねばなるまい。もう一度田中慎弥さんに「もらっといてやる」と言わせてみたいものだ。

十月二十五日（金）

午前に『燃える家』の書評を書き、信濃毎日新聞社にファクスで送る。午後には青葉台のブックファーストに行く。川口マーン恵美『住んでみたドイツ　8勝2敗で日本の勝ち』という新書があちこちで平積みされている。読まなくてもわかる内容。タイトルだけで嫌悪感を催す。この微温的ナショナリズムをあおる本が優遇されているのは東急沿線だけなのか、それとも西武沿線でもそうなのかが気になる。

ロンドンの岡本京子さんから送っていただいたDVD『プリンス』の前半部を見る。BBCが二〇〇四年に制作した映画。ジョージ5世と王妃メアリの間に生まれた第五王子ジョンが主人公。第一次世界大戦後に夭折した悲劇の王子である。婦人参政権を要求する女性に対するメアリの冷たい態度は、ちょうどいま書いている貞明皇后を思わせた。

文化勲章五名、文化功労者十五名が発表される。中井久夫さんが文化功労者に選ばれたのはめでたいが、二十名のうち女性は一人しかいない。男女平等ランキングで日本は百五位だそうだ。なぜこれほどの差がつくのか。納得のゆく分析はいまだになされていないように思える。

また台風が近づいている。NHKのニュースや朝のワイドショーでは連日トップの扱いである。その間に安倍内閣は、特定秘密保護法案を閣議決定してしまった。政府に言わせれば台風さまさまだろう。まるで台風同様、人間の力ではとめられない自然現象のように見えてしまうからだ。丸山眞男の言う「つぎつぎになりゆくいきほひ」である。

十月二十六日（土）

台風で影響が危ぶまれたが、十九日と同じ「のぞみ」に乗り、大阪に向かう。梅田から阪急宝塚線。今日も十三で降りて「阪急そば」に入るが、趣向を変えて天ぷらそばを食べてみる。やはりうどんの方が断然うまい。しかしよく見ると、ほとんどの客がそばを注文していた。

朝日カルチャーセンター川西教室で「天皇とは何か」の二回目の講義を行う。二時間しゃべり、クタクタになる。質疑応答も活発で、なかなか終わらなかった。

終了後、私のファンだという女性が待っていた。ほぼ同世代である。川西能勢口から梅田まで一緒に電車に乗る。車中、いろいろと話す。彼女は私に合わせて標準語でしゃべってくれるが、どうしても関西弁のイントネーションになってしまう。それがかえって新鮮に聞こえる。別れ際に二十代からずっと書いてきたという膨大な読書メモを渡される。帰りの「のぞみ」の車内でていねいに読む。

もうこの女性と会うことは、二度とないかもしれない。話しながら同情心が湧いても、諦めなければならないことがある。久しぶりにせつない気持ちになる。人間の運命について考えさせられる。

十月二十七日（日）

午前中は「皇后考」16の執筆。連続してひらめきが起こり、原稿が進む。午後は自家用車で町田市立図書館に行ってから、「山田うどん」成瀬店でたぬきうどんとかき揚げ玉子丼のセットを注文する。五百四十円。

東久留米市の滝山団地に住んでいたときから、黄地に赤いかかしのマークが入った「山田うどん」の看板には沿道でよく出くわしたのに、実際に食べたのは今日が初めてであった。『愛の山田うどん』（河出書房新社、二〇一二年）という本を書いた北尾トロさん、えのきどいちろうさんと鼎談することになり、何はともあれ一度は食べてみなければと思ったのだ。

うどんは一九七〇年代であれば確かにスタンダードな味といえようが、讃岐うどんのチェーン店が軒並み首都圏に進出している現在では、いささか古風な印象を受けた。値段が安いせいか、車を駐めて入ってくるのはタクシーの運転手が多い。

この成瀬店は町田市にあるが、私が住んでいる横浜市青葉区に入ると「山田うどん」の看板には出くわさなくなる。多摩や埼玉のチェーン店だからだろう。

夜はDVD『プリンス』の後半部とNHK「トンイ」を続けて見る。一方は二十世紀前半の英国王室、他方は十七世紀後半の朝鮮王室のドラマ。「プリンス」ではジョージ5世の王妃メアリが、「トンイ」では粛宗《スクチョン》の王妃禧嬪《ヒビン》が、ともに大きな役割を果たす。どちらも女優が美しい。

十月二十八日（月）

昭和初期の東京朝日新聞と読売新聞の記事を閲覧するため、横浜市立中央図書館に行く。終わって桜木町駅構内の「川村屋」で久しぶりに天ぷらそば。三百六十円。やはり昨日食べた山田うどんより、こちらのほうがうまく感じる。帰宅してから「皇后考」16を一気に仕上げる。

十月二十九日（火）

明治大学図書館に行く前に神保町の三省堂本店に立ち寄る。『燃える家』は一階の新刊コーナーの棚の一角と平台の二カ所に置かれていたが、どちらも一冊しか残っていなかった。すごい売れ行きだ。図書館から帰ってくると、棚も平台も本が補充されていた。在庫がまだあるようで安心する。他人が書いた本でこれほど売れ行きが気になるのも珍しい。

十月三十日（水）

「皇后考」16で大正の終焉を書いたので、天皇が死去した葉山御用邸附属邸の跡地である葉山しおさい公園に行きたくなった。JR横浜線で横浜に出て横須賀線に乗り換え、逗子で降りる。京急バスの森戸海岸経由葉山ゆきに乗る。葉山町には鉄道が通じていないのでバスで行くしかない。このバスは首都圏でも指折りの景色のいいところを行く。とりわけ右側の車窓から見える相模湾の風景がよい。あいにく富士山は見えないが、江の島がはっきりと見える。「一色海岸」というバス停で降りる。しおさい公園の入口に、「葉山町史跡　大正天皇崩御・

昭和天皇皇位継承之地」の石碑が立っていた。附属邸自体はもうないが、車寄の部分だけが博物館の玄関に使われていた。ここで昭和天皇が剣璽を継承したのだ。

十月三十一日（木）

京都のある人間が、ツイッターで「皇后考」を罵倒するツイートを繰り返している。その罵倒の仕方が、平成の蓑田胸喜《むねき》を思わせる、といったら大げさか。放っておく。

神保町の古本市をのぞく。目当てにしていた本は見つからなかった。それから都営新宿線に乗って新宿で降り、文化学園服装博物館で開催されていた「明治・大正・昭和戦前期の宮廷展」を見に行った。マント・ド・クールやローブ・デコルテ、御袿《みうちき》など、皇后が着用する服を初めて間近で見た。しかしこれらはほんの一部だろう。展示されていない服も含め、宮廷服全体の解説が欲しいところであった。

秋の園遊会で、参院議員の山本太郎が天皇に福島の現状を訴える「直訴状」を手渡したことが波紋を呼んでいる。もちろんその大部分は批判的なものだ。『直訴と王権』で書いたように、この国では江戸時代から一貫して、直訴という行為そのものを極端に忌避してきた。その政治風土はいまなお健在であることが、はしなくも露呈した格好だ。

（1）二十年に一度、神体の八咫鏡《やたのかがみ》を新しい社殿に移す儀式のこと。
（2）一九七一年三月に入居が始まった、多摩ニュータウンで最も古い団地の一つ。総戸数は六百四十戸で、全戸分譲だった。
（3）その後、死者と行方不明者を合わせた数は三十九人にまで減った。
（4）新大阪駅ではもともと「水了軒」という老舗が駅弁を販売していたが、いつの間にか「淡路屋」に変わっていた。坪内祐三さんがどこかのコラムでこの問題を取り上げていた。
（5）その後、リツイートの数は最大で800に達した。

十一月一日（金）

終日在宅。『高松宮日記』第一巻（中央公論社、一九九六年）を集中的に読み、「皇后考」16に加筆する。

夜になって朝日新聞の記者から電話。園遊会で山本太郎参院議員が天皇に書状を手渡した件につき、急いでコメントする。この問題については、やはりどうしても『直訴と王権』に触れないわけにはいかない。憲法に規定されない「公的行為」が平成になって拡大してきている以上、憲法の枠内で論じるだけでは不十分ではないか。「制度」を媒介とせず、「人間」に直接訴える行為そのものを忌避してきた政治風土こそが問われているのではないか。ツイッターではこの点に触れたが、新聞では「まるで狙撃事件でも起こったかのように大げさな騒ぎになっており、戦前の感覚がまだ残っていると感じる」というコメントだけが掲載された。

このコメントは13版には掲載されたが14版では落ちた。デジタル版ではツイッターの文章も含めてまるまる掲載された。反響も大きかった。

十一月二日（土）

書評委員をしている信濃毎日新聞社から招かれ、本社のある長野市に行く。といっても新幹線には乗らず、まず八王子からＪＲ中央本線を走る特急「あずさ」に乗り、松本に行く。ここで乗り換えの時間を利用して駅そばを食べるつもりがホームに見当たらず、やむなくＪＲ篠ノ井線の長野ゆき普通電車に乗る。途中、「日本三大車窓」の一つになっている姨捨のスイッチバックで善光寺平の風景を堪能する。けれども座席は景色のよい左側がすべてロングシートになっていて感心しなかった。

長野に午後一時三十分着。さすがに長野には駅そばがあるだろうとばかり思っていたら、在来線のホームにも改札の外にも見当たらない。何ということだ[1]。二時までに信毎の本社に行かなければならなかったので、やむなく改札の正面にあった「ベックスコーヒーショップ」でカフェラテとサンドイッチを急いで食べたが、なぜわざわざ信州に来たのに山手線の駅にもあるようなＪＲ東日本のチェーン店しか構内にないのか。釈然としないものが残った。

二時に信毎本社に到着。会議室でM編集委員ら信毎の関係者と、書評委員をしている松本仁一、小長谷有紀、赤川学、山本省、杉本真維子、温水《ぬくみず》ゆかりの各氏に会う。マイクロバスで湯田中温泉の「よろづや」という旅館に移動。会食後、登録有形文化財になっている「桃山風呂」と庭園露天風呂に入る。連休初日のせいか客が多い。無色無臭の湯だが、出たあとにじわじわと効いてくる感じ。昨日の園遊会に関するやりとりのせいで疲れが残っており、早めに寝る。

十一月三日(日)

朝七時、もう一度「桃山風呂」へ。庭園露天風呂のもみじが一部赤く染まっていた。七時半に朝食。八時四十分に集合し、マイクロバスで地獄谷に向かう。温泉に猿が浸かっていることで有名な観光地だ。一九七六年夏、中学二年の林間学校で一度来たことがある。しかし今日は猿が山から下りて来ないとのことで、期待していた風景には巡り会えなかった。

次に松代に向かう。まず池田満寿雄美術館をざっと見てから昼食。栗おこわ定食を食べる。そのあとに象山という山を掘り抜いて戦時中に造られた「松代大本営」を見学。ここも十年ほど前にゼミの日帰り旅行で来たことがある。そのときは無人で、洞穴の入口に置かれたヘルメットを勝手にかぶって見学したが、今日はボランティアの案内人がいる上、入口には案内所のようなものまでできている。洞穴のなかにも、団体がいくつもいてにぎわっている。今年の四月には、朝鮮人強制労働や慰安所に焦点を当てた「もうひとつの歴史館・松代」も完成した。時の政府が隠蔽してきた太平洋戦争末期の史実が、着実に知られるようになってきていると感じた。

ここで長野に一足早く戻る人たちと別れ、M編集委員、杉本真維子さんと三人でタクシーに乗り、天皇・皇后の御座所がつくられた地震観測所に向かう。けれども御座所自体は別の場所に移されたうえ、中に立ち入ることもできなかった。次に六〇年代に群発地震が起こった皆神《みなかみ》山《やま》の山頂にある皆神神社に向かう。皆神山は大本教団の出口王仁三郎が世界の中心として重視した山で、教典『霊界物語』にも出てくる。以前から気になっていたので、山頂まで通じる細い道をタクシーで行ってもらう。どうせこんな物好きな場所までわざわざ来るような客など誰もいるはずがないと思っていたら、あに図らんやパワースポット好きの女性たちが来ていた。山頂には王仁三郎の碑も建っていた。詩人の杉本さんがパワーを感じると言う。

タクシーで長野に戻り、M編集委員、杉本さんと別れて東京ゆきの新幹線に乗る。乗る前にホームで念願の天ぷらそばを食べる。善光寺に近い老舗そば店のそばということで、さすがにレベルが高いと感じる。長野から新幹線に乗るのは初めてであった。安中榛名まではトンネルばかりでほとんど何も見えない。往路とは景色が違いすぎる。

十一月四日（月）

夕方、TBSラジオのNさんから携帯に電話が入る。明日の午後十時からの「荻上チキ・セッション22」という番組で、山本議員が園遊会でとった行動に関連して、天皇と政治について論じたいので出演してくれないかとのこと。いったん電話を切り、熟考の末、承諾する。

十一月五日（火）

講談社のPR誌『本』に掲載する「鉄道ひとつばなし」216として、「SLブームとは何だったのか」を一気に書く。夕方にカレーライスを食べてから、午後八時半に外出。十時過ぎに赤坂のTBSに着く。TBSラジオのNさん、一緒に出演するTBS記者の崎山《さきやま》敏也さん、司会の荻上チキさん、南部広美さんに会う。ほかに首都大学東京准教授の木村草太さんが電話で出演した。

十時四十分頃から一時間あまり話し合う。感心したのは、崎山さんが天皇に一切敬語を用いなかったこと。私のような学者ならまだしも、現役の記者でこういう姿勢を貫ける人は大変珍しいと思う。私がぼーっとしていてとっさに答えられない場面もあったが、崎山さんが見事にフォローしてくださった。終了後はタクシーで帰宅。首都高、東名ともに空いていて、三十分しかかからなかった。ふだん使わない時間に頭を使ったせいか、なかなか寝付けない。

十一月六日（水）

午後一時半、神保町のカフェ「古瀬戸」で、『週刊現代』編集部のIさんに会う。ここでもまた山本議員の園遊会での行動に関する取材を受ける。

三時に岩波書店でIさんとHさんに会う。対談など今後の企画について意見を交換する。

十一月七日（木）

本日発売の『週刊文春』『週刊新潮』ともにトップ記事で山本議員の園遊会での行動を取り上げている。もちろんともに大々的な非難を浴びせているが、『週刊文春』は大きく「手紙テロ」だと報じている。十一月一日の朝日新聞13版でコメントしたことが的中してしまった。

『週刊現代』のコメントの原稿が添付ファイルで送られてきた。『週刊文春』と『週刊新潮』の騒ぎぶりに不快感を覚えたので、それらとは全く異なるコメントをしている。多少の手直しをして返送する。

十一月八日（金）

午後に国会図書館に行く。参議院議員会館の前で、どこかの右翼団体が日の丸をたくさん並べて山本太郎議員の辞職を要求する演説をしている。連日やっているのだろうか。これでは山本議員の身辺警備も厳重になるはずだ。

焼津市の市民団体「くろしおネットはまおか」が静岡福祉大学で十日に予定していた山本議員の講演会を中止した。大学側から警備上の理由を指摘されたからだという。それも問題といえば問題だが、この市民団体が「多くの人に迷惑をかけた。責任を取って活動を停止したい」と話しているのはどういうことだろうか。全く意味が理解できない。

大学以上に右翼の攻撃を恐れているのだとしたら、笑止千万ではないか。これは「くろしおネットはまおか」に特有の問題なのか。それとも市民団体に多かれ少なかれ共有される問題なのかが気になるところだ。

十一月九日（土）

家人が正月にまた温泉に行きたいと言うので、パソコンで湯河原、熱海、伊豆の旅館を検索する。箱根は駅伝が二日と三日にあるので、最初から探すだけ無駄だとあきらめる。今年の元日は奥湯河原の「加満田《かまた》」に泊まった。小林秀雄を缶詰にしたことで有名な宿である。しかしすでに満室。熱海や修善寺、伊東などもことごとく満室。昨年よりも景気が回復傾向にあるからだろうか。竹内好が海水浴でよく滞在した蓮台寺《れんだいじ》も塞がっていた。最後に駄目元で「下田大和館」という旅館で検索したら、一部屋だけ空いていたので予約を入れる。

「下田大和館」は晩年の三島由紀夫が毎年夏に滞在していた下田東急ホテルにも近い。伊豆には何度も行っているが、下田はあまり縁がない。部屋からは相模湾が一望できるそうで、いまから楽しみになってきた。

十一月十日（日）

文春のTさんや詩人の暁方《あけがた》ミセイさんらと那須御用邸の敷地の一部を開放した「那須平成の森」に行くはずだったが、天気予報だと雨、風ともに強くなりそうなので中止にする。しかしここ横浜では雨が降るどころか薄日も差してくる。気温も二十度を超えて生温かい風が吹いている。

午後十一時からNHKで「トンイ」を見る。粛宗《スクチョン》の側室となったトンイに待望の王世子《ワンセジャ》が生まれる。永寿《ヨンス》である。王妃には子供ができない。まるで皇后美子（昭憲皇太后）に子供ができず、すべて側室から子供が生まれた明治時代のようだが、朝鮮の側室のほうが位が高い。また賤民から側室に昇りつめることができる点も異なる。

十一月十一日（月）

『週刊現代』の発売日。山本議員の問題で、姜尚中が『週刊文春』に続いて非難の言葉を浴びせている。その言葉だけを見ていると、まるで尊王論者のようだ。むしろ浅川博忠のような政治評論家のほうが公平な見方をしている。

午後に国会図書館。憲政資料室に立ち寄り、まだ刊行されていない時期の「倉富勇三郎日記」を閲覧する。ミミズが這ったような倉富の文字は判読が困難だが、永井和『青年君主昭和天皇と元老西園寺』（京都大学学術出版会、二〇〇三年）の助けを借りて、「皇后考」に関連する箇所をコピーする。今日は一階ホールでいつも見かける男性がいなかった。どうしたのだろうか。

図書館に入る前は晴れていて気温も高かったのに、外に出てみると雨で気温もぐっと下がっていた。ほんの二、三時間程度で秋から冬に季節が変わったかのようだ。空気の質が三月末のワルシャワに似ている。日本人に全く出会わないあの街にまた行きたくなった。

十一月十二日（火）

東京、横浜でこの秋初めて最低気温が十度を下回る。

午後にまた国会図書館。憲政資料室で、今度は「関屋貞三郎日記」を閲覧する。倉富日記よりはまだましだが、これもかなりの悪筆である。必要な箇所をコピーしようとして一階に降りたら、日経のＩ編集委員とばったり会う。あさってに宮内庁から天皇の葬儀に関する発表があるとのこと。コメントをする約束をする。東京新聞、時事通信、テレビ朝日からも同様の取材を受けることになった。このため、あさって予定していた角川書店での講義をキャンセルする。

小泉純一郎元首相が原発即時ゼロを訴えている。この主張に最も強く反発しているのは、ＪＲ東海会長の葛西敬之《よしゆき》ではないか。

十一月十三日（水）

午後一時、西荻窪で『群像』出版部のＨさんと待ち合わせ、南口のラーメン屋「はつね」でタンメン。八月二十八日に見たときから気になっていた店。三十分近く並んでようやく入る。しかし並んだだけのことはある。野菜のエキスが染み渡った汁が絶品だった。

北口から歩いて東京女子大学比較文化研究所へ。再び野口幽香《ゆか》の日記や宮中講義原稿を閲覧し、Ｈさんの手を借りて複写すべき箇所を特定してゆく。マイクロフィッシュを見ているうちに目まいを起こす。

終了後、バスで吉祥寺に出て焼肉店「李朝園」に行く。たぶんもう十回は行っている贔屓店。とにかく何でもうまい。初めてというＨさんも感激している。しばし浮世の憂さ晴らしをする。締めは冷麺と決まっている。

この日、大学の教授会で非常に気になる案件があったが、どうやら杞憂に終わったようだ。

十一月十四日（木）

宮内庁が天皇、皇后の陵や葬儀のあり方を見直す会見を行った。従来の土葬を火葬にし、武蔵陵墓地内の大正天皇陵の西側に従来よりもやや小さな天皇陵を、皇后陵と並べて造営するというのが、その主な内容であった。

午前中から日経、東京新聞、時事通信より電話で取材を受ける。午後二時からは、自宅近くの青葉台フォーラムというホテルを指定し、その応接室でテレビ朝日のインタビューを受ける。テレビにはなるべく出たくはなかったが、宮内庁担当のI記者が拙著をすべて読んでいるという殺し文句にやられた。

帰宅してから、各局のニュースを見る。NHKは所《ところ》功《いさお》、TBSは所功と小田部雄次がコメントしていた。私はテレビ朝日の夕方五時からのニュースに少しだけ出た。所や小田部とは異なり、敬語は使っていない。それにしても、「ありがたい」とか「申し訳ない」とかしか言わないコメントが、果たしてコメントたりえるだろうか。

十一月十五日（金）

昨日の宮内庁会見に関する記事が、各紙とも一面を飾っている。東京新聞と産経新聞がともに一面トップの扱いというのもおもしろい。しかし識者談話はテレビも含めて圧倒的に法制史学者の所功。朝日新聞にまで出ているる。

こういう問題について語れる識者の数があまりにも少ないことに改めて愕然とする。しかも右派ばかりだ。やはり右翼の攻撃を恐れているからだろうか。何とも心細い限りである。全紙を比較してみると、宮内庁に対してきちんとした批判を行っている日本経済新聞が、最も新聞としての矜持を保っているように見える。I編集委員の力が発揮された形だ。そして日経だけが所功を全く使わず、私を使っていただいた。この古巣[2]には本当に感謝しなければならない。

民放の朝のワイドショーでも取り上げていた。テレ朝の「モーニングバード」に少しだけ出る。フジテレビの朝のワイドショー・情報番組「とくダネ！」で、アナウンサーが真顔で「神武天皇の時代から土葬だった」と話していたのには吹き出してしまった。

東京新聞の連載「東京どんぶらこ」に出稿する「よみうりランド」を一気に書く。

十一月十六日（土）

「皇后考」17の原稿を書く。午後六時、二子玉川の「ゆうき」で講談社のHさんと夕食。髙山文彦さんに紹介された店だ。案の定髙山さんに遭遇する。髙山さんは、シリアで死去したジャーナリスト、山本美香さんのパートナーだった佐藤和孝さんと一緒に来ていた。

店に入って間もなく『週刊文春』の編集部から携帯に電話がかかる。天皇、皇后の葬儀や陵の見直しに関して取材したいとのこと。先日の山本太郎の行動を「手紙テロ」と報じた編集部の態度に腹を立てていたので、即時にお断りする。

十一月十七日（日）

新宿の京王プラザホテルで開かれた煎茶道文人華道清泉幽茗流《せいせんゆうめいりゅう》創立四十周年記念式典に出席する。

家人の母が創立したこの流派は、この日をもって家元を家人に引き継ぐことになった。その夫として冒頭に挨拶する。出席者は百数十名。天皇制でいえば、天皇が譲位して上皇になったようなものだ。

終了後に開かれた二次会で、初代家元の呼び名をどうするかが問題となる。「前家元」と「初代家元」の二派に分かれての論争となる。ここで新家元が、「初代」と言ってしまうと歴史が浅いことがばれてしまう、「前家元」でよいではないかと意見を述べる。おそらく「初代」にこだわる人たちには、「前家元」というゲゼルシャフト的な響きに違和感があるのだろう。いずれにせよ、これからは家元のパートナーとして一層の協力を求められることになる。来年一月の総会に向けて、何とか新機軸を打ち出さねばなるまい。出口王仁三郎のような「二代」の夫になれればよいのだが。(3)

十一月十八日（月）

午後に国会図書館。『貞明皇后御集』とハンセン病関係の史料を読む。

十一月十九日（火）

午後四時、千駄ヶ谷の河出書房新社に行く。ライターの北尾トロさん、コラムニストのえのきどいちろうさんと「山田うどん」をめぐって鼎談。前掲『愛の山田うどん』の反響が大きかったので、第二弾をつくることになり、その鼎談に呼ばれたという次第。

山田うどんは東京の多摩地区から埼玉にかけて数多く分布するうどんのチェーン店で、本部が所沢にあることから西武沿線とも重なっているというのが、私が呼ばれた理由のようだ。結局、七時近くまでダラダラと雑談する。文は人なりというが、二人とも文章通りの飾らない人柄であった。編集部のTさんが私と同じ東大和市の狭山ヶ丘幼稚園の出身と知って驚く。(4)

十一月二十日（水）

正午過ぎに勤務校の白金校舎の図書館。東京朝日新聞や読売新聞の記事を大量にコピーする。

午後三時よりゼミ。テキストは『来るべき民主主義』。小平市を縦貫する都道の建設に反対する住民運動に参加した著者自身の体験から民主主義を考え直した本である。民主主義、立憲主義、自由主義の違いを説明するのに、昔懐かしいヨーロッパ政治思想史の講義をすることに。その一方で、小平市民にとって西武鉄道が占める比重の大きさまで解説してしまう。

十一月二十一日（木）

酒井順子さんから『ユーミンの罪』（講談社現代新書、二〇一三年）が送られてくる。お礼のメールを送ったら、京都に向かう途中という返事が来た。また行くんだと嫉妬する。いまが盛りの紅葉を見に行くのだろう。

一年のうちこの時期だけは、京都に住んでいる人が心底うらやましくなる。東福寺、嵐山、大原、金閣寺。どこでもいい。東京の神宮外苑のイチョウ並木ごときがニュースになる東京とは景色の格が違うのだ。

私が勤める国際学部も、この時期は大学を休みにして学生を京都に行かせ、日本の古都の美しさを存分に味わわせれば、外国留学したときにも役立つに違いない。

十一月二十二日（金）

猪瀬直樹東京都知事が昨年の知事選の前に徳洲会の徳田毅議員から五千万円を借りていた事実が発覚する。徳田議員の問題が明るみに出た後の九月下旬になって返したという。全く使わなかったというが、何に使おうとしたのか。まさかオリンピック誘致の裏金に使おうとしたわけではあるまいが、無担保無利子で初対面の相手にいきなりぽんと五千万円を渡したのだから裏があるに決まっている。徳洲会には、まだまだ使途不明金がありそうだ。今回の件は氷山の一角かもしれない。

十一月二十三日（土）

宮中では新嘗祭の日。

午後零時半、横浜の朝日カルチャーセンターへ。朝カルで講義をするのは今年に入って五回目。本日のテーマは「〈出雲〉という思想」。受講者は三十数名。東急と西武のときに見た受講者がまた来ている。

おおむね『〈出雲〉という思想』にそった話をする。終了後にサイン会を兼ねた即売会。十一冊売れる。すでに講談社にも在庫がないとのこと。十二月に増刷するらしいが、もう少し早く重版を決めてほしかった。今年は本殿遷座祭もあり、売れたようだ。

京浜東北線で有楽町に移動し、有楽町からは地下鉄有楽町線で護国寺に行く。午後五時、講談社最上階の応接室で『週刊現代』の天皇特集につき、編集次長のHさんとライターの鈴木伸子さんから取材を受ける。すぐに答えられないような大きな質問をされ、返答に窮する。

それからタクシーで早稲田のリーガロイヤルに移動。

午後七時、藤原保信ゼミの同窓会に出席する。朝日新聞社長の木村伊量《ただかず》さんの挨拶で開会。ゼミ出身者には記者、編集者、学者が多いが、作家はほとんどいない。来年で先生の没後二十年になる。九時に終了。同期の渡辺留美子さんと仕事の話などをしつつ二子玉川まで一緒に帰る。

十一月二十四日（日）

午後三時、自家用車で横浜市青葉区奈良町のこどもの国へ。園長の三国治さんに会う。再来年で開園五十年を迎えるこどもの国について、地元在住の青葉区民という立場からいろいろと相談を受ける。ここはもと陸軍の田奈弾薬庫で、戦後もしばらく米軍が接収していた。子供のための遊び場が欲しいという現天皇夫妻の意向で返還されたのだ。一時間半近く話し合い、帰り際に『こどもの国三十年史』（こどもの国協会、一九九六年）をいただく。帰宅後にさっそく読み始めたらもうとまらない。興味深いエピソードが満載だ。

十一月二十五日（月）

『こどもの国三十年史』を読了。現天皇夫妻が特定の施設の計画にこれほど深く関わっていたことに驚く。

午後四時、角川書店近くの「ルノアール」でGさん、Kさんと不敬小説の談義。終了後に「おけ以」で焼き餃子。難題を討議したあとだけに一段とうまく感じる。

十一月二十六日（火）

終日在宅。「皇后考」17を脱稿。ようやく昭和に入る。

特定機密保護法案が衆議院本会議を通過する。安倍首相は、この法律が必要な理由として、諸外国との情報の共有を挙げていた。「知る権利」よりも外国（特に米国）の政府に信用される方が大事ということだ。

国立大学の教員に年俸制が導入されるらしい。研究業績や教育に応じて年俸を決めるという。これは私立大学でも適用してほしいものだ。

十一月二十七日（水）

午後三時、有楽町の東京會舘で日中文化交流協会の常任委員会に初めて出席する。副会長の黒井千次、松尾敏男、篠田正浩、栗原小巻各氏、常任委員の保阪正康、観世清和、中上紀、佐川光晴各氏らあわせて三十名が出席。辻井喬会長が欠席だったのが残念であった。

黒井副会長より、今年度の事業について報告がある。昨年度から尖閣問題などで中止や延期になっている事業が少なくない。そのあと懇談会に移り、保阪さんが特定機密保護法案の危険性について持論を展開。この法案が成立すれば拷問もあり得るという指摘にぞっとする。

私も当てられたので、昨今の天皇や皇后の発言は明らかに象徴天皇制の枠組みを逸脱しているが、逆にいえば憲法違反を覚悟してまで天皇、皇后に言わせている状況の深刻さというのもあるのではないかと話す。十月二十日の皇后誕生日に続いて、十二月二十三日の天皇誕生日に天皇がどういうコメントを発表するかが注目される。しかし多くの国民が声を上げないのに天皇、皇后ばかりが声を上げるというのは、どう見ても民主主義の正常なあり方ではない。

十一月二十八日（木）

夕刊で辻井喬さんの死去を知る。二十五日未明に亡くなったという。二十七日の常任委員会で辻井さんの欠席に誰も触れなかった理由がようやくわかった。大きな衝撃を受ける。辻井さんとお付き合いをさせていただくようになったのは二〇〇六年に中国に行ったときからだが、それ以来『中央公論』で対談し、私が所長をつとめた国際学部付属研究所の公開セミナーでも対談したほか、山の上ホテルで天ぷらを二人だけで食べたこともある。『レッドアローとスターハウス』は辻井さんの協力がなければ書けなかった。

明日から十二月三日まで、香港中文大学講師の張彧暋《チョーイクマン》さんに招かれ、香港に行く。今回もキャセイ・パシフィック航空のビジネスクラスをネットのディスカウントで購入した。二〇〇六年十一月にも同大学の招きで香港を訪れているから、ちょうど七年ぶりということになる。

十一月二十九日（金）

午前十時四十五分、羽田を定時に出発。香港には定時より少し前の午後二時三十分に着く。時差は一時間。空港でオクトパスカードを買う。スイカやパスモに相当するカード。さっそくエアポートエクスプレスに乗る。百三十キロの時速でぶっ飛ばす。三十分もたたずに終点の香港駅に着く。

ここから地下鉄に乗り、途中の旺角《モンコック》で乗り換えて九龍塘《カオルントン》へ。九龍塘からは地上を走る東鉄線に乗り換え、大学（University）という駅で降りる。香港中文大学があるのでこの駅名がついている。駅前には七年前にはなかったハイアットホテルが立っている。このホテルに四泊する。

チェックインを済ませ、六階の部屋に入る。目の前は沙田《シャーティン》海と呼ばれる湾で、対岸の馬鞍山《マーアンシャン》もはっきりと見える。午後七時、フロントで張さんに再会。一緒にまた東鉄線に乗り、旺角東で降りる。このあたりは九龍地区の旧市街で、庶民的な店が並んでいる。張さんは私が麺好きであるのを知っているので、中華麺の店に案内してくださる。細い縮れ麺のワンタンメンをまず食べる。次の店ではきしめんを細くしたような白湯麺を食べる。日本のラーメンとは違い、汁が脂っこくないので軽く二杯は食べられる。

香港は沖縄よりも南にあるから温かいと思いきや、そうでもなかった。東京と同じ格好でもおかしくない。香港人は寒さに弱いようで、驚くほど着込んでいる人が多い。ホテルに戻ってぐっすりと寝る。

十一月三十日（土）

ホテルで朝食を済ませ、東鉄線の終点、羅湖《ローウー》に行く。駅を降りると税関がある。ここを無事通過し、パスポートにスタンプを押されると中国本土の深圳に出る。漢字が繁体字から簡体字に変わる。一時間ほど歩いただけでまた羅湖に戻ろうとしたら、本土から香港に遊びに行く人たちの行列に巻き込まれる。税関の通過だけで一時間もかかる。

午後零時半、九龍塘《カオルントン》駅で張さんと待ち合わせ、駅前から張《チョー》さんの知り合いの黄顕華さんが運転する車で香港島南部の利東《リートン》という地区に向かう。一昔前はひなびた漁村だったのが、見る見るうちに高層アパートが建ち、中心部に向かうバスのターミナルができ、さらには鉄道の建設まで進んでいる。しかしまだ漁村の面影は残っていて、昼食は魚市場と一体となった食堂でとれたての海老（琵琶海老というらしい）やアワビを格安の値段で食べた。

ここで地元の南区の議員、區諾軒さんに会う。張さんは団地に関する拙著も読んでいるので、気を利かせてくださったのだ。區さんの事務所はある超高層アパートの一角にあった。ふだんの仕事はさながら便利屋のようなもので、離婚相談からペットのふんの処理の相談まで応じるという。一緒に歩いていると、住民から次々に声をかけられ、區さんは笑顔を交えながら丁寧に応対していた。区議会では右派の中国共産党派と左派の反中国共産党派が議席を分け合っていて、區さんは後者のほうだ。

再び車で九龍地区に戻り、四川料理店で夕食を済ませて午後八時半から旺角《モンコック》の書店の一角で張さんを司会、通訳者として昭和天皇をめぐるトークショー。拙著『昭和天皇』が台湾で翻訳され、香港でも売られているので、関心はそれなりにあるようだ。目下「皇后考」で連載している内容についても話す。しかし実際には、余談で話した溥儀のエピソードが一番興味を引いたようだ。中国本土に複雑な感情をもつ香港ならではの反応といえようか。

午後十時半、旺角東から大学まで乗った東鉄線の電車は、土曜日なのに香港から深圳に帰る客で混んでいた。

（1） 後になってわかったのだが、松本にも長野にも在来線のホームに駅そばのスタンドはあった。しかし初心者にはわかりづらいところにあり、時間的余裕のない場合に食べるには難易度が高かったようだ。

（2） 私は昭和末期に当たる一九八七年から八八年にかけて、日経の東京本社編集局社会部の記者をしており、昭和天皇のガンが見つかってからは宮内庁詰めになったこともある。

（3） 出口王仁三郎は出口なおと並ぶ教主とされているが、正確にいえば二代教主、出口すみの夫である。もとの姓は上田で、出口家に養子入りした。

（4） Tさんはこの直後に河出書房新社を退職し、「武田砂鉄」という名のフリーライターとなった。

十二月一日（日）

香港滞在三日目。

一日フリーなので、まずは東鉄線と地下鉄を乗り継ぎ、黄大仙《ウォンタイシン》で降りて道教の寺院、黄大仙廟へ。日曜日のせいか混んでいる。東京でいえば浅草寺のような感じ。周りを高層ビル群に囲まれているせいか俗っぽく見える。

次に地下鉄の尖沙咀《チムシャツオイ》で降り、国立歴史博物館を訪れる。原始時代から現代までの香港の歴史に関する展示がなされていて、まともに見ていたらやたらと時間がかかってしまう。よって近代以降を重点的に見る。特に太平洋戦争中の日本の占領時代に関する展示が興味深かった。

午後は東鉄線と並ぶもうひとつの地上線、西鉄線の郊外を見ようと、同線の尖東《チムトン》から屯門《テュンムン》ゆきの電車に乗り、終点で降りる。新界地区西部にある新興ベッドタウンで、駅はショッピングモールに隣接している。無印良品まで入っており、まるで私が住んでいる青葉台のようだ。

屯門からは、軽鉄と呼ばれるLRT[1]に乗る。香港でこのあたりだけに軽鉄が路線網を築いている。オクトパスカードを持っていれば乗り降り自由なのでどこに行ってもよかったが、駅名に引かれて銀座というところに行くことにした。ローマ字表記が日本語と同じＧＩＮＺＡになっている。どうやらここは高層団地群の中心らしく、日比谷や有楽町という名の映画館やショッピングモールまであった。しかし歩いているのは東南アジア系の人たちが多い。

軽鉄で元朗《ユンロン》に出て、西鉄線と地下鉄を乗り継ぎ、香港島の中環《ヅォンワン》（センター）に行く。夕食でまた海老ワンタンメンや牛肉麵、青菜炒めを食べる。消化がいいのか大食いになる。東鉄線でホテルに戻る。

十二月二日（月）

東鉄線に乗り、太和《タイウォ》という駅で降りる。聖蹟桜ヶ丘や上大岡のように、駅自体が巨大なショッピングセンターに覆われている。その周りにはスターハウスのようなＹ字形をした超高層団地群がある。しかし少し歩くと、大埔《タイポー》という古い庶民的な街に出る。この新しさと古さとが混然一体となっているところが香港の魅力なのだろう。

また東鉄線に乗り、今度は沙田《シャティン》で降りる。ここは二子玉川のような駅だ。ショッピングセンターの規模が半端でない。その中に入っている寿司屋で回転寿司を食べる。ネタの種類が少ない上、飯もパサパサしている。

張彧暋《チョーイクマン》さんに連絡し、また九龍塘《カオルントン》駅で会う。香港文化博物館を見学してから、中文大学に向かう。張さんが所属する社会学科の棟に行き、研究室にお邪魔する。個室ではなく、もう一人の講師との共用部屋であった。

夕食はまた旺角《モンコック》の北京料理店に行く。張さんのパートナーもお見えになる。ここで日中親善に最も尽力しているのは、蒼井そらというＡＶ女優だという話になる。それなのに、なぜ日本では蒼井そらを研究している学者がいないのかと張さんに言われて、答えに窮する。もし彼女が中文大学に現れたら、大変な人出になること必定だそうだ。

十二月三日（火）

東鉄線に乗り、終点の羅湖《ローウー》の一駅手前に当たる上水《シェンシュイ》で降りてみる。ショッピングセンターに隣接して、市場の入ったビルがある。生臭いにおいが立ち込め、その上の階では安い食堂が並び、朝から住民がラーメンや焼きそばを食べている。さまざまな階層に応じた暮らしが確立されている。

ホテルに戻り、チェックアウトを済ませて空港へ。午後四時十五分、定刻に飛行機が動き出す。九時前に羽田に着く。十時過ぎに帰宅。温度差は思ったほどでもない。不在中の新聞にざっと目を通す。特定秘密保護法案に反対する学者が大同団結している。完全に流れから取り残されている。ついさっきまでいた香港での楽しかった日々がたちまち後景に退いてゆく。

十二月四日（水）

どうやら状況は六〇年安保のときと似てきている。四月一日の日記で「「安倍晋三内閣」はいつでも「岸信介内閣」に戻る可能性がある」と書いたが、その通りの展開になりつつある。もしそうだとすれば、気になるのは竹内好や鶴見俊輔のように、政府に抗議して国公立大学を辞職する教員が現れるかどうかだ。たとえ私立大学の教員であっても、慶応のように法案を推進している議員を輩出している大学なら、抗議の表現として辞職することはあり得る。その場合はこの国を捨てることになるのだろうか。いや、別に外国に行かなくても、竹内好のように大学を辞めてスポーツを始めるという手もある。法案の反対を叫び続ける大学教員を横目にこんなことを考えてしまうのは、自分に「愛国心」が足りない証拠ではないか。

十二月五日（木）

午後三時、東銀座の読売新聞社に行く。神戸総局のT記者から、来年元日の特集企画として兵庫県を中心とする日本の鉄道について取材を受ける。政治学者としてこんな取材を受けている場合かという内なる声が聞こえてくる。

十二月六日（金）

午後四時、岩波書店で北大の中島岳志さんと『世界』に掲載される対談を行う。話題は血盟団事件、岩波茂雄、橋川文三、丸山眞男、アジア主義、大本教など多岐にわたる。中島さんの世代では丸山よりも橋川の影響のほうが大きいことに気づかされる。六時に終了。中島さん、『世界』編集部のHさん、Iさんと近くのインドカレーの店で夕食。このあと中島さんは「報道ステーション」に出るというので、すぐに帰宅して十時から見る。話題はもちろん特定秘密保護法案。ところが番組が終わる十一時過ぎに、あっさりと参院本会議で可決してしまった。家人は国会前に行っていて不在。午前零時過ぎに戻ってくる。対談でエネルギーを使い果たしたせいか、家人の顔を少し見ただけですぐに寝る。

十二月七日（土）

加藤典洋さんが今回の法案に賛成した自民党の河野太郎に対する失望をツイッターで書いているのを見て、河野太郎、法案成立に貢献した公明党の西田実仁《まこと》、維新で迷走した松野頼久、そして私は、みな慶応高校の同級生であることに気づいた。自民党幹事長の石破茂、環境大臣の石原伸晃も先輩に当たる。私を除く彼らは、みな慶応大学に進学している。党派の違いを超えた連合三田会の存在が、日本の政治を裏で操っているような気がしてきた。

十二月八日（日）

信濃毎日新聞に掲載される「新年の一冊」として、前掲『来るべき民主主義』を評した原稿をファクスで送る。

正午に明治大学近くの台湾料理屋で台湾ラーメンを食べる。香港のラーメンより日本に近く、汁が脂っこい。とても全部は食べられなかった。明治大学図書館で昭和初期の政局に関する史料をコピーする。

午後十一時よりNHKで「トンイ」。南人《ナミン》派の巻き返しで、一転してトンイがピンチに立たされる。オセロゲームのように局面が変わるのがおもしろい。

今日は姉の誕生日である。六〇年十二月八日の生まれだが、生まれてすぐに死んだので事実上いないに等しい。けれどもこの歳まで生きてくると、姉の霊に守られていると感じることが時々ある。ちなみに姉の名前は「いづみ」で、中野重治の配偶者である女優の原泉と同じ発音になる。

十二月九日（月）

午後二時、『週刊文春』のKさんから電話。今日は皇太子妃の五十歳の誕生日なので、今週発売号で特集を組むから取材したいとのこと。すぐに発表された皇太子妃の文章を送ってもらい、読む。五時にたまプラーザの「ア・ラ・カンパーニュ」というカフェでKさんに会い、思ったことを話す。

帰宅してNHKのニュースを見ると、猪瀬直樹都知事が都議会での追及を受け、汗水垂らして答弁している姿が映る。これはもうもたないなと感じる。今年中に辞任して来年早々には知事選が行われると見た。たとえ猪瀬が作家活動を再開しても、当面は厳しい状況が続くだろう。猪瀬を大々的に担いだ東浩紀はツイッターで叩かれているらしい。

みんなの党から江田憲司らが離党。江田は横浜市青葉区と緑区を選挙区としている。つまり私の地元である。自民党でない保守というのが多摩田園都市の政治風土だ。新自由クラブが出てきたときからずっと変わっていない。

十二月十日（火）

「皇后考」は17回目が脱稿し、18回目の準備に入っている。元女官長で、一九三六（昭和十一）年に不敬事件を起こした島津ハル（治子）という人物についていろいろ調べていたら、町田の高原書店という古本屋がヒットした。町田なら近いと思い、直接出掛けることにする。

行ってみて驚いた。神保町にもないような「古本屋のデパート」だったからだ。なぜこれまで知らなかったのかが悔やまれる。目当ての雑誌以外にも天皇関係の本を買う。車で自宅の本を売りに出してもよいなと感じる。

町田から小田急の快速急行に乗り、新宿へ。久々に京王線乗り場近くの「C&Cカレー」で中辛ポークカレー。四百円。高校時代から時々利用してきた。C&Cの支店はたくさんあるが、やはりここが一番うまいと思う。

新宿から中央線で御茶ノ水へ。女性史関係の本を多く所蔵している石川武美記念図書館に行き、島津ハルの文章が掲載されている『家庭』という雑誌の該当ページをコピーする。入館料が三百円する上、コピー代も一枚五十円と高い。入館者は私を入れて二人しかいなかった。

午後三時、朝日新聞社で書籍編集部のOさんに会う。張彧暋《チョーイクマン》さんの英語の博士論文をお渡しし、日本語で出版できるかどうか検討していただくことにする。Oさんは『直訴と王権』や『大正天皇』を担当して下さった編集者で、もう二十年も付き合いがある。

『週刊文春』のKさんからメールが入る。編集部の方針で、私のコメントは掲載されなくなったとのこと。正直、またかと思う。同じ週刊誌でも、『週刊現代』は必ず取材したコメントを掲載してくださる。モラルの違いなのだろうか。

十二月十一日（水）

午後零時半、自由が丘の「いちばんや」で白醤油ラーメン全部乗せ。九百八十円。完食。白金の勤務校に行き、三時からゼミ。出席者は六人。うち正規のゼミ生は二人。課題図書は前掲『燃える家』。レイプシーンもあるのに、女子学生の評価が高い。村上春樹よりもずっと女性の内面に迫れているという。終了後、品川の「つばめグリル」で夕食会。北海道サロマ湖産のカキがうまかった。

十二月十二日（木）

講談社学術出版部より『〈出雲〉という思想』が届く。これで16刷。刷数では拙著のなかで最も多い。

午後三時、神保町のカフェ「古瀬戸」で『群像』出版部のHさんに会い、「皇后考」17の原稿を渡す。

午後六時四十分、渋谷のSというしゃぶしゃぶ店で、テレビ朝日のTさん、Iさん、Kさんに会う。皇室報道のあり方について意見を交わす。NHKに近いせいか、女優やタレントっぽい女性客が目についた。

十二月十三日（金）

劇団チョコレートケーキという小さな劇団が、十八日から下北沢の駅前劇場で「治天の君」と題する演劇の公演を始めることを知る。貞明皇后の視点から大正天皇の生涯に光を当てたというからには見に行かないわけにいかない。二十二日の午後一時からの回をネットで予約したところ、さっそく劇作家の古川健さんから返事が来た。案の定というか、『大正天皇』を大いに参考にしたそうだ。

「皇后考」18の執筆にとりかかる。『木戸幸一日記』上巻（東京大学出版会、一九六六年）の皇室典範改正に関する謎の記述から書き始める。昭和史はまだまだ闇に埋もれた部分が多いと感じる。

十二月十四日（土）

午後三時、青葉台のJというファミレスで、『女性セブン』のOさんに会う。演歌と夜汽車の相性はなぜよいのかについて話す。帰宅後、十九日の折口信夫をテーマとする島薗進さんとの対談に備えて、安藤礼二さんが『群像』で連載している「折口信夫の起源」を通して読む。これは大変な力作であることを改めて実感する。

十二月十五日（日）

宮中では賢所御神楽の日。引き続き「皇后考」18の執筆。島津治子について書く。

午後十一時五分より「トンイ」。大河ドラマの最終回が通常よりも長いために、いつもより五分遅れる。ついにトンイが王宮から追放される。王子もはしかにかかって死ぬが、トンイはまた妊娠して王子の昑《クム》を生む。これが後の英祖《ヨンジョ》である。賤民ではあるが有能な女性から傑出した国王が生まれたわけだ。天皇制との違いはあまりにも大きい。

十二月十六日（月）

午後に国会図書館。貞明皇后の侍医だった山川一郎の回想録をコピーする。

六時過ぎに吉祥寺で新潮社のKさんに会う。昨年度の「比較政治学」の講義を録音したものをもとに、新書として刊行したいという相談を受ける。すでにゲラは一部出来上がっていて、そのコピーを持ち帰ることにする。

七時より吉祥寺の焼肉店「李朝園」で、Kさんに新潮社のEさん、Tさん、Nさんを交えて忘年会。李朝園にはこのメンバーで集まることが多い。もはや著者と編集者というよりも、気のおけない仲間たちといったら失礼か。学者や学生と一緒にいるよりもずっとリラックスできる。おまけにこの店の焼き肉ときたら、何を注文してもハズレがないのだ。

十二月十七日（火）

『世界』編集部のHさんから送られてきた中島岳志さんとの対談ゲラに朱を入れて返送する。次にみすず書房から送られてきた読書アンケートの原稿を書く。例年通り、五冊を選ぶ。小説が二冊、研究書が一冊、ノンフィクションが一冊、エッセイ集が一冊で、一冊を除いてすべて今年出た本にした。

午後、青葉台の伊東屋に注文していた年賀状を取りに行く。例年通り、二百枚印刷してもらった。あとは家人と共通の年賀状が六十枚ほどある。加藤典洋さんや島薗進さんからは、来年以降、年賀状は送らないという知らせを受けている。私も毎年宛て名だけはすべて手書きなので、かなりの手間をかけている。お年玉に当たることだけをあてにして毎年書いているが、考えてみればバカバカしい習慣といえなくもない。

比較政治学の講義録に目を通す。自分の講義が活字に起こされているのを読むのは初めての経験である。具体的な地名が出てくるので、地図や写真があったほうがよいかもしれない。赤ペンで適宜加筆してゆく。

十二月十八日（水）

午後四時、角川書店でGさん、Kさんを前に不敬小説の講義。実際には前掲『木戸幸一日記』上巻に出てくる「胎中天皇」(2)をめぐる推理が話題の中心となる。講義に熱が入り、終わったのは八時近くになっていた。いつものように「おけ以」で焼き餃子。

十二月十九日（木）

東京都の猪瀬知事が辞意を表明する。ほぼ一年しかもたなかったことになる。

午後六時、『現代思想』の特集「折口信夫」の鼎談に出席するため、神保町で降りて学士会館に行く。安藤礼二さん、島薗進さんに会う。安藤さんとは初対面。この時間からの鼎談は、正直言って苦手である。腹が減ってくると集中力を欠く性分のためだ。目下『群像』で折口の連載をしている安藤さんがもっぱら議論をリードし、島薗さんが応じる展開に。私は時々口をはさむ程度。しかし折口の「水の女」は皇后を意識して書かれたものだという安藤さんの指摘には蒙をひらかされた。この鋭い指摘を聞けただけでも鼎談に加わった意味はあったと思う。九時前に終了し、館内の中華料理店で編集者のOさん、Mさんも交えて遅い夕食。

十二月二十日（金）

今日から二十三日まで、家人がまた韓国に出掛けるため不在になる。

午前中は国会図書館に行く。憲政資料室で「関屋貞三郎日記」を読む。期待していた記述にはめぐり会えなかった。

午後零時半、永田町から地下鉄有楽町線で有楽町に移動。ガード下の「吉野家」で牛丼を食べようとしたら、ものすごい行列ができている。よく見ると、すぐ隣の年末ジャンボ宝くじの売り場の行列だとわかる。今日が最終日ということで、当たりのよく出る売り場に並んでいるようだ。確率的に考えるとどうしても買う気になれない。有楽町の「吉野家」は相変わらず混んでいた。もう二十年以上も前から時々利用しているが、空いていたためしがない。

JR山手線、東海道線、横須賀線を乗り継ぎ、午後二時前に東戸塚に着く。駅前のビルに入っているFM戸塚へ。勤務先の大学に依頼され、元日に放映される「区長室からこんにちは」という番組の録音を行う。葛西光春戸塚区長と三陸の鉄道の復旧や戸塚区と大学の関係などについて一時間ほど話し合う。区長も鉄道が好きらしく、拙著を読んで出演してほしいと感じたという。

私も横浜市民だが、区長というのは存在感がない。東京の特別区とは異なり、区が完全に市の下部組織になっているせいだ。けれども一つひとつの区は、優に東京の特別区ほどの面積と人口がある。そこに横浜市という巨大自治体の抱える問題点が集約されている。

帰宅し、夕食の準備をしていると携帯が鳴る。TBSラジオのNさんからだ。JR東日本が、上野と青森を結ぶ寝台特急「あけぼの」の廃止を発表したという。反射的に「エーッ」と声を上げる。午後十時からの番組で、この話題を取り上げるので出演してくれないかと言われ、思わず「はい」と答える。十時に赤坂のTBSへ。十時二十分頃から、速水健朗《はやみずけんろう》さんと二十分ほど話し合う。終了後、タクシーで帰宅。一日に二度もラジオ局に行ったのは初めてであった。

十二月二十一日（土）

午後三時、渋谷の喫茶店「キーフェル」で、NHK山口放送局のKディレクターに会う。来年の東海道新幹線開業四十周年に合わせて、特別番組をつくりたいということで相談を受ける。新幹線が明るい未来を切り開くというよりも、新幹線が地域社会に与える明暗に着目すべきだと話す。

十二月二十二日（日）

正午前、町田のラーメン店「ど・みそ」で味噌ラーメン。初めて入った店。味噌ラーメン専門店は珍しい。これまでの体験では、味噌の汁が濃すぎて後で喉が渇くことが非常に多かった。この店の味噌も見るからに濃そうであったが、後になっても喉が渇くことはなかった。濃厚にしてまろやかな味。きっといい素材を使っているのだろう。

町田から小田急の急行に乗り、下北沢へ。駅前劇場で午後一時から劇団チョコレートケーキの公演「治天の君」をじっくりと見る。一般にはあまり知られていない大正天皇の生涯を、二時間十分にわたって描いた力作であった。近代の天皇を主人公とする演劇を行うこと自体がすごいが、近代天皇制最大のタブーにここまで切り込んだ劇作家の古川健さんの挑戦心は称えられるべきである。牧野伸顕と四竈孝輔《しかまこうすけ》が激突する「押し込め」の場面も迫力があった。終了後、古川さんに感想を伝える。観衆も満足そうだった。

帰宅後、『女性セブン』のOさんから電話がある。石川さゆりの「津軽海峡冬景色」が発表された七七年の東京─青森間の夜行列車の所要時間を、当時の時刻表で調べて最短九時間と直したのに、もとの十二時間半に戻したいという。後からその根拠を聞いたら、いまの寝台特急「あけぼの」の所要時間にしたいからだという。「あけぼの」は東北本線ないし常磐線経由ではなく、高崎、上越、信越、羽越、奥羽線回りだから、時間がかかるのは当たり前だ。目茶苦茶な編集方針にあきれてものがいえなくなる。

十二月二十三日（月）

天皇誕生日。午前八時からテレ朝の「モーニングバード」を見ていたら、宮中で天皇が安倍首相から内奏を受ける場面や、今年の新嘗祭や秋季皇霊祭を天皇が行う場面が映像で流されたのでびっくりする。会見で天皇は憲法に触れつつ、問題によっては判断の難しい場合があると述べたが、憲法に抵触しかねない映像を天皇自身の意思で流したとはいえないか。内奏の慣例化と憲法の関係が問われそうだ。

全部の映像を見たいと思い、日経のIさんに聞いたら政府がネットで公開しているというので、さっそく見る。なんと一時間もかかる。そのなかで、内奏や新嘗祭の場面はほんの一瞬にすぎなかった。天皇はもっと長く流したかったのに、宮内庁の抵抗にあい、これだけにとどまったのではないか。葬儀や天皇陵の見直しのときと同じパターンだ。

十二月二十四日（火）

午後二時、勤務先の白金図書館に行き、大阪朝日新聞の皇太后行啓に関する記事を大量にコピーする。そのあと、タクシーで都立中央図書館へ。主婦の友社版『貞明皇后』（一九七一年）をコピー。クリスマスイブのせいか、来館者がいつもと比べて少ない。

広尾でも青葉台でも、コンビニや洋菓子店の前ではサンタの格好をした店員がフライドチキンやケーキの即売をしている。いつもの年と変わらぬ風景。しかし立ち止まる人はいない。自宅の周辺で、子供のいる一戸建の家々が競うように壁や柵やベランダに色とりどりの電飾を施す夜の風景もまた例年通りだ。ここに暮らしていると、原発事故などはるか昔の出来事のように見えてしまう。

十二月二十五日（水）

世間ではクリスマスだが、宮中では大正天皇例祭。

午後二時、国会図書館。明日を最後に年内は閉館するせいか、いつもの平日よりも混んでいる。デジタル化された「皇后考」関係の史料を大量にコピーする。

桐野夏生さんの長編小説『ポリティコン』上下（文藝春秋、二〇一一年）の文庫版解説を書かなければならないので、移動中の車内で読む。上下二巻あるが、まだ上巻を読み終えたばかり。一度読んでいるはずなのに、意外と話の筋を覚えていないことに気づく。

午後七時、日本橋小網町のポーランド料理店「ポルスカ」で、文春のTさん、Hさん、Aさん、Mさん、詩人の暁方《あけがた》ミセイさんと忘年会。ポーランドには二度訪れたことがあり、店員に片言のポーランド語で話しかける。ここは日本に滞在するポーランド人のたまり場になっているらしく、あちこちでポーランド語を話す客の声が聞こえてくる。

沖縄県の仲井眞知事が政府案に理解を示し、名護市辺野古の埋め立てについに同意する。

十二月二十六日（木）

安倍政権発足からちょうど一年になる今日の午前中、安倍首相が靖国神社に参拝した。参拝を終えた首相は会見で、「中国、韓国に対して誤解を解くよう努力したい」と述べたが、「誤解」という言葉が引っ掛かる。誤解をしているのはどちらだと言いたくなる。沖縄県が政府に折れたことで、「時間をかけて誤解を解けば必ず理解してもらえる」という妙な信念が首相に生じ、今朝の決断につながったような気がしてならない。

中国、韓国の反発は当然だが、米国もいつにない調子で不快感を表明している。戦前の「ＡＢＣＤ包囲網」ならぬ「ＡＣＫ包囲網」だ。孤立してもなお自らの「正しさ」に固執しようとする姿勢は、あまりにも危うい。

十二月二十七日（金）

「皇后考」18を脱稿する。昭和に入り、「捨てる」記述が多くなる。

安倍首相の靖国参拝の波紋が広がっている。米国に加えてロシアやＥＵまで懸念を表明している。しかし国内では参拝を支持する国民も少なくない。このギャップはまさに戦前を思い起こさせる。歴史を単純化する「戦争への道を歩んでいる」という言い回しはどうしても好きになれなかったが、そんな私ですら戦前の歴史が重なって見えてしまう。

仲井眞知事が辺野古埋め立てを承認したことに対する反発が沖縄県内で強まっている。普天間基地を辺野古に移転させることにつながるからだ。だが不思議なことに、知事は依然として県外移設と言い続けている。会見でこの矛盾をＴＢＳのキャスターから衝かれた知事は、不快感をあらわにした。首相の靖国参拝に失望した米国は、今度は一転して歓迎の姿勢を見せている。知事は、政府が沖縄振興策に多額の予算を計上したことに満足して同意したと述べたが、金で釣られたという印象はどうしても否めない。なかなかの老獪な策士だと思っていただけに裏切られたという感が強い。

十二月二十八日（土）

『ポリティコン』上下をようやく再読了し、文庫版解説の原稿にとりかかる。この複雑怪奇な小説の解説は非常に難しい。午後はたまプラーザのマッサージ店に行き、足のツボを刺激してもらう。家人が高熱を出して寝ているので、青葉台の「東急スクエア」で刺し身やカキフライ、焼き鳥などを買って帰る。売り場にはすでに正月用のカニやら数の子やらが並び、ごった返していた。

夜になってようやく年賀状の宛て名書きにとりかかる。いつもは万年筆を使うが、今回は趣向を変えて筆ペンにする。今年届いた年賀状を見ながら書いてゆく。喪中が届いた分はあらかじめ取り除いておく。今年になってお世話になった人は新たに年賀状を書くことになる。とても全部は書ききれない。が、バカバカしいと思いつつも、年に一度、肉筆で一人ひとりに手紙を書く気分は悪くない。それに、たまに肉筆で書かないと字がどんどん下手になる。大学でも板書をするわけだから、読みやすい字を書くのは教員にとって意外と重要な資質なのだ。

十二月二十九日（日）

大掃除のあと、昨日に引き続いて『ポリティコン』文庫版の解説の原稿執筆。それからまた年賀状書き。裏面にも一人ずつ簡単にメッセージを書く。もう年賀状でしかやりとりしていない人も少なくない。教え子とは基本的に年賀状を交換しないが、例外もある。

午後十一時よりNHKで「トンイ」を見る。すでに番組全体が年末年始の特別態勢に入っているなかでの通常の放映がありがたい。トンイと吟《クム》、後の英祖《ヨンジョ》がついに王宮に戻ってきた。吟は七歳にして『大学』と『中庸』をすべて暗記している。ドラマとはいえおそるべき才能である。

十二月三十日（月）

『ポリティコン』の解説をとりあえず脱稿。続いて、新潮社のKさんから送られてきた「比較政治学」講義録のゲラを加筆修正してゆく。

自宅に近い十日市場のブックオフに要らなくなった本をまとめて出す。自家用車に五十冊あまりを積んで持ってゆき、四千円あまりになる。

十二月三十一日（火）

年賀状書きが終わらない。とりあえず必須の百枚分だけ書き、あとの百枚は来た人の返事用としてとっておくことにする。午後四時、いつもと同じく、青葉台の「更科」の出店で年越しそばを買う。わが家では紅白は見ない。こんな日でも、原稿をまだ書いている。

あっと言う間の一年であった。今年の仕事の七割は『群像』に連載している「皇后考」に費やされた。そこまで精力を傾注したからにはいい仕事になったかといえば、はなはだ心もとない。壮大な失敗作かもしれない。必死になって史料をかき集めても、肝心なところに手が届いていない感がある。それはひとえに、「女」を対象としているからだ。自分が女にならない限り、謎は永遠に残るだろう。けれどもこのテーマと格闘しなければ、現在の天皇制に対する正確な視座を得られないこともまた明らかだ。

十二月二十六日の首相の靖国参拝で、なんとなく陰鬱な年末を迎えている。一月六日にはまた伊勢神宮に参拝するという。十月に伊勢、十二月に靖国、そして一月にまた伊勢である。旧憲法下の天皇なみではないか。

（1）ライトレール・トランジット。路面電車の車両や設備を近代化した新しい都市交通システム。日本でも富山市ですでに導入されている。

（2）第十五代応神天皇のこと。記紀によれば、神功皇后が朝鮮半島に出兵したとき、すでに胎内に応神天皇を宿していたことからこの名がついた。

2014

一月一日（水）

いつもと同じように午前七時過ぎに起きてから、家人がつくった雑煮を食べる。もともとは私の実家の雑煮をまねたもの。すまし汁に餅、小松菜、鳥肉を具として入れ、鰹節とアオノリをふりかけただけの関東風雑煮だ。

八時前にはもう年賀状が届く。出していない人からの年賀状を振り分け、手早く住所、氏名とメッセージを書いて近くのポストに投函しに行く。

午前十一時過ぎ、家人とともに家を出る。横浜から特急「踊り子」に乗って伊豆急下田に行くつもりが、強風のためJR東海道線の小田原―熱海間が不通だという。横浜では十一時二十三分発の「スーパービュー踊り子」が停車したまま発車しない。ようやく運転を再開したというアナウンスが入るが、大幅な遅れが予想される。「スーパービュー」は満席で乗れず、そのあとに予定より一本早い臨時の「踊り子」が遅れて来たので、これ幸いと乗ってしまう。

しかし列車が詰まっているのか、徐行と停止を繰り返す。持ってきた「比較政治学」の講義録のゲラに手を入れてゆく。ダイヤが乱れたせいで元日から仕事をする羽目になる。列車は空いており、作業に集中できる。

結局、一時間二十分も遅れて伊豆急下田に着く。午後四時の送迎バスに乗り、「下田大和館」へ。一九六六年開業ということで、かなり古い。しかし部屋からのオーシャンビューは予想通りで上々。同じく海一望の洋風大浴場や露天風呂も悪くはなかったが、蓮台寺《れんだいじ》から引いた温泉を加水消毒しているそうで、あまり温泉という感じがしなかった。

夕食には下田名物の金目鯛や伊勢エビ、アワビなど地元でとれた魚介類が並んだ。部屋で食べる。食後にもう一度洋風大浴場に行く。満室のせいか混んでいた。

一月二日（木）

午前七時に起きて大浴場に行く。昨日は女湯だった和風大浴場が男湯になっている。階段を昇ったところにある山頂露天風呂にも入ったが、風が強い上に湯がぬるい。あまり楽しめず、震えながら室内の風呂に入り直した。

朝食にはおせち料理や雑煮が出た。チェックアウトを済ませ、午前九時半に送迎バスで下田駅へ。タクシーに乗り換え、白濱神社に初詣に行く。伊豆最古の神社とされ、祭神は伊古那比咩命《いこなひめのみこと》という女神。拝殿の背後は山で、本殿はその中腹にある。拝殿と本殿を直線で結ぶ階段は神様の通り道になっていて立ち入りが禁止されているので、脇の階段を昇る。海岸沿いにあるのだが、樹が生い茂っていて視界はよくない。

下田駅ゆきのバスに乗り、柿崎神社前というバス停で降りて玉泉寺境内にあるハリス記念館を訪れる。日本初の米国領事館があったところだ。この地で米国渡航を企てた吉田松陰の銅像が建つ柿崎神社からバスで下田駅に戻り、歩いて了仙寺に行く。ペリーと日本全権の間で下田条約が締結された寺である。宝物館にも行ったが、ペリーの展示がある一方、全く関係のない江戸時代の性の玩具まで展示されていた。

昼は、にぎわっているS寿司で地魚のにぎり定食を食べる。さすがにどれも新鮮でうまい。晩年にしばしば下田に滞在した三島由紀夫が絶賛したという洋菓子のマドレーヌなどを買い、午後二時半過ぎに下田駅から「踊り子」に乗る。帰りは定刻に横浜に着き、無事帰宅する。

箱根駅伝は東洋大が往路優勝。山梨学院大学に勤務したことがあるので例年気にはなるが、今年は2区でオムワンパが途中棄権したため、興味が失せる。

一月三日（金）

午前十時過ぎ、家を出る。東急田園都市線、地下鉄半蔵門線、JR総武本線、JR外房線を乗り継ぎ、実家のある土気《とけ》へ。接続はさほど悪くないのに二時間半かかる。所要時間でいえば京都に行くのと同じだ。兵庫県に住む妹の家族も来ている。高校二年の甥や小学四年の姪にお年玉をあげる。

午後五時前、土気から快速久里浜ゆきに乗り、品川へ。グリーン車。休日料金なので二百円安い七百五十円。車内ではまた「比較政治学」のゲラの直しを続ける。大井町から東急大井町線に乗り、尾山台で下車。午後七時、御厨《みくりや》貴《たかし》邸で例年開かれる年始の会に出る。御厨さんの人徳のせいか、毎年出席者が多い。三日の午後ずっとやっているのでいつ行ってもいいという気軽さがよい。阿川尚之さんに会う。

御厨さんと阿川さんは四谷大塚の同級生で、『文藝春秋』の「同級生交歓」にも出たことがある。阿川さんのほかには現役の学生や院生が多い。全員が男性。勤務校とは全く異なる東大生独特のなんとなく鼻持ちならない空気になじめず、八時を過ぎたところで失礼する。

一月四日（土）

『本』三、四月号に掲載する拡大版「鉄道ひとつばなし」として、「よみがえる「つばめ」「はと」」の原稿を書き始める。一九六〇（昭和三十五）年三月のダイヤ改正で消えた展望車付き特急「つばめ」と特急「はと」が東京―大阪間に復活したという架空の旅行記。上編が往路、下編が復路。上下合わせて一万六千字を超える長編である。さすがにこれだけの長さになると一気には書けない。上編の中ほどまで書いたところで中断する。このほかにもまだ片付いていない仕事が山ほどある。新年早々休めない日々が続く。

一月五日（日）

「よみがえる「つばめ」「はと」」の原稿の続きを書く。夕方までかかって何とか上編を脱稿する。これで八千二百字。とりあえず三月号分はできたので、下編を書くのはもう少し先にしようと思う。

安倍首相が選挙区の下関市に帰り、赤間神宮[1]に参拝した。赤間神宮の「先帝祭」がラストに出てくる田中慎弥『燃える家』をどうしても連想してしまう。明日は伊勢神宮に参拝すると聞いている。

一月六日（月）

信濃毎日新聞社に速水健朗《はやみずけんろう》『フード左翼とフード右翼』（朝日新書、二〇一三年）の書評を書いてファクスで送る。「食」の観点から政治思想を考える発想がすぐれている。が、政治思想学会では見向きもされまい。

昨年末からの課題だった桐野夏生『ポリティコン』の文庫版解説の原稿をようやく仕上げ、文藝春秋のKさんに郵送する。締め切りに何とか間に合った。

予想どおり、午後に安倍首相が伊勢神宮に参拝する。天皇系の神社を二日続けて参拝したわけで、神社本庁は大喜びだろう。靖国参拝とは異なり、誰も問題にしない。このこと自体が不思議である。神社本庁という一宗教法人の総本山に一国の首相が二礼二拍手一礼のれっきとした参拝を行うことが、どうして全く問題がないといえようか。このあたりの感覚は、「神道は宗教にあらず」とした国家神道の時代から少しも変わっていないのではないか。

一月七日（火）

宮中では昭和天皇祭。

東京都知事選は、共産、社民両党が推薦する宇都宮健児に続いて、極右の田母神俊雄が立候補し、石原慎太郎が個人的に応援する姿勢を明らかにした。それなら安倍首相が支持してもよさそうなものだ。過去を振り返ってみても、都知事選には必ず極右の泡沫候補が出てくる。しかしこれまでと違うのは、元都知事の石原が付いたことで、極右が泡沫にならない可能性が大きくなったことだ。

一月八日（水）

私の解説をさっそく読んだという桐野夏生さんからメールが来た。喜んでくださったようで、最低限の責任は果たせたかなと安堵する。

国際政治学者の舛添要一が都知事選に立候補し、自民党が条件付きながら支援するようだ。民主、公明両党はまだ態度を明らかにしていないが、後出しでよほどの大物が名乗りをあげない限り、舛添で決まってしまう。

一月九日（木）

昨日書いた「よほどの大物」の名が挙がってきた。元首相の細川護熙《もりひろ》だ。正確にいえば、細川と小泉純一郎の連合というべきだろう。日本では、政界から完全に引退して山に籠もっていた人物が、十数年ぶりに復帰するような例はない。この前例を破ることになるのだろうか。

午後三時から朝日新聞社で朝日新聞出版のKさんに会う。毎年出ている『大学ランキング』の「教員の年齢」に関する取材を受ける。

一月十日（金）

三月でウインドウズXPのサポート期限が切れるというので、富士通から買い替えの案内が届く。それにしたがって電話し、同じサイズのパソコンを注文し、自宅でメールアドレスを変えずに取り付ける作業までお願いする。

河出書房新社のTさんから「山田うどん」の鼎談の原稿が添付ファイルで届く。なんと十五ページもある。直しの作業を途中まで進めてから、「皇后考」19の準備のため勤務校の白金図書館に行き、朝日新聞を大量にコピーする。帰宅後に得意のチャーハンを作って食べ、未明までずっと「山田うどん」の原稿の校正を続ける。

一月十一日（土）

午後一時前、横浜・日本大通りのホテルに行く。ゼミ卒業生の三枝英加《ひでか》さんの披露宴に出席するためだ。相手は韓国人のCさんで、今月中にソウルに移住するとのこと。大学の教員になってから教え子の披露宴に出たのはこれが初めてである。新婦側の上座に座らされたが、スピーチなどは要求されず、新婦のお色直しが一回あったほかは淡々と進行する。同じテーブルにはゼミの同期の馬場知子さん、松下直子さんもいた。二月末にまた同期生を集めて会おうという話になる。

帰宅後、「山田うどん」の校正を仕上げて河出書房新社のTさんに送る。

一月十二日（日）

午前中、東京新聞に連載している「東京どんぶらこ」の原稿「南町田」を書く。それから今月末に大学に提出予定の研究費の使用申請書を書き上げる。

来年度の大学のシラバスをネットで書くようにという知らせが届く。また一段と文部科学省の締め付けが厳しくなったようで、こと細かに指示がある。書くべき欄が膨大にあり、気が遠くなるほどだ。少し書き始めたが、大学教員の頭になかなか切り替わらず、すぐに投げ出した。

『現代思想』のＯさんから、折口信夫をめぐる安藤礼二さん、島薗進さんとの鼎談のゲラが添付ファイルで届く。これまた膨大で、二十五ページもある。私の発言は少ないと思いきや、そうでもなかった。スピーチをしたとき、短いと思っているのは自分だけということがあるが、あれと同じか。こちらに赤を入れてゆく作業のほうが、はるかに楽しい。三人がそれぞれの問題関心をぶつけ合っているので、かみ合わない箇所もあるが、安藤さんを軸にこの三人で折口の共同研究書を出したら、結構いいものができるような気もしてきた。

会ったこともない柄谷行人さんから、柳田國男を論じた新書が届いた。[2]「謹呈　著者」の短冊がはさまれている。光栄だが、すぐ一読せねば失礼に当たるだろう。その前にいただいた御厨貴さんの『知の格闘』（ちくま新書、二〇一三年）もおもしろい。自由闊達な政治学を目指して一人格闘する姿に打たれる。

一月十三日（月）

午前中は『現代思想』のゲラに赤字を入れる作業を行う。昼過ぎまでかかってようやく仕上げる。次いでシラバスの原稿を書く作業を再開するが、やはり長くは続かない。いったん脱稿した「皇后考」18の直しをしているうちに、一日が終わる。机からなかなか離れられない。

一月十四日（火）

「皇后考」19の執筆にとりかかる。『国体の本義』（文部省、一九三七年）の引用から書き出してみると、うまい具合に議論を展開できそうだとわかる。空気が乾燥しているせいか、喉がイガイガして咳払いがとまらない。

冬は夏よりも嫌いではないけれど、この乾燥した空気にはどうしても慣れない。

細川護熙と舛添要一が正式に立候補を表明した。公明党は舛添を支持するという。つまり創価学会票がまるごと舛添に入るわけだ。反原発陣営は細川と宇都宮健児に二分されている。これでは舛添が漁夫の利を得る公算が大きい。社民党はそれを恐れ、候補者の一本化を求めている。しかし共産党はあくまでも宇都宮を支援する方針のようだ。一昨年十二月の総選挙で反原発陣営が分裂したことが自民党の大勝を許したという反省があれば、どうすべきか明白ではないか。

一月十五日（水）

宮中で歌会始。お題は「静」。皇太子が新嘗祭について詠んでいたのが印象的であった。

午後三時前、ゼミ開催のため予約していた勤務校の小教室に入ろうとしたら、男女の学生がいた。別に勉強しているわけでもなく、無断で占拠していたので注意すると、男子学生に「あなたに言われるまで知りませんでした」と開き直られる。「あなた」と言われたのにムカッときて、「ここはゼミを行うための部屋じゃないか。誰かから言われなくても常識で判断したらどうだ」と言ったが、後味の悪さだけが残る。四月以降の日々が思いやられる。

午後三時から六時半までゼミ。出席者は六名。テキストは『ポリティコン』上下。もうすぐ出る文庫版の解説をコピーして配る。半分しか読んでこなかった学生もいて、議論があまり盛り上がらなかった。

六時半から同じ教室で『FLASH』編集部のKさんから天皇の葬儀や陵に関する取材を受ける。『FLASH』にせよ『FRIDAY』にせよ、写真週刊誌というのを全く読まなくなって久しい。

一月十六日（木）

東京、横浜でこの冬初めて気温が氷点下まで下がる。

午前中は「皇后考」19の執筆。午後はたまプラーザの美容院に出掛けてから、一時間ほど足裏とヘッドのマッサージをしてもらう。『本』編集部のKさんから、「よみがえる「つばめ」「はと」」のゲラが送られてくる。いつもよりずっと長く、八ページもある。赤字を入れて戻す。

一月十七日（金）

阪神大震災から十九年目の日。

午前中に新しいパソコンが送られてくる。富士通のウィンドウズ8・1型。梱包されたままにしておく。

午後四時、神保町のカフェ「古瀬戸」で『群像』出版部のHさんに会い、「皇后考」18の原稿とフロッピーディスクを渡す。その後、地下鉄で渋谷に出る。新潮社のTさんから電話。三陸鉄道北リアス線と南リアス線が、四月五日と六日にそれぞれ全通するという。全通に合わせて、乗りに行く約束をする。

一月十八日（土）

午前中は「皇后考」19の執筆。勢いがついている。きのこそばを作って食べ、午後一時に外出。青葉台の「ニック」というクリーニング店に入ろうとしたら、後ろから声をかけられる。振り向くと、日経のIさんだった。奥様もご一緒。隣駅の藤が丘にお住まいなので会ってもおかしくはない。

田園都市線の各停に乗り、永田町へ。車中では十二日に送られてきた柄谷行人の新刊本を読む。もはや研究し尽くされた観のある柳田國男を斬新な視点から分析する鮮やかさはさすがだ。永田町で降りて国会図書館へ。「皇后考」関係の史料を検索しようとパソコンに向かっていたら、立教の松浦正孝さんにばったり会う。それから『貞明皇后御集』をコピーしようとして手続きをしようとしたら、今度は韓国・慶熙《キョンヒ》大学校日本語科の韓京子《ハンチョンジャ》さんに会う。土曜日のせいか混んでいて、知人に会う確率も高くなっているようだ。

帰宅後、『世界』のHさんから中島岳志さんとの対談のゲラが送られてくる。

一月十九日（日）

年賀状の当選番号が発表される。今年も三等が四枚しか当たらなかった。

『世界』のゲラをチェックし、Hさんにメールで送る。文春学芸ライブラリーに収録する『皇居前広場』の加筆修正作業にようやく着手する。

午後十時、名護市長選で普天間基地の辺野古移設に反対する現職が当選確実に。自民党と知事が推薦する候補が敗れる。この民意は無視できまい。

午後十一時よりＮＨＫで「トンイ」。何やら世子《セジャ》には、王位を継承できない重大な秘密があるらしい。その秘密を知った王妃が世子の母である妃嬪《ヒビン》に揺さぶりをかけるが、王妃の体調は思わしくない。妃嬪の兄のヒジェは、ムダン（占い師）の女性に妃嬪の運命を占ってもらう。朝鮮のムダンについては、研究者として関心がある。

来年度の大学の時間割はとっくに確定しているはずだったが、今日になって急に変更を迫られる。編入を希望する学生がいる場合に限って開講する三年配当のゼミは、希望者がいないため開講しないことになりそうだ。あとは一年配当の「現代史」を週に二コマと、同じく一年配当の基礎演習を合わせたコマ数で九月までは行けるだろう。この比較的楽な態勢のうちに「皇后考」を脱稿させねばなるまい。

一月二十日（月）

大寒。暦どおり寒い。午後から勤務校の白金図書館。戦中期の新聞を大量にコピーする。

脱原発派の候補一本化を求めていた鎌田慧さんら市民団体のグループが一本化を断念し、細川護熙を支持する声明を出す。かつての原水禁運動を見ているようだ。それでも都知事選では六〇年代から七〇年代にかけて社共が革新統一候補の美濃部亮吉を擁立し、保守候補を破ってきた。共産党がこの歴史の教訓に従わなかったのは、細川の後ろに小泉純一郎がついているせいだろう。「自民との対決」路線を掲げる共産党としては、宇都宮支持は絶対に譲れない一線なのだ。だが結果としてそれは、舛添が当選する確率を高めることになる。こんなことは政治のイロハである。

一月二十一日（火）

午後三時、業者の男性がやってくる。先週送られてきたパソコンの取り付けをしてもらう。メールアドレスは変わらず。ＸＰに比べると立ち上がるのが断然早い。余計なアイコンがたくさん付いているのが目障り。Ｇｏｏｇｌｅと電子メールしか使わないので、大半は無用の長物となるだろう。結局、自宅の外には一歩も出なかった。

一月二十二日（水）

午前十時過ぎに国会図書館へ。「皇后考」関係の史料を大量にコピーする。

午後四時に角川書店。会議室が空いていないため、近くの「ルノアール」でGさんを相手に不敬小説の講義。日中戦争以降、天皇の行幸がほぼなくなり、男性皇族が戦地に行く代わりに女性皇族が手分けして植民地を含む全国を回り、病院や療養所を慰問したり、地方を視察したりするようになることの重要性を指摘する。

これは行幸啓の継続した形態と見ることはできないか。戦争が「可視化された帝国」の女性化を促したのではないか。こうした仮説は、拙著『増補版　可視化された帝国』（みすず書房、二〇一一年）の重大な修正を迫るものだ。

一月二十三日（木）

昨日国会図書館で集めた史料をもとに、「皇后考」19を書き進める。

東京都知事選が告示される。十六人が立候補した。

私の記憶のなかにある都知事選は、一九七五（昭和五十）年から始まる。美濃部亮吉と石原慎太郎の一騎打ちだった。住んでいた滝山団地に石原が弟の裕次郎や渡哲也、小池朝雄らを引き連れてやって来て、団地センターで演説した。開口一番、「美濃部さんご苦労様でした」と叫んだ姿は、十二歳の眼にもカッコ良く見えた。黒山の人だかりができたが、結果は美濃部が三選を果たした。

美濃部が引退した七九年の都知事選は政見放送が面白かった。「黄色い桃太郎」と称し、全身黄色の服を着た安井けん、グリコの物まねをする秋山祐徳太子、「反ソ決死隊」を名乗り軍歌を歌う深作清次郎が特に印象に残っている。ほかに赤尾敏や東郷健がいたように思う。

しかし過去の都知事選には、もっとすごい候補者がいたようだ。竹内好は、六三年の都知事選で「女の人造人間を数万個つくって、青年のエネルギーの発散場所を提供する」という公約を発表した橋本勝という候補者について、同年四月X日の日記で触れている。それから半世紀が経ち、日記の記述自体が貴重な戦後政治史の証言となっている。

一月二十四日（金）

勤務先の大学の総務課に、今年度の研究費の申請書を郵送する。最後にパソコンを購入したために、上限の金額をほぼ使い切ってしまった。

横浜市立中央図書館の吉田倫子《みちこ》さんから選考委員になってほしいと頼まれた神奈川本大賞の会合があるというので、午後六時半に待ち合わせ場所に指定された横浜駅西口に行く。かなりの人数。午後七時、Bという店に移動。吉田さんに会う。神奈川県在住の人が書いた本でいいと思う本を選考するのかと思っていたら、神奈川県民が推薦する本のコメントを審査するという。とんだ勘違いをしていたのがわかる。

そもそも、神奈川県民が推薦する本と東京都民が推薦する本の間にそれほどの違いがあるとは思えない。これでは、一体何のために「神奈川本」と銘打ったのかがわからなくなってしまう。会合の進め方にしても、書店員や出版社の販売担当がただ大勢立ち話をしているだけで、せっかく来たのに選考委員の紹介もなく、全く誠意が感じられない。選考委員の辞退を申し出て、早々に店を退出する。

一月二十五日（土）

終日在宅。苦しみながら、「皇后考」19の執筆を続ける。国立公文書館のデジタルアーカイブは多くの史料をすぐに閲覧することができて便利だが、いま一番見たいと思っている史料は直接行かないと見られないことが判明する。

一月二十六日（日）

午後一時半、中野サンプラザで開かれた煎茶道文人華道清泉幽茗《せいせんゆうめい》流の総会に出席する。家人が家元をしているので協力している。出席者の大半は女性で、高齢化が進んでいる。初代家元の義母が宮城県大崎市の出身で、吉野作造と同郷ということもあり、余興で吉野作造の話をする。着物姿の家人はなかなか貫禄がある。着こなしが上手だ。

午後十一時からNHKで「トンイ」。NHKの新会長が昨日の就任会見で韓国に対する敵意剝き出しの発言をしたばかりなので、会長が変わることでこういうドラマがいつまで放映されるかが心配になる。先週も出てきたムダンが王妃を呪い殺す術として魘魅《えんみ》を行う。魘魅は朝鮮独特というわけではなく、松本清張『神々の乱心』下にも出てきた。

オバマ政権が日本政府に対し、冷戦時代に米国などが研究用として日本に提供したプルトニウムの返還を求めていることが判明する。加藤典洋さんが連続四〇ツィートでこの問題を集中的に取り上げている。

一月二十七日（月）

朝日新聞朝刊に都知事選で舛添要一が優位と出ている。予想通りだ。反原発票が細川と宇都宮に割れているのが、結果的に舛添を利している。

午前十一時半、地下鉄永田町駅構内の「日の陣」という蕎麦屋で肉汁そば。八百五十円。普通の駅そばの倍以上の値段だ。つけめんというよりはむしろ、武蔵野うどんのそば版のような感じで、アツアツのつけ汁につけて食べる。つけ汁に負けないよう、そばも太麵で黒い。なかなか美味しい。

国会図書館で「関屋貞三郎日記」や『貞明皇后御集』を閲覧してから、タクシーで国立公文書館へ。皇太后節子が太平洋戦争勃発直後の四一年十二月十七日、極秘で沼津御用邸に疎開したとき、東京―沼津間に走った御召列車のダイヤを当時の公文書から突きとめる。

もう十年近くも前、一度国立公文書館で講演したことがある。テーマは鉄道で、台風が来ていたのに百名を超える盛況だったが、終わったあとにマニアがブログで逐一ここがおかしいと書き連ねていたのには閉口した。利用者は多くない。大半は自宅のパソコンでも見られるからだろう。

一月二十八日（火）

新潮社のKさんから送られてきた比較政治学の講義録「都市と政治」が、まるで講義の体を成していないことに愕然とする。これでは全面的に原稿を書き直さなければならない。面倒な仕事がまたひとつ増えてしまった。

午後六時、渋谷駅前のパーラー「西村」で講談社のKさんと待ち合わせる。男二人は我々だけで、あとは男か女どうしばかり。早々に退散し、道玄坂小路にある台湾料理店「麗郷」へと移動する。ここでもう一人の編集者、Uさんが合流。豆苗の炒め、鳥とカシューナッツの炒め、水餃子、春巻、五目焼きそばなどを取り分けて食べる。「麗郷」はどんどん新しくなる渋谷の繁華街のなかで孤塁を保っている古い赤レンガの店で、もう四十年近くも利用している。

都知事選に絡んで泡沫候補の話になり、戦後の国政選挙や知事選に立候補したすべての候補者を洗うことで、表面化しなかった政治の「可能性」が考えられるんじゃないかという、当てもない雑談にふける。

一月二十九日（水）

このところ、都知事選で細川候補に投票しましょうという誘いがよく来る。広瀬隆さんから来る一斉メールもそうだし、作曲家の三枝成章さんからもファクスが送られてきた。都民でないので如何ともしがたいが、舛添知事の出現に強い危機感をもつ心情は理解できる。

午後に国会図書館の憲政資料室。マイクロの英国外務省報告を閲覧する。当てにしていた史料は見つからなかった。マイクロはずっと見ていると神経の消耗が激しい。次いで「関屋貞三郎文書」を閲覧する。

一月三十日（木）

宮中では孝明天皇例祭。

三十歳の女性研究者が、細胞生物学の分野でiPS細胞を発見した山中伸弥教授に匹敵するノーベル賞級の大発見をしたというので、朝から大ニュースになっている。

父がウイルス学者だったのでわかるが、この手の基礎研究というのはふだんは地道な研究の積み重ねにすぎない。給与もはっきり言ってそれほどよくはない。その積み重ねだけで終わる場合もあれば、今回のような大発見に至る場合もある。つまり博奕的な要素が大きい。全く無名だった人が一夜にして世間の注目を浴びるのは理科系ならではだ。

文科系ではこういうことはまずあり得ない。しかし政界にせよ財界にせよ官界にせよ、女性のリーダーがあまりにも少ないこの国で、三十歳の女性が注目されるのは男性から見ても胸がすく思いがする。若手女子の活躍が目覚ましいスポーツ界を除けば、あとは作家の世界か。同じく三十歳で知り合いの青山七恵さんをはじめ、綿矢りささん、金原ひとみさんなどがいる。

また午後に国会図書館に行き、「関屋貞三郎日記」を閲覧した上で、「皇后考」19をとりあえず脱稿する。「戦争と皇太后・皇后」1と題し、日中戦争勃発からミッドウェー海戦にかけての皇太后節子《さだこ》、皇后良子《ながこ》の対照的な生き方を描いた。この次の回がいよいよ連載最後の山場になる。

午後七時半からのＮＨＫ「クローズアップ現代」が、東大紛争における東大執行部側の当事者たちの肉声を記録した貴重な史料が見つかったことを取り上げていた。いま病床にあって出演できないという坂本義和・東大名誉教授が、当時の執行部の態度をいまなお悔やんでいるという趣旨のペーパーをＮＨＫに送っていたことに感銘を受けた。

一月三十一日（金）

勤務校の管理課から、研究費を使ってパソコンを購入する場合、領収証のほかに納品書と現物を示すことが必要という連絡が来たので、あわてて午後に車で大学に行く。久しぶりに研究室に入り、たまっていた電子メールを整理する。二月の入試を控え、キャンパスには人影がなかった。

（1）下関市内にある神社。祭神は安徳天皇。すぐ横に安徳天皇陵がある。

（2）『遊動論　柳田國男と山人』（文春新書、二〇一四年）。

二月一日（土）

二月一日！　この日付を見るたびに、いまから三十九年前、一九七五（昭和五十）年二月一日を思い出さずにはいられない。開成中学校を受験した日のことだ。詳細は『滝山コミューン一九七四』で書いたので繰り返さないが、試験開始十分前に手汗をびっしょりとかいた緊張感は、いま思い出してもぞっとする。

今日もまた中学受験のニュースが新聞夕刊の一面を飾った。あちこちの中学校で悲喜こもごものドラマが展開されているのだろう。とても人ごととは思えない。地方の人たちから見れば、たった十二歳で苛酷な受験競争にさらされる都会の子供はかわいそうという定番の感想に帰着するのだろうが、そんな単純な図式に当てはめられてしまっては当の受験生はかなわない。けれども、ここで第一志望の中学校に受かるか落ちるかは、その後の人生を大きく左右することもまた、まぎれもない事実だと言わざるを得ない。

私自身、第一志望の開成中学校に落ち、第二志望の慶応普通部に受かったことが決定的であった。無論、中学を受験しなくても、人はそれぞれ生涯の場面場面で重要な選択をしている。しかし中高一貫教育をしている私立の場合、十二歳から十八歳までの六年間をどの学校で過ごすかは、人生の大枠を決定づけるといっても過言ではない。それを二月一日のわずか一日で決めてしまう入試制度は、苛酷以外の何物でもない。その苛酷さを深く悟っている小学生ほど、緊張で身が硬くなり、実力を発揮できない確率が高くなるのだ。

二月二日（日）

恒例の『みすず』読書アンケート号が届く。二〇一四年1・2月合併号だ。ほぼ全面がアンケートに当てられているため、連載は休みとなる。この日記も中断したわけではないが、十一月分と十二月分は掲載されない。

いつもながら読みごたえ十分の内容だ。もう九十歳を超える鶴見俊輔さんや石田雄《たけし》先生が健筆をふるっているのが嬉しい。各人がどういう本を挙げているかもさることながら、長短ばらばらの文章を読んでいるだけで、その人となりが伝わってくるのは『みすず』ならではだ。

日中文化交流協会から依頼された辻井喬さんの追悼文を書いて投函する。六百字。

午後三時、馬車道の横浜創造都市センターで横浜国立大学大学院都市イノベーション学府のKさんとSさんに会う。三月二十二日にここで講演会をするため、主催者のお二人と打ち合わせをする。『団地の空間政治学』を中心に、空間と政治の関係につき一時間ほど講演し、後の一時間を質疑応答に当てることで合意する。

午後十一時からNHK「トンイ」。官僚の西人《ソイン》派がいつの間にか老論《ノロン》と少論《ソロン》に分裂している。老論が延礽君《ヨニングン》、少論が世子《セジャ》につくことで、党派争いが激化する。二月中の放映はオリンピックのためすべて中止となり、次回は三月二日だという。

二月三日（月）

終日家に籠もり、「鉄道ひとつばなし」の大型企画「よみがえる「つばめ」「はと」」下を途中まで書く。そのかたわら、確定申告の準備をするべく、まだ支払調書の来ていない出版社や新聞社に電話して、至急送るよう請求する。たとえ少額であってもきちんと送ってくる小さな出版社もあれば、毎年電話をしないと送ってこない大新聞社もある。私のように雑所得がそれなりにある人間にとって、確定申告は提出する書類をそろえるだけでも実にやっかいだ。例年通り、今年もまた税理士にお願いすることになる。

二月四日（火）

今日も終日自宅。雨が午後に雪に変わり、一時は激しく降るが全く積もらなかった。一日かかって「よみがえる「つばめ」「はと」」下を何とか書き上げる。八千二百字。最後は食堂車で遭遇する老夫婦、少女との議論になる。会話がなんとなくぎこちないがやむを得ない。小説家の才能がないと、こういう話はうまく書けない。

二月五日（水）

東京、横浜ともに氷点下に下がる。一日中寒い。比較政治学講義録の「都市と政治」1東京編の原稿の続きを書く。全面的な書き直しはやはりきつい。陣内秀信『東京の空間人類学』（ちくま学芸文庫、一九九二年）、渡辺浩『東アジアの王権と思想』（東京大学出版会、一九九七年）

などが参考になる。あとは『レッドアローとスターハウス』で書いた持論を補強するだけだ。大学生向けにくだけた書き方をするのがなかなか難しい。

天皇、皇后が葉山御用邸に行く。九日までの滞在だという。さっそく地元町民と御用邸の近くで対話していた。葉山でもこの冬一番の寒さだったろう。けれども葉山に行く一番の楽しみが、皇居と違って気軽に国民と話ができることにあるのは、おそらく間違いない。

二月六日（木）

午前中、昨日から続けてきた「都市と政治」1東京編の原稿を何とか仕上げる。続いて「都市と政治」2大阪編にとりかかる。これまた全面的な書き換えが必要なことがわかる。講義録をまとめるのは難しい。

午後一時、永田町駅構内の「日の陣」でかき揚げ天ぷらそば。八百五十円。前回食べた肉汁そばのほうがうまい。値段のわりに天ぷらが脂っこく、食後感がよくない。売店でガムを買う。国会図書館で一時間ほど調べものをしてから、午後三時に渋谷セルリアンタワーのカフェ「坐忘」へ。NHK制作局のYさんに会い、東京の近代の映像を扱う番組に関する相談を受ける。当然、籾井会長の発言も話題に出る。

二月七日（金）

午前中、「皇后考」20の原稿に着手する。筋は大体頭の中に入っているので、それを少しずつ吐き出してゆく。左肩が痛いのは原稿を書き過ぎているからだろうか。そう思いつつこの日記まで書いている。

午後に国立公文書館と明治大学図書館。国立公文書館では、利用カードの名前を見た職員に会釈される。途中立ち寄った東京堂書店でも、見知らぬ女性店員に挨拶される。そんなに有名人だったっけと訝しむ。

明日は大雪だと天気予報で言っているので、帰宅後に車で藤が丘の「ビバホーム」に行き、スコップを買ってくる。二十三区でも十五センチ積もるという。

二月八日（土）

朝から雪になる。午前中、『旅と鉄道』から依頼された三陸鉄道の完全復旧を祝う原稿を書く。九百字。

雪は午後からますます激しくなる。「皇后考」20の原稿を書きながら、時々外に出て昨日買ったスコップを使い、除雪をする。が、すぐにまた雪が積もってしまう。まるで雪国のような風景。東京都心でも二十七センチ積もったという。明日の都知事選では、八王子や青梅、西多摩郡など保守系の支持者が多い多摩西部の投票率が積雪のため下がると見ていたが、ここまで降ると地域差は関係ないかもしれない。

　テレビもオリンピックとこの大雪のニュースばかりが放映され、投票前日だというのに都知事選の話題が全然出てこない。投票率の低下は必至である。ということは、結果はもう見えている。問題は何時に当確が出るかだろう。隣県の県民としては残念というほかはない。

二月九日（日）

　朝から除雪作業に追われる。そのかたわら、「皇后考」20の執筆。肩凝りがひどいので、午後にたまプラーザの店に行き、マッサージをしてもらう。

　予想通り、都知事選の投票率が前回、前々回に比べて十ポイント以上も低い。午後八時のＮＨＫの特番開始とともに舛添候補に当確が出る。あとはどの自治体でどの候補が最も多くの票を集めているかに興味の焦点が移る。

二月十日（月）

　昨日の都知事選。共産党推薦の宇都宮候補の得票数が細川候補をはるかに上回っているのは、清瀬、東久留米、東村山など西武沿線に多いことがわかり、『レッドアローとスターハウス』で書いたことがまだ通用するという感慨にふける。

　午後に勤務先の大学の白金図書館。戦時中の新聞をコピーする。次いで地下鉄で永田町に移動。国会図書館で『貞明皇后御集』をコピーする。

二月十一日（火）

　午前十時四十六分、新横浜から「こだま６４７号」に乗る。車内で東京から乗った文藝春秋のＴさん、Ａさんと合流。三島で降りて東海道本線に乗り換え、次の沼津で降りる。ホームの「桃中軒《とうちゅうけん》」の立ち食いそばスタンドで天ぷらそば。三百六十円。甘みのあるつゆが温かい。ネギは青ネギ[1]。駅前から多比《たび》ゆきのバスに乗る。バスは狩野川を渡り、旧沼津御用邸の前を通り、駿河湾沿いを走ってゆく。終点で降りる。

ここから標高三九二メートルの鷲頭《わしず》山を目指し、ハイキングを開始する。小雪がちらつくが寒くはない。やっと登りきったと思いきや、目指す鷲頭山はさらに向こうに高くそびえている。そこへ行くためには、いったん下ってまた登らなければならない。しかも道が全然整備されていない上、溶けた雪がぬかるんで足をとられる。途中、雪をかぶった富士山を仰ぐ絶景にも出会えたが、ベンチ一つないので立ち止まることもできない。疲労困憊しながら何とか頂上にたどりつく。

頂上からは、駿河湾や対岸の伊豆半島が眺められる。一息入れて今度は下りにかかる。これもまた急坂で何度か転げ落ちそうになる。中腹まで下ると、大正天皇の行啓記念碑がある。一九四二年五月、沼津御用邸に疎開していた皇太后節子は、ここまで登っている。「皇后考」19で鷲頭山に言及したので、実際に登ってみようと思い、Tさん、Aさんを誘って来たのだが、ハイキングなどという生易しいものではなかった。沼津アルプス[2]という仰々しい名が付いているのもうなずける。

さらに急坂を下り、ようやく一般道に出て志下《しげ》公会堂からバスに乗り、沼津駅へ。タクシーに乗り換えて、沼津港付近にあるSという寿司屋に行く[3]。その車内で、Tさんのスマホを通して鷲尾賢也さんの逝去を知る。

久しぶりに体力を使い果たしたあとの寿司はうまい。おまかせ十貫のセットだけでは足りず、金目鯛やサクラエビなどを追加する。地元産のサクラエビが新鮮だった。復路も往路と同じルートをたどり、午後九時前に帰宅する。

二月十二日（水）

午後三時半、藤が丘駅前の靴修理店で、昨日の登山で泥だらけになった靴を磨いてもらう。

六時にブックファースト渋谷店で文春のHさんと待ち合わせ、タクシーで西麻布のSという広東料理店に行く。桐野夏生さん、文春のKさんと合流し、四人でフルコースを食べる。今月出た文春文庫版『ポリティコン』上下の解説を私が書いたことへの御礼という名目であった。桐野さんとはもう何度もお会いしているので、全然緊張しない。年末年始は解説の執筆で大変だったとつい本音を漏らしてしまう。ほかの三人はビールをぐいぐい飲むくる。

が、私はグラスに少し口をつけた程度。それでも回って

九時前に店を出て、歩いて六本木ヒルズに移り、グランドハイアット東京のなかのバーに入る。私にとっては完全に異次元空間だ。照明が薄暗く、あちこちでいい年をした男が連れの若い女の手を握りながら何事か囁いている光景が物珍しい。そのうちにプロのジャズシンガーの生演奏が始まった。が、十一時を過ぎるとさすがに眠くなってくる。昨日の疲れもまだ残っているようだ。お先に失礼しますと言って席を立ち上がると、Kさんがタクシー券を用意していて、ホテルの玄関まで送ってくださった。道路は空いており、四十分ほどで帰宅する。

二月十三日（木）

午前中、三陸鉄道の完全復旧を祝う原稿を『旅と鉄道』編集部にファクスで送る。戦時下のキリスト教について調べようと、午後二時に勤務校の白金図書館に行く。

それから都営地下鉄三田線で神保町に出る。四月から朝日新聞の書評委員になるのに伴い、三月に開かれる書評委員会に備えて、東京堂書店の新刊台をチェックする。

三木卓『私の方丈記』（河出書房新社、二〇一四年）と佐川光晴『鉄童の旅』（実業之日本社、二〇一四年）をパラパラと立ち読みしてから買う。速読術が必要になりそうだ。

帰宅後、『旅と鉄道』編集部からメールが来る。震災直後のＪＲ東日本の対応について触れた箇所を改めるか割愛してほしいという。それはできないと突っぱねる。ＪＲ東日本に気兼ねしてこんなことも書けないような雑誌ならば、別の媒体に転載したいという返事のメールを書く。

二月十四日（金）

新聞の朝刊で、皇太子が昨日、十一日に登ったばかりの鷲頭山に登っていたのを知ってびっくりする。いや鷲頭山だけでなく、沼津アルプスを縦走したようだ。健脚ぶりに驚く。

また朝から雪が降り続ける。横浜では二十センチを超え、前回を上回る積雪量となる。自宅から一歩も外に出ず、ひたすら「皇后考」20の執筆を続ける。戦時中の香淳皇后がひそかに宮中でキリスト教の講義を受け続けて

いたことを、一次史料を駆使して明らかにする。

『旅と鉄道』の編集部からメール。結局、原文通りでOKということになる。おそらく編集部内では、この生意気な書き手の要求を呑むか拒むかで議論があったのではないか。メールだけだとどうしてもきつい言葉になってしまう。それが人間関係に負の影響を与えることも珍しくない。今回は事なきを得たが、気をつけなければなるまい。

二月十五日（土）

朝のニュースはフィギュアスケート男子の羽生選手の金メダルをずっと報じている。が、昨日からの積雪量が甲府で一一四センチ、秩父で九十八センチ、横浜でも二十八センチになり、首都圏の交通網はマヒ状態となっている。特に甲府の一一四センチは尋常でない。

朝刊も届いていない。こんなことは初めてだ。雨が強いので除雪作業もできない。午後に雨が上がるや、スコップを持って除雪を始める。優に三十センチは積もっている。隣近所の住民総出で作業に当たる。近くの坂道では前日から車が立ち往生したまま動けず、夕方五時頃になってようやくレッカー車で運ばれていった。

民放のニュースはこの大雪をトップで報じているのに対して、夜七時のNHKニュースは相変わらずオリンピックがトップの扱い。中央本線、身延線が不通になり、中央高速道路が通行止めとなった甲府は陸の孤島になっているにもかかわらず、十分な情報が伝わってこない。九七年から二〇〇〇年まで甲府の大学に勤めていたので、非常に気になっている。

二月十六日（日）

今回の豪雪で、山梨だけでなく、群馬と長野の県境付近や埼玉の秩父地方、そして東京の奥多摩にも孤立した地域が点在していることがわかってきた。これらの孤立している地域には、ひとつの共通点がある。秩父事件、小河内山村工作隊事件、連合赤軍山岳ベース事件、同あさま山荘事件、そしてオウム事件。明治から平成に至るまでの、国家に対抗する集団が本拠地を置いたり、事件を起こしたりした場所とほぼ一致するのだ。果たしてこれは偶然の一致なのだろうか。

ツイッターでこうつぶやいたら、けっこう反響があった。大久保清や宮崎勤の事件現場とも重なっているではないかという書き込みがあり、なるほどと思う。

二月十七日（月）

宮中では祈年祭。

午後一時、渋谷のラーメン店「はやし」で味玉ラーメン。八百円。この店のメニューはラーメン、味玉ラーメン、焼豚ラーメンの三種類しかない。正直言って魚介豚骨系はあまり好きでないのだが、この店は例外。ていねいな作り方をしていて、汁を飲み干しても喉が渇かない。ほぼ一年振りに食べたが、全く味が落ちていなかった。

一時二十分、渋谷区桜丘町のS税理士事務所に行き、確定申告の書類一式を手渡す。

三時、神保町のカフェ「古瀬戸」で、『群像』出版部のHさんに会い、「皇后考」19の原稿を渡す。『群像』二月号は東京でほぼ完売したそうだ。

二月十八日（火）

午前中は「比較政治学」講義録の「都市と政治」2大阪編の原稿を書く。昼食はきつねそばを作って食べ、午後に国会図書館へ。明日のゼミに備えて、車中では前掲『遊動論』を読む。国会図書館では「皇后考」20の関連史料をコピーする。新館の雑誌カウンターに行こうとしたら、京大の高木博志さんにばったり会う。最近、憲政資料室に入った「長崎省吾関係文書」を閲覧しに、わざわざ京都から日帰りで来ているのだという。ご苦労様と申し上げる。

二月十九日（水）

午後零時半、自由が丘のラーメン店「いちばんや」で深煎りごまコクラーメン。連日寒い日が続くので、どうしてもラーメン店に足が向いてしまう。相変わらずの味で汁まで飲み干す。女性客の率が高いのもこの店ならではか。

午後三時、勤務校のゼミ室でゼミ。出席者は六名。うち正規のゼミ生は二名。テキストは前掲『遊動論』。柄谷理論に柳田の言説をはめ込んでいるだけではないかという批判が出る。しかし、初期の山人論と後期の固有信仰論を結び付け、山人論は固有信仰論に受け継がれているとする柄谷の分析は目からウロコが落ちたという意見も出る。

正規のゼミ生ではないが、二年のときから最も熱心にゼミに参加してきた慶応義塾大学文学部の花田史彦《ふみひこ》くんは、京大大学院の筆記にパスし、面接も終わって結果待ちだという。正確にいえば私の勤務校の公開セミナーに来ていた一年のときから知っているので、合格を祈りたくなる。

前にも記したように、私はナショナリズムに全く感染しないので、オリンピックのメダル争いにもまるで興味がない。これは大学についても当てはまる。私のなかには、本学の学生とそれ以外の学生ないし社会人という区別はまるで存在しない。本来ゼミというのは、誰であろうが参加したい人が参加すればいいわけであって、大学という仕切りはないほうがいいとすら思っている。自分の大学に忠誠を誓わされる儀式には極力参加しない。これからもこの方針は変わらないだろう。

二月二十日（木）

午後に国会図書館。車中では、送られてきた内田樹、小田嶋隆、平川克美『街場の五輪論』（朝日新聞出版、二〇一四年）を読む。面白い。なぜ朝日新聞は、こういう鼎談を二面ぐらい使って大々的に掲載できないのだろうか。この三人の意見に、私はほぼ全面的に賛成である。

福島第一原発で、また高濃度の汚染水漏れが発覚する。人為的ミスの可能性が高いという。それでも政府が原発の再稼働に向けての動きをやめることはなさそうだ。原発再稼働派は放射性廃棄物を福島に捨てればいいと思っているという『街場の五輪論』の内田樹の言葉が生々しくよみがえる。

二月二十一日（金）

午後三時に岩波書店に行き、IさんとYさんに会う。『岩波講座　日本歴史』の編集委員が相変わらず東大教授や京大教授など官学中心で固められていることを批判すると、意外にも理解を示される。こうした従来の路線とは異なる新しい戦後史の企画を出したいということで相談を受ける。

午後七時、渋谷円山町の「すずめの御宿」という鉄板焼きの店で講談社のHさんと会食。芸者置屋を改築した店のようで、周辺はラブホテル街だった。あるホテルには、ライトアップされたヤシの木がそびえたち、南国風のムードを演出していた。しかしその外観は、零度近くまで冷え込んだ夜には妙に寒々しく見えた。東電ＯＬ殺人事件を思い出す。

帰宅すると、花田くんから京大大学院教育学研究科修士課程に合格したとのメールが来ていた。ほっとする。指導教授は佐藤卓己《たくみ》さんだという。佐藤さんとは親しいので、一度私もゲストとして呼んでほしいと思う。

二月二十二日（土）

家人が宮城県大崎市に出掛けるのでＪＲ十日市場駅まで車で見送る。自宅の前の道にまだ雪が大量に残っており、方向転換に時間がかかる。

午後、明治大学図書館に本を返しに行ったついでに神保町の東京堂書店に立ち寄り、書評の準備ために新刊台を眺めていると、今柊二《こんとうじ》『定食と古本ゴールド』（本の雑誌社、二〇一四年）が見つかる。今さんとは一昨年の暮れに神奈川新聞の駅そば座談会でお会いしたことがある。今柊二というのは筆名。定食屋も古本屋も、ともにファーストフードやブックオフのようなチェーン店に淘汰されつつある。またラーメンやカレーのような特定のジャンルなら山ほどガイドブックがあるが、定食屋というのは意外に情報が少ない。そんな興味から読み始めたのだが、この著者はいわゆる中華料理店も定食屋に含ませているばかりか、ドトールやブックオフも敵視していない。そのせいか、全体の輪郭がいまひとつぼやけている感じがする。着眼点はよいのに、何だかもったいないと思う。

夕食はタラバガニの缶詰があったので、これをまるごと使ってカニチャーハンを作る。

二月二十三日（日）

皇太子の五十四歳の誕生日。定例会見の内容が宮内庁のホームページに出ている。目を引いたのは、せいぜい日本国憲法を順守する姿勢を明らかにしたところぐらいか。

午後に都立中央図書館。「皇后考」19の初校ゲラが送られてきたので、原史料に当たる必要が生じたためだ。日曜日なので国会図書館は休みである。合わせて、比較政治学講義録の「地方と政治」の章の手直しをする。

終了後、広尾から東京メトロ日比谷線で中目黒に出て、前掲『定食と古本ゴールド』を読んで気になった「高伸」という中華料理店に行ってみる。夕方の開店時間である六時に入り、タンメンと餃子を注文。客がどんどん入ってくる。常連が多いようだ。運ばれてきたタンメンは麵が見えないほど野菜がどっと盛られていて、迫力がある。餃子も今さんがムッチリとして官能的と評するだけあって大きい。このセットで八百円は安い。わが家の近くだと千円でも足りない。同じ東急沿線でも、東横線沿線のほうにこういう古くて安い店がしぶとく残っている。元住吉とか白楽のあたりにもありそうだ。

二月二十四日（月）

午後三時、勤務校の研究室でNHKのYさんから、三月二十二日に教育テレビで放映されるETV特集「よみがえる色彩」のインタビューを受ける。

占領期に皇居前広場で行われた米軍のパレードを収録した映像史料を例に、文字史料だけではわからない映像史料のメリットにつき、まず解説する。次いで一九四〇（昭和十五）年に代々木練兵場で行われた観兵式で白馬に乗る昭和天皇のモノクロ映像と、それをカラー化した映像を比較対照し、カラー化することで明らかになる点について解説した。キャンパスにはまだ日蔭のあちこちに雪が残っていた。

二月二十五日（火）

「皇后考」20を一応脱稿する。これまでの連載のなかで最も長く、四百字詰めで六十枚を超えてしまった。戦争末期の天皇と皇太后、皇后の息詰まる人間関係を描く必要があったのでやむを得ない。最後は丸山眞男の「政《まつり》事《ごと》の構造」と折口信夫の「女帝考」を使って理論化を図った。天皇が皇太后を恐れたのは個人的な感情からだけではなく、構造的な問題があったことを示す必要があると考えたからだ。

建築家の山本理顕《りけん》さんから送っていただいた『思想』の論文「個人と国家の〈間〉を設計せよ」の第一章と第二章をようやく読み終える。これは画期的な論文だ。政治思想史と建築史とが見事に融合している。アレントの『人間の条件』（ちくま学芸文庫、一九九四年）を建築家が読むとこうなるのかという新鮮な発見があった。「空間政治学」の集大成というべきこの論文は、今後も『思想』で連載されてゆくのだろう。連載が完結して単行本になるのを楽しみに待ちたいと思う。

近くの郵便局に立ち寄り、文藝春秋あてに『皇居前広場』の初校ゲラを速達で送ってから、午後四時過ぎに青葉台から田園都市線の各停に乗る。桜新町で朝日のNさんから携帯に電話がある。運よく急行の待ち合わせで三分停まるので出られる。もうすぐ公開される「昭和天皇実録」についての件だった。永田町で降りて国会図書館に行き、気になっていた皇后の宮中服について調べようとしたが、結局わからず。国会議事堂前から地下鉄丸の内線に乗り、新宿に行く。

午後七時、新宿西口の淡路島料理の店で、編集者の名越加奈枝さんと倉田波さんに会う。もう五年くらい会っていなかったので、そろそろ会おうと呼びかけた。名越さんは仕事が片付いていないらしく、一時間ほど遅れて来る。明石海峡産タコの唐揚げや島でとれたタマネギのフライなどを食べてから、最後に鯛の炊き込みご飯。これが名物らしいが、四国でも鯛めしは名物と称しているところが多い。久々に会っても肩の凝らない異性の友人は貴重である。

二月二十六日（水）

午前中に東京新聞に連載している「東京どんぶらこ」の原稿を書く。今回取り上げたのは、日野市の豊田。有名な愛知県の豊田とは異なり、「とよだ」と発音する。中央線の駅名にもなっている。

午後三時に電話が鳴る。出たら、北大の国際法学者、児矢野《こやの》マリさんからだった。もう十年近くも会っていないので驚く。広島の江田島や呉を回る歴史ツアーのお誘いだった。「皇后考」に関係する史料が現地に残っていれば参加したいと返事する。それから北大内部の話になる。大学からしばらく離れているので、まるで別世界の話のように聞こえる。結局一時間も話し込んでしまった。

二月二十七日（木）

午後一時三十分から勤務校の研究室で韓国SBSテレビ制作本部のチュ・シピョンさんから、安倍晋三の政治思想につきインタビューを受ける。チュさんは今朝ソウルを飛行機で発ち、羽田に着くや自動車で大学に直行したという。いの一番に取材に来ていただき光栄である。山口県にゆかりがある吉田松陰、伊藤博文、岸信介という系譜の延長線上に安倍の政治思想を位置付けたい思惑があったようだが、そう単純ではないと話す。二十四日のNHKと比べるとカメラの指示がゆるく、本当に撮影されていたのかわからなかったほどだ。

帰宅すると、東京大学出版会から濱野靖一郎『頼山陽の思想』(二〇一四年)が届いていた。著者はテヘランで生まれ、立正の文学部を出て二松学舎と法政の大学院に進んでいる。随分と変わった経歴の持ち主だ。「あとがき」でも自分のことを「俺」と書いている。いいねえ。会ったことはないが、こういう型破りの研究者は大歓迎だ。ヨーロッパ政治思想史のマキャベリのごとく、頼山陽をもって日本の政治学が始まったというのが、どうやらこの本の骨子らしい。久しぶりに日本政治思想史専攻の学者として興奮させられる。発行日の関係で書評できるかどうかは微妙だが、さっそく読み始める。

二月二十八日(火)

前掲『頼山陽の思想』は、単なる丸山批判というより、『日本政治思想史研究』(東京大学出版会、一九五二年)で示された丸山のストーリーを批判的に継承する研究というべきだろう。今日は新潮社から冨手《とみて》淳《あつし》『線路はつながった』(二〇一四年)が送られてきたので、こちらも読む。冨手さんは三陸鉄道旅客サービス部長で、震災の翌月に宮古の本社で初めて会って以来、何度かお会いしたことがある。三陸鉄道は四月に全線が復旧する。社員自身がこの三年間の奮闘ぶりを記したことは大きな意味があろう。

午後七時、新宿西口のTという飲み屋で、元ゼミ生の三枝英加《ひでか》さんの結婚を祝って同期会。八名が参加。みな三十一歳になっている。十時に終了。混んだ田園都市線で帰る気になれず、新宿から座席指定の特急「ホームウェイ」で新百合ケ丘に出て、タクシーで帰る。車中ではずっと『線路はつながった』を読む。私の名前も出てきて恐縮する。

(1) スタンドに掲げられていた説明書によれば、東海道本線の駅そばのネギはJR東日本管内の熱海より東が白ネギ、JR東海管内の三島より西が青ネギを使っている。

（２）沼津市の海岸沿いに連なる徳倉山、志下山、鷲頭山、大平山などの山々の総称。
（３）元講談社の編集者。講談社時代にお世話になった。歌人の小高賢としても知られる。

三月一日（土）

午後一時、渋谷区初台の煎茶道清泉幽茗《せいせんゆうめい》流初台教室で、皇后をテーマとする講義を行う。同教室の門人に加えて裏千家の有志も参加。全部で八名。皇太后節子が満州国皇帝溥儀を迎えたときに自ら猛練習を重ねて表千家のお点前をしたエピソードを『高松宮日記』に触れつつ紹介した。あとは「皇后考」に書いたことをかいつまんで話す。

師範の森内純嘉《じゅんか》さんが番茶のお手前を披露。終了後、初台の中華料理店「蘭蘭酒家」で会食。大川周明の話題になる。東京裁判でGHQは、大川が裁判の不当性を訴えることを恐れ、麻薬を注射して「狂人」に仕立てあげ、開廷早々に追い払ったのではないかというYさんの説を面白く聞く。

三月二日（日）

「皇后考」20の手直しを行う。すでに四百字詰にして六十枚を超えており、必要最小限の加筆しかできない。

いかに密度の高い記述に仕上げるかが問われてくる。

三月になっても相変わらず寒い。この季節になると花粉症が心配になる。慶応高校に入学した一九七八年四月一日、式が行われた講堂でやたら鼻水が出ると思った日こそ、花粉症の自覚症状が初めて現れた日だった。大学と一体の日吉キャンパスは広く、杉も多かった。高校三年になるころには同級生の多くが感染していて、四月のフランス語(1)の授業中にはくしゃみと鼻水をすする音が教室内に響き渡っていた。

しかしそのときはまだ花粉症という言葉もなかった。風邪をひいているわけでもないのに、毎年春になると決まって風邪のような症状が出るのが不思議でならなかった。

三月三日（月）

午後三時、神保町のカフェ「古瀬戸」で、朝日新聞社のSさん、Iさんに会う。四月から書評委員の仕事が始まるのに先立ち、十九日に一回目の会議があるので、簡単な打ち合わせを行った。一二年四月から続けてきた信濃毎日新聞書評委員の任期は今月で終わる。

帰宅すると、NHK「おはよう日本」担当のSさんからメールが来ている。寝台特急「あけぼの」が今月廃止されるので、上野と東北を結ぶ夜行列車が戦後日本で果たした役割につき取材したいとのこと。電話でしばらく話す。具体的な取材の手順については明日連絡があるという。

三月四日（火）

皇太后節子が敗戦直後に疎開した軽井沢の別邸を見学するため、『群像』出版部のHさんと長野新幹線に乗り、軽井沢に行く予定だったが、気温が低いので延期する。『現代思想』折口信夫特集号の安藤礼二さん、島薗進さんとの鼎談のゲラの直しをメールで送る。NHKのSさんからは連絡がなかった。

三月五日（水）

講談社のPR誌『本』に連載している「鉄道ひとつばなし」の原稿として、「JR鶴見線ベニス化計画」を書く。昨年の『中央公論』七月号に掲載された水戸岡鋭治さん、梯《かけはし》久美子さんとの鼎談と同じタイトル。JR九州のクルーズトレイン「ななつ星ｉｎ九州」が大ヒットした水戸岡さんを軸に、工場地帯を走る鶴見線の再生について大いに語り合ったのだが、ＪＲ東日本からは何の反応もなく、朝日新聞の論壇時評などにも取り上げられなかった。それが残念だったので、同じタイトルでもう一度書くことにした。

朝日新聞の書評担当者から、候補の本のリストが送られてくる。山本理奈『マイホーム神話の生成と限界』（岩波書店、二〇一四年）という本が面白そうだったので、青葉台のブックファーストで購入し、さっそく電車のなかで読み始める。

午後三時、有楽町の東京會舘で日中文化交流協会の常任委員会に出席する。出席者は全部で三十数名。はじめに一人ずつ自己紹介する。早大名誉教授の岸陽子さんが、自分は竹内好の弟子だと挨拶されたので、竹内の日記について話し、私も竹内をまねて同じ『みすず』に日記を連載していると申し上げる。そのあと懇談に移り、篠田正浩さんが「先日、孫に日本は中国や韓国になめられていると言われてショックを受けた。まるで中国人や朝鮮人を蔑視していた自分の子供時代のようだ。どうしたらいいんですかね、原先生」と突然私を指名したのであたふたする。昨今の書店に見られるナショナリズム本や嫌韓、嫌中本の台頭や、嫌韓、嫌中を見出しに掲げる週刊誌の広告などが対外強硬的世論をあおっているが、それはいまに始まったことではなく、日露戦後からずっとあることを指摘する。しかし自分は政治学者ではあっても姜尚中ではないので、百田尚樹には太刀打ちできないとつい本音も漏らす。

私の両隣は周防正行さんと中上紀さんだった。中上さんとは前回お会いしたが、周防さんとは初対面。「百田さんの映画『永遠の０』はいいますごいんですよね」と言われる。映画監督としてはやはり気になるのだろう。

帰宅すると、ＮＨＫのＳさんから電話がある。結局、取材は見送りとなる。

三月六日（木）

前掲『マイホーム神話の生成と限界』をほぼ読了する。上野千鶴子らが暗黙のうちに前提としている「近代家族」のイデオロギー性を批判しているところは鋭いが、私に言わせれば逆に「マイホーム主義」をイデオロギー化していることに、この著者は気づいていない。拙著『団地の空間政治学』などで書いたことも全く反映されていない。正直言って落胆した。文章にもある種の紋切り型的な言い回しが繰り返される。岩波書店の編集者がちゃんと指摘すべきではなかったかと思う。書評で取り上げることはないだろう。

午後三時、渋谷セルリアンのカフェ「坐忘」で、NHKの宮内庁担当、Sさんと会う。今年の夏までに公開されると見られる「昭和天皇実録」をめぐっていろいろと質問を受ける。帰り際に『群像』出版部のHさんと詩人の渡邊十絲子《としこ》さんにばったり会う。久しぶりにお会いした十絲子さん、お元気そうだった。「坐忘」も知り合いに会う確率が少なくない。

三月七日（金）

「皇后考」21の執筆にとりかかる。午後になり、新潮社のKさんから電話がある。案の定、「比較政治学」講義録のゲラの直しの進み具合を聞かれる。「鉄道と政治」の回はなくてもよいのではと話す。Kさんも同じことを考えていたようだ。「農村・漁村と政治」は「地方と政治」に改め、「鉄道と政治」の文章を少し挿入することも話した。今月中の脱稿を求められる。相変わらず厳しいスケジュールが続く。

今日になって、昨日が結婚記念日だったことに気づく。お互いに忘れていたが、一九九六年三月六日に出雲大社で二人きりで式を挙げたのだった。

三月八日（土）

岩波書店から「シリーズ　ひとびとの精神史」の執筆依頼が来る。テーマは東海道新幹線。岩波ではすでにIさんと別の企画を考えているので、「否」に○をして返送する。

「皇后考」21の史料収集のため、午後に国会図書館。いよいよ大詰め。おそらくあと三回で連載が終わるだろう。しかしこれから『昭憲皇太后実録』が刊行され、「昭和天皇実録」も公開される。『倉富勇三郎日記』第三巻もまた出るはずだ。単行本にするさいには、これらの文書もきちんと反映させなければならない。おそろしく手間のかかる作業である。

帰りにたまプラーザで降りて美容室に行くが、混んでいたのであきらめ、前から気になっていた塩ラーメンの店「汐そば屋」に行く。まだ午後五時半のせいか閉まっている。やむなく近くの「横濱家《よこはまや》」[2]に入る。横浜市内に多い、いわゆる「家系《いえけい》ラーメン」のチェーン店。

この支店は唯一「手打ち餃子」を提供しているといい、目の前で実演していたので注文しようとしたが、店員に肉餃子と野菜餃子のどっちにしますかと聞かれて急に冷める。絶対の自信がないから客に選ばせているとしか思えない。結局ラーメンだけにするが、いかにもたまプラーザらしいマイルドな味。同じ家系でも六角橋の「六角《ろっかく》家《や》」とは全く違う。

帰宅後、国会図書館でコピーした史料をもとに、「皇后考」21の原稿を書き続ける。

三月九日（日）

朝日新聞社から、書評の候補となる本が送られてくる。その中で最も分厚い進藤久美子『市川房枝と「大東亜戦争」』（法政大学出版局、二〇一四年）から読み始める。大正期に婦人参政権運動のリーダーとなり、満州事変に際しても山川菊栄とともに最も鋭く批判した市川が、なぜ「大東亜戦争」を全面的に支持し、戦争末期には女性の兵役まで主張するに至ったのかを、豊富な史料をもとに丁寧に追いかけている。読み通すのが大変だが、時間をかけて読むに値する本だと思う。

家人が出掛けたので町田に行き、前から気になっていた回転寿司店「大黒さん」に入る。満席であった。まぐろ、サーモン、えんがわ、いさき、しまあじ、海老など、大抵のものが百円台で食べられる。やはり田園都市線沿線に比べると格段に安い。その割にはどのネタも新鮮で、味も悪くない。さすがに庶民の街である。客は常連が多いようだ。

三月十日（月）

午後四時より、角川書店でGさんとKさんを相手に不敬小説の講義。貞明皇后と香淳皇后と宮中服と田中千代の関係、敗戦直後の皇居移転案で再浮上した柿生離宮[3]などについて話す。

十時前に帰宅すると、一月末にSTAP細胞の論文で一躍注目を浴びた共同研究チームの教授が、確信がもてないとして論文撤回を呼びかけたというニュースをやっていた。重大な事態だ。一月三十日の日記で書いたこともまた撤回しなければならない可能性が出てきた。若手の女性研究者は信用できないというイメージが増幅され、日本社会の一層の男性化が進むことを危惧せずにはいられない。

三月十一日（火）

東日本大震災からちょうど三年がたった。地震が発生した午後二時四十六分には、都立中央図書館にいた。館内に「一分間黙禱しましょう」という放送が流れ、時報の合図とともに閲覧席でそのまま黙禱する。

立川の都立多摩図書館に行かないと見られない雑誌があることがわかり、地下鉄日比谷線で恵比寿、次いで山手線で新宿に出る。時に四時二十二分。急いでいたので、五百円払って三十分発の特急「かいじ」に乗る。立川に五時前に着く。タクシーで図書館へ。だが、当てにしていた記事は見当たらなかった。がっくりと肩を落とし、西国立まで歩いて南武線に乗って帰る。

三月十二日（水）

午後三時、白金の勤務校のゼミ室で、古藤事務所の尹雄大さんからインタビューを受ける。高校生向けに学ぶことの面白さについて語るという企画。一時間あまりにわたって問われるままに話した。

帰宅すると、『鉄道ジャーナル』編集部から連載の依頼が来ている。丁重にお断りする。『大学ランキング』のゲラをチェックして返送する。

大西巨人が死去。代表作『神聖喜劇』は『滝山コミューン一九七四』を書いたときに常に意識していた著作の一つだが、晩年の作品である『深淵』も好きだった。主人公が東京と九州を往復するさいに使う新幹線が、小説に深みを与えていた。「軍隊」と「鉄道」を小説に描くことの共通点について、いつかご本人に直接インタビューしてみたいと思っていた。その念願は、ついにかなわなかった。

三月十三日（木）

午後六時、丸の内オアゾの「若どり」という水炊きの店で、朝日新聞社のSさんとNさんに会う。「昭和天皇実録」の件。ここに来て宮内庁は、もう一度全部の文章を見直しているという。公開までには、まだ時間がかかりそうだ。

三月十四日（金）

「皇后考」21の史料集めのため、横浜市立中央図書館へ。北原恵さんの論文が掲載されている『インパクション』が欲しかったので、有隣堂ルミネ横浜店にも立ち寄る。桜木町の駅そば「川村屋」が改札の近くに移転していた。自動販売機で食券を買おうとすると、私の後ろに妙齢の女性が並ぶ。こんな女性も一人で駅そばを食べるのかと驚く。

ＳＴＡＰ細胞問題について理化学研究所が会見。四時間に及んだという。小保方晴子さんら中心メンバーは出席せず。遅きに失したという感は否めない。

実は就職活動の一環で、大学時代に和光市の理研を訪れたことがある。父親の仕事の関係で、研究所の空気になじみがあったからだ。しかし文系出身だと事務職員にしかなれないので、書類は受け取ったものの提出はしなかった。

寝台特急「あけぼの」が今日で廃止されるので、午後九時からのＮＨＫニュースは上野と秋田で二元中継。理研の会見よりも長い時間をとっていた。正直、それほど重要なニュースなら、なぜ廃止する必要のない特急を廃止するのか、批判の一つや二つでも欲しかった。

三月十五日（土）

最後の「あけぼの」が通ったばかりの秋田で、「スーパーこまち」が走り始めたニュースが放映されていた。昨日の「あけぼの」同様、今日の「スーパーこまち」にも撮り鉄が群がる。私自身、鉄道好きを自覚しているが、こういう人たちの心情はよくわからない。

午後六時、赤坂見附のアパヴィラホテルでポートランド州立大学のケネス・ルオフさんに再会する。米国の天皇研究の第一人者。ルオフさんの希望で、Ｉという寿司屋に入る。月曜日に名古屋に行き、熱田神宮に行ってから水曜日に福岡に行くという。貞明皇后に関連する香椎宮と太宰府天満宮に行くとよいと助言する。会話は基本的に日本語だが、時折英語を交える。彼は私の皇后研究に興味をもっているようだ。

三月十六日（日）

反原発西武線沿線連合のトークイベントに招かれ、午後六時に西武池袋線の保谷《ほうや》駅に行く。駅近くのジャズ喫茶で、六時四十五分から一時間ほど、戦後の西武沿線における市民運動や住民運動の歴史について話す。参加者は三十名ほど。日本共産党の関係者が多かった。十五分休憩の間に『レッドアローとスターハウス』と『団地の空間政治学』を買ってくださった方々にサインする。その後、質疑応答に移る。八時四十分に終了。急いで池袋、渋谷を経由して帰宅し、風呂に入り、十一時からNHKで「トンイ」を見る。粛宗《スクチョン》に仕える官僚のうち、少論《ソロン》も禧嬪《ヒビン》を見限り、禧嬪につくのは南人《ナミン》のごく一部のみとなってしまった。

三月十七日（月）

東京を午前十一時二十四分に出る「あさま519号」に『群像』出版部のHさんと乗る。軽井沢に十二時二十七分に着く。駅構内で峠の釜めしを販売する「おぎのや」が、駅そばを営業している。ここは客の注文を受けてからそばを茹でるので、三、四分待たなければならないが、そのこだわりが根強い人気の秘密でもある。Hさんと天ぷらそばを注文。麺も汁も駅そばとは思えぬ味を堪能する。

軽井沢に来たのは、皇太后節子《さだこ》が四五年八月から十二月まで滞在していた近藤友右衛門別邸の跡を訪ねるためである。日差しは暖かいが、くしゃみが出る。東京よりもスギの花粉が多く飛んでいるせいかもしれない。

駅前からタクシーに乗り、まず皇太后も登った見晴台に行く。ここは群馬、長野両県の境に当たる。まだ雪が積もっており、歩道は踏み固められているものの時々足をとられる。雪をかぶった浅間山がよく見える。

次いで近藤別邸のあった大宮橋付近を散策する。別邸自体は取り壊されたが、その跡らしきものを見つけることができた。周辺は別荘地で、日本人はいなかったが外国人が目についた。外国人の方が定住率が高いようだ。

タクシーで駅に戻り、軽井沢午後二時二十四分発の「あさま528号」に乗る。東京には三時三十二分に着く。所要時間でいえば、八王子や川越から東京に出るのと変わらない。軽井沢から講談社に通勤している人がいるというのもうなずける。

三月十八日（火）

午前中に橋山禮治郎『リニア新幹線　巨大プロジェクトの「真実」』（集英社新書）の書評を書き上げ、信濃毎日新聞にファクスで送る。

午後三時、渋谷セルリアンのカフェ「坐忘」で、TBSのMUさんとMOさんに会う。米国公文書館で、現天皇の結婚のさいに昭和天皇がアイゼンハワー大統領に送っていた書簡など、貴重な文書が見つかったことに対して、「報道特集」でコメントをすることになる。

ロシアが住民投票の結果を受けて、ウクライナ領だったクリミアの編入を一方的に宣言する。これが認められれば、北方領土の返還は永遠にないだろう。

三月十九日（水）

午後三時、神保町のカフェ「古瀬戸」で新潮社のKさんに会い、これまでの講義録の直しを入れたゲラを渡す。六月中の刊行を言い渡され、かなり焦る。まだ講義録の直しが全部終わっていない。来月中旬までに何としても脱稿しなければならない。本当に大丈夫だろうか。

午後四時四十五分、朝日新聞社でKさんに会う。東日本大震災のあとの東北地方への行幸啓に絡めて、これまでの行幸や行啓の歴史について解説する。

午後六時過ぎ、第一回書評委員会に出席するため、築地の朝日新聞社新館四階に行く。保阪正康さん、島田雅彦さん、杉田敦さん、内澤旬子さんとは久しぶりの再会。いとうせいこうさん、本郷和人さん、佐倉統《おさむ》さんとは初対面で席が近く、挨拶を交わす。ほかに横尾忠則さん、柄谷行人さんらも出席。七時から会議が始まり、八時半に終了。あっさりしたものである。やはり会議はこの程度の長さがちょうどよい。

終了後、二階の「アラスカ」で十時まで懇親会。弁当の中身が少なかったと言ったら、Sさんがコンビニでおにぎりやサンドイッチを買って来てくださった。初回からみっともない振る舞いをしてしまったと反省する。

三月二十日（木）

午後二時、勤務校の白金本館会議室で、ゼミの卒論報告会。三人の正規ゼミ生と慶応の花田史彦《ふみひこ》くん、合わせて四人の報告と質疑応答に一時間ずつをあてる。六時過ぎに終了し、御成門の「衣」というお好み焼き店に移動して最後の慰労会を開く。この店はゼミ卒業生の山村千波さんのご母堂が経営していて、毎年使わせていただいている。ＯＢやＯＧもやって来た。

　両手に持ち切れないほど贈り物をもらったので、電車で帰るのが面倒くさくなり、タクシーを拾って帰る。首都高3号線が火事で谷町—大橋間が不通だったため、池尻の入口まで一般道を行く。自宅まで一万三千三十円もかかる。

三月二十一日（金）

　講談社から「皇后考」20の初校ゲラが送られてきた。これまでで最も長く、二十一ページもある。これに赤字を入れつつ、「皇后考」21の執筆を続ける。『宇垣一成日記』3（みすず書房、一九七一年）を読み、一九四七（昭和二十二）年に伊豆長岡の別荘「松籟荘」に隠棲していた宇垣が、同じ伊豆長岡の旧岩崎別邸「三養荘」に滞在していた皇太后節子を訪ねる場面を見つける。[4] なかなか面白いやりとりを交わしている。

三月二十二日（土）

　横浜国立大学大学院都市イノベーション学府修了展に招かれ、午後四時半に馬車道駅前のヨコハマ創造都市センターへ。大学院生のＫさんと打ち合わせ。五時から一時間ほど「空間政治学」をテーマに自らの仕事を振り返る講演を行い、六時から一時間ほど座席の位置を変えてクロストークを行う。出席者は大学院生を中心に三十人程度。修了後、久しぶりに中華街に出て、狭い上海料理店のカウンターに座り、五目焼きそばと焼き餃子を食べて帰宅する。

　午後十一時からＮＨＫ教育テレビ「ＥＴＶ特集」で「よみがえる色彩」の放映が始まる。先月取材されたので見ないわけにはいかない。三十分を過ぎたところで出てきた。占領期の皇居前広場でしばしば行われた連合国軍のパレードについて解説した場面はまるごとカットされていた。

三月二十三日（日）

　敗戦とともに台頭した教団「璽宇《じう》」の創始者で、璽光《じこう》尊《そん》と呼ばれた長岡良子《ながこ》について調べようとして、午後から横浜市立中央図書館に行く。帰宅後に長岡良子についてて注で補足し、「皇后考」21を一応脱稿する。今回は主に一九四五年から四七年までの期間を扱った。

午後十一時よりNHKで「トンイ」。いよいよ禧嬪《ヒビン》一派の陰謀が明らかになる。禧嬪の兄や母が捕らえられ、拷問にかけられる。今日が最大の山場だろう。

三月二十四日（月）

午前中、朝日新聞に掲載する前掲『線路はつながった』の書評を書く。午後三時、大手町の日経本社二階の喫茶「太陽樹」で、編集委員のIさんに会う。毎週日曜日に連載されている「熱風の日本史」の取材として、南北朝正閏問題についてインタビューを受ける。

三月二十五日（火）

午前九時、昨日書いた書評を朝日新聞社あてにファクスで送る。掲載予定日は、三陸鉄道の完全復旧に合わせて四月六日となる。昼は焼きそばをつくって食べ、午後一時に外出。青葉台から田園都市線の上り急行に乗る。

ネットで朝日新聞ニュースを見ていたら、鏡と剣の複製品がいずれも皇居の御所にあるという記事を見つけ、あざみ野で降りてNさんに電話し、間違いを指摘する。そのせいで一本遅い鈍行に乗り換える。神保町で下車し、午後三時から山の上ホテルの喫茶で『潮』編集部のUさんに会う。東海道本線から眺める近現代史という企画の相談がまだ続いている。創価学会が日蓮正宗から破門されるまでは、東京や大阪から東海道本線を経由し、大石寺の下車駅である富士宮まで創価学会の信徒を乗せた専用列車がしばしば走っていたはずだから、この列車に乗った信徒の手記を史料として使えないかと提案する。

三月二十六日（水）

家族（実際には一人だが）サービスの旅行に出掛ける。新横浜午前八時五十二分発の「ひかり505号」に家人とともに乗る。米原に十時四十五分着。ホームで「井筒屋」の「元祖鱒寿し」を買い、JR北陸本線で長浜へ。長浜港十一時半発の竹生島《ちくぶしま》クルーズに乗る。あいにく雨天で、琵琶湖の視界はよくない。乗客も我々を入れて十人程度。船内で鱒寿しを食べる。醒ケ井《さめがい》養鱒場でとれた鱒を使っている。正午に竹生島に着く。

竹生島は初めてである。周囲二キロの小さな島だ。百六十五段の階段を登って宝厳寺《ほうごんじ》と都久夫須麻《つくぶすま》神社を訪れる。寺と神社は隣接していて、いまだに神仏習合の面影が強く残っている。神社の売店で土産を買おうとしたが、店番をしているのは一匹の犬で、肝心の人はいつまでたっても現れなかった。

午後一時四十分、竹生島発。竹生島クルーズで今津へ。近江今津からJR湖西線に乗り、三駅目の近江高島で降りる。駅前に一台停まっていたタクシーに乗り、近江最古の神社、白鬚《しらひげ》神社へ。祭神はサルタヒコ。厳島を思わせる湖上の鳥居にひかれて訪れたのだが、写真で見るのとは異なり、本殿と湖上の鳥居の間に国道があり、車が頻繁に行き交っているのが景観をぶち壊している。おかげで神聖さがまるで感じられない。落胆してタクシーで近江高島に戻り、また湖西線に乗っておごと温泉へ。駅前から送迎バスに乗り、四時半に「びわ湖花街道」という旅館に入る。高台にあって湖を一望できる。夕食には旬のタケノコや琵琶湖でしかとれないという珍しい魚が出てきた。大浴場と露店風呂に入り、首と肩と頭をもみほぐしてもらう。

三月二十七日（木）

おごとは雄琴と書く。ここは最澄が開いたとされる由緒ある温泉なのだが、一時は東京の吉原や札幌のすすきの、岐阜の金津園などに匹敵する風俗街として知られていた。漢字を平仮名に改めたのは、あまりにも知れわたったそのイメージを和らげようとしたからだろうか。

朝七時、大浴場に入る。昨日の女湯が男湯に変わっている。昨日よりも広い。客も女性のほうが多かった。誰も入ってこず、一人で占領する。泉質は単純泉で無臭無色。加水はしていないが加温はしている。朝食のご飯と卵は地元産だった。新鮮でおいしい。ご飯を三杯もおかわりしてしまう。

八時四十五分、送迎バスに乗り、日吉大社へ。途中、風俗街の看板が見える。朝のせいか、まるで廃墟のようだ。日吉大社は明治初期の廃仏毀釈が激しかったことで知られる。西本宮と東本宮に分かれていて、鳥居ひとつとっても独特の形をしており、じっくり見ていると一時間近くかかる。十時、ケーブル坂本から日本一長いケーブルカーに乗り、ケーブル延暦寺へ。雨はあがったが空気がひんやりする。

まず東塔地区の根本中堂、大講堂、法華総持院などを見学。それから歩いて西塔地区へ。釈迦堂、にない堂を見学。東塔は観光客でにぎわっていたが、交通の便の悪い西塔は人がいなかった。霧が立ち込め、気温が一段と下がってきたところで、西塔からシャトルバスに乗り、午後一時前に比叡山頂へ。比叡山頂からは京福のロープウェーとケーブルカーで八瀬に出る。八瀬からは叡山電車と京阪の特急を乗り継ぎ、七条で降り、歩いて鴨川を渡って、京都駅に近い堀川通沿いのラーメン店「新福菜館」で遅めの昼食。

久しぶりに「新福菜館」のラーメン（並）を食べた。六百五十円。見た目には濃そうに見えるのだが、全然濃くないし、脂っこくもない。最近横浜でも目につくようになった京都ラーメンを名乗るチェーン店「魁力屋」とは、似て非なる味。ここまで完成度の高い京都ラーメンは、首都圏では食べられまい。京都午後三時十六分発の「のぞみ30号」で帰宅する。なかなか濃密な二日間で、神社好きの家人も満足そうだった。

帰宅すると、新潮社のKさんからメールが来ていた。講義録の出版を一カ月遅らせたいとのこと。大歓迎である。これで少し余裕ができそうだ。

三月二十八日（金）

ついに本格的な花粉症になる。旅行の疲れもあるのか、頭が重い。ぼーっとした一日を過ごす。気温が二十度を超える。気候の激変に身体がついていかない。三月の終わりが迫っていることも影響しているかもしれない。

日中文化交流協会から、五月の訪中団に加わるよう依頼が来たが、授業期間中なので無理と返事する。

三月二十九日（土）

「皇后考」22の準備のため、現皇后の相談相手として知られる神谷美恵子の日記を読む。みすず書房から刊行された『神谷美恵子著作集』第十巻（一九八二年）に収録されている。自分自身がこの日記を連載している上、同じく大学に勤めているということもあり、大変おもしろい。みすず書房とのやりとりも記されている。ますます他人事には見えない。決定的な違いは、私には子供がなく、キリスト教からの影響もないことだろう。いや、もっと大きな違いがある。人格の高潔さという点において、到底比べるべくもないことだ。この日記を読んでいると、駅そばやラーメンの味まで書いている自分が恥ずかしくなる。

三月三十日（日）

午後十一時よりＮＨＫ「トンイ」。ついに禧嬪《ヒビン》が処刑された。その後にまた意地悪そうな王妃が迎えられるが、まるで敗戦処理投手のようで、無理にドラマを引き伸ばしている感が強い。まあそれでも最後まで見続けるのだろう。

三月三十一日（月）

午後三時、岩波書店で與那覇《よなは》潤さん、編集者のＩさんに会う。六時過ぎまで、戦後史の新しい企画に関する会議。「ひとびとの精神史」とは違うものにするにはどうすればよいか、容易に解答が見いだせない問題をめぐって議論が続いた。

今日で一三年度が終わり、サバティカルも終わる。来月からはまた大学に復帰しなければならない。しかし神谷美恵子もまた、本職と大学の両立がうまくいかず、悩んでいたことを知り、少し励まされた気分になる。

（1）慶応では高校三年で第二外国語が必修となり、ドイツ語かフランス語を選択しなければならなかった。

（2）横浜市内に多く点在する、「○○家」という屋号をもつラーメン店の総称。汁は豚骨醬油で、汁の濃さ、麺の固さ、海苔の多さを自分で選べる。

（3）小田急線柿生駅付近に建設が計画された新皇居のこと。史料が乏しく、謎に包まれている。

（4）「松籟荘」は現在、「食彩あら川」という懐石料理屋に、「三養荘」はプリンスホテル系列の旅館になっている。

四月一日（火）

暖かな気候が続いて桜も満開となる。だが新年度が始まり、心は浮き立たない。その心の隙を埋め合わせるのは、先月末からとりつかれている神谷美恵子の文章だ。「皇后考」の準備のために読み始めたのだが、読んでゆくうちにそんなことはどうでもよくなってくる。

みすず書房から刊行されている『神谷美恵子著作集』第二巻（一九八〇年）と第九巻（同）を読む。特に神谷が、自宅のある芦屋と国立療養所長島愛生園のある岡山県の長島との間を十五年間通い続けたことの意味について、深く考える。

『現代思想』5月臨時増刊号「総特集　折口信夫」が届いた。安藤礼二さん、島薗進さんとの鼎談が掲載されている。中沢新一さんの巻頭エッセイで、内房と外房の境界が銚子とされているのを読み、首をひねる。

四月二日（水）

昨日考えたことをもとに、『本』連載中の「鉄道ひとつばなし」に「神谷美恵子と長島愛生園」を一気に書く。書き残された時刻をもとに、神谷が通った当時の時刻表を取り出し、乗った電車や列車を特定する。

午後、神保町に行く。カフェ「古瀬戸」で、『現代思想』編集部のOさんに会い、七月号特集候補の「鉄道の思想」についていろいろと意見を述べる。

往復の車内では、TBSのMさんから渡された米国公文書館所蔵の現天皇の結婚関係の史料を読む。平民の正田美智子との結婚は日本の民主化を進めるうえで望ましいとする当時の米国政府の見方がよく表れている。このころ、正月の一般参賀には十五万人を超える人々が皇居に押し寄せている。いまのざっと倍である。

四月三日（木）

宮中では神武天皇祭。

午後二時、ホテルニューオータニで開かれた日中文化交流協会元会長の辻井喬さんを偲ぶ会に出席する。大変な盛況。見知らぬ女性に声をかけられる。元日本テレビの皇室担当、渡辺満子さんだった。大平正芳元首相の孫娘で、大平の伝記である辻井さんの『茜色の空』（文藝春秋、二〇一〇年）に協力したという。年齢が同じで、慶応幼稚舎、中等部、女子高と進学した。ということは、私の普通部、高校時代の同級生を多く知っているに違いない。何人かの幼稚舎出身のクラスメートの名前を挙げたら、やはり皆ご存じだった。よく考えてみれば、慶応時代に系列校の女子生徒とは全く付き合いがなかった。せっかくいい環境にいたのに、もったいなかったと思う。

久しぶりに日本女子大学の成田龍一さんに会う。『みすず』の日記で私が日中文化交流協会の常任委員になったことを知り、このほど常任委員になられたという。意外に多くの方々に読まれているのを知って驚愕する。

四月四日（金）

先月に早稲田大学を退職された加藤典洋さんから、最後のゼミノートが添付ファイルで送られてくる。毎回充実したゼミの記録を七年間も残し続けたこと自体、驚異というほかはない。昨年不慮の事故でなくなった息子さんをはじめ、家族全員の名前がすでに刻まれた墓碑の写真が掲載されていた。戦死した養子の春洋《はるみ》の出身地である能登一ノ宮に、春洋と一緒に入る墓を生前築いた折口信夫を思い起こさせる。

だが正直言って、私はこのゼミノートの熱心な読者ではなかった。早稲田の学生の文章を読むのがあまり好きではなかったからだ。それはどうしても自分の大学と比較してしまうせいかもしれない。加藤さんほど理解力のある学生に恵まれていないという厳然たる事実を認めたくないせいかもしれない。要するにコンプレックスの感情が渦巻くのが嫌なのだ。

午後二時、ＴＢＳから迎えの車が来る。三時にＴＢＳへ。「報道特集」の金平茂紀キャスターに会い、米国公文書館所蔵の皇室関係の史料につき、問われるままに私見を述べる。強いライトを浴びて頭が熱くなる。とにかく思考回路が途切れないよう集中力を高めるが、言葉にできたのは頭に浮かんだことの六、七割程度か。四時前に終了。車でまた自宅まで送っていただく。帰宅するやどっと疲れが出て寝込む。

四月五日（土）

三陸鉄道南リアス線が全通する。(1) 祝賀式典に招待されていたが、行けなかった。

午前十時前に国会図書館憲政資料室に行く。占領期の静岡新聞を閲覧。永田町駅構内の「日の陣」で肉汁そば大盛を食べてから、地下鉄有楽町線、埼京線を乗り継ぎ、戸田で降りる。駅前からタクシーに乗り、真言宗智山派の平等寺へ。家人が家元をしている清泉幽茗流《せいせんゆうめい》の茶会に出る。桜香煎、すすり茶、煎茶と、三種類の茶を楽しんだ。

桜見物のため一般公開されている皇居の乾通りに今日だけで九万一千人が訪れる。日経の記者時代、宮内庁詰めになったときにいつもハイヤーで通った道だ。あのときは深夜で誰もいなかった。東京の中心に「江戸」の面影が残っていることに衝撃を受けた。昭和末期の一九八七年から八八年にかけてのころである。あれから四半世紀がたち、たとえ数日間であっても皇居の内側が東京の一大観光名所になろうとは。時代の移り変わりを実感させられる。

四月六日（日）

朝日新聞の読書欄に、前掲『線路はつながった』の書評が掲載される。Ａｍａｚｏｎの順位が急上昇し、二〇〇位台になる。信濃毎日新聞ではあり得なかったことだ。

講談社のＹさんから、「皇后考」21で引用した野口幽《ゆ》香《か》日記の文章の解釈が違うのではないかというご指摘を受ける。読み直すと、確かにその通りだ。原文をもう一度照合すると、文字の解読も若干違っていたことがわかる。次回、訂正の文章を入れなければなるまい。

四月七日（月）

終日在宅。「皇后考」22の執筆を続け、新潮社から送られてきた「比較政治学」講義録のゲラに手を入れる。

四月八日（火）

大学出講日。いよいよ十八歳から二十二歳までの人たちが大多数を占め、男女の比率も偏り、キャンパスも周囲から隔離された特殊な世界へと舞い戻らねばならない。

今日から七月まで、毎週火曜日と金曜日に全く同じ「現代史」という一年配当の講義を午後四時四十五分から六時十五分まで行うことになっている。どちらも百三十名ほどの受講者がいる。必修なので、国際学部の一年全員に相当する。とりあえず一九四五年の敗戦から始めるが、久しぶりの講義で疲れる。現代史の基礎知識が全くない中国や韓国からの留学生もいることがわかり、頭を抱える。

皇居乾通りの公開が終わる。五日間の花見客は三十八万人を超えたという。皇居前広場が連日人で埋まったのは、平成になってから初めてのこと。また秋の紅葉シーズンにも公開されるという。新聞記者時代の体験から推察するに、こちらの方が見ごたえがあると思う。

四月九日(水)

午後一時より、勤務先の付属研究所のテレビで小保方晴子さんの記者会見を見る。「皇后考」で考えていることとつながりがあるという予見から、熱心に見てしまう。

午後二時から教授会。サバティカル明けの挨拶で、「大学に復帰できるかどうか不安がある」と話す。我ながらどこまでバカ正直なんだと思う。五時を過ぎても終わる気配はない。五時二十分頃に中座する。バスと東海道本線、地下鉄大江戸線を乗り継ぎ、六時四十分に朝日新聞社に着く。

七時より書評委員会。前回欠席していた赤坂真理さんと久しぶりに再会する。書評したい本のチェックが終わり、前回チェックした本につき、各委員が感想を述べる。会議の連続で頭が朦朧としてくる。

ここで一つ失言をする。選んだ本が期待したほどではなかったと言おうとして、「(専門に近い)私ですらよくわからないのに、まして一般読者はわかるわけがない」と口走った。間髪を入れずに本郷和人さんから、「いや、そんなことわかりませんよ」と突っ込まれてしまい、モゴモゴと弁明する。こういう思い上がった自らの発言こそ、日記にきちんと書きとどめておかねばなるまい。

四月十日(木)

昨日の会議の内容を反芻したりしていてよく眠れなかった。朝の民放ワイドショーはどこも昨日の小保方会見に多くの時間を割いていた。

朝日新聞社に前掲『市川房枝と「大東亜戦争」』の書評原稿を、東京新聞社会部に連載している「東京どんぶらこ」の「小金井公園」の原稿を、それぞれファクスで送る。前者では今日にも当てはまりそうな、「婦人の事といへば面白可笑しく、誇大に報道し、直に有名婦人をつくってしまう」という戦前の市川の文章を引用しておいた。

昨日の小保方さんの会見の「STAP細胞はあります」という発言が問題になっている。これはどんなに戦況が不利になっても「日本は戦争に勝つ」と言い続けた皇太后節子《さだこ》を思わせる。客観的な状況がどうであろうと、本人は勝利をかたく信じている。たとえどれほど孤立無援になろうが、信念は変わらない。「ドンナニ人ガ死ンデモ最後マデ生キテ神様ニ祈ル心デアル」と言い放った戦争末期の皇太后に、どうしても小保方さんを重ね合わせてしまう。

筑摩書房のYさんから、この日記に対する温かい激励のメールをいただく。『みすず』の編集の都合上、二カ月分の日記を読めなかったのは残念とわざわざ言われたのは、信濃毎日新聞のMさんとYさんだけだ。

四月十一日（金）

明治神宮で昭憲皇太后百年祭[2]が行われる。

午後一時、勤務校の図書館のパソコンで占領期の朝日新聞をコピーする。隣の席では男子学生が情報検索用のパソコンを使って堂々とゲームをやっている。職員に注意してもらう。そのときはいったんやめたが、またゲームを始めたので今度は私が注意する。図書館が遊び場になっている。

午後二時、研究室に『群像』出版部のHさんがやって来る。「皇后考」21の原稿を渡す。引き続き三時五分からの一年生向け「基礎演習」にゲストとして出てもらい、講談社での編集の仕事について、いろいろと解説していただく。

仏文科から転入してきた金子拓真くんが、非常に熱心に質問していた。拙著もかなり読んでおり、これまで高橋源一郎ゼミにも出ていたという。その一方で、岩波書店も知らず、新書を読んだこともないという学生もいる。とりあえず来週までに與那覇《よなは》潤対談集『史論の復権』（新潮新書、二〇一三年）の第三章を読んでくるよう全員に指示する。

午後四時四十五分より一年生向け「現代史」の講義。「①「戦前」「戦後」と言う場合の「戦」とはどの戦争を指しているか」「②日本は①の戦争でどの国と戦ったか」「③①の戦争で日本が負けた日はいつか」などの問題の答えをいくつかの選択肢のなかから選んでもらう。正解が一つの問題もあれば、複数の問題もあり、全部正解の問題もある。大学に入ったばかりでまだ九十分の授業に慣れていないようなので、少し早めに終えることにする。

四月十二日（土）

昨日吉川弘文館から発売された『昭憲皇太后実録』を購入しようとして、明治神宮の売店を訪れたが置いていない。申込書に書かないとダメとのことで、一般の書店を回ったほうがよいと判断し、紀伊國屋、東京堂、三省堂、丸善ジュンク堂、八重洲ブックセンターの順で回るが、まだどこにも入荷していなかった。

四月十三日（日）

朝日新聞の書評委員会から持ち帰った古井由吉『半自叙伝』（河出書房新社、二〇一四年）を読み始める。心のなかにじんわりと沁み込んでくるような独特の文体。読書すること自体が悦びと感じられる芳醇なひとときを味わう。

夜十一時からまたＮＨＫで「トンイ」を見る。粛宗《スクチョン》が世子《セジャ》の譲位を考えつつ、湯治と称して温陽《オニャン》に行く。温陽は韓国の代表的な温泉で、歴代の国王が湯治に行っている。『日本書紀』では舒明天皇が有馬温泉と道後温泉に、皇極天皇が有馬温泉に、斉明天皇が白浜温泉に行く記述がある。明治天皇も箱根宮ノ下温泉に行ったことがある。「君主と温泉」というテーマで本が書けるかもしれない。

『半自叙伝』を読む前に読んでいた妙木《みょうき》忍『秘宝館という文化装置』（青弓社、二〇一四年）は、温泉地でよく見かけた秘宝館に関する興味深い研究書である。いろいろと書評したい本が多くて困ってしまう。

四月十四日（月）

午前十一時半、永田町駅構内の「日の陣」で肉汁そばを食べてから国会図書館へ。憲政資料室で占領期の天皇の退位問題に関する英国外務省文書をコピー。次いで新聞資料室に行き、占領期の信濃毎日新聞のマイクロフィルムを見ようとして閲覧票に書き込み、受付の男性職員に手渡す。カウンターで呼び出される前に閲覧機器を確保しようとして、機器の前まで行ったところで、先ほどの男性職員に「原先生ですか」と声をかけられる。てっきり忘れていたが、私が国会図書館職員だったときに一緒にバドミントンの試合をしたそうだ。ここでも一部の職員には身元が割れているらしい。

午後三時半、地下鉄丸ノ内線で国会議事堂前から本郷三丁目に行き、吉川弘文館で『昭憲皇太后実録』全三巻を購入する。四万八千六百円。研究費から捻出することにする。帰宅後、さっそく読み始める。昭憲皇太后は明治天皇の皇后美子のことだ。考えていた以上に軍事行啓が多い。神功皇后に比定されたというのもうなずける。

四月十五日（火）

大学出講日。大学あてに松山恵『江戸・東京の都市史』（東京大学出版会、二〇一四年）が届いていた。江戸から東京への町の移り変わりを、地図や絵図のような非文字資料も多用しつつ緻密に分析している。読みながら何度も目からウロコが落ちるどころか、アーッと言いそうになる。著者は三十代の女性研究者。大変な逸材が出てきたものである。これはぜひとも書評せねばなるまい。

昨年十一月に長野の皆神山《みなかみやま》でご一緒したTさんら三人の女性が臨時のゼミに来る。『現代思想』5月臨時増刊号「総特集　折口信夫」を手掛かりに、折口と大本の出口王仁三郎との共通点について解説する。

帰宅すると『現代思想』編集部のOさんからメールが来ている。7月号の特集候補だった「鉄道の思想」は、売れるかどうかの見通しが立たず、却下されたそうだ。

朝日新聞出版から私も執筆に協力した『大学ランキング』が届いていた。勤務校の偏差値が少し上がり、六〇の大台に乗った。慶応湘南藤沢キャンパスの総合政策学部は六二で、あまり変わらなくなってきた。総合政策学部はロケーションが悪いのが影響している。勤務校も戸塚ではなく白金にあれば、さらに上がるだろう。しかし久々に講義した感触でいえば、偏差値が上がった気はしない。

四月十六日（水）

韓国の仁川《インチョン》から済州島《チェジュド》に向かう途中の客船が、珍島《チンド》沖で沈没した。二百数十人が行方不明だという。珍島は海割れで有名な全羅南道《チョルラナムド》の島。

「皇后考」22の執筆を続け、古井由吉『半自叙伝』を読み続ける。古井さんの記憶力もなかなかのものだ。会議の入らない水曜日は貴重である。

四月十七日（木）

『群像』出版部から、「皇后考」22の初校ゲラが送られてくる。今回も長い。加筆修正していると二十ページを超えそうだ。しかしあと三回である。枚数は多いが、肝心なところはわからないもどかしさがどうしても残る。

四月十八日（金）

大学出講日。「現代史」の授業では、引き揚げという言葉を聞いたことのない学生のために、二葉百合子の「岸壁の母」を「熱唱」する。

学者ら五十人が集まり、安倍政権の解釈改憲に対抗して「立憲デモクラシーの会」が設立される。会見では、法政、上智、早稲田、東大などの教授が並んでいた。杉田敦さん、齋藤純一さんなど面識のある人もいる。大学で学生に対して真っ先に教えるべきは、いま危機に瀕している「立憲」や「デモクラシー」といった概念であって、「岸壁の母」を歌っている場合ではない、ということになろうか。

四月十九日（土）

朝日の書評用に前掲『半自叙伝』の原稿を書く。八百字。いろいろと直しているうちに午後になる。頭を切り替えるために十日市場のブックオフに車で行き、帰宅後に「皇后考」22の執筆を断続的に深夜まで続ける。

韓国では、客船事故の行方不明者の多さから、国全体が自粛のムードに包まれているようだ。関係者の不満の矛先は政府に向かっており、珍島《チンド》を訪れた朴《パク》大統領にも罵声が浴びせられている。これはいかにも儒教的な現象だ。来週あたりに日本の週刊誌（例えば『週刊新潮』や『週刊文春』）はいっせいにまた韓国バッシングの特集を組むだろう。いまからそんな予感がしていささか憂鬱な気分になる。

今日予定されていたTBS「報道特集」での私の出演は、韓国の客船事故のため、五月三日に延期になる。

四月二十日（日）

朝日新聞の読書面に前掲『市川房枝と「大東亜戦争」』

の書評が掲載される。

正午過ぎ、自由が丘の「いちばんや」で白醬油ラーメン。八百五十円。気がついたら汁まで全部飲み干していた。

自由が丘から東横線の上り各停。渋谷で副都心線の急行和光市ゆきに乗り換える。小竹向原で降り、各停小手指ゆきに乗り換える。練馬やひばりヶ丘で待ち合わせをしたりして意外と時間がかかり、東久留米に午後一時三十五分に着く。日曜日だというのにまるで人気のない駅前商店街を通り抜け、成美教育文化会館に向かう。

早大の卒業生からなる東久留米稲門会に招かれ、午後二時から「東久留米のアイデンティティとは何か」と題して一時間半ほど講演。昨年東久留米市役所で講演したときと全く同じ題目。稲門会の側から同じ題目で依頼されたので、レジュメも同一のものを使い、ほぼ同じことを話す。聴衆は五十人ほどで、高齢の男性が多い。なぜか慶応の卒業生からなる三田会のメンバーもいた。市役所のときにいらした筑摩書房のMさんがまた来ていた。

帰りもまたひばりヶ丘と石神井公園で乗り換え、練馬、小竹向原で時間調整をしたりして時間がかかる。これなら急行で池袋に出る方がずっと早い。相互乗り入れの恩恵は西武池袋線よりも東武東上線のほうに多くもたらされている。田園都市線の車内では、隣に座った客が朝日新聞の読書面を広げ、私が書いた書評を読んでいた。東久留米とは対照的に青葉台の駅前は賑やかであった。

午後十一時十五分からNHK「トンイ」。今日を含めてあと三回のようだ。禧嬪《ヒビン》が処刑されて興味が半減したとはいえ、そう思うと名残惜しくなる。どうせなら延礽君《ヨニングン》が成長して国王英祖《ヨンジョ》になるところまで続けてほしい。

四月二十一日（月）

午後四時から角川書店でGさんとKさんを相手に不敬小説の講義。Kさんが編集を担当した佐藤優『宗教改革の物語』（二〇一四年）をいただく。帯に、「私の持つすべての力をこの作品に投入した」とある。すぐにでも読みたいが、なかなか事情が許さない。七時に飯田橋の「おけ以」で餃子。ここの焼き餃子はやみつきになる。餃子の奥深さを堪能させてくれる。

帰宅後に『宗教改革の物語』の「まえがき」だけを読

む。井上ひさしに会うまでは、釧路か根室で塾の先生かロシア語の先生になろうと思っていたという著者に親近感をもつ。実を言うと、私も新聞記者を辞めようと考えていたとき、塾の先生になろうと真剣に思い、求人募集をしていた千葉県のある塾を二回ほど訪ねたことがある。

四月二十二日（火）

出講日。教室に入っても私語がやまないのでポーランド語であいさつしたら静まった。国際学部にふさわしく、毎回、言語を変えてこの手を使いたいが、そのためにはまたロシア語やフランス語やドイツ語の学習をしなければならない。そんな時間があるはずもない。

四月二十三日（水）

午後四時十五分、築地の朝日新聞社へ。文化部のMさんから前掲『昭憲皇太后実録』につき取材を受ける。続いて五時から社会部のNさん、文化部のNさんらを相手に間もなく公開される「昭和天皇実録」の注目ポイントについて、午前中につくったレジュメを配布しつつ概説する。大学とは異なり、第一線で活躍する記者を相手に「見どころ」を解説しなければならず、集中力を要する。

六時過ぎに書評委員会の会場へ移動する。七時から会議が始まる。水無田《みなした》気流さん、萱野稔人さんとは初対面なのに名刺交換はおろか挨拶もしなかった。ほかに書評したい本との兼ね合いから、手元にもっていた前掲『秘宝館という文化装置』は島田雅彦さんにお譲りする。

私は竹内好に劣らず無愛想だと自覚しているが、今日もまた無愛想を通した。ちょうどオバマが七時に羽田に到着し、自動車で移動して銀座で首相と寿司を食べるというので、首都高が交通規制されるというのを聞いて気が気でなく、二次会に少し出ただけで失礼し、宅送りのハイヤーに乗ったが、あに図らんや規制は全くなかった上、規制を恐れたのか車の数が少なく、いつもは渋谷の前後で渋滞するのに今日に限って渋滞は全くなく、三十分で帰宅する。

帰宅後にオバマ来日のニュースを見る。なんとなくマッカーサーに重なって見えてしまう。昨年四月六日の日記でも引用したが、五二年四月二十八日の独立回復を「結局アメ一辺倒で準属国の地位がきまったに過ぎない」と喝破した野上彌生子の日記が思い出される。

四月二十四日（木）

午後三時、神保町のカフェ「古瀬戸」で新潮社のKさんに会い、比較政治学講義録の最後に残っていた第九講「女性と政治」の原稿を渡す。あとは「まえがき」を残すのみとなった。タイトルについて、「政治と政事《まつりごと》」はどうかという話になる。シンプルだしインパクトがあるので個人的にはこれで行きたいと思った。

帰宅後、朝日新聞社に前掲『半自叙伝』の書評原稿をファクスで送る。

四月二十五日（金）

大学出講日。今日から講義にTA（ティーチング・アシスタント）の院生が一人つくようになった。おかげでこれまでよりは静かになったが、一時間を過ぎると明らかに空気が緩んでくる。「もう授業をやめてほしい人」と聞いたら、半分以上が手を挙げたので、急にバカバカしくなり、授業を打ち切った。残念ながら、偏差値は上がっても学生のやる気は落ちているようだ。

帰宅後、自宅に届いていた『週刊文春』をパラパラとめくっていたら、林真理子のエッセイが目に入った。「嫌韓ブーム」が大嫌いだったのに、このたびの客船事故で考えが変わったと言い、「偏見と言われてもいい。日本人なら絶対にあんなことはしません」と書いている。林さんとは付き合いがあるのであまり言いたくはないが、なぜ国民単位でしか物事を考えることができないのか。林さんがこう書くことで、「嫌韓ブーム」に一段と火がつくことに、どうして思いが及ばないのか。正直言ってがっかりである。

四月二十六日（土）

群馬県富岡市の旧富岡製糸場が、世界文化遺産に登録される見通しになる。

午後に国会図書館の憲政資料室に行ったら、東大の鈴木淳さんがいた。鈴木さんは私と同期で社研の助手になった。十数年ぶりの再会だった。

往復の車内で、送られてきた平山周吉(3)『昭和天皇「よもの海」の謎』（新潮選書、二〇一四年）を読む。『新潮45』の昨年八月号に出た同じタイトルの論稿がもとになっている。四一年九月六日の御前会議で有名な明治天皇の「よもの海」の和歌を朗読して軍部に抵抗した昭和天皇が、杉山元の恫喝ごときでなぜかくも簡単に軟化してしまったのか。権威のある歌人であった千葉胤明の解釈に従い、「よもの海」を読み上げた昭和天皇が、なぜ杉山が依拠する佐佐木信綱の解釈に易々と従ってしまったのか。まだ全部を読み終えたわけではないが、一番肝心な疑問が解かれないまま論が進んでいる印象を受ける。

四月二十七日（日）

午後二時半より、皇居東御苑のなかにある宮内庁式部職楽部で雅楽の演奏会を聴く。去年に続いて二度目。満席。隣の席に座っていた熟年女性二人のおしゃべりがうるさい。「結構な体力を使っているんでしょうねえ」などと、どうでもいいことを喋っている。

日曜日なので皇居東御苑は公開日。晴れていて気持ちがよく、背後の大手町や丸の内のビルがくっきりと見える。歩いているのは外国人が多い。

午後十一時よりNHKで「トンイ」。トンイの子、延礽君《ヨニングン》の王位継承を阻止しようとするチャン・ムヨルの陰謀が発覚して処刑されたのを機に王妃とトンイが和解し、延礽君を王妃の養子にすることで、粛宗《スクチョン》の退位を踏みとどまらせる。史実とは養子にした時期がかなりズレているようだ。

四月二十八日（月）

午前中、安倍首相が昭恵夫人とともに明治神宮に参拝する。昭憲皇太后没後百年に合わせたというが、昨年のこの日は憲政記念館で政府主催の独立回復記念式典を開き、天皇陛下万歳を三唱している。首相にとって四月二十八日は特別な日になっているように見える。

午後五時、丸の内オアゾ内のカフェでテレビ朝日のIさんに会う。「昭和天皇実録」の件。

四月二十九日（火）

昭和の日で休みだが大学出講日。学生の数もふだんとほとんど変わらなかった。不思議である。

『週刊文春』で川村湊が書評しているのを読んで急に気になり、朝日のIさんに書評の候補として注文していた柳美里《ユウミリ》『JR上野駅公園口』（河出書房新社、二〇一四年）が届く。

現天皇と同じ一九三三年に福島で生まれた男が、東京オリンピックの前年、常磐線に乗って上野にやってくる。その後、息子や妻を失ってホームレスになり、上野恩賜公園で生活していたとき、現天皇と現皇后の行幸啓に伴い「山狩り」が行われ、強制的な立ち退きにあう。そのとき男は、高級車に乗る天皇と皇后に向かって手を振る。

現天皇の姿は、男が四七年に原ノ町の駅で見た昭和天皇の姿に重なる。昭和天皇は戦後巡幸で東北地方を回る途上、わざわざ原ノ町で下車したのだ。天皇陛下万歳を叫ぶ人々の声が男の耳にこだまする。

最後は上野駅のホームで山手線内回りの電車に飛び込むこの男の生涯の節目節目に、昭和天皇や現天皇や現皇后は大きな影を落としている。被災地を回り、人々を励ましている天皇や皇后が、同時にホームレスを排除する権力をもっていること、そのほほ笑みに包まれた権力は、排除される当事者自身すら陶酔の渦に巻き込んでしまうことを、小説の力によって示した意義は大きいと思う。

四月三十日（水）

朝日のＩさんに『ＪＲ上野駅公園口』を書評したいとメールする。政治学者なのに専門外の本ばかり取り上げている。専門の本は杉田敦さんに任せようと思う。

大学への通勤が再開して一カ月がたったが、まだ慣れない。会議もそうだ。内部情報をここに書くわけにはいかないが、ほかの教員から暗に研究ばかりやってるなどたしなめられたこともあった。何かの折にまた余計なことを言いそうで怖い。口は災いの門ということわざを改めてかみしめる。

（1）　翌四月六日には北リアス線も全通し、三陸鉄道は震災から三年あまりで完全復旧を果たした。

（2）　昭憲皇太后が死去したのは一九一四年四月九日だったが、公式には四月十一日と発表された。それからちょうど百年がたった二〇一四年四月十一日に行われた祭祀のこと。皇居の宮中三殿でも同時に行われている。

（3）　平山周吉というのはペンネームで、元は文藝春秋の編集者。私もよくお世話になった。

五月一日（木）

午後三時から、岩波書店で新しい戦後史の企画をめぐる会議。與那覇潤《よなはじゅん》さん、斎藤美奈子さんと編集部のIさん、Yさん、Oさんが出席。六時過ぎまで話し合ったが、なかなか方向性が見えてこない。次の会議を開くにしても、與那覇さんは名古屋だし、斎藤さんも忙しいので日程が決まらない。この企画自体が空中分解するような気がしてきた。

五月二日（金）

大学出講日。連休中ということで、元ゼミ生の伊東秀爾《しゅうじ》くん、太田輝《ひかる》さんが聴講に来た。

興が乗り、研究室で『JR上野駅公園口』の書評の原稿を書き始める。帰宅後も執筆を続け、夜中に完成させる。八百字。書評として書いてみることで、改めてこの小説のすごさを感じる。

五月三日（土）

朝日新聞の書評委員になったせいか、送られてくる本が従来にもまして多くなった。小川和也《かずなり》『儒学殺人事件』（講談社、二〇一四年）、奥泉光『東京自叙伝』（集英社、二〇一四年）など、面白そうな本が次から次へと送られてくるが、書評委員会で○をつけた本もまだ全部読みきれていない。四月六日以来、二週間おきに書評が掲載され、明日もまた掲載される。正直言って書評委員のなかで一番よく原稿を書いているのに、全然追いつかない。真面目に考えているとストレスが溜まるのがこの仕事だというのが、一カ月たってようやくわかってきた。

午後五時半からTBS「報道特集」を見る。憲法記念日にちなみ、二つの特集が組まれていた。前半は安倍政権の集団的自衛権に関する解釈改憲につき、金平茂紀キャスターが北岡伸一にインタビューした映像が流れてから、同僚の高橋源一郎さんが出てきた。四月二十九日の鎌倉での講演や、大学での授業の模様が収録されていた。後半は米国公文書館で発見された現天皇の結婚に関する史料につき、保阪正康さんと私がコメントしていた。同じ学部の二人の教授が、同じ番組の別々の特集に出演していたわけだ。

五月四日（日）

ちくま新書の創刊二十周年にちなみ、印象に残る一冊を挙げよという筑摩書房からの依頼に対して、佐藤卓己《たくみ》『八月十五日の神話』（二〇〇五年）を挙げる。

午後十一時よりNHK「トンイ」最終回。前番組の「イ・サン」では、最終回の直前に特別番組があり、NHKでも放映されたのに対して、今回は韓国のMBCが放映した特別番組をNHKは放映しなかった。

最後の最後で時代が一気に飛んで英祖《ヨンジョ》即位の場面になる。『直訴と王権』で書いたように、英祖は即位直後から、王陵や行宮《あんぐう》への行幸の途上で、またソウル都城内で、しばしば民と接触する政治を行っていた。最終回で示されたトンイの民本思想は、そのまま英祖の政治につながってゆく。この続きをぜひともまたドラマにしてほしかったが、来週からは英国の伯爵家のドラマになるという。

こんなところにも、昨今の日韓関係の悪化の影響が及んでいるのだろうか。「イ・サン」以来、日曜の午後十一時台は私にとって一週間分の疲れを癒すゴールデンアワーだったのに、どうやらこれで終わってしまったようだ。

五月五日（月）

今日の朝日新聞社説は、「リニア新幹線　早めにブレーキを」と題して、今年秋の着工を目指すJR東海の拙速姿勢を批判し、リニア計画を再点検するよう促している。しかし四月六日には、同じ朝日が「もっと教えて！ドラえもん」のコーナーで秋の着工を前提とした解説を書いていた。どっちを信じたらよいのかわからない。もしドラえもんが好きな子供にはリニアの「夢」ばかりを語り、いわゆる大人には現実的な問題点を示そうという二枚舌的な考え方が少しでもあるとしたら大いに問題と言わねばなるまい。

午後三時、青葉台のカフェ「ANTONIO」で新潮社のKさんに会い、比較政治学講義録の「まえがき」の原稿とフロッピーを渡す。

「トンイ」が終わってしまった喪失感は意外と大きく、ぼんやりとした一日を過ごす。

五月六日（火）

東京午前九時八分発の「はやぶさ9号」に講談社のKさんと乗る。講談社のPR誌『本』に連載中の「鉄道ひとつばなし」で、完全復旧した三陸鉄道を取り上げるためだ。午後十二時二分、八戸着。二十二分発の久慈ゆき普通列車「リゾートうみねこ」に乗り換える。

この列車は三両編成で、先頭車両が指定席になっている。海側指定席に座る。座席を海側に四十五度ずらし、車窓を眺めやすいようにできている。八戸線は被災したJR東日本の線のなかで唯一もとのルートで復旧させた線である。

終点の久慈で、完全復旧した三陸鉄道北リアス線の宮古ゆきに乗り換える。二両編成の列車はすでに席がほぼ埋まっていた。復旧からちょうど一カ月だが、好調がまだ続いている。途中、津波で線路が完全に流失した島越《しまのこし》で降りてみる。ここは二〇一一年九月と一二年九月の二度訪れたことがある。惨憺たる光景が頭に焼き付いているだけに、見事に修復された線路を目のあたりにして感慨を新たにする。

いったん久慈ゆきの列車に乗ってNHKのドラマ「あまちゃん」のロケ地となった堀内《ほりない》まで戻り、一本あとの宮古ゆきに乗り換える。午後五時四十三分、宮古着。旅客サービス部長の冨手《とみて》淳《あつし》さんに会う。連休中の営業成績は好調で、満員の列車もあった。オフシーズンでも団体の予約が多く、沿線人口の減少に伴い定期客は減っても、当面は何とかやっていけるという。震災直後の社長の決断が、三陸鉄道の名を一躍全国に知らしめた功績はきわめて大きい。

この日は宮古駅前のビジネスホテルに泊まった。チェックインを済ませてから、近くの割烹料理店で海鮮丼やホタテの貝焼きなどを食べる。一二年十月に野田佳彦前首相が被災地を視察したさい、この店に立ち寄ったときの写真が張られていた。まだ一年半あまりしかたっていないはずなのに、随分と昔の写真のように見える。

五月七日（水）

午前八時十分、宮古駅前から岩手船越駅前(1)ゆきの岩手県北バスに乗る。宮古—釜石間は鉄道が不通なので路線バスを乗り継ぐしかない。途中の「道の駅やまだ」で釜石に向から岩手県交通バスに乗り換える。釜石駅前に着いたのは十時十分で、鉄道に比べて倍近くもかかった。

釜石からは、北リアス線とほぼ同時に完全復旧した三陸鉄道南リアス線に乗る。一両編成。北リアス線に比べると生活路線としての性格が強い。連休も明け、いつもの列車に乗るいつもの人達の穏やかな語らいがボックス席から聞こえてくる。この日常が帰ってきた喜びが伝わってくるかのようだ。

終点の盛《さかり》に十一時五十六分着。駅前の坂本食堂で駅名にふさわしい大盛のカツカレーを食べてから、JR大船渡線の代行バスに当たるBRT（バス高速輸送システム）に乗る。

昨年四月にも乗ったが、陸前高田《たかた》の風景が一変していた。まるで鉱山の採掘現場かと見まがうばかりの巨大なベルトコンベアが、さら地の上に縦横に延びている。高台移転のために山を削り、土砂を運ぶための装置だという。威圧的な風景を見ていると、ここで津波の犠牲となった人々の霊はどうなるのだろうかと思ってしまう。

BRTの終点、気仙沼からJR大船渡線で一ノ関に出て、東北新幹線の「はやて」に乗って帰京する。東京からは東海道新幹線で新横浜に出て横浜線に乗り、十日市場で降りる。実はこのルートが東京からだと最も早く帰宅できるので、よく利用している。帰宅すると、三陸鉄道の望月正彦社長からお礼のメールが来ていた。

五月八日（木）

「皇后考」最終回に向けて準備を始める。永田町駅構内の「日の陣」で大盛りそばを食べてから国会図書館に行く。

帰宅後、前掲『JR上野駅公園口』の書評原稿を朝日新聞社にファクスで送ってから、「鉄道ひとつばなし」特別版「三陸沿岸を南下する」を書き始める。

五月九日（金）

午前中、「三陸沿岸を南下する」を脱稿する。四千六百字。午後は大学で演習と講義。研究室でジャーナリストの沖中幸太郎さんから取材を受ける。

五月十日（土）

午前中、「皇后考」23の原稿を書く。肩が凝るので、午後は武蔵小杉でマッサージをしてもらう。久しぶりに東横線の武蔵小杉で降りたら、駅構内の「たかくら」という博多ラーメンの店に行列ができていた。駅付近は高層マンションが林立し、かつての工場地帯のイメージはない。

五月十一日（日）

今日も午前中は「皇后考」23の原稿を書く。秩父宮の死去について触れたので、最晩年を過ごした鵠沼《くげぬま》の別邸が気になり、午後から出掛けることにした。

青葉台から東急田園都市線の急行に乗る。隣に座っていた外国人、行き先がわからず困っている様子だったので英語で話しかける。中央林間に行きたいと言うので last station だと答える。

中央林間から小田急江ノ島線の快速急行で藤沢まで乗り、藤沢で片瀬江ノ島ゆきの各停に乗り換えて本鵠沼で降りる。まず秩父公園を訪れ、次に秩父宮別邸があった天理教神奈川台分教会に行く。門が開いていたので入り、石段を上ると天理教の建物が現れた。別邸は残っていなかったが、さすがに広々としている。人の気配はなかった。

このあたりは鵠沼桜が岡といい、古くから別荘地として開かれたところだ。そのせいか、細かな道が縦横に張り巡らされており、自動車の通行に支障をきたしている。自宅近くの多摩田園都市ではあり得ない景観である。

近くの秩父宮記念体育館にも行ってみた。秩父宮の死去後に秩父宮妃が寄贈した遺影や胸像、剣道の竹刀などが飾られていたが、注目する人はいなかった。歩いて藤沢まで行き、往路と同じルートで帰宅する。

午後九時からＮＨＫＥテレでドボルザークの交響曲第7番と第8番を続けて聴く。やはり聴き慣れた8番の方が傑作だと感じる。演奏自体が8番により気合がこもっていた。ドボルザークはめったに流れない小品も含めてかなり聴き込んでおり、好きな作曲家の一人だ。鉄道マニアだったというが、なるほどその片鱗をうかがわせる旋律に遭遇することが多い。

午後十一時よりＮＨＫの英国ドラマ「ダウントン・アビー」を見る。先週までずっと「トンイ」を見ていたので、同じ習慣を続けることにする。舞台となっている伯爵家の下僕と公爵のホモセクシュアルな場面が出てきたりして、韓国ドラマとの違いを見せつけられる。

五月十二日（月）

「皇后考」23の執筆を続ける。前掲『JR上野駅公園口』のゲラの直しを送る。自宅の庭のバラが満開だ。文藝春秋のHさんから電話。学芸ライブラリーから八月に刊行予定の『皇居前広場』が、営業部の都合で遅れるかもしれないという。よくある話だから別段驚きもしない。

五月十三日（火）

大学出講日。帰宅後、体調を崩す。精神的に鬱状態になる。

五月十四日（水）

教授会の日だが委任状を提出する。体調が回復したため、午後四時に麹町の文藝春秋本社に行き、IさんとHさんに会う。十二日に電話があった学芸ライブラリーの件。刊行時期を十月にずらすことで同意する。

午後五時半、築地の朝日新聞社に行く。書評委員会に出席する。三浦しをんさんに初めて会う。ほかに保阪正康、杉田敦、内澤旬子、水無田《みなした》気流、島田雅彦、佐倉統《おさむ》、荻上チキ、萱野稔人、いとうせいこうの各氏ら。会議は一時間半で終わり、「アラスカ」に移動して十時まで懇談。この委員会に出ることは精神的にもいい効果があるようだ。

河出書房新社のYさんからメール。高橋和巳『邪宗門』が河出文庫から出るのに際して、解説の執筆を依頼されるが、時間的余裕がないので難しいと返事する。

五月十五日（木）

午後三時、神保町のカフェ「古瀬戸」で『群像』出版部のHさんに会い、「皇后考」22の原稿とフロッピーを渡す。六月号に発表されていた群像新人文学賞の話題になる。次回からは評論部門を切り離し、文芸評論に限らず、広く評論を対象とする群像新人評論賞を創設するという。文芸評論だけに限っていると、応募数も少ない上、作品の質がどんどん低下しつつあることに対する危機感が背景にあるようだ。従来ならば評論活動をしそうな優秀な若手が、活字媒体を離れてネット論壇で活躍していることも、低調の一因のように感じた。

午後六時から安倍首相の会見をテレビで見る。これまでの政府見解を変更し、限定的ながら現行憲法のもとで集団的自衛権は行使できるとする解釈を、有識者懇談会の提言を踏まえて明らかにする。中国や北朝鮮の危機をあおり、情緒的に訴えるやり方だ。どうも水戸学者の会沢正志斎が書いた『新論』が頭にちらついてしまう。十時からのNHKスペシャルでは、法制懇座長の北岡伸一が出演し、時間をかけて憲法改正などしていたら危機に対抗できないとはっきり言っていた。明治維新のたとえまで持ち出したので、あながち私の「妄想」も的外れではなかったことが判明する。

五月十六日（金）

大学出講日。読売新聞のIさんと毎日新聞のKさんから相次いで電話。いずれも「昭和天皇実録」の件。これで新聞、テレビ合わせて八社から問い合わせを受けたことになる。とても全社に対応はしきれまい。

創価学会が集団的自衛権の行使は改憲を経るべきとの見解を明らかにする。公明党が自民党に妥協的な姿勢を示すことのないよう釘を刺した格好だ。

五月十七日（土）

午前十時前、桜木町の横浜市立図書館へ。高瀬広居『皇后さまの微笑』（山手書房、一九八三年）を借り、桜木町から大宮ゆきの京浜東北線快速で東京へ。前から気になっていた八重洲口の「為治郎」で鶏そばを食べる。九百円。京都の本家西尾八ッ橋の直営店のようで、八ッ橋が添えられていた。

これが見事に失敗だった。値段の割に麺はのびていてコシが全然ないし、汁も全くコクがない。ただ白濁しているだけ。場所柄そこそこ繁盛していたが、たぶん二度と入らないだろう。京都ラーメンを提供するなら、先月食べた「新福菜館」の支店を出してほしいと思った。

午後零時過ぎに永田町の国会図書館へ。「皇后考」23のための史資料を大量にコピーする。そのあとで地下鉄丸の内線で新宿に出て、久々に京王線の準特急[2]に乗る。いつの間にか京王線の調布以遠のダイヤは、平日はほぼ特急と普通だけ、休日は特急、準特急、普通だけとなり、急行が事実上なくなっていた。調布で降りて普通に乗り換え、東府中で降りる。

東大社会科学研究所の助手になったばかりの一九九二

年四月から九月までの半年間、東府中に住んでいたことがある。それ以来の下車だから、二十二年ぶりということになる。改札口が地上から跨線橋上に移るなど、駅はすっかり変わっていたが、平和通りの「三宝食堂」「えぞ千」「スンガリー飯店」などのたたずまいは変わっていなかった。私が住んでいた安アパートも、外装が変わっただけでちゃんと存在していた。すぐ北側にある航空自衛隊府中基地も、全く記憶を裏切らなかった。

　府中市美術館に用事のあった家人と府中駅で合流し、駅前の「モランボン」本店で焼き肉や冷麺を食べる。北朝鮮系の店である。同じ系列のパチンコ店が入った駅ビルの五階にあり、店内は広く天井も高い。煙も全く上がらず、においを気にする必要もない。午後六時過ぎにはほぼ満席となる。分倍河原から南武線に乗って帰宅する。

五月十八日（日）

　前掲『JR上野駅公園口』を書評した私の文章が朝日新聞に掲載される。

　午後からまた横浜市立図書館。「皇后考」関係の参考文献を三冊借りる。

　午後十一時からNHKの「ダウントン・アビー」を見る。二十世紀初頭の英国の階級制度がよくわかる。たぶんこのドラマは第一次世界大戦の勃発まで続くのだろう。

　元大関の魁傑が急死する。幕内に上がる前から知っていた。現役時代からすでに孤高の雰囲気が漂っていて、貴ノ花や蔵間などとともに女性に人気があった。いつの場所だったか、二日続けて水入りの相撲をとったことがあり、解説者の神風正一がそのガッツを高く評価していた。

五月十九日（月）

　午後四時から角川書店でGさん、Kさんを相手に不敬小説の講義。終了後、いつものように「おけ以」で焼き餃子。たまたま店内のテレビで七時からNHKニュースをやっていて、韓国の朴《パク》大統領が涙を流しながら国民に謝罪している姿に引き付けられる。NHKドラマ「トンイ」で粛宗《スクチョン》が「余が悪いのだ」と話す場面がダブって見える。儒教イデオロギーは消えても、天譴論という思想は生きているようだ。

　帰宅したら、京大大学文書館の冨永望さんから『昭和天皇退位論のゆくえ』（吉川弘文館、二〇一四年）が届いていた。「皇后考」22で退位論について触れたので、グッドタイミングである。ありがたく拝読する。

五月二十日（火）

午前中、東京新聞の連載「東京どんぶらこ」に掲載される「ひばりヶ丘」の原稿を書く。

午後三時半、研究室に新潮社のKさんが来る。七月に刊行が予定される新潮新書の初校ゲラを取りに来られたのだ。タイトルの候補だった『政治と政事《まつりごと》』は社内で評判が悪く、『知の訓練　日本にとって政治とは何か』というタイトルでどうかという話になる。同じ政治学者である御厨貴《みくりやたかし》さんが一月にちくま新書から『知の格闘　掟破りの政治学講義』という本を出されているので、それに対抗したいという意味もあるのだろう。承諾する。東大生でなく、ふつうの大学生にもわかる政治学の本だというのが伝わればよいのだが。

午後四時四十五分より「現代史」の講義。新潮新書用に授業の模様を撮影していただく。そのせいか、いつもよりは静かでやりやすかった。

五月二十一日（水）

午前中は「皇后考」23の執筆。TBSの金平茂紀さんを代表とする「報道特集」取材チームからいただいた米国公文書館の史料を、TBSの許可を得て使用する。

午後三時半より白金の勤務校で図書委員会。四時半より国際学部共同研究室で、共同通信のHさんに会う。「昭和天皇実録」の件。六時前に終了する。

大学から白金台三丁目、外苑西通りを歩き、白金台五丁目にある鍋料理店、「石頭楼」白金店で講談社のHGさん、Yさん、HRさんと会食。しゃぶしゃぶ形式で、肉や野菜をゴマ油やポン酢のタレにつけて食べる。HGさんから「皇后考」22の初校ゲラをいただく。「皇后考」の連載がもうすぐ終わるのに伴い、単行本化に向けての打ち合わせをする。しめのラーメンがうまかった。体調がいまひとつだったので、店の近くでタクシーを拾って帰宅する。一万五百十円。

家人にゴマ油の匂いがすると言われてジャケットに鼻を近づけてみると、かなり匂う。不快な匂いではないが、タレの匂いがここまで強烈だとは思わなかった。

五月二十二日（木）

午前中は「皇后考」22の初校ゲラの直しをする。冨永さんの『昭和天皇退位論のゆくえ』をさっそく使わせていただく。占領期から皇太子（現天皇）の結婚にかけて再三持ち上がった昭和天皇の退位論に焦点を当てた好著である。

午後三時、神保町の岩波書店で『広辞苑』編集部のYさんに会う。Yさんは、前掲『岩波　天皇・皇室辞典』の担当編集者でもあった。皇室関係の項目のチェックを依頼される。続いて四時からIさんに会う。戦後史企画について一時間ほど話し合う。

天皇、皇后が足尾を訪れ、第三セクターのわたらせ渓谷鐵道のトロッコ列車に乗ったようだ。天皇、皇后がお召し列車でなく、第三セクターの一般車両にわざわざ乗ることは珍しい。天皇、皇后が乗ったことが、観光客を呼び込む材料となる可能性は十分にあるだろう。

天皇は、田中正造の明治天皇への直筆の直訴状もわざわざ見に行ったという。昨年秋の園遊会で山本太郎議員が「直訴状」を差し出したことが問題になったが、それに対する「回答」がこうした行動に表れているとはいえないだろうか。

五月二十三日（金）

大学出講日。私が教室に入っても私語が止まない。椅子に座って五分ほど待ってみたが、一向に静かにならない。ついにしびれを切らして静かにするよう注意する。これがいまの平均的な大学一年生の姿なのだろう。この層に「面白い」と言ってもらえる授業ができれば、講義録を出してもそこそこ売れるはずである。

『週刊現代』のI記者から電話。『東京自叙伝』を書評してほしいとのこと。『すばる』『新潮』『文學界』から同じ依頼が来たので、これで四件目だ。朝日新聞で書評する予定があるのでお断りする。

再来年から八月十一日が「山の日」という名の祝日になるそうだ。この日は家人の誕生日だが、単にお盆のシーズンで山に登りやすいという理由から選ばれたという。しかしこの日は、一九二六年に秩父宮がアルプス登山のため、ロンドンを出発した日に当たる（『雍仁《やすひと》親王実紀』）。七月二十日の海の日が、一八七六年に明治天皇が東北巡幸の帰途、海路で横浜に上陸した日に当たることを考え合わせるなら、案外八月十一日という日付に意味があるのかもしれない。

五月二十四日（土）

SATO Yasushi という方が五月四日の「本と余談」というブログでこの日記を取り上げ、「この人の筆致は、やや自己顕示欲が強いきらいがあるので、そこが改善されればと読むたびに思うのだが云々」と書いていた。

ありがたいご指摘で、謙虚に耳を傾けなければと思う反面、それを言うなら、そもそも私的な日記を公開するという行為自体が自己顕示欲なくしては到底できないではないかとも思う。もっともこの文章は、単に日記だけではなく、これまで私が書いてきた文章全体を対象にしているようにも見える。読み方によっては恐ろしい一文である。

文春学芸ライブラリー編集部のHさんから送られてきた『皇居前広場』のゲラに直しを入れてゆく。

五月二十五日（日）

午前中は朝日新聞読書面に出稿する前掲『江戸・東京の都市史　近代移行期の都市・建築・社会』の書評を書く。千百字。字数の関係から、最も興味をひかれた部分を中心に、この本の画期的意義を強調する。

午後は神保町まで往復する車中で石川梵『祈りの大地』（岩波書店、二〇一四年）を読む。朝日の書評委員会で○をつけた本。カメラマンとして震災直後から被災地を回った体験と、これまでの祈りに焦点を当てて世界各地で写真を撮影してきた人生とが、一冊の本のなかで融合している。が、いまひとつ深みが足りないような気もする。

午後十一時からNHKの「ダウントン・アビー」。伯爵家がオスマン・トルコから来た客人をもてなすため、草原に狩りに行くシーンが美しかった。これは第一次大戦直前の二十世紀初頭という舞台設定だが、それから百年あまりがたった現在でも、似たような風景は英国のあちこちに残っているというのが、日本との違いを実感させる。

五月二十六日（月）

「皇后考」23の原稿執筆を続ける。ミッチー・ブームのあたりは研究も進んでいるので、あっさりした記述にする。

午後五時前、竹橋の毎日新聞社で宮内庁担当のKさんに会う。「昭和天皇実録」の件。

終了後、タクシーで銀座一丁目に移動し、六時半よりKという小料理店で日経時代の先輩、Tさんと日経メディアマーケティング社長の和田洋さんに会う。和田さんは東大鉄道研究会の出身で、出されたばかりの『「阿房列車」の時代と鉄道』（交通新聞社、二〇一四年）という本を頂戴する。内田百閒に関する軽妙なエッセイである。大学一年生ばかりを相手にしていると、年上の社会人と過ごす時間がいかに大事かがよくわかる。

五月二十七日（火）

大学出講日。長野の皆神山《みなかみやま》で知り合った霊能師のTさんがお友達を四人連れてきたので、ゼミ室を使って皇后の話をする。続く現代史の講義で先週に続いて不快な出来事があったが、車で帰宅途中にカーラジオのＦＭから流れてきたドボルザークのチェロ協奏曲に癒される。

高円宮《たかまどのみや》典子女王と出雲大社国造《こくそう》家の千家《せんげ》国麿[3]の婚約が発表される。記者会見で千家国麿は「私どもの家の初代が皇祖天照大神の次男と伝えられております」と話した。天穂日命《あめのほひのみこと》のことだ。大国主神の役割を「縁結び」に限定し、天穂日命を持ち出して先祖は同じだとするのは、日韓同祖論を背景に梨本宮方子《まさこ》が元韓国皇太子の李垠《イウン》と結婚したのを思い出させる。

かつて明治初期には、第八十代出雲国造の千家尊福《たかとみ》が幽冥界を主宰する大国主神の重要性を強調して伊勢神宮と対立し、伊勢派から反国体のレッテルまで張られたことを知っている身からすれば、何ともふがいない会見としか映らなかった。

五月二十八日（水）

正午より一時まで勤務校の白金本館で会議。

午後一時半、本館の国際学部共同研究室で『週刊現代』のHさんから六〇代の理想の男性に関するインタビューを受ける。昔懐かしい山下達郎や高田純次について話す。

地下鉄で高輪台から築地市場に移動し、四時半に朝日新聞社盛岡総局のIさんに会う。三陸地方の鉄道復興に関するインタビューを受ける。

六時に書評委員会の会議室に移動する。七時より会議が始まる。角幡唯介さんに初めて会う。八時過ぎに終了。会議やインタビューの連続で疲れたので、懇親会には出ず、すぐにハイヤーに乗って帰る。

五月二十九日（木）

前掲『江戸・東京の社会史』の書評原稿を、朝日新聞のIさんにファクスで送る。「皇后考」23の原稿を途中まで書き、前掲『東京自叙伝』を少しずつ読む。岩波新書でよく見るような小見出しがついている。近現代史の基礎知識がなければ到底理解できない小説である。

青葉台から田園都市線の各停に乗っていたら、どこかの女子大生とおぼしき二人が、私の隣の座席で夢中で話に興じていた。そのうちの一人の脚に真っ黒な虫がじっと張り付いたまま動かない。話に夢中な彼女は全く気づいていない。気になって仕方がないので、おずおずと「あの、脚に虫がついているんですけど」と言った。声をかけられた彼女は、一瞬不審な眼でこちらを見たが、虫に気づくと早口で「すみません」と言って払い、まるで何事もなかったかのように話を再開した。

この一件を家人に話したところ、脚を凝視していたのかと逆に詰問される。やはり知らんぷりを決め込むべきであった。

五月三十日（金）

大学出講日。特に記すことはない。

五月三十一日（土）

東京や横浜で今年初めての真夏日になる。終日、「皇后考」23の執筆。夕方、車で家人と寺家町《じけちょう》の「寺家乃鰻寮」に行ったら、田んぼから蛙の大合唱が聞こえてきた。

テレビや新聞では、国立競技場最後の日と騒ぎ立てている。もはや改修は動かしがたい既成事実と化している。マスコミ自身はその既成事実を作り上げていることに、果たして自覚的なのだろうか。同じ現象が近い将来、リニアの建設でも起こるのは目に見えている。

（1）不通になっている宮古―釜石間にある山田線の駅。現在、宮古から釜石方面に向かう路線バスの終点になっている。
（2）特急よりも遅く、急行よりは速い優等列車。ちなみに準特急という種別は、京王線にしかない。
（3）現在の出雲国造は第八十四代の千家尊祐《たかまさ》で、国麿は第八十五代出雲国造となることが決まっている。

六月一日（日）

終日在宅。「皇后考」23の原稿執筆と前掲『東京自叙伝』の読書に費やす。

午後九時よりＥテレでブルックナーの交響曲第５番を聴く。嫌いな曲ではないが、私の耳には第四楽章が第一楽章のただのリフレインにしか聴こえない。確か同じことをどこかの鼎談で丸山眞男がブラームスの交響曲と比較しながら話していた記憶がある。ブルックナーの交響曲では、有名な４番「ロマンティック」よりも、なかなか演奏されない３番「ワーグナー」の方が好きである。『滝山コミューン一九七四』の原稿を書いていたときに、この曲をよく聴いていた。

午後十一時よりＮＨＫの「ダウントン・アビー」。伯爵家の三姉妹の性格の違いが目立ってきた。地味だった三女が女性参政権の獲得を主張する社会主義者の運転手に惹かれ、派手になってゆくのがおもしろい。

六月二日（月）

午前中に朝日カルチャーセンター横浜教室のNさんから電話。八月三十日に予定されている昭和天皇に関する講座の宣伝文で、「全面開示された「昭和天皇実録」」としているのは時期尚早なので直すようお願いする。

午後六時過ぎから、上野駅構内のKという中華料理店で、文藝春秋のTさんと夕食をともにする。ツイッターで大学の授業の模様をつぶやいたら、心配してくださり、急遽会うことになった。種類豊かな水餃子がうまかった。

六月三日（火）

大学出講日。「皇后考」23をとりあえず脱稿する。まる二年を費やした原稿が完結したことになる。が、特別の感慨はない。むしろ数々の謎が一層深まったと感じる。

新潮社のKさんから、『知の訓練』のゲラが送られてくる。二週間後までに加筆修正しなければならない。

六月四日（水）

天安門事件から二十五年目の日。

講談社のPR誌『本』に連載している「鉄道ひとつばなし」の原稿「常磐線と浜通り」を書く。福島第一原発が常磐線の特急の停車駅を変えたこと、その一方で浪江発上野ゆきの客車の普通列車が東北新幹線開業後も残っていて、原発のある大野や双葉からの客を乗せていたことなどについて書いたが、とりとめのないエッセイになる。

引き続き前掲『東京自叙伝』を精読する。「奥泉節」とでも呼ぶべき独特の文体にいつしかはまってゆく。

六月五日（木）

大学時代の恩師、藤原保信先生の没後二十年目の日。もうそんなに経つのかというのが率直な印象。同じ大学教員になってみて思うのは、学生を褒めることの大切さだ。あれほど褒め上手の先生をいまだに見たことがない。

『知の訓練』の「はじめに」を加筆修正する。

朝日新聞社とTBSの宮内庁担当記者から相次いで連絡がある。「昭和天皇実録」の公開が七月にずれ込みそうだとのこと。当初の五月が六月になり、さらに七月になったわけだ。[1] いつものことながら、宮内庁が流している情報は信用できない。六月に予定を空けておいたのが無駄になった。

六月六日（金）

大学出講日。一年生対象のゼミで、昭和天皇が死去した一九八九年一月七日のテレビの録画を見せる。喪服姿のアナウンサーや、聞いたことのない敬語を使う宮内庁長官の会見、あわてて門松を撤去するデパートなど、次々と映し出される当日の模様に、生まれるわずか五、六年前にこんなことがあったとは信じられないとのことだった。「昭和」と「平成」の断絶を実感した学生が多かったようだ。

六月に入り、ようやく学生の態度に変化の兆しが表れてきた。毎回こうあってほしい。

六月七日（土）

午前中、朝日新聞の読書面向けに『東京自叙伝』の書評を書く。八百字。丸山眞男に言及し、政治学の学説を小説に昇華させようとした試みとして読み解いた。

午後にたまプラーザでマッサージを受ける。「前に比べて一段と肩が張ってますね」と言われる。大学が始まってから肩凝りがひどくなったと自分でも思う。

六月八日（日）

書庫と化している旧宅（青葉台の団地）に、大学の同窓会のため上京している妹と関西の大学に通っている姪が一時滞在しているため会いに行く。姪は東大阪市に、妹は兵庫県宍粟《しそう》市に住んでいる。久しぶりに会ったら姪が大学時代の妹にそっくりになっていて驚く。新横浜から新幹線で帰るというので、車でＪＲ横浜線の中山まで送る。

三笠宮の次男に当たる桂宮宜仁親王が死去。享年六十六。宜仁は「よしひと」と読む。大正天皇の名である嘉仁と同じである。病魔に冒されて体が不自由になり、晩年は公的な活動が全くできず、完全に存在が忘却されたという点でも、両者はよく似ている。六十六歳というのは、大正天皇の妻である貞明皇后が死去した年齢でもある。

午後十時前からＮＨＫＥテレでシベリウスの交響曲第2番を聞く。北欧フィンランドの大地を感じさせる名曲。ワルシャワを二度訪れたとき、いずれもヘルシンキで飛行機を乗り換えたので、上空からフィンランドを眺めたことがある。深い緑のなかに湖が点在する風景が忘れられない。前掲『色彩を持たない多崎つくると、彼の巡礼の年』でも、主人公がヘルシンキまで飛行機で行く場面があった。

午後十一時からNHKのドラマ「ダウントン・アビー」を見る。これまであまり目立たなかった伯爵家の次女が恋人をめぐって長女と火花を散らす。

六月九日（月）

朝日新聞の書評委員会から送られてきた武田徹『暴力的風景論』（新潮選書、二〇一四年）と前掲『儒学殺人事件』を同時並行的に読み進める。どちらも面白いが、発行日の関係から『儒学殺人事件』を先に読了せねばなるまい。この本の著者は学者だが、文章に硬さがなくて読みやすい。編集を担当したYさんの編集能力の高さも評価に値しよう。

児童文学作家の古田足日《たるひ》が死去。滝山団地に住み、東久留米や団地を題材にした童話を数多く発表してきた。「ぼくらは機関車太陽号」や「宿題ひきうけ株式会社」には、「滝山コミューン」との共通点もある。こうした童話が書かれた時代背景については、さらなる検証が必要だろう。

六月十日（火）

朝日新聞朝刊の14面「声」欄に石田雄《たけし》・東大名誉教授の投書が、15面のオピニオン面に三谷太一郎・東大名誉教授へのインタビューが掲載されている。ともに安倍政権の安全保障政策を歴史的に論じているが、スタンスはかなり異なる。記事の大きさも含めて、左右の非対称的な紙面が印象的だ。

大学出講日。今日もまた百三十人の学生が九十分間静かに授業を聞いてくれた。大きな変化だ。

午後八時過ぎ、毎日新聞夕刊編集部のKさんから電話。このほど廃止が決まったJRの寝台特急「トワイライトエクスプレス」に関連して、問われるままに意見を述べる。

六月十一日（水）

午後零時半から、勤務先の会議室で「皇后考」について報告する。司会は高橋源一郎さん。聴衆は教員や元教員が八名、学生が五名ほど。一時五十分に終了。

午後二時から教授会。会議の進め方について、若手教員を中心にかなりの不満が潜在的にあるのがわかる。ゼミの応募者数を一覧表にしたものを学部長が提示し、「これは人気投票ではありませんが」と言ったのが気になった。たとえ一人しか応募しなかったゼミでも、その一人がきわめて高い志をもっている場合もある。個々の学生の資質を数値に還元できないのは、わかりきったことではないか。

五時半頃に中座し、戸塚から東海道本線で新橋へ。新橋から汐留まで歩き、地下鉄大江戸線で築地市場へ。七時より朝日新聞社で書評委員会。久しぶりに柄谷行人さんが出席。ほかにいとうせいこう、杉田敦、保阪正康、水野和夫、三浦しをん、本郷和人、佐倉統《おさむ》、荻上チキ、萱野稔人、角幡唯介の各氏ら。柄谷さんの毒舌ぶりに爆笑する。

会議に入る前、弁当を食べながら、三島の日大国際学部に勤める水野さんに新幹線ホームにある「桃中軒《とうちゅうけん》」のそばスタンドで食べられるサクラエビ入り天ぷらそばを強く勧める。が、黙々と弁当を食べる他の書評委員をよそに、駅そばについて熱く語っている自分の俗っぽさに嫌気がさす。

六月十二日（木）

午後に明治大学図書館。『知の訓練』で引用した『婦女新聞』の記事を確認していたら、朝日新聞の読書欄に書いた『市川房枝と「大東亜戦争」』の書評で、著者が引用した『婦女新聞』の文章に誤りがあるのがわかった。原文の「直きに」が「直に」となっていたのだ。これからは引用されている原文にまで直接当たって正誤を確認しなければなるまい。

毎日新聞の夕刊ワイドで一昨日にKさんから取材を受けた「トワイライトエクスプレス」の記事がもう出ていた。私と関西大学の宇都宮浄人《きよひと》さんの談話が掲載されている。さっそくマニア諸氏からツイッターで「また原かよ」と叩かれる。宇都宮さんは叩かれていない。

六月十三日（金）

大学出講日。今日からまた家人が韓国に出掛ける。今回はソウル（金浦《キムポ》）に一泊してから翌朝の国内線で釜山《プサン》に飛ぶそうだ。時間の関係で成田には行けず、羽田から釜山への直行便はないのでソウルに一泊せざるを得なかったらしい。

飛行機から見ると、日韓は著しい非対称の関係にある。日本の地方空港からはたいていソウル（仁川《インチョン》）に行けるのに、韓国の地方空港に行ける日本の空港は少ない。成田ですらソウル（仁川）と釜山にしか行けない。国の面積が違うとはいえ、せめて羽田と釜山や光州《クァンジュ》、あるいは済州島《チェジュド》の済州などを結ぶ直行便を開設してほしいと思う。

六月十四日（土）

午前中は大木晴子、鈴木一誌《ひとし》『1969新宿西口地下広場』（新宿書房、二〇一四年）に付いていた一九六九年の新宿西口地下広場のフォーク・ゲリラを記録したDVDを見てから、岩波書店から依頼された『広辞苑』の皇室に関する語句のチェックを行う。

午後一時、文藝春秋のTさん、Hさんを青葉台駅前で車に乗せ、こどもの国に行く。行ったことのないご両人のために、案内役を買って出たという次第。梅雨の合間の貴重な晴天に恵まれたせいか、駐車場はほぼ満員であった。

こどもの国は、皇太子（現天皇）の結婚の祝い金をもとに、一九六五年五月五日に開園した。皇太子夫妻の希望によりつくられた牧場で、名物になっている雪印のソフトクリームを食べる。それから園内を歩き、弾薬庫の跡を見て回る。人工の白鳥池で二手に分かれて足漕ぎ式のボートに乗る。男どうしで乗っているのは我々だけだ。園内にはさすがに小さな子供を連れた家族連れが多く、ここにいると少子高齢化などどこか遠い国の現象のように思えてしまう。

このあと、車で青葉区寺家《じけ》町に移り、田植えが終わったばかりの「寺家ふるさと村」界隈を散策し、「寺家乃鰻寮」で早めの夕食。鰻丼の小鉢が付いたせいろそばを食べる。TさんもHさんも、東京の近郊にこれほど豊かな自然が残っていることに驚いた様子であった。

六月十五日（日）

午前十時より、NHKテレビでワールドカップの日本

―コートジボワール戦を見る。前にも書いたが、私はナショナリズムには全く感染しない性質なので、勝敗にはまるで興味がない。試合は前半に日本が1点を奪うも、後半に2点を奪われ、コートジボワールの勝利に終わる。正午や夕方のニュースでは、全国で声援を送る日本人の姿が映し出されたが、驚いたのは渋谷駅前のスクランブル交差点でまるで勝ったかのような狂喜乱舞の光景が見られたことだ。まるでシンガポール陥落から敗戦を経て戦後巡幸に至る歴史とそっくりではないか。

朝日新聞の書評委員会で落札した松浦寿輝《ひさき》『明治の表象空間』（新潮社、二〇一四年）を読み始める。ずっしりと重い。七三〇ページもある。だが読み出すやとまらない。序章は「国体」についての考察だが、丸山眞男『日本の思想』（岩波新書、一九六一年）をおおむね踏襲した、明晰にして過不足のない文章。「国体」を批判した北一輝の思想も正確に把握している。

午後九時より、NHKEテレでリヒャルト・シュトラウスの「紀元二千六百年祝典曲」を聴く。「紀元二千六百年」に当たる一九四〇年に、友邦ドイツが日本に贈った曲。自宅に当時、シュトラウス自身が指揮したライブ録音のCDがあって時々聴いているが、それに比べると打楽器がかみ合っていない印象を受けた。N響がこの曲を演奏するのは、ひょっとして初めてではないだろうか。

午後十一時より、NHKで「ダウントン・アビー」。第一次大戦勃発直前の英国。社会主義者の車夫に影響され、マルクスやJ・S・ミルばかり読んでいる三女に父親の伯爵が手を焼いている様子がおもしろい。

六月十六日（月）

午後一時、神保町の「嵯峨谷《さがたに》」で二枚もり。四百八十円。気温が三十度近くになると、「かけ」ではなく「もり」が食べたくなる。ここのそばは「小諸そば」より美味いのだが、水きりが甘いせいか、食べているうちにお盆やテーブルが濡れてくるのが難点である。

午後一時半、カフェ「古瀬戸」で『群像』出版部のHRさんと文芸文庫編集部のHSさんに会う。「皇后考」最終章の原稿を無事渡す。まる二年で連載が完結したわけだ。HRさんが単行本化の作業を担当してくださることになった。

六月十七日（火）

大学出講日。午前中は自宅で小川和也《かずなり》『儒学殺人事件』の書評を一気に書き上げる。昼食にそうめんを作って食べてから、車で大学へ行く。

午後三時過ぎ、研究室に放送大学の山岡龍一さんが来訪。二〇一七年度（予定）より同大学の客員教授として「日本政治思想史」を担当することになったので、簡単な打ち合わせを行う。再来年の二月までに十五回分の講義録を書かなければならなくなった。一回あたり四百字詰で二十五枚だから、全部で三百七十五枚に相当する。せっかくのいい機会なので、『知の訓練』で十分議論を展開できなかったポイントについて、重点的に書いてみたいと思っている。

研究室で引き続き前掲『明治の表象空間』を読む。これはとてつもない大著だという予感は的中したようだ。文章の密度が高すぎて読むスピードが上がらない。おかげで他の本が読めなくなってしまった。

六月十八日（水）

久々に午前中に雨がぱらつく。だが天気予報に反して、午後には上がってしまった。

午後三時半から白金の勤務校で会議。四時半に終了。新潮社のKさんが来訪。校内にある「パレットゾーン」という多目的ホールの一角で、『知の訓練』の再校ゲラを渡す。これで一応手が離れた。発売は七月十七日頃だという。

六月十九日（木）

午後一時、大手町地下街の中華料理店「永楽」で焼きそば。八百円。要するに五目焼きそばなのだが、これが意外とうまかった。隣の客が食べていたチャーシュー麵や餃子も美味しそうに見えた。さすが大手町というべきか、総じて店のレベルが高いようだ。

一時半、大手町にある日経本社二階のカフェ「太陽樹」で、日経大阪本社経済部のNさんに会う。大阪郊外の団地で若年層が増えているという現象を切り口に、団地の過去・現在・未来について語る。車中で前掲『明治の表象空間』をわざと各停に乗って往復。青葉台―大手町間空間』をずっと読む。

六月二十日（金）

大学出講日。午前七時より、W杯の日本対ギリシャ戦を日本テレビで見る。引き分けに終わる。

六月二十一日（土）

午後一時過ぎ、日比谷の日本プレスセンター九階へ。第三十八回『都市問題』公開講座「「足」を守る――地域公共交通の将来」の第一部に当たる基調講演を依頼されたためだ。控室で主催者である後藤・安田記念東京都市研究所理事長の西尾勝さんに再会する。

西尾さんは私が東京大学大学院法学政治学研究科（東大法学部の大学院）に三年間通っていたときの行政学担当の教授であった。ふだんは全く付き合いがなかったが、たまに校内ですれ違うといつもにこやかに挨拶をされた。これほど愛想のよい教授はほかにおらず、精神的に癒されていたと話すと、「あそこにいるとみんなおかしくなるのです」という趣旨の発言をされたので驚いた。はた目には優秀な弟子をたくさん育てられ、法学部の中心メンバーのように見えたからだ。

続いて第二部のパネルディスカッションの司会を担当する行政学者の新藤宗幸さん、三陸鉄道社長の望月正彦さん、熊本市長の幸山政史《こうやませいし》さん、日経新聞記者の市川嘉一さん、NPO法人いわて地域づくり支援センター常務理事の若菜千穂さんに会う。望月さん以外は初対面。一時二十分過ぎに十階ホールに移動し、一時三十五分から四十五分ほど地域公共交通をテーマに基調講演を行う。聴衆はざっと百八十人ほどで、多くは地方議会の議員だったようだ。圧倒的に男性。

自己紹介を兼ねて、なぜ自分が鉄道をテーマとする本を書くようになったかについてまず語り始めたが、いつもの講演とは様子が明らかに違う。会場の空気が散漫で、視線がこちらに集まってきている実感が湧いてこない。よく見ると、しきりに時計を気にしている人や、壇上には見向きもせず、スマホを操作している人などがいる。それでも後方にいれば目立たないのに、よりによって最前列にいるのだ。まるでお前の話など何の興味もないので早く終わってくれと言われているようなものではないか。おかげで途中から神経を集中させることができなくなり、支離滅裂になったところで予定の終了時間がやってきた。こんなに出来の悪い講演は久しぶりであった。

後から聞いてみたら、地方議員にとって、公費で堂々と上京できるこのような催しは、東京で気晴らしをする絶好の機会になっているらしい。彼らの本当の目的は公開講座を聴くことではなく、ほかにあるというのだ。

それでようやく合点がいった。東京都議会でも自民党議員のセクハラ発言が問題になっているが、地方議員の質の悪さをまざまざと実感させられた講演であった。四月以来、ずっと大学で学生の態度に悩まされてきたが、これならばまだしも学生のほうがましである。

六月二十二日（日）

日曜日なのに寝覚めが悪く、昨日のどんよりとした疲れがまだ残っている。前掲『明治の表象空間』をまた読み始めるが、まるで青木ヶ原の樹海にでも迷い込んでしまったようで、著者の複雑な思考回路に時々ついて行けなくなる。おそらく著者は上空から常に樹海を見渡しているのだろうが、込み入った樹海の探索路を進むしかない読者には読み通すのが辛い本だ。それでも読まずにはいられないのは、決して堅苦しい文章ではなく、そこかしこに爆笑を誘わずにはおかない巧みな風刺が効いていて、個々の人物に対する著者ならではの好悪の感情が表出していることが、迷子になるのを防ぐ絶好の「道標」としての役割を果たしているからだ。

午後十一時よりNHKで「ダウントン・アビー」最終回を見る。「トンイ」が長かった分、物足りなく感じる。第一次世界大戦の勃発が知らされる場面で終わったが、秋にも第二部がまた始まるという。その間にもう一度、韓国の歴史ドラマが放映されるようだ。

六月二十三日（月）

沖縄戦から六十九年の「慰霊の日」。

午前中は「皇后考」最終回の初校ゲラに赤字を入れ、ファクスで送る。肩凝りがひどいので、午後はたまプラーザでマッサージをしてもらう。『週刊現代』のSさんから電話。「青春18きっぷ」で行けるおすすめの鉄道旅行に関する取材を受ける。最近は仕事でしか鉄道に乗らないので思い浮かばないと話したのだが、上越線の土合《どあい》(2)とか大井川鐵道の井川線とか、一昔前に乗った鉄道の記憶がだんだんよみがえってきて、結局一時間も話し込んでしまった。

東京都議会で女性議員にセクハラヤジを飛ばした自民党の都議がついに名乗り出る。しかし全員ではない。都道府県議会に占める男性議員の割合は九割を超える。次の都議選では一人でも多くの女性に当選してほしいと思う。

六月二十四日（火）

大学出講日。いつものように車で行くが、保土ヶ谷バイパスで前方が見えないほどの豪雨に見舞われ、恐怖を感じる。同じころ、三鷹や調布では大量の雹《ひょう》が降っていたようだ。今年の梅雨は例年になく激しい。

六月二十五日（水）

午前五時からW杯の日本対コロンビア戦。4対1で惨敗。これで連日の騒ぎも収まるだろう。

岩波書店から久しぶりに『昭和天皇』増刷を知らせる葉書が届く。部数は千部。

今日は、貞明皇后が生まれてからちょうど百三十周年に当たる。この記念すべき日に、東京女子大学で「皇后から見た近代天皇制」という講演を行うことになっている。正午前にJR吉祥寺駅から関東バスに乗る。少数の女子大生のほかには、圧倒的に老人ばかり。乗り降りに時間がかかる。東京女子大前で下車。比較文化研究所の中村直子さんに案内され、同研究所へ。所長の大久保喬樹教授と原田範行教授に会う。昨日、ここに雷が落ちて電話が一時不通になったそうだ。キャンパス内の緑が雨に濡れて美しく光っている。

午後一時十五分より講演。集まっているのは、大学生よりも高齢の男女のほうがずっと多い。こうした男女ばかりを集めた大学を新たに開設すれば、私も念願の「看板教授」になれるだろうと思うことしきりだ。

講演の最中にも雷鳴が時々聞こえてきたが、二時四十五分にブザーが鳴って終了。今度ゼミに入る金子拓真くん、ゼミ卒業生の太田輝《ひかる》さん、河出書房新社のAさんが来ていた。外に出ると幸い小降りになっている。バスで吉祥寺に出て、JR中央線、地下鉄東西線、地下鉄大江戸線を乗り継ぎ、五時過ぎに築地市場へと向かう。朝日新聞社の書評委員会に出席。

この席で、非常に残念ではあるが『暴力的風景論』の書評権を手放すことにした。『明治の表象空間』の読解に全精力を傾けているので、早めに手放したほうがよいと判断したからだ。

荻上チキさんが欠席したので、四月から今日まで皆勤なのは私だけとなる。島田雅彦さんから、「ヒマなんだろ」と言われたので、「真面目なんだ」と答える。水野和夫さんとまた三島駅ホームの天ぷらそばの話題で盛り上がる。出席者はほかに赤坂真理、内澤旬子、水無田《みなした》気流、いとうせいこう、杉田敦、本郷和人、佐倉統、諸富徹の各氏ら。

出稿予定を見ると、多くの委員が複数の原稿を出す予定になっている。これなら当面紙面が埋まらない心配はない。なんだ、皆真面目ではないかと思った。

六月二十六日(木)

同僚の高橋源一郎さんが朝日新聞の「論壇時評」で「皇后考」を大きく取り上げてくださった。いつもながら、心遣いに深く感謝する。

午後三時より、神保町の岩波書店で戦後史に関する企画会議。斎藤美奈子さんと編集部のIさんが出席。「非コミュニケーション的社会の成立」「アメリカ化とソ連化のせめぎあいとしての戦後史」「軍隊がなくなったことによる地方住民の意識変化」「泡沫候補から見る戦後」「当たらなかった将来像」「「場」の政治力学」「敗戦の悔しさを忘れなかった日本人」「「まつりごと」の位相」「現代の「ヒメヒコ制」」という九つのテーマを提案する。斎藤さんはもっと一般的な戦後史の入門書を考えておられたようで、こっちのほうが面白いと賛成してもらえる。今後は出席できなかった與那覇《よなは》潤さんの見解も踏まえて、もう少しテーマを絞ってゆく必要がある。

九月から始まるゼミの学生数が少ないので、ツイッターで外部の方々の参加を呼びかけておく。連絡先は自宅でなく、大学のアドレスにしておいた。

六月二十七日(金)

大学出講日。研究室でパソコンを立ち上げると、港南区に住むTさんという方からゼミ聴講を希望するメールが来ていた。さっそくの反響に驚く。Tさんのような、子育てが終わって勉学意欲の旺盛な主婦の方々に、地元の大学がきちんと対応できるような教育を行うことは、これからの大学に一層求められてくるのではないか。

一年向けの基礎演習で、自宅で見た「フォークゲリラ」のDVDを見せる。女子学生が多いせいか、議論の中身よりも当時の大学生の髪形や服装に関心が向かうようだ。初対面なのに若い男女が息のかかるほど至近距離で向かい合うその距離感が、いまの学生には到底信じられないという。左翼用語やゲバ棒、催涙弾などについて解説する。

帰宅すると、『群像』出版部のHさんから「皇后考」の再校ゲラが来ていた。直しを入れてファクスで送る。これでようやく長かった連載が名実ともに終わった。どっと疲れが押し寄せてきて、午後十時過ぎに床に着く。

六月二十八日（土）

札幌のFM三角山放送局の「懐かしの流行歌をたずねて」担当の青砥純さんがみすず書房に送った封書が転送されてきた。四月十八日の日記で、「二葉百合子の「岸壁の母」を「熱唱」する」と書いた箇所をお読みになり、オリジナルの菊池章子が歌った「岸壁の母」と二葉百合子のものが録音されたカセットテープを送ってくださったのだ。毎月、この日記を読まれているという。以前、このFM局で五輪真弓の「落日のテーマ」をリクエストしたことがある。

六月二十九日（日）

大学院時代の指導教官である平石直昭さんから、松沢弘陽《ひろあき》さんと連名で「私たちは現政権が強行する自衛隊の海外武力行使構想に反対する」と題する声明文が電子メールで送られてきた。「参考までに」とあるだけで、賛同人になってくれというわけでもない。肩書も東大名誉教授ではなく、「日本政治思想史研究者」となっている。平石さんらしいなと思いつつも、拡散させるべきだとは思ったので、ツイッターでこの件をつぶやいたところ、さっそくリツイートの数が増えてゆく(3)。

六月三十日（月）

前掲『明治の表象空間』をようやく読み終える。フランス現代思想に通暁することで確立された方法。作家として、また詩人としての明治の文学に対する卓越した鑑識眼。そしてかくも膨大な、千変万化するテキストに応じて、時にはそれを痛快に罵倒し、時にはそれに著者自身のパトスが乗り移り、共振して燃えたぎるような、自在に変化する文体。政治思想史という学問の枠組みに安住し、福澤だの兆民だの個々の思想家を役割分担よろしく研究してきた既存のアカデミズムに対して放たれた渾身の一撃ともいうべきこの著作に、大きな刺激を受けたのは言うまでもない。

　ただもう一度序章に立ち返ったとき、「国体」を他のテキスト同様の表象空間に配置することの限界もまたあらわになる。畢竟それは、「国体」が本書の方法では到底分析できない対象だからではないか。この点について、より自覚的で踏み込んだ言及が欲しいようにも感じた。

　午後五時から御茶ノ水の「コージーコーナー」で河出書房新社のAさんと「日本の聖地」に関する企画についていろいろと意見を交わす。

（1）　七月十三日現在、「昭和天皇実録」の公開については、まだ宮内庁から何の発表もない。

（2）　群馬県にあるJR上越線の駅。上りホームは地上にあるが、下りホームは新清水トンネルの中にあり、十分ほど階段を降りないと到達できない。

（3）　七月十三日現在、百五人がリツイート。小林正弥（千葉大学教授）、椹木《さわらぎ》野衣《のい》（多摩美術大学教授）、土屋礼子（早稲田大学教授）、五野井郁夫（高千穂大学准教授）各氏らの名前も見える。

七月一日（火）

大学出講日。自衛隊発足六十周年のこの日、安倍内閣が解釈改憲によって集団的自衛権の行使容認を閣議決定したことの問題点を話す。自衛隊に人が集まらなくなれば、徴兵制の復活につながる恐れもあると話すと、学生の目の色が変わった。「対岸の火事」ではなく、いかに自分たちの世代に直接跳ね返ってくる問題として認識させるかが大事だと思う。

七月二日（水）

風邪をひいた家人からうつされたのか、頭が重い。「皇后考」を脱稿した反動で気が緩んだのかもしれない。午前十一時より学科会議。続いて午後二時より教授会。今日は朝日新聞社の書評委員会の開催日ではないので最後までいたが、やはり長かった。午後五時半に終了する。

帰宅すると、テレビ朝日のIさんからメールが来ていた。「昭和天皇実録」の公開が、八月にずれこむかもしれないとのこと。これで何回目だろうか。宮内庁のいい加減な対応に呆れる。

七月三日（木）

熱はないのだが依然として体調がよくない。午前中は何も仕事ができずにぼんやりする。午後四時、角川書店へ。GさんとKさんを相手に前掲『明治の表象空間』などの話をする。午後六時過ぎに終了。例によって飯田橋の「おけ以」で焼き餃子。体調はよくなくても食欲は旺盛であった。座って帰りたかったので電車には乗らず、タクシーに乗る。西神田から首都高に乗ると、あとは自宅まで渋滞がいっさいなく、三十分で帰宅。一万二千百八十円の出費となる。

七月四日（金）

大学出講日。せきこみながら何とか授業をこなす。

七月五日（土）

午前中は寝室で静養。午後、たまプラーザに行き、マッサージをしてもらう。

七月六日（日）

梅雨の合間の貴重な晴れとなる。講談社のＰＲ誌『本』に連載している「鉄道ひとつばなし」の取材のため、日帰りの旅行に出掛ける。

新横浜を午前八時二十九分に出る「のぞみ15号」に乗り、名古屋で降りる。十時五分発のＪＲ関西本線快速に乗り換え、桑名に十時二十八分着。二百メートルほど離れた三岐《さんぎ》鉄道北勢線の西桑名駅まで歩き、十一時五分発の阿下喜《あげき》ゆきに乗る。天気はどんよりとした曇り空に変わっている。

北勢線の線路幅は七六二ミリのいわゆるナローゲージ(1)で、車体もマッチ箱のように小さい。停車時間を含めた表定速度は二〇キロそこそこで、自転車のような走り方だ。だから景色がよく見える。途中の東員《とういん》という駅で多くの客が降りてガラ空きとなる。楚原《そはら》では高校生が乗り降りする。いなべ総合学園という県立高校の下車駅だからだろう。

いなべ総合学園の前身は員弁《いなべ》高校で、母の出身校でもある。母は高校時代、楚原と自宅に近い阿下喜の間を北勢線に乗って通学していた。

終点の阿下喜の駅前には銀行やボーリング場などがあり、思ったよりも賑わっていた。タクシーで三岐鉄道三岐線の終着駅である西藤原に向かう。北勢線と三岐線の線路は員弁川を隔ててほぼ並行しているが、三岐線の方が鈴鹿山脈に近く、藤原岳で採掘される石灰岩の貨物輸送も行っている。西藤原の二駅隣に当たる東藤原に隣接する太平洋セメントの工場は、阿下喜からもよく見えた。

三岐線は北勢線とは異なり、ＪＲなどと同じ線路幅で、西武鉄道で使われていた車両に乗る。やけに速く感じる。終点の近鉄富田《とみだ》で乗り換えて近鉄四日市に向かう。改札を出たところにあったスタンドで天ぷらうどんを食べたら、汁が関西風であった。近鉄の本社は大阪だから当然かもしれないが、ご当地の伊勢うどん(2)を食べたいところであった。

近鉄四日市から近鉄内部《うつべ》線に乗る。これまたナローゲージの線だ。かつてナローゲージは日本全国に見られたが、いまではなぜか三重県の北勢地域と富山県の黒部峡谷鉄道にしか残っていない。三重県の県庁所在地は津だが、鉄道の密度は四日市を中心とする北勢地域が最も高い。しかしそのほとんどは滋賀県との県境に当たる鈴鹿山脈を越えることができない。

もし日本がドイツのように敗戦後東西に分割されていたら、鈴鹿山脈が天然の境界線となったのではないかと想像する。そう考えると、このあたりは「東日本国」の辺境に当たる。四日市の郊外に向かう三両編成の小さな電車に乗りながら、しばしとりとめのない想像にふけった。

内部から日永《ひなが》まで引き返して、もう一つのナローゲージである近鉄八王子線に乗り換える。この日永という乗換駅のたたずまいがよかった。内部線と八王子線は駅の手前で分岐するので、ホームが扇形のようになっている。その扇の先端に当たる部分に桜が植えられていた。この箱庭のような駅のホームに桜が咲く光景を想像する。これは先の想像とは異なり、毎年必ず現実のものとなる想像である。

八王子線の終点まで乗ったところで、今日の「乗り鉄」を終えようと思う。近鉄四日市まで戻り、近鉄特急に乗り換えて名古屋に行き、午後四時三十二分発の「のぞみ32号」で帰宅する。体調が回復したわけではないが、書物から解放され、ただ電車に乗って揺られるだけの時間を過ごすことが、新たな思索につながるという経験則がまたしても証明される。

七月七日（月）

昨日の旅行をもとに、「鉄道ひとつばなし」の原稿として「北勢のナローゲージ」を一気に書く。

七月八日（火）

大学出講日。早めに研究室に行き、前掲『明治の表象空間』の書評を仕上げる。千百字。掲載日は二十七日の予定。六日の日本経済新聞で安藤礼二さんがこの本の書評を書いていたので、内容的に重ならないようにする。

午後三時、日経の地方部次長兼編集委員のHさんが研究室に来る。東海道新幹線が十月で開業五十周年を迎えるのに合わせて、日曜日の紙面で新幹線の特集記事を組むという。紙面では新幹線の「光」と「陰」について取り上げるそうで、私は主に「陰」についてコメントした。

Hさんは私が日経に入った翌年の入社で、東久留米市にある自由学園のご出身だそうだ。なぜか日経は他紙と比べて自由学園の出身者が多く活躍している。

現代史の授業では日本共産党の「赤旗まつり」に触れ、上條恒彦、今陽子、芹洋子といった共産党シンパの歌手が招待されたことにも言及したが、平成生まれの学生たちにとっては聞いたことのない名前ばかりであったようだ。

帰宅すると、八潮市立八條公民館・図書館の北澤祐子さんから煎餅と手紙が届けられていた。昨年に八潮市内の団地を案内していただき、団地をテーマとする講演会を依頼されていたが、諸々の事情によって不可能になったことの報告とおわびが綴られていた。残念ではあるがやむを得ない。

七月九日（水）

午後四時半、朝日新聞社の別館でオピニオン編集部のFさんに会う。一時間半ほど取材を受けてから、書評委員会の会議室へと向かう。内澤旬子、諸富徹、三浦しをん、保阪正康、杉田敦、水野和夫、本郷和人、佐倉統《おさむ》、いとうせいこう、萱野稔人、荻上チキ各氏らが出席。京大教授の諸富さんはいつも京都から来られるので大変だなと話していたら、内澤さんは小豆島に転居されたと聞いて仰天する。こういう人材が書評委員会のメンバーとなっていることに感謝したくなる。

七月十日（木）

台風が近づいているというので、近くのクリーニング店に出掛けた以外、外出を控える。講談社のYさんから解説を依頼された梅棹忠夫「日本探検」を読む。一九六〇年から六一年にかけて『中央公論』に連載された紀行文。福山の元藩校である福山誠之館《せいしかん》高校、宗教法人である綾部と亀岡の大本、根釧《こんせん》台地のパイロットファーム、大分のサル生息地である高崎山、名神高速道路などを訪れている。

いかにも京都人らしい角のとれた文体。この文体は井上章一に通じるものがある。どちらも理系出身である。私自身が高校時代は理系だったせいもあるが、こういう文体は典型的な文系の文体よりも性にあっている。

七月十一日（金）

明け方に台風が関東地方を通過したようだが、そういう感じは全くなかった。急に気温が上がり、三十度を超える。七月にしては涼しい日が続いていたので、日差しの強さに夏の到来を痛感させられる。

大学出講日。自宅に『知の訓練　日本にとって政治とは何か』（新潮新書、二〇一四年）の見本刷が十冊届く。帯に「現代史」の授業で撮影された写真が用いられていた。定価は七百九十九円で、初版は一万二千部と決まる。

まだ喉がおかしい。気管支炎だと思うが、なかなか直らない。講義で大きな声を張り上げ、チョークを使って板書をし続ける間は完治しないだろう。あと一週間の辛抱である。思うにこれもまた労災の一種ではなかろうか。坂本龍一が咽頭ガンになったと聞いて、ひとごとではないと感じる。

七月十二日（土）

イスラエルがパレスチナ自治政府のあるガザを空爆して民間人の死者が多く出ていることに対して、ロンドンで抗議活動が高まっている。TBSのニュースでその模様が映し出されたが、日本料理店の「wagamama」の看板も見えた。昨年六月にケンブリッジで入ったのと同じ店だ。

イスラエルには二〇〇七年五月に一度行ったことがある。ヘブライ大学のシロニー教授の招きで、天皇制に関するシンポジウムに呼ばれたのだ。東大の島薗進さん、デリー大学のブリッジ・タンカさんと一緒に、パレスチナ自治区のベツレヘムにも行った。あのときは一応平穏であった。日本人観光客の姿はほとんどなかったが、韓国人が多いのにびっくりした。それはおそらく、全国民に占めるキリスト教徒の割合に忠実に比例しているからだろう。イスラム教徒はおろかキリスト教徒の割合も極端に低い日本にとって、イスラエルやパレスチナは距離的にも精神的にも遠い世界である。

七月十三日（日）

大阪商業大学の片野真佐子さんから送っていただいた『柏木義円《ぎえん》史料集』（行路社、二〇一四年）を読む。柏木義円は天皇制批判で知られるキリスト教思想家。五男の寛吾が一九二六年十二月の大正天皇死去直前に書いた「聖上陛下の噂さ《ママ》」が興味をひく。「帝大へ行幸のとき勅語を巻いてそれを遠眼鏡のつもりで覗いて見たといふ。同じことが衆議院の開院式のときにも行われたといふ。

女官を見ると追ひ回すといふ。梅毒第三期から来る精神病患者だといふ。肺が半分ないと云ふ」。寛吾が住んでいた札幌でこうした噂が出回っていたことを初めて知る。大変に貴重な史料だと思う。

午後十一時より、NHKで始まった韓国ドラマ「太陽を抱く月」を見る。朝鮮王朝をモデルとはしているが架空の王が出てきたりして、あまり面白い感じがしない。トンイと同じ子役が出てきたのも興ざめであった。

七月十四日（月）

講談社学術文庫から刊行される梅棹忠夫『日本探検』の解説を書き始める。

午後六時過ぎ、神田の三省堂本店へ。加藤典洋さんの『人類が永遠に続くのではないとしたら』（新潮社、二〇一四年）刊行を記念して加藤さんと高橋源一郎さんのトークショーが開かれるというので行ってみた。百名収容の特設会場はほぼ満員だった。読売新聞の尾崎真理子さん、元新潮社の編集者で現在は作家として活躍している松家仁之《まさし》さんの姿も見えた。一時間のトークのはずが一時間半に延びる。

加藤さんは例によってスロースターターで、はじめは何が言いたいのかよくわからなかったが、段々と熱を帯び、話が佳境に入ったところで持ち時間が一杯になってしまった感じ。終了後に隣に座っていた女性から、「関川夏央の妻です。『みすず』の日記を読んでおります」と挨拶されてびっくりする。その後、控室に移り、新潮社のYさん、MAさん、MOさん、Sさんに挨拶する。いずれも初対面。

九時に山の上ホテルに移動して、加藤さんや高橋さん、新潮社の方々と遅めの夕食。加藤さんは酒を飲んでいよいよ饒舌になる。空腹に耐え兼ねていた私は出てきたものをひたすら食べる。十時過ぎに中座し、神保町から急行長津田ゆきに乗って帰る。この時間帯は、二本に一本が急行のせいか、悠々と座れる。ひところに比べて随分と楽になった。

七月十五日（火）

大学出講日。火曜日担当の「現代史」最後の授業を行う。学生の態度がよくなったと思ったのは幻想だったようだ。教室に入っても私語を一向にやめない学生に対して、声を荒げて注意する。次に期末試験について説明したが、その最中に教室を出てゆく学生がいた。戻ってきたのでなぜ退出したのかと聞いたところ、教室が冷房の効きすぎで寒かったからだという。それなら直接こちらに言うように告げるが、当の学生は顔を見ようともしない。さすがに頭に来て、話をするときには相手の顔を見るのが礼儀だとまた声を荒げてしまう。冷房を切ると、今度は別の学生が「暑いです」というので、また入れる。そもそも自分の大学時代には、教室にエアコンがなかった。大変な時代になったものである。

七月十六日（水）

午後二時、白金校舎本館の国際学部共同研究室で、一年間のUCLA留学から帰国したばかりの四年のゼミ生、田中真穂さんに会う。すでに就職先も決まったとのことだが、九月からのゼミと授業にも参加したいという。本学でもめったに出会わないしっかりした学生。こういう学生がちゃんといる以上、明学も捨てたものではないと思う。

午後三時半から図書委員会。四時過ぎに終わる。白金高輪から地下鉄に乗り、神保町に移動する。カフェ「古瀬戸」でテレビ朝日のIさんと五時に会うつもりが、Iさんの都合で三十分遅くなる。「昭和天皇実録」の奉呈と公開の日程をめぐって情報提供をしていただく。

今日あたりから、紀伊國屋や三省堂など主要書店では前掲『知の訓練』が並び始めたようだ。

七月十七日（木）

集英社文庫編集部のAさんから、川本三郎『小説を、映画を、鉄道が走る』（集英社、二〇一一年）の解説を依頼されるが、「昭和天皇実録」の公開を控えているので、泣く泣くお断りする。続いて河出書房新社からも、『文藝』別冊で神谷美恵子を特集するということで原稿を依頼されるが、これも断る。エネルギーが落ちている時期なので仕事を絞らざるを得ない。

七月十八日（金）

マレーシア航空の旅客機がウクライナ東部で撃墜されるという衝撃的なニュースが飛び込んでくる。軍用機と誤って撃墜された可能性が大きい。

講談社のYさんから依頼された梅棹忠夫『日本探検』の解説を脱稿する。四百字詰めで二十枚弱。この機会に梅棹の文章を集中的に読めたのはありがたかった。

大学出講日。火曜日同様、「現代史」の授業を行う。これでようやく、春学期の授業がすべて終わった。だが現代史といいながら、大学紛争や三島事件のあたりまでしか進まなかった。一般の大学生にもわかるような、現代史を解説する新書もまた必要かもしれないと思った。

七月十九日（土）

放送大学から依頼されている教科書『日本政治思想』の構想を練り始める。参考に松沢弘陽《ひろあき》さんの『日本政治思想』（放送大学教育振興会、一九八九年）と米原謙さんの『日本政治思想』（ミネルヴァ書房、二〇〇七年）を見ているが、この両著作とは全く違ったものになるという予感だけははっきりしている。その違いを強調するためには、序論に相当する章を二回に分ける必要があるかもしれない。

午後十一時から、NHKEテレで丸山眞男の特集番組を見る。大学院時代の指導教官、平石直昭さんや飯田泰三さんなど、最近お会いしていない先生方が出てきた。九十一歳の石田雄《たけし》さんのお元気そうな姿に安心する。東大闘争当時の丸山の姿勢をめぐる三谷太一郎さんの「沈黙」と折原浩さんの「饒舌」の対比も興味深かった。しかし何よりびっくりしたのは、長男で元日大全共闘の丸山彰さんが、テレビの前で父親に対する愛憎相半ばする感情を率直に語っていたことだった。全共闘運動にのめりこんでいたころは、父親から出て行けと言われたこともあったという。丸山が体調を崩した背景には、この親子の確執もあったのではないかと思った。

七月二十日（日）

午後三時、神保町で書店めぐり。地下鉄の入口で東大の中村尚史さんにばったり会う。社会科学研究所の助手時代の同僚で鉄道史の専門家である。

午後四時、新宿の紀伊國屋を経由して西口の小田急百貨店内の三省堂に行こうとしてエレベーターを待っていたら、今度は毎日新聞文化部のOさんに会う。いろいろと知人に遭遇することの多い日だ。

五時半から初台の「蘭蘭酒家」で義母や義兄、義姉、義妹、義弟らとともに会食。高校二年の甥がやたらと鉄道に詳しくなっていて驚く。会食中に何度も空が光り、雷が鳴る。タクシーで三軒茶屋に出て田園都市線に乗ろうとすると、大雨でダイヤが乱れていた。沿線の雨量が規制値を超えたとかで、青葉台までずっとノロノロ運転だった。

七月二十一日（月）

紀伊國屋の最新のデータが発表された。前掲『知の訓練』の先週の売れ行きは、新宿本店で七位、梅田本店で六位（いずれも新書部門）だという。どうやらこの両店だけで突出して売れているようだが、正直言って大阪でこれほど売れるとは思わなかった。梅田本店は阪急の梅田ターミナルに隣接しているから、関西大、関西学院大、阪大、神戸女学院大、神戸大など阪急沿線の大学生が買ってくださったのだろうか。ありがたいことである。専門的な本を出すのが研究の一環だとすれば、大学の授業を本にして公表することは、教育の一環として位置付けることもできるだろう。もっともこんな本は、東大教授や京大教授からはあまりに初歩的な内容と受け取られるだろうが[3]。

『群像』出版部のHさんから『皇后考』の初校ゲラが送られてくる。連載していた文章が全部通して収録されていて、六百十七ページある。加筆すれば六百五十ページぐらいにはなるだろう。これまで書いた本のなかで最も浩瀚な一冊になることは間違いない。この加筆作業もまた夏休みの課題の一つである。うずたかく積まれたゲラの紙を前にしてため息をつく。

七月二十二日（火）

朝日新聞に出稿する前掲『1969　新宿西口地下広場』の原稿を書く。四百字。

午後四時、神保町のカフェ「Ｆｏｌｉｏ」で、『群像』出版部のHさんに会う。『皇后考』刊行までのおおよそのスケジュールについて話し合う。三省堂本店に立ち寄ってみると、『知の訓練』は一階の新刊コーナーと二階の新書コーナーに平積みされていたが、全く売れている気配がない。売れている店と売れていない店の差が激しいようだ。

午後六時半、神楽坂のMという居酒屋で半藤一利、保阪正康、船橋洋一の各氏らや日経のIさんらに会う。「昭和天皇実録」などの情報を交換しあう。

七月二十三日（水）

一昨日送られてきた『皇后考』のゲラに加筆する作業を始める。短い文章は直接赤字で書き入れ、長い文章は別に印刷した紙を挿入してゆく。

午後四時半、朝日新聞社で夕刊企画班のFさんに会う。八月十五日の紙面に掲載される予定の皇居前広場に関する取材を受ける。六時に終了し、書評委員会の会議室に移動する。本をチェックし、食事を済ませて七時から会議。出席者は少なく、柄谷行人、保阪正康、いとうせいこう、荻上チキ、吉岡桂子の各氏だけ。荻上さんが中座したのでさらに少なくなる。八時過ぎに終了して二階の「アラスカ」に移動。いとうさんや吉岡さんも中座したので、最後には朝日の関係者を除くと柄谷さんと私だけになる。柄谷さんから突然、拙著『直訴と王権』の話題が持ち出されてびっくりする。いまは絶版になっているこの本を読んでおられたことを知って感激する。柄谷さんは、韓国の王朝ドラマを全部見ているそうだ。

七月二十四日（木）

午後零時四十五分、青葉台駅で角川書店のGさん、Kさんと待ち合わせ、タクシーで町田市三輪町の旧田中短期大学に向かう。この短大はすでに閉鎖されているが、学校法人田中千代学園自体は渋谷にあり、三輪町の校舎もまだ法人が所有していて、校舎もそっくり残っている。ふだんは無人だが、時々点検のために法人の関係者が滞在する。その滞在時間に合わせて、校内を見せていただくことにした。

三方を丘陵地に囲まれ、奥に行くほど湿気が増すが、校舎のなかは意外と涼しく、教室によっては天然のクーラーが効いているようだった。三時過ぎまで見学し、タクシーで柿生に出て小田急線で下北沢へ。駅前のカフェバーでGさん、Kさんと短大の感想につき話し合う。

下北沢で別れて井の頭線で吉祥寺へ。終点に着いた午後六時過ぎになって激しい雷雨となる。六時半、焼肉店「李朝園」で新潮社のKさん、Nさん、Tさん、Eさんらと『知の訓練』出版の打ち上げ。タイミングよくこの日に重版も決まる。二千部。雷鳴がとどろき、窓が雷で光るなか、次々に運ばれる焼肉や冷麺をむさぼるように食べる。例によって味は言うことなし。九時を過ぎて外に出て見ると、雨は上がっていた。ダイヤの乱れもなく、十一時前に帰宅する。

七月二十五日（金）

東京で初めての猛暑日となる。午前中は『皇后考』のゲラの加筆を進める。午後三時、渋谷のカフェ「キーフェル」で、鉄道居酒屋で働いていたYさんに会う。鉄道女子である。『知の訓練』を手渡す。

熱帯夜で眠れず、エアコンの温度を二十八度に設定し、タイマーを二時間にセットしてようやく眠りにつく。

七月二十六日（土）

兵庫県に住んでいる妹の誕生日。信じがたいがもう四十九歳になる。東京新聞の「東京どんぶらこ」に、私が書いた「府中」が掲載される。

午後十一時より、NHKEテレで司馬遼太郎の特集番組を見る。日露戦争以降に日本がダメになったとする司馬に対して、京大教授の上田正昭は江華島事件のときから韓国併合の萌芽があったと反論したこと、しかしその司馬も生涯の友人となる姜在彦《カンジェオン》を通して朝鮮に対する理解を深めたこと、韓国併合を日本史上の一大汚点ととらえ、侵略の歴史を日本人は決して忘れてはならないと力説したことなど、総じて産経的な史観とは対極の考え方を司馬がもっていたことが強調されていた。これは現在の安倍政権や、安倍政権を支える財界のなかに司馬の愛読者が多いことを強く意識し、彼らが想定する司馬とは異なる像を描き出そうとしたからではなかったか。先週の丸山に続いて見ごたえのある内容だった。

七月二十七日（日）

午後二時、神保町のカフェ「古瀬戸」で文藝春秋のTさんに会う。アイスコーヒーを飲みながら談笑していると、どこかで見たことのある男性が近づいてきた。東大の社会科学研究所時代の同僚で、法学者の森田修さんだった。現在は東大法学部の教授である。いまなお年賀状のやりとりを交わしている数少ない一人だが、再会したのはおそらく十六年ぶりぐらいだろう。前にお会いしたときには、全く分野が違うにもかかわらず、出たばかりの『「民都」大阪対「帝都」東京』を褒めてくださった。それがどれほど励みになったか。ご本人は忘れているかもしれないが、私は決して忘れはしないだろう。

Tさんとは、『文藝春秋』二〇一〇年4月号に書いた清張生誕百年特別企画「『昭和史発掘』を再発掘する」という文章を敷衍し、新たな昭和史の見方を提示するような新書の構想について、いろいろと話し合う。その途中にまた雷鳴がとどろく。今月はやたらと雷雨に見舞われるが、四時過ぎに話を終えて外に出ると、きれいに上がっていた。

七月二十八日（月）

午前中は『皇后考』のゲラの加筆作業。午後四時、昨日と同じ神保町のカフェ「古瀬戸」で毎日新聞社会部のKさんに会う。「昭和天皇実録」の件。帰りの車内で文春のTさんからメール。文藝ライブラリーから出す予定の『皇居前広場』の刊行をやはり十月にしたいとのこと。大歓迎である。帰宅後、『本の雑誌』編集部から依頼された「私のベスト日記3冊」の原稿を書き上げる。五百七十字。

七月二十九日（火）

現代史の期末試験を行うため、午前中から大学に行く。まずは用意してきた問題用紙を二百八十枚分コピーする。短答式の問題を中心に四十二問つくった。全問正解すると百五十点ぐらいになるようにしたのは、一年生全員がとらなければならない必修科目なので、あまり多く落第させないように言われているからだ。最も広い教室で午後一時二十五分から一時間試験を行う。ノートとすべての拙著を持ち込み可とした。欠席者はほとんどいなかった。続いてほかの試験の補助監督を二コマ分やらされたので、大学を出たのは六時近くになっていた。急いで車に乗って帰宅する。

夕食もそこそこに採点にとりかかる。さすがに二百七十枚もの答案用紙を前にするとため息が出るが、とにかくできるところまでやらねばなるまい。そう思ってとりかかった矢先に『週刊現代』編集部から取材の電話が入る。用件もろくに聞かないうちから「採点業務で忙しいんです」と言って断る。電話のタイミングが悪すぎるではないか。

数枚採点しただけで満点が続出する。学生の力を見くびっていたと反省させられる。こんな大甘の試験をしたのは、大学教員になって初めてだ。皆ちゃんと授業に出てノートをとっていたのだろう。それにしても、採点というのはおそろしく単調な作業である。五十枚ほどやったところで心身ともに限界が来る。午前零時を過ぎたところで寝る。熱帯夜にはならず、湿度も低いので快適である。

七月三十日（水）

朝六時過ぎに起きて昨夜の採点の続きをやる。九時に外出。東急田園都市線とJR山手線を乗り継ぎ、目黒へ。目黒からは都営バスで勤務校の白金校舎に行く。午前十時半から午後一時半にかけて入試関連の会議。終了後、図書館の一角に移動し、採点作業を再開する。六時にようやく終了する。午後七時から池袋の西武別館で赤坂真理さんと内田樹さんのトークショーがあり、家人とともに聞きに行くつもりだったが、家人は横浜で仕事が長引いている上、私も採点でヘトヘトになってしまったので、担当の講談社のKさんにおわびのメールを入れ、泣く泣く欠席させていただくことにする。帰宅後、採点簿にすべての点数を入れてゆく。

七月三十一日（木）

午前中は入試の業務をこなす。機密事項につき具体的なことは書けない。昼はそうめんをつくる。この時期の昼食はたいていそうめんかもりそばである。必ず自分でつくる。家人は昼食をとらないからだ。

午後にまた白金校舎に行く。昨日記入し終わった採点簿をさっそく教務課に提出する。ついでに図書館の書庫に入り、来月の文春本社での講義に備えて六八年の新宿騒乱事件関係の史料、具体的には『中央公論』と『朝日ジャーナル』の関係箇所をコピーしておく。

五時から神保町のカフェ「古瀬戸」で、読売新聞社のIさんに会う。「昭和天皇実録」の件。読売の社論に従うつもりは毛頭ないが、それでもよいかとクギを刺す。いずれにせよ来月は「実録」の天皇への奉呈をきっかけとして、今年最大の山場を迎えることになるのは間違いない。

（1）　正確にいえば国際標準軌は一四三五ミリだから、それより狭いJRの在来線などの一〇六七ミリもすべてナローゲージに入ることになる。

（2）　太くてやわらかい麺に真っ黒な醬油ダレをつけた、伊勢名物のうどんのこと。

（3）　『知の訓練』は、東大や京大などの教授や准教授にはいっさい謹呈しなかった。「こんなに程度の低い授業をやっているのか」と思われるのが怖かったからだ。

八月一日（金）

午前中は『みすず』の七月分日記を仕上げて郵送したり、講談社のPR誌『本』に連載している「鉄道ひとつばなし」の原稿「梅棹忠夫の道路論」を書いたりした。昼食を済ませ、午後一時過ぎに家人と外出。新横浜を一時四十五分に出る「こだま659号」に乗る。三島で下車して伊豆箱根鉄道に乗り換え、伊豆長岡で下車。事前に電話しておいたので、車が迎えに来ていた。三時過ぎに古奈温泉の旅館「三養荘」に着く。なんと二時間で着いてしまった。自宅からだと新横浜にも町田にも横浜線ですぐに行けるので、箱根や伊豆は埼玉や千葉よりも近く感じる。

「三養荘」を訪れたのは、皇太后節子《さだこ》（貞明皇后）が一九四七年八月から十月にかけて滞在していた客室を見学したかったからだ。その客室は、「松風／小督」と呼ばれる二部屋続きになっており、現存していた。隣には、一九五七年に宿泊した昭和天皇と香淳皇后のためにわざわざ建てられた「みゆき」と呼ばれる客室があった。これらはいずれも本館に属している。現天皇と現皇后が滞在したのは新館で、「初音」という客室であった。その隣の「野分」という客室に通される。内風呂つきで、窓からは本館や庭園が見える。

とにかく庭園が広い。俗世を離れたような静けさで、皇太后がこの旅館を気に入ったのもうなずける。旅装を解き、さっそく大浴場へ。アルカリ性単純泉で加水、加温してある。あまり温泉という感じはしない。六時半から夕食。値段に合わせた質素なものだが随所に目配りが効いている。九時にまた風呂に入り、九時半からオイルマッサージをしてもらう。肩凝りが手から来ていると言われる。十時二十分に終了。遠くで雷鳴が聞こえる。部屋に戻ってすぐに寝る。

八月二日（土）

七時に起きて内風呂に入り、八時に朝食。九時から旅館が主催する庭園内ツアーに参加する。宿泊客二十名ほどが参加。みな庶民的な雰囲気。従業員の案内にしたがって進んでゆくと、「松風／小督」も「みゆき」もよく見えた。広い庭園を最もよく一望できた客室が「松風／小督」であるのがよくわかる。皇太后は、毎日湯に浸かっていたという。空襲で本邸を焼かれた沼津御用邸よりも、この三養荘のほうが現実を忘れられると考えていたのかもしれない。

十時にチェックアウトし、往路と同じルートをたどって正午過ぎに帰宅する。伊豆よりも暑く感じる。夕方から祭り囃子や太鼓の音が聞こえてくる。近くの公園で恒例の夏祭りが今日、明日と二日続けて行われるためだ。

八月三日（日）

高知県や徳島県で記録的な大雨が降ったが、首都圏は連日の猛暑で雨が降らないので、庭に水を撒き、雑草を刈り取る。文藝春秋本社で講義する「１９６８年と三島由紀夫」に関するレジュメを書き始める。

八月四日（月）

午前十時、免許証の更新のため、車で青葉警察署に行く。無事故無違反の優良ドライバーなので、書類を作成して三十分の講習を受けるだけであった。ただし新しい免許証を受け取るのは後日となるため、千円払って書留で郵送してもらうことにする。帰宅後、ざるそばを作って食べてから昨日のレジュメの続きを書く。午後三時過ぎ、東京新聞社会部から電話。またもや「昭和天皇実録」の件。時事通信からも同じ趣旨のメールが来ていた。

八月五日（火）

NHKラジオより、十一月四日午後に三陸鉄道の盛駅から中継で三陸鉄道の特別番組を放送するのでゲストとして出演するよう依頼が来たが、現地に行かなければならない都合上、三日、四日と二日間拘束されるという。諸事情を勘案し、残念ではあるが断ることにする。

八月六日（水）

日経のIさんより、「昭和天皇実録」の奉呈日が二十一日の午後二時に決まったというメールが来る。また平石直昭さんより、韓国の学者三十人が、安倍政権の集団的自衛権行使容認の決定に反対して公表した声明の日本語訳が送られてくる。先月の平石・松沢声明が言及されていた。

午後三時半、神保町のカフェ「古瀬戸」でみすず書房の守田省吾さんに会う。連載しているこの日記の単行本化に向けての打ち合わせを行う。

六時前に朝日新聞社へ。七時より書評委員会。いとうせいこう、荻上チキ、杉田敦、本郷和人、佐倉統《おさむ》、水《み》無田《なした》気流、保阪正康、吉岡桂子、水野和夫、萱野稔人各氏らが出席。あいにく積極的に書評したいと思う本が見つからず、私の出稿予定はないのだが、他の委員は結構出稿するようだ。当面は紙面が埋まらないこともあるまい。

八月七日（木）

午後五時、渋谷エクセルホテル東急内の「エスタシオンカフェ」で、BSフジのディレクターのAさん、Nさんと新潮社のKさんに会う。十二日の「プライムニュース」で神道をテーマにするに当たり、出演の依頼を受ける。長時間のテレビ出演は好きではないが、前掲『知の訓練』の宣伝をしてもらえるというのでやむなく受諾する。もう一人の出演者は日本宗教学会会長で國學院大学教授の井上順孝《のぶたか》さんに決まる。

午後六時過ぎに渋谷駅前の「フルーツパーラー西村」

に移動して講談社のＫさんとＵさんに会う。十月に現代新書から刊行予定の鉄道本のタイトルをめぐる打ち合わせ。道玄坂小路の台湾料理店「麗郷」に移り、好物の豆苗の炒めや水餃子、五目焼きそばなどを食べつつ話を続ける。

八月八日（金）

東京新聞に連載している「東京どんぶらこ」の原稿「村山団地」を一気に書く。

午前十一時、時事通信社会部のＳさん、午後二時、朝日新聞社会部のＮさんから相次いで電話。いずれも「昭和天皇実録」の件。天皇に奉呈される二十一日のうちに各社にデータが配布されることになったという。

午後五時、岩波書店に行く。ＩさんとＨさんに会う。戦後史企画の件につき意見を交わす。「昭和天皇実録」をもとにした新書の話題も出る。

八月九日（土）

羽田午後二時五分発のスカイマークで新千歳に飛ぶ。新千歳空港からは快速エアポートに乗って札幌に移動する。乗車時間は三十六分だが、この間のＪＲ千歳線の、英国にも似た車窓が好きである。札幌駅ではＨＢＣ北海道放送の小林太一くんが待っていてくれた。小林くんは元ゼミ生で、北大大学院に進学し、現在はＨＢＣの記者をしている。地下鉄を乗り継いで琴似《ことに》へ。琴似には知る人ぞ知る地元の名書店、くすみ書房のカフェがあり、定期的にイベントが開かれている。このイベントに招かれたというわけだ。

六時半から八時前まで、主に前掲『知の訓練』の最終章「女性と政治」をテーマに話した。三十人ほどが出席。質疑応答のあとサイン会。終了後、関係者とタクシーで札幌駅前に移動し、地下街の寿司屋で遅めの夕食。あわび、サーモン、うに、ぼたん海老、花咲ガニなど、どれをとっても申し分なしの味であった。講演料がない代わりに御馳走していただいた。北大病院前にあるクラークホテルに泊まる。

八月十日（日）

午前八時、ホテルを出る。湿度が低くて気持ちがよい。札幌駅のホームでは、本州や九州で姿を消した国鉄時代の急行電車の車両が旭川ゆきの普通列車として使われているのを見た。711系と呼ばれる小豆色の車両である。高校一年のとき、北海道の国鉄全線に乗ったが、あのときには札幌と旭川を結ぶ急行「かむい」がこの車両だった。快速エアポートで新千歳空港に行き、売店で朝日新聞を購入する。私が書いた前掲『1969　新宿西口地下広場』の書評が出ていた。

心配していた台風は四国から近畿地方を北上したため、新千歳から羽田に戻る便に影響はなかった。昼過ぎに羽田に戻り、三時に帰宅する。講談社より、『〈出雲〉という思想』17刷を伝える封書が届いていた。

八月十一日（月）

家人の誕生日。午後に白金の勤務校に行く。図書館と入試センターに立ち寄る。

八月十二日（火）

午後六時にタクシーが来る。港北インターから第三京浜に入り、首都高の横羽線を経由して七時にフジテレビに着く。控室で國學院大学の井上順孝さん、「プライムニュース」キャスターの反町《そりまち》 理《おさむ》さんと島田彩夏さんに会う。八時からオンエアー。テーマは神道で、番組側としては時節柄靖国神社に時間を割きたかったようだが、そこに至るまでの神道の歴史について解説しているうちに半分以上の時間が経過してしまった。井上さんは國學院の神道文化学部の教授という立場上、靖国問題についてはあまり歯切れがよくなかった。十時前に終了。前掲『知の訓練』のPRも兼ねていたので、新潮社のKさんも番組を傍聴した。終了後にKさんからは、「ヒヤヒヤしましたよ」と声をかけられる。話題が天皇に触れたからだろう。例によって敬語や敬称は使わなかった。控室で関係者と軽く雑談し、十時過ぎにタクシーに乗る。復路と往路とは異なり、首都高の3号線と東名を経由して十一時過ぎに帰宅し、家人が用意してくれたカレーライスを食べる。長い一日であった。

八月十三日（水）

午後二時半、小田急小田原線玉川学園前駅改札で玉川大学出版部の玉居子《たまいこ》精宏《あきひろ》さんに会う。歩いてキャンパス内の旧小原《おばら》國芳邸に移動。駅前がすぐ大学の構内で、線路沿いに丘陵地を上ってゆく感じが昨年十二月に訪れた香港中文大学によく似ている。小原國芳は玉川学園の創設者。月刊誌『全人』に掲載されるインタビューを受ける。テーマは玉川学園と小田急の関係や学園都市について。五時に終了。TBSラジオから電話があり、明日の深夜に放送される荻上チキさんの番組で靖国神社を特集するということで出演を依頼されるが、明日は那須に行くので出られないと言って断る。

八月十四日（木）

午前九時二分、渋谷から湘南新宿ラインの宇都宮ゆき快速に乗る。グリーン車に乗ったが、帰省シーズンのせいかほぼ満席であった。新宿や大宮で多少の乗り降りがあるものの、大多数の客は宇都宮まで乗っていた。

宇都宮で文藝春秋のTさんと合流し、那須塩原まで普通電車。正午前に到着し、駅前の平成食堂で天ざるそばを食べる。店内には那須御用邸を訪れたさいの天皇、皇后や皇太子一家の写真が所狭しと張られていた。那須塩原では文春のHさんや詩人の暁方《あけがた》ミセイさんとも合流し、バスで那須湯本へ。途中、帰省の渋滞に巻き込まれる。天気予報では午後から雨と言っていたが、結局全く降らず、薄日すら射していた。那須塩原から一時間以上かかって湯本に着く。

すぐにタクシーを手配して那須平成の森へ。ここはもともと那須御用邸の一部だったが、二〇〇八年に一般開放された。標高が千メートル前後もある割には湿度があって蒸す。歩きだすと汗が噴き出してくる。昭和天皇も御用邸滞在中にこのあたりまで来たことがあるはずだと思いながら、大きな石のころがった砂利道を歩いて行く。途中の見晴らし台で駒止の滝[1]を見学し、北温泉[2]まで行くとプールのような混浴露天風呂があり、何人かの男性がタオル片手に浸かっていた。まるで地獄谷[3]のニホンザルのように見える。

道を戻り、事務所でタクシーを呼んで黒磯まで行く。渋滞を避けて抜け道を経由したので、四十分ほどで着いた。黒磯から宇都宮に東北本線で移動し、駅前で餃子をたらふく食べる。しそ餃子、海老餃子など、さまざまな種類の餃子を食べたが、総じて味のレベルは思ったほどでなく、これなら飯田橋の「おけ以」のほうがうまいと感じた。

宇都宮からは東北新幹線に乗る。やはり新幹線は速い。東京まで一時間もかからない。実は十一月にもう一回宇都宮を訪れることになっている。この町には富山市と同様、LRT（次世代型路面電車システム）を導入する構想があるのだが、どうなっただろうか。

八月十五日（金）

十月に出す講談社現代新書のタイトルが『思索の源泉としての鉄道』に決まる。これまで出してきた『鉄道ひとつばなし』シリーズの第四弾に当たる。

午後三時、青葉台の「東急スクエア」内にあるカフェ「ANTONIO」で、月刊『文藝春秋』編集部のMさんとIさんに会う。間もなく内々に公表される「昭和天皇実録」の件。九月十日発売号で何らかの特集を組みたいという意向を示されるが、日程的に無理だし、宮内庁とマスコミ各社の間に結ばれた協定を破ることになるから協力は難しいと答える。

八月十六日（土）

午前中は『思索の源泉としての鉄道』の「序」と「あとがき」を一気に書く。

午後三時、神保町の岩波書店で、斎藤美奈子さん、與《よ》那《な》覇《は》潤さん、編集部のIさんに会う。戦後史企画の件。諸々の事情により、先延ばしすることで同意する。一番の理由は三人がいずれも忙しすぎることにある。ほかにもいろいろとやるべき仕事があるので、再開は難しいかもしれない。

八月十七日（日）

午前中は自宅で放送大学テキストの第一章の原稿を途中まで書く。いまから書き始めないと、再来年三月までに三百七十五枚は書き上げられないと見積もっての行動である。第一章と第二章は日本政治思想史の方法論についてじっくりと述べてみたいと考えている。午後は久々に『皇后考』のゲラに手を入れる。暑いので青葉台駅前の「東急スクエア」四階のブックファースト内にあるカフェに移動して校正の作業を続ける。

八月十八日（月）

庭の雑草を刈り取ってから外出。午後三時、文藝春秋本社で「１９６８年と三島由紀夫」と題して一時間半ほど話す。前掲『「昭和史発掘」を再発掘する』の番外編。いずれ新書にする計画がある。聴いていたのは、新書編集部のＴさんやＳさん、Ｈさんら十人ほど。レジュメはＡ３で三枚用意した。終了後、Ｔさんと近くの紀尾井町ビルに入っている寿司屋に移動して続きを話す。

八月十九日（火）

午後三時半、渋谷駅前からタクシーに乗り、六本木のテレビ朝日へ。四時、報道部のＩさん、Ｍさん、Ｋさんに会う。二十一日に天皇に奉呈される「昭和天皇実録」の見所について、Ｉさんを相手に話す。報道解禁は午後三時だそうで、夕方のニュースか「報道ステーション」で用いるという。

八月二十日（水）

広島市郊外で集中豪雨があり、大規模な土石流が発生して三十人を超える死者が出る。鉄道でいえば広島と可部を結ぶＪＲ可部線の沿線に当たる。

午前中は『皇后考』のゲラの加筆修正作業。午後、朝日新聞社とＴＢＳから相次ぎ電話。いずれも「昭和天皇実録」の件。夕方には毎日新聞社のＫさんから電話があり、二十二日朝刊に掲載される「昭和天皇実録」の注目点に関する談話原稿のチェックを行う。

八月二十一日（木）

午後二時、神保町のカフェ「古瀬戸」で、『群像』出版部のＨさんに会う。『皇后考』のゲラを渡す。刊行は来年一月の予定なので、まだ余裕がある。

夕方のニュースでは、今日天皇に奉呈された「昭和天皇実録」について報道していた。テレ朝のニュースに一昨日の録画が少しだけ出たが、ＮＨＫは日大の古川隆久さんを起用していた。ただ広島の土砂災害に多くの時間を割いていたので大きな扱いではなかった。同じテレ朝の「報道ステーション」は全く取り上げていなかった。

午後十時、朝日新聞社のＮさんから電話。「昭和天皇実録」につき現時点で何を期待しているかを話す。

八月二十二日（金）

朝日新聞と毎日新聞に「昭和天皇実録」に関する私の

コメントが出ていた。午前八時過ぎ、青葉台駅から各停の押上ゆきに乗る。各停は途中、藤が丘、江田、梶が谷で抜かれる代わりに座れる。都内某所に十時前に着く。部屋に入ると、「昭和天皇実録」を印刷した束がすでに積まれている。六十冊を超えるコピーの分量に圧倒される。

まずは一九四二（昭和十七）年十二月十二日の伊勢神宮参拝のさいに読み上げられた御告文の文章を見る。この文章は初めて公表されたものだ。前掲『昭和天皇独白録』では戦勝よりはむしろ平和回復を祈ったと昭和天皇自身は回想していたが、あくまでも戦勝を前提とした平和回復であることがわかる。それを確認したうえで四二年元日から読んでゆく。

天皇はやたらと映画を見ている。占領したグアムからもたらされた米国のカラー映画まで見ている。それも普通の映画ではなく、漫画映画を見ている日もある。バラバラに暮らしていた子供たちと一緒に見る場合もあれば、弟夫婦たちと一緒に見る場合もある。映画が家族団欒のための手段になっている。

夏は新造されたプールで皇后と水泳をしている。実際にはミッドウェー海戦を機に戦況はどんどん悪化するのに、少なくとも四三年までの宮中では、危機感があまり感じられない。

さしあたり、四五年まで読むことにする。日々の動静が淡々と綴られるだけで、天皇自身の文章はもとより、天皇の内面をうかがわせる具体的な記述もない。出典は木戸幸一、徳川義寛、入江相政、小倉庫次《くらじ》、城英一郎、高松宮などすでに知られた側近や皇族の日記のほか、百《ひゃく》武《たけ》三郎、筧素彦《かけいもとひこ》、永積寅彦など未公表の日記も使っている。侍従や女官など側近の未公表の日誌類も典拠に挙げられている。このあたりに新発見のタネがころがっているかもしれないと思うと、気を抜くわけにはいかない。

四四年の細川護貞の日記は使われていない。高松宮日記は典拠としては挙がっているものの、引用の仕方が十分でない。そのせいか、高松宮との確執についてはあまり触れられていない。『木戸幸一日記』からは恣意的な引用が目立つ。天皇が伊勢神宮と熱田神宮の神器確保にこだわったことや、神器の松代大本営への移転を考えていたことについても記述がなかった。

細かい字の羅列を追ってゆくのは疲れる。集中力もだんだんと落ちてくる。だが、四五年の「実録」を読み進むうちに、おやと思う記述にぶちあたった。四五年七月三十日と八月二日、天皇は十年ぶりに宇佐神宮と香椎宮に送られた勅使の掌典に、「敵国撃破」を祈らせている。八月一日に氷川神社の例大祭に合わせて送られた勅使の掌典にも同様に祈らせている。

　初めて知る驚愕の事実である。

　これは一体どういうことなのだろうか。原爆が落ちるまでは、天皇は依然として戦勝を祈願していたことになる。しかも宇佐神宮の主祭神は応神天皇、香椎宮の主祭神は神功皇后である[4]。けれども、四五年六月二十日に外相の東郷茂徳に戦争の早期終結を希望すると話し、六月二十二日の最高戦争指導懇談会でも同様の発言をした天皇が、こんなことを本気で祈願していたとは到底考えられない。

　ひょっとしてこれは、本土決戦を前提に軽井沢への疎開が決まった皇太后節子《さだこ》を意識したパフォーマンスだったのではないか。節子は三韓征伐を行ったとされる神功皇后に肩入れしていた。神功皇后は応神天皇を妊娠したまま対外戦争に勝ったわけだから、香椎宮と宇佐神宮で「敵国撃破」を祈らせたのは、天皇ではなく皇太后の意向だったようにも見えるのだ。

　しかしじっくり見ているとどんどん時間がたつ。四六年から四九年までを見ているだけで、もう午後七時を過ぎてしまった。夕食を済ませてからタクシーに乗る。いつものように首都高速3号線に入ると渋滞に巻き込まれる。三軒茶屋付近でようやく渋滞が終わり、速度を上げるべきところ、突然車の調子がおかしくなる。どんどん速度が落ち、ついに追い越し車線で停止してしまった。後続の車がぶつかりそうになる。高速道路上だから外に出ることもできない。あわや大事故になるやもしれぬと思うと気が気でなかったが、運転手の必死の操作で数分後何とか動き出した。

　これは昭和天皇からの「警告」だったのではないか。二年前に京都で節子の家系に当たる九条家の墓所に近づいたときも突然体調がおかしくなった。皇室を研究していると、時に不可思議な出来事に遭遇することがある。

八月二十三日（土）

暑くて明け方に目をさます。首都高速での一件やら

「昭和天皇実録」の文章やらがよみがえってきて、目が冴えてしまう。いろいろ考えを巡らせているうちに朝になる。

午前中は『思索の源泉としての鉄道』のゲラに手を入れる。午後に睡魔が襲ってきたので昼寝。それからクリーニング店に行き、青葉台ブックファースト内のカフェでゲラに手を入れる作業を続ける。

八月二十四日（日）

午前中は昨日のゲラに手を入れる作業を続ける。明日からまた「昭和天皇実録」を読み込む日々が続くので、午後はたまプラーザでマッサージをしてもらう。

八月二十五日（月）

午前十時、都内某所へ。前回読み終えたところから「実録」をまた読み始める。

ずっと読んでいて不思議に思うのは、敗戦後の天皇が、退位については全く考えていなかったというスタンスを一貫してとっていることである。そのために、二十二日も触れたように恣意的な史料の引用までしている。例えば前掲『木戸幸一日記』下巻の四五年八月二十九日条には「戦争責任者を連合国に引渡すは真に苦痛にして忍び難きところなるが、自分が一人引受けて退位でもして納める訳には行かないだらうか」という天皇の発言がある。ところが同日の「実録」は、「自らの退位により、戦争責任者の連合国への引渡しを取りやめることができるや否やにつき御下問になる」となっている。これだと日記の原文のように、天皇が責任を痛感するあまり退位を真剣に考えていたというニュアンスがまるで伝わってこない。

また侍従次長・木下道雄の四六年三月六日の日記でも、「退位した方が自分は楽になるであろう。今日の様な苦痛を味わわぬですむであろうが云々」と、やはり退位した場合の自らの境遇を想像するくだりがあるのに、同日の「実録」では「天皇は自らの御退位につき（中略）現状ではその御意志のない旨をお伝えになり」とあるだけで、退位という選択肢ははじめからなかったかのような書き方になっている。

このことに関連して気になったのは、「実録」の六八年四月二十四日に、天皇が侍従長の稲田周一に対して、占領期の退位問題について回顧した内容が掲載されていることである。ここで天皇は、退位は考えていなかったとし、その理由を述べている。この文章は理由も含めて検討すべき内容を含んでいるが、どうやら「実録」のスタンスは、この文章が収録されている「天皇退位論の推移」（『徳川義寛終戦日記』、朝日新聞社、一九九九年所収）に依拠しているようだ。

だが、これは前掲『昭和天皇独白録』と同様、あくまでも天皇の回想録であって、日記などの一次史料ではないことに注意しなければならない。「実録」は、このような回想録を使ってでも、天皇には戦争責任がないのだから退位などあり得なかったと言いたいのだろうか。天皇を免責しようとする政治的意図を感じずにはいられない。

八月二十六日（火）

かなり涼しい。もう夏は去っていったようだ。

午前十時過ぎ、都内某所へ。「実録」の閲覧を続ける。

今日注目したのは、天皇とローマ法王庁やカトリックとの関係である。一九二一（大正十）年七月十五日の「実録」には、裕仁が皇太子としてローマ法王庁を訪れたときの法王ベネディクトゥス十五世の言葉が収録されている。

ローマ法王は、朝鮮の三・一独立運動にカトリック教徒が全く関わらなかったことを引き合いに出し、「カトリックの教理は確立した国体・政体の変更を許さないことによりこの結果を見たのであり、従って教徒の国家観念に対しては何ら懸念の必要はない」「カトリック教会は世界の平和維持・秩序保持のため各般の過激思想に対し奮闘しつつある最大の有力団体であり、将来日本帝国とカトリック教会と提携して進むこともたびたびあるべし」と述べた。これは福田和也《かずや》『昭和天皇』第二部（文藝春秋、二〇〇八年）にも出てきたが、裕仁に深い印象を与えたのではないか。戦時中にローマ法王庁に外交使節を送ろうとしたのも、占領期に一方でマッカーサーに従属し、クエーカー教徒のヴァイニングを米国から呼んで皇太子の英語教師にしながら、他方で米国に対抗するかのようにカトリックに急接近したのも、このときの体験に根差しているように見えてくる。

八月二十七日（水）

昨日に比べても一層気温が低い。半袖では寒いので、長袖のYシャツを着て午前十時過ぎに都内某所に行く。今日もまた「実録」の閲覧を続ける。

独立回復後の天皇には、一日謹慎する日が何日かあった。九月一日の関東大震災の日と八月十五日の終戦の日は前からよく知られていたが、三月八日と七月二十三日もそうだったとは知らなかった。三月八日は二八年に死去した第二皇女の祐子《さちこ》の命日、七月二十三日は六一年に死去した第一皇女の東久邇成子《しげこ》の命日に当たる。さらに見ていくと、義母や義父、娘婿の命日にも謹慎している。七六年からは八月六日と八月九日、八五年からは二月二十六日にも謹慎するようになる。天皇は長生きするにつれて「死」を身近に感じ、自分よりも若くして死んだ人々の霊に囲まれていると意識するようになったのかもしれない。けれども、自らを免責した東京裁判の判決を受け入れた天皇にとって、A級戦犯が合祀された靖国神社にだけは、どうしても行けなかったのだろう。

午後になって、『文藝春秋』来月十日発売号が「実録」をテーマとする座談会を掲載することがわかり、にわかに動きがあわただしくなる。宮内記者会は九月十七日の報道解禁日を繰り上げることを検討する。テレビ朝日のIさん、日経のIさん、TBSのNさん、東京新聞のIさんから相次いで電話や携帯メールが入る。

午後七時より、朝日新聞社で書評委員会。荻上チキ、佐倉統《おさむ》、内澤旬子、角幡唯介、水野和夫、諸富徹、吉岡桂子各氏が出席。再来週までの日程を考えると、書評するだけの余裕はとてもなく、とりあえず手持ちの本はすべて放出することにした。武田薫『マラソンと日本人』（朝日選書、二〇一四年）という面白そうな本があったので、この本だけは持ち帰る。

八月二十八日（木）

午前十時過ぎに外出。神保町で降りて明治大学図書館に行ってから、久しぶりに「嵯峨谷《さがたに》」で天ぷらそば。気温が二十度そこそこなので温かいそばが食べたくなった。

午後一時過ぎに都内某所に行き、「昭和天皇実録」を閲覧する作業を続ける。『文藝春秋』に対抗するため、報道解禁日は九月九日となる。

八月二十九日（金）

五十二歳の誕生日。正午前に都内某所に行き、「昭和天皇実録」の閲覧を続ける。相変わらず夕方までずっと缶詰の状態になる。

　結局、全部に目を通すことはできなかったものの、今日で作業を終えようと思う。どんよりとした疲れが全身を覆っている。誕生日なので、家人と久しぶりに自宅で夕食をともにする。めっきり秋らしくなり、夜には虫の音が聞こえてくる。

八月三十日（土）

午後三時、青葉台「東急スクエア」内のカフェ「ＡＮＴＯＮＩＯ」で、テレビ朝日のＩさんに会う。「昭和天皇実録」の件。九月九日に六本木の本社で収録することになる。

八月三十一日（日）

「昭和天皇実録」で閲覧したことで新事実が得られたので、十月に刊行する予定の『完本　皇居前広場』（文春学芸ライブラリー）のゲラをもう一度送っていただき、該当箇所に赤字を入れる作業を行う。

（１）　那須御用邸の敷地内にあった高さ二十メートルの滝。見晴らし台からだとはるか下に眺められる。

（２）　見晴らし台から歩いて五分ほどのところにある木造の一軒宿。正確には北温泉旅館という。

（３）　長野県北部を流れる横湯川の渓谷。至る所に温泉が湧いており、ニホンザルが温泉に浸かることで有名。

（４）　一九一五（大正四）年の大礼からは仲哀天皇も香椎宮の主祭神に合祀されたが、もともとは神功皇后だけを祭神としていた。

九月一日（月）

今週は九日に報道解禁予定の「昭和天皇実録」の取材をマスコミ各社から受けるため、今年に入って最も忙しい一週間になりそうだ。

午前十時半より勤務校の白金本館で会議。昼食をはさみ、午後二時に終わる。四時に赤坂のＴＢＳへ。宮内庁担当のＮさんとＢＳ－ＴＢＳのＩさんを相手に「昭和天皇実録」のポイントについて話す。収録は七日に決まった。帰宅する頃から雨が強まる。気温は二十度そこそこだろう。冷えるので掛け布団を引っ張り出してきて寝る。

九月二日（火）

久しぶりの晴天で、気温も三十度近くに達する。温度の変化に体がついて行けない。

午前十時前に国会図書館に行く。「昭和天皇実録」で典拠として挙げられている史料を確認し、次回の「鉄道ひとつばなし」のネタとして考えている鷹司平通《たかつかさとしみち》の著作に目を通す。正午に竹橋のパレスサイドビルの毎日新聞社へ。二階の「杵屋」で釜たま大を食べてから九階の「アラスカ」で宮内庁担当のＫさんに会う。「昭和天皇実録」につき一時間半解説する。

終了後は地下鉄東西線と銀座線を乗り継いで新橋へ。汐留の共同通信社まで歩く。三時に宮内庁担当のＨさんに会う。九階の応接室で同じく「昭和天皇実録」につき解説。ここではカメラマンも同席する。もう少しまし な格好で来るべきだったと反省する。四時半に終了。大学で講義を二コマこなした後のような疲労を感じる。

帰宅後に外出していた家人と合流し、自宅近くに開店した中華料理店「浜木綿《はまゆう》」で焼きそばや八宝菜などを食べる。東海地方に本拠地を置くチェーン店らしい。

九月三日（水）

午前中は「鉄道ひとつばなし」の原稿として、「ある鉄道マニアの死」を書く。『鉄道物語』（サンケイ新聞出版局、一九六四年）の著者である鷹司平通の死をめぐって、昭和天皇がどういう追悼の仕方をしたかを「昭和天皇実録」をもとに書いてみた。

午後二時半、大手町の日本経済新聞社二階のカフェ

「太陽樹」で、編集委員のＩさんから「昭和天皇実録」についての取材を受ける。これまで取材を受けた記者のなかで、自説に最も鋭く反応されていた。

午後四時半、神保町のカフェ「古瀬戸」に移動する。『文藝春秋』副編集長のＫさんと編集部のＭさん、Ｉさんに会う。九月十日発売号で「昭和天皇実録」の座談会を組んだことに対する謝罪と説明を受ける。

しかし、もう座談会をやってしまった以上、たとえ十月十日発売号で再度取り上げるとしても、改めて座談会を行うことは考えていないという。これまでも文藝春秋にはさまざまな形でお世話になっているが、いくら速報性が雑誌の使命だとはいえ、今回の拙速な対応には失望した。少なくとも『文藝春秋』に「実録」関連の文章を書くことはないだろう。

九月四日（木）

午後三時、朝日新聞社二階のレストラン「アラスカ」内の会議室へ。保阪正康さん、加藤陽子さんとともに、「昭和天皇実録」をテーマとする座談会に出る。お二人ともに饒舌で、なかなか私の出る幕がなかった。六時半を過ぎてもまだ終わらない。到底新聞の一面で収まりきれる内容ではないので、同席された文化部や社会部の方々のご苦労が察せられる。私の発言部分をうまくすくいとってくだされればいいのだが。

終了後に保阪さんと一時間ほど話してから、地下鉄大江戸線で清澄白河に出て、半蔵門線の急行に乗る。座ったとたんに疲労感が押し寄せるが、座談会でのお二人の鋭い発言が残響して眠れない。ようやくうとうとしたと思ったら青葉台に着いた。帰宅後に遅い夕食をとる。

九月五日（金）

午後零時半、大手町の読売新聞社に行く。社会部のＩさん、編集委員のＵさん、Ｋさん、論説委員のＴさんから「昭和天皇実録」につき取材を受ける。写真撮影のあと、祭祀や宗教に的をしぼって二時間近く話す。

タクシーで日比谷に移動し、午後三時に中日新聞東京本社に行く。社会部のＩさん、Ｍさん、Ｓさん、Ｋさんから「昭和天皇実録」につき取材を受ける。大枠は読売のときと同じだが、質疑応答の内容が違っていた。午後五時に同じ社内で中日新聞編集委員のＯさんから十月一日に開業五十周年を迎える東海道新幹線に関する取材を受ける。六時に終了。ハイヤーを出していただき、七時に帰宅する。

帰宅すると共同通信、日経、朝日から私の談話や座談会の原稿が電子メールで届いていた。最もきちんと要点を反映させてくださったのは日経だった。朝日の座談会は、最も力を入れた私の発言がまるごとカットされている上、直接はつながらないはずの加藤陽子さんの発言が後に続いていたりして、座談会の中身が改変されている。

九月六日（土）

午前四時、ふと目が覚めてみると、昨日のもやもやとした感情がよみがえってきて、座談会の司会をされた朝日のKさんにメールを出す。

午後一時、東銀座の時事通信社に行く。社会部のSさんから「昭和天皇実録」の取材を受ける。二時過ぎに終了。地下鉄日比谷線に乗っていると、Kさんから電話がある。私が力説した箇所は大事なポイントなので、座談会ではなく、別の記事にすべて移したとのこと。了解する。

午後三時半、六本木のテレビ朝日に行く。宮内庁担当のIさんやMさんを相手に、四時より「昭和天皇実録」のポイントを解説する。熱いライトを浴びつつ一通りしゃべる。五時過ぎに終了。ハイヤーで帰宅する。

朝日のMさんから、Kさんの言われた別稿の記事が送られてくる。時事通信のSさんからもさっそく原稿が送られてくる。これらを修正して返事する。連日のインタビューで疲労がたまり、十一時には床に就く。

九月七日（日）

午前十一時、「昭和天皇実録」四五年七月三十日条に掲載された宇佐神宮、香椎宮での天皇の祭文に出てくる「傾竭して」について調べるため、町田市立図書館に行き、諸橋轍次編『大漢和辞典』を閲覧する。音読みで「ケイケツして」と読むほかに「かたむけつくして」と訓読みでも読めることがわかる。そのあと、町田ターミナルビル二階の「ど・みそ」でみそラーメン。七百円。濃厚な味噌の味だが、不思議と食後に全く喉が渇かない。この後味のよさは相変わらずであった。

午後一時半、赤坂のTBSに行く。宮内庁担当のNさんを相手に、「昭和天皇実録」について問われるままに話す。九日の夕方のニュースで使う予定だが、テニスの全米オープンで決勝に進んだ錦織圭選手の試合がこの日の朝にあるので、試合の結果いかんで予定が変わる可能性もあるという。

午後三時に終了し、電車で帰宅する。これでようやく一連のインタビューが終わった。帰宅後に朝日新聞や東京新聞から来た原稿に直しを入れる。朝日の座談会の原稿は、かなり改善の跡が見られる。毎日と読売は、報道解禁当日の九日には私の談話を使わないようだ。

九月八日（月）

午後三時、神保町のカフェ「古瀬戸」で、『東京人』編集部のTさんとYさんに会う。皇居の特集を組みたいとのことで、協力を求められる。承諾する。BGMには私の好きなブラームスの交響曲第3番が流れていた。

帰宅後、日経のIさんからメール。「実録」の四五年七月三十日条の祭文の書き下し文の読み方について、最後の詰めを行う。それから私のコメントの原稿を確認する。東京新聞のIさんからもメールがあり、談話原稿を修正する。ちょっとしたトラブルがあったが、触れないでおく。朝日のIさんや毎日のKさんからも同様のメールが来る。明日は一斉に各紙朝刊が一面で特集記事を組むはずだ。テニスの全米オープンで錦織圭が決勝に進出し、明日の早朝から試合があるので、テレビは難しいかもしれない。早めに就寝する。

九月九日（火）

午前五時過ぎに目覚める。近くのコンビニに行き、各紙を買ってくる。予想通り、朝日、毎日、日経、東京に私の談話や座談会が出ている。最も多く私のコメントに紙面を割いたのは朝日だったが、多くの記者が動員され、多くの学者や作家がコメントしているので、いささか焦点がぼやけている。その点、日経は事実上Iさんが全部記事を書いているので焦点がしぼられている上、私見を全面的に取り入れてくださった。そのため他紙に比べてエッジの立った記事に仕上がっている。毎日はあれだけ懇切に説明したのに、一体何を聞いていたのかと疑いたくなるような内容であった。

午後四時、青葉台に東京新聞のIさんが来る。カフェ

「ANTONIO」で今日の朝刊について話す。帰宅しようとすると、TBSラジオから電話がある。十時から荻上チキさんの番組で「昭和天皇実録」を取り上げたいので出演してくれないかとのこと。最近、朝日新聞の書評委員会で荻上さんとはよく会っているので、承諾する。TBSのNさんから連絡があり、五時台と六時台のニュースで映像が流れるという。

帰宅してTBSのニュースを見る。五時台と六時台では、違う映像が使われていた。特に全国ネットの六時台のほうで、宇佐神宮と香椎宮での祭文がきちんと読み下し文で紹介され、香椎宮の映像まで出てきたことに驚いた。正直、ここまでやってくれたかという気持ちであった。すぐにNさんに電話し、感謝の意を伝える。一方、テレ朝のほうは早朝のニュースで少しコメントが流れただけで、夕方のニュースにも「報道ステーション」にも使われなかった。

九時半に赤坂のTBSに行く。十時にスタジオに入り、十五分から三十分あまり、荻上さんやTBSラジオの﨑《さき》山《やま》敏也さんと「実録」について語り合う。かなり眠かったせいか、外務大臣の東郷茂徳と首相の鈴木貫太郎を混同していたことに、収録後になって気づく。が、生放送なのでもはやどうしようもない。タクシーに乗って帰宅する。

ちょうど家人がTBSの「ニュース23」を見ていて、私の映像がまた流れていた。TBSは、この日の夕方から深夜にかけて、CSの「ニュースバード」を含め、NHKやテレ朝とは全く異なる「実録」のコメントを何度も流したことになる。改めてお礼を申し上げたくなる。

九月十日（水）

午後三時、神保町のカフェ「古瀬戸」で、講談社のKさんに会う。『思索の源泉としての鉄道』の初校ゲラと、「序」「あとがき」の原稿、それに『本』十一月号に掲載される「ある鉄道マニアの死」の原稿を渡す。今日もまたBGMにブラームスの3番が流れている。

四時過ぎから土砂降りになる。地下鉄で築地市場に移動し、五時から朝日新聞社二階の「アラスカ」で赤坂真理さんに会う。明日、日本プレスセンターで開かれる公開対談を前に打ち合わせを行う。実際には雑談をしただけだった。

七時より同社会議室で書評委員会。赤坂真理、三浦しをん、横尾忠則、杉田敦、本郷和人、諸富徹、吉岡桂子、水野和夫、萱野稔人各氏が出席。前掲『マラソンと日本人』は何とか書評したいという意向を話す。八時半に終わってすぐに帰宅。読売のＩさんから送られてきた「昭和天皇実録」のコメントに目を通し、御告文の読み下しを修正して戻す。

九月十一日（木）

午後三時、神保町の岩波書店に行く。岩波新書編集部のＮさんとＩさんに会い、『昭和天皇』の続編として、「昭和天皇実録」の講義をもとにした新書を新たに書き下ろすことにつき、打ち合わせを行う。十月から月に一回程度本社に赴き、数人の社員を相手に時系列的に原文を紹介しつつ、解説を加えてゆく形式でどうかという話になる。念頭にあったのは、同じ岩波新書から出ている丸山眞男の『「文明論之概略」を読む』（全三巻、一九八六年）である。

『文藝春秋』編集部のＭさんから電話がある。来月発売号でも戦後を中心に「昭和天皇実録」をテーマとする座談会を行うということで出席を打診されるが、今月発売号の編集の仕方に疑問をもっているためにお断りする。

五時半に日比谷の日本プレスセンターに行く。九階の控室で赤坂真理さん、共同通信のＡさん、日本記者クラブのＮさん、Ｈさん、Ｉさん、二松學舎大学客員教授のＫさんに会う。十階の大ホールに移動し、六時から八時前まで、Ａさんが司会者となり、赤坂さんと公開対談。戦後史をテーマに、民主主義と暴力、天皇と宗教、東京の沿線文化の違いなどにつき話しあう。終了後、橙色のスーツを着た女性が近づいてきて、「私のことを覚えていらっしゃいますか」と言われる。名刺を見た途端にひっくり返りそうになる。覚えていないわけはない。大学時代に好意をもっていたあのお方ではないか。たぶん、再会するのは二十数年ぶりだろう。もう二度と会うことはあるまいと思っていたあのお方が、いま目の前にいる。果たしてこれは現実だろうか……。

最上階の「アラスカ」に移動し、赤坂さんやＡさんらと料理を食べつつ会話しながらも、我が心ここにあらずといった感じで、中座してタクシーで帰宅する。一万千二百九十円。あのお方からいただいた名刺の裏側にメッセージが綴られていたことに、帰宅してから気づいた。三十年前と少しも変わらない筆跡であった。もともと公開対談は、赤坂さんから持ちかけられたものだったから、赤坂さんがそう思わなければ今日の再会はなかったはずだ。深く感謝しなければなるまい。

九月十二日（金）

今日から日曜日まで、家人が韓国の光州《クァンジュ》に仕事で出掛ける。寝ているうちにいなくなっていた。

午前十一時前に外出。青葉台から錦糸町まで各停南栗橋ゆきに乗り、車内で『みすず』十月号に掲載される「日記」と、井上章一さんとの対談のゲラの直しを行う。錦糸町の「めとろ庵」(1)で天ぷらそば。駅そばにしては上の部類に入る。若い女性が何人か食べているのもうなずける。

錦糸町からJR総武本線の各停に乗り、幕張で降りる。その途端、小学一年生だった六九年春に滝山団地からバスと電車を乗り継ぎ、わざわざここまで潮干狩りに来たときの記憶がよみがえってきた。駅前から京成の踏切を渡るあたりまではあのころとさほど変わっていない。が、踏切を越えると道幅が急に広くなり、埋め立て地に入ったことがわかる。六九年当時はこのあたりで潮干狩りをしたはずだが、来たのが遅かったせいか貝はほぼなくなっていた。

午後一時過ぎに放送大学に着く。一七年度から客員教授になるためガイダンスに出席する。(2)西洋政治思想史の山岡龍一教授や編集者のIさんにも会う。学生がいないので大学というよりはむしろ研究所のような感じである。

終了後に山岡さんと雑談し、五時にタクシーで幕張へ。時間的余裕があれば総武本線と外房線を乗り継ぎ、両親の実家に帰ってもよかったのだが、残念ながらその余裕はない。帰宅すると、講談社から『皇后考』のゲラが届いていた。

九月十三日（土）

朝から猛然と『皇后考』のゲラの直しにとりかかる。最大の課題は、「昭和天皇実録」の重要な記述をゲラにどう反映させるかである。最初のページから慎重に原稿を再読し、要所要所に「実録」で得た知見を取り入れてゆく。

朝日新聞社のKさんから連絡があり、『週刊朝日』に朝日の座談会で入れられなかった私見を全面的に反映させた記事を出したいとのことで、原稿が送られてくる。これを大幅に加筆修正して戻す。週刊誌にしては破格の分量で、一気にもやもやが晴れた。夜は久しぶりに得意のカニチャーハンを作って食べた。我ながら上出来で満足する。

九月十四日(日)

読売新聞の特集面に「昭和天皇実録」に対する私のコメントが写真入りで出ていた。ほかの三人は京大の伊藤之雄《ゆきお》、日大の古川隆久、帝京大の筒井清忠の各氏。評価は全くバラバラだったが、わざとそういう紙面になるように記者が仕立てている感もなくはない。

昨日のゲラ直しの続きをやる。これをやっていると一日があっという間に過ぎる。夏休みとは名ばかりの、土曜も休日もない日々がずっと続いている。今年は八月下旬から涼しくなったせいか、例年に比べて夏が短く感じた。

家人から帰国の連絡があり、午後八時過ぎにJR十日市場駅まで車で迎えに行く。

九月十五日(月)

新聞に『週刊朝日』の広告が出ている。トップは「昭和天皇実録」で、磯田道史がどう読んだかを大きく宣伝している。正直、またやられたかという感じ。なぜいつも「二番煎じ」の役割しか回ってこないのだろうか。

昨日のゲラ直しの続きがまだ終わらない。六百ページ以上あるから仕方がない。おかげで愛用しているハイテックC赤の0・5ミリボールペンの消耗が激しい。

午後三時、青葉台のカフェ「ANTONIO」で江田編集企画室の江田修司さんに会う。十一月二十日に予定されている住宅生産振興財団主催の「まちなみ塾 公開講座」の講師を引き受けたので、その打ち合わせを行う。題目は「鉄道から見た戦後住宅形成史」でどうかと提案する。

九月十六日(火)

午後四時、角川書店に行く。GさんとKさんを相手に、「昭和天皇実録」で得られた成果につき話す。六時半に終了。いつものように「おけ以」で焼き餃子にタンメン。涼しくなったのでタンメンが胃にやさしい。

九月十七日（水）

終日在宅。『皇后考』のゲラ直しの作業を続ける。次いで六月に東京女子大学で講演した「皇后から見た近代天皇制」の原稿を書き上げ、添付ファイルで送信する。四千字。最後に『文春オピニオン２０１５』に出稿する予定の「昭和天皇実録」に関する原稿を書き始める。夜までかかったが、脱稿までには至らなかった。

九月十八日（木）

終日在宅。来週から大学が始まるので、それまでにやっておくべき仕事がいくつかある。まずは『皇后考』のゲラ直しの作業を一通り終える。「昭和天皇実録」の記述を加えたため、大幅な加筆修正になる。次いで昨日途中まで書いた「昭和天皇実録」の原稿を脱稿する。夜は朝日新聞の書評委員会で取り上げた前掲『マラソンと日本人』を読むが、すぐに睡魔が襲ってきて午後十一時過ぎに寝てしまう。

九月十九日（金）

スコットランドの独立賛成か反対かを決める住民投票が始まった。一時は世論調査で独立賛成派が反対派を上回ったこともあったが、フタを開けてみると反対派が賛成派に四十万票の差をつけて勝利した。これでヨーロッパの他の地方の独立運動にブレーキがかかるのだろうか。

ツイッターでノンフィクション作家の高瀬毅さんが、九州独立論を唱えている。「昭和天皇実録」で敗戦直後の天皇が、もともとカトリックが相対的に多い九州で人心が動揺し、カトリックが広がっているという認識をもっていたことがわかったので、興味をひかれる。九州が独立して共和国となり、カトリックが国教になったら、英国＝本州などに対するアイルランドのようになるかもしれない。鉄道的に言っても、ＪＲ九州だけが独自路線を歩んでいる観がある。

講談社より速達で『思索の源泉としての鉄道』の再校が届く。初校は「昭和天皇実録」の読み込みの時期と重なっていたので、必ずしも加筆修正が十分でなかった。改めてはじめから赤で丁寧に直しを入れてゆく。

午後三時、紀尾井町の文藝春秋本社に行く。Ｔさんを相手に、十月に刊行される『完本　皇居前広場』についてあれこれと話す。これは「本の話ＷＥＢ」に掲載される予定である。往復の車中は居眠りに当てる。

九月二十日（土）

終日在宅。『思索の源泉としての鉄道』の再校作業をひとまず終える。続いて岩波書店で講義するための「『昭和天皇実録』を読む」と題するレジュメを書き始める。並行して『皇后考』のゲラに加筆を続ける。

九月二十一日（日）

気持ちのいい秋晴れの日。東京新聞に連載中の「東京どんぶらこ」に出稿する「東村山」を一気に書く。多磨全生園の話を中心に据えてみた。

午後十一時より、ＮＨＫで韓国歴史ドラマ「太陽を抱く月」を見る。実は毎週見ていたのだが紙幅の都合もあり記さなかった。前々作「イ・サン」や前作「トンイ」とは異なり、朝鮮王朝史上にあった官僚間の党争や、清帝国との外交の話が全く出てこず、単なるラブストーリーになってしまっている。完全なるフィクションとしてつくられており、史実をもとにした前々作や前作に比べて面白みに欠ける。

それなら無理に舞台を朝鮮王朝に設定する必要もあるまい。韓国で放映されたさいには「イ・サン」や「トンイ」を上回る視聴率を獲得したようだが、韓国人にとってもややこしい歴史上の問題をまるごと抜きにしたほうが、わかりやすくていいということなのだろうか。

九月二十二日（月）

『週刊朝日』発売日。私のインタビューが「昭和天皇と宗教」と題して三ページ分掲載されている。ちなみに磯田道史は五ページだった。

書評を書くことになった前掲『マラソンと日本人』をようやく読了する。それから文春のＴさんから送られてきた『本の話』の原稿を直して戻す。

九月二十三日（火）

秋分の日。宮中では秋季皇霊祭だが大学は授業日。午後一時二十五分より、「アジア地域秩序（比較政治学）」

という長たらしい授業を行う。百人近い学生。しかし春学期とは異なり、三、四年が主体のため静かでやりやすい。終わってからの疲労感がまるで異なる。

初回なのでガイダンスをしただけ。『知の訓練』を教科書にするので各自購入するよう呼びかけておく。終了後に研究室で朝日新聞社のNさんから「昭和天皇実録」に書かれた裕仁と良子の新婚生活につき電話取材を受ける。

帰宅後、余力があったので前掲『マラソンと日本人』の書評を一気に書く。八百字。結局、今年も彼岸に多磨霊園にある姉の墓に行くことはできなかった。

九月二十四日（水）

午前九時過ぎに大学に行く。大学院修士課程の入学試験があるため、試験監督と採点を依頼されたためだ。試験会場に入ると、受験生が一人しかいない。志願したのは二人だったが、一人が欠席したためにこうなった。九時半から論述試験開始。三問中一問選択で、試験時間は一時間四十分。トラブルもなく十一時十分に終了。すぐに採点にとりかかるが、全く的外れの答案であった。結局、この受験生は不合格となり、合格者はいなかった。膨大な手間を考えると、大学院を存続させるべきか否かを検討したほうがよいと思う。

午後二時、研究室に『一個人』編集部のYさんと編集者のSさんが来る。現皇后について一時間あまり取材を受ける。三時半にバスに乗り、戸塚駅へ。横須賀線で新橋まで行き、汐留まで歩いて地下鉄大江戸線で築地市場へ。五時から朝日新聞社内の喫茶店で編集者のOさん、朝日新聞出版のOさん、Yさんに会う。『大正天皇』を朝日文庫に移したいとのこと。承諾する。

六時半に書評委員会に行く。保阪正康、赤坂真理、本郷和人、佐倉統、杉田敦、水野和夫各氏が出席。山室寛之『巨人V9とその時代』（中央公論新社、二〇一四年）という本の感想を言おうとして、一九六九年の日本シリーズ第四戦の巨人―阪急戦での土井正三のホームスチールをめぐる審判の判定と、同じ年の大相撲春場所における大鵬―戸田戦での行司の判定の話をする。保阪さんから、本よりもいまの話のほうがおもしろかったと言われる。

九月二十五日（木）

放送大学のテキスト『日本政治思想史』第一章の原稿の続きを書く。第二章とともに総論に相当する章なので、細かいところに気をとられず、大枠を提示することに努める。わかりやすく書くことに重点を置く。

東京新聞に「東村山」の原稿を送る。「東京どんぶらこ」の連載は今年で終わりだと思っていたのだが、当面続けてほしいと言われる。だんだんと多摩地域の持ち札がなくなってきたけれど、切り札は最後までとっておきたい。いずれ二十三区に踏み込むか、神奈川、千葉、埼玉にまで手を広げるか、どちらかの判断をしなければなるまい。

九月二十六日（金）

大学出講日。午後一時二十五分から二時五十五分まで「アジア地域秩序」。『知の訓練』の「はじめに」の途中まで解説する。次いで三時五分から四時三十五分まで「演習1」。二年生が四人、五年生が一人、院生が一人、社会人が三人という構成。男女比は男性が四人、女性が五人。社会人は毎週来られない人もいるので、これで人数が確定したわけではない。テキストは丸山眞男『日本の思想』にする。最後に四時四十五分から六時十五分まで一年生向けの「基礎文献講読」。十一人。こちらは女子が多い。初回なので、戦後スポーツ史を野球とマラソンを中心に話した。いずれもチョークを使ったため、喉がガラガラになる。気管支炎が怖い。

九月二十七日（土）

木曽の御嶽山が噴火する。

心配した通り、起床するや喉がおかしい。痰がとまらない。三コマ連続は体にこたえるというのがわかった。

午前中から『皇后考』の再度の直しにとりかかる。見ればば見るほど直すべき箇所が出てくる。肩が痛いのでまたマッサージに行きたかったが、そんな暇はなかった。視力が一向に衰えないのがせめてもの救いである。

九月二十八日（日）

午後三時、ＪＲ新横浜駅でテレビ愛知のＫさんに会う。十月四日に放映される「激論！コロシアム」で「昭和天皇実録」を特集するので出演を依頼され、直接担当者に会うことになった。週末の午後七時半から九時というゴールデンタイムの時事討論型エンターテインメント番組で昭和天皇を取り上げるという思い切りのよさを買って出演することにした。番組が放映されるのが愛知、岐阜、三重の東海三県だけというのも、独自の番組をつくれる要因なのだろう。

九月二十九日（月）

香港で行政長官の選挙制度をめぐる中国政府の決定に反発した民主派のデモが拡大している。昨年十二月に香港を訪れ、民主派の議員と一緒に香港島南部の選挙区を回ったときの記憶がよみがえってくる。

朝日新聞社のNさんからメールが来る。「昭和天皇実録」の件。昭和初期に頻発する直訴につき電話で話す。

午後三時、神保町のカフェ「古瀬戸」で講談社のKさんに会う。『思索の源泉としての鉄道』の再校ゲラをお渡しする。それから地下鉄半蔵門線で渋谷に移動する。時間が多少あったので、「マークシティ」横にあるパチンコ店に入り、パチスロの機種を見て回る。相変わらず「アイムジャグラー」などのジャグラーシリーズがしぶとく残っている。かれこれもう十年は残っているのではないか。

午後六時半、渋谷のSという料理店で、テレビ朝日のIさん、KIさん、KOさんと会食。「昭和天皇実録」をめぐる報道について、忌憚なき意見を交わす。

九月三十日（火）

大学出講日。正午にジャーナリストのデイビッド・マックニールさんが研究室に来る。「昭和天皇実録」の件。午後一時二十五分から二時五十五分まで講義。三時に『FLASH』編集部のTさん、Hさん、Yさんが来る。来月に八十歳を迎える皇后美智子につき、取材を受ける。

（1） 東京メトロの駅構内にある駅そばのチェーン店。錦糸町のほか、大手町、新木場、西船橋にある。

（2） 担当は社会と産業コースの日本政治思想史で、印刷教材を新たに書き下ろし、それに基づいてラジオで授業を行うことになっている。これまで渡辺浩、松沢弘陽、平石直昭、宮村治雄各先生が担当されてきたが、現在は開講されていない。

十月一日（水）

午前中に前掲『マラソンと日本人』の書評をファクスで朝日新聞社に送る。

正午過ぎに永田町駅構内の「日の陣」で鴨南そばを注文する。この店はセンサー付き番号札を渡され、注文の品ができるとセンサーが鳴り、厨房カウンターに取りに行く仕組みになっている。鳴ったので取りに行くと、鴨にしては細切れの肉が浮いていて想像した外見とは異なっていた。食べてみるとやっぱり鶏肉ではないか。慌ててレジの店員を呼んで見てもらうと、鳥南そばと間違えたという。店員は厨房の調理人に間違っていたと伝えたが、調理人は鴨だと言い張っている。こちらに非があるのかと急に不安になり、そそくさと立ち去る。

国会図書館で資料をコピーして帰宅する。明日、『皇后考』の初校ゲラを戻すので、持ち帰ったコピーをもとに、最後の修正を行う。

十月二日（木）

午前十時、『東京人』編集部のTさんから電話。今日の御厨《みくりや》貴《たかし》さんとの対談を一週間延ばしてほしいという。承諾する。

午後四時、神保町のカフェ「古瀬戸」で『群像』出版部のHさんに会い、『皇后考』の初校ゲラを渡す。ただでさえ分量が多い上に新たに加筆した原稿もあるので、Hさんがすべてのページをチェックするだけで一時間あまりかかる。その間にBGMはシベリウスの交響曲第2番、ベートーヴェンの交響曲第3番「英雄」、シューベルトの交響曲第8番「未完成」のいくつかの楽章が流れ、最後にまたブラームスの交響曲第3番が流れる。この選曲の仕方は私の好みである。

中央公論新社のFさんから電話。文庫に入る阿川弘之さんの本の解説を依頼されるが、時間の都合上確約はできないと言ってやむなくお断りする。

自宅ダイニングルームの白熱灯が点かなくなったので、帰り際に青葉台の「エディオン」に立ち寄って買う。帰宅後にとりつけようとすると、細い管の先端が切れていて点かない。昨日に続いて災難に見舞われている。

十月三日（金）

大学出講日。講義とゼミ二つだが、二年のゼミは丸山眞男『日本の思想』の講読なので講義とゼミの中間のような形態になる。元ゼミ生の伊東秀爾くんが来たので、続く一年のゼミで彼が得意とする戦後テレビ史について概説してもらう。ゼミでは黒板は使わず、他の教室から運び込んだホワイトボードを使うことで、喉の状態が改善される。

十月四日（土）

新横浜から「のぞみ」に乗る。正午に名古屋に着き、タクシーでテレビ愛知へ。控室に通されると、神戸女学院大学の河西秀哉さんがいた。今日の午後七時半から放映される「激論！コロシアム」で「昭和天皇実録」の特集をするので出演を依頼されたのだ。午後二時過ぎにスタジオへ。孫崎享《うける》さん、久能靖さんと名刺交換をし、司会の石原良純さん、堀潤さん、春香クリスティーンさんに挨拶する。石原さんとは初対面ながら中学、高校時代の一年先輩だったので、実は三十年近くも前から知っていた。私を含めて討論者は八人ほどで、名前の存じ上げない方も少なくない。

午後二時半から収録開始。あっと言う間に一時間二十分が経過して終わる。この番組は愛知、岐阜、三重三県でしか見られないのでどう録画されたかはわからないが、土曜日の夕方にかくも長い時間にわたり昭和天皇で番組をつくるのは東京ではまず考えられない。終了後は河西さんとタクシーで名古屋駅まで行き、「のぞみ」で帰宅する。新横浜での接続もよく、名古屋から二時間もかからなかった。

医学や法学とは異なり、歴史学というのは専門的な訓練を受けていない人でも介入しやすい分、こういう番組では声の大きい人や他人の発言が終わらないうちに喋り出す図々しい人の意見のほうが勝ってしまう。時間がたつにつれ、私見が全く受け入れられなかった空しさが募ってくる。やはり出るべきではなかったように思えてきた。

十月五日（日）

台風が近づいているせいで雨になる。終日在宅。

『本』の「鉄道ひとつばなし」用に「「敵国撃破」を祈るために」を一気に書く。「昭和天皇実録」を使っての第二弾。終戦直前に宇佐神宮と香椎宮に「敵国撃破」を祈るために参向した勅使が乗った列車を、一九四五年七月一日発行の『時刻表』から推定してみた。

戌井昭人《いぬいあきと》『どろにやいと』（講談社、二〇一四年）を読む。出羽三山と思われる山麓の町に、お灸の行商をしている主人公がやって来て、そこから出られなくなる。もう二十年以上も前、島根県の温泉津《ゆのつ》温泉で泊まったときに、主人公と似たような体験をしたことを急に思い出した。

十月六日（月）

午前八時頃、台風が浜松市付近に上陸した。午前中は暴風雨で外出できない。大学も休みになった。十六日の岩波書店での講義に備えてレジュメを書く。

台風でJR東海道本線の由比―興津間と鷲津―新所原《しんじょはら》間に土砂が流入する。復旧の見通しは立っていない。東西の貨物輸送は迂回を余儀なくされる。この影響はこれからじわじわと広がってゆくだろう[1]。

坂本義和さんが死去される。

十月七日（火）

大学出講日。午前十時半、いつものように車に乗り、ガソリンを給油してから環状4号を経由して保土ケ谷バイパスに入る。渋滞していて停止する。その途端に衝撃音とともに車体が揺れる。後ろの車に追突されたのだ。すぐに車から出て衝突の度合いを確認する。タイミングよくパトカーが通りかかったので合図して事故を知らせ、パトカーの誘導にしたがい車を路側帯に移動させる。免許証と車検証を預けて尋問に答える。こちらには全く落ち度がない。今月に入って災難が続いているが、今度の災難は桁違いだ。

幸いにも、シートベルトをしていたおかげで怪我はなかった。車の外傷も大したことはなく、追突した相手の名前と連絡先を控えただけで発車する。あとは警察の手を離れ、損保会社からの連絡待ちとなる。ただでさえ忙しいのに、これでまた雑務が増えてしまった。

授業終了後、研究室でPHP新書編集部のOさんとFさんに会う。新書執筆の依頼を受けるが、多忙のために確約はできないとお答えする。

帰りも車だったが、特にトラブルはなかった。一人なのでカニチャーハンをまた作ったものの、事故のせいか食欲はいまひとつで残してしまう。ノーベル物理学賞に赤崎勇、天野浩、中村修二の三氏が選ばれる。

十月八日（水）

午後二時から大学で教授会。五時に中座してバスに乗り、JR戸塚駅へ。戸塚から新橋まで東海道本線のグリーン車に乗る。この三十分あまりの時間は、まるで東海道本線を走っていた往年の名特急の一等車に乗っているようで味わいがある。満月がくっきりと見える。今夜は皆既月食が見られるはずだが、まだ時間が早いようだ。

新橋で降りて汐留まで歩き、地下鉄大江戸線に乗って午後六時過ぎに朝日新聞社に到着。玄関前で街宣車に乗って誰かが演説している。また右翼かと思ったら、元朝日新聞の記者だと名乗っている。戦前に獄中で転向した共産党員の佐野学と鍋山貞親を思い出した。

七時から書評委員会。柄谷行人、保阪正康、水野和夫、本郷和人、佐倉統《おさむ》、三浦しをん、荻上チキ、吉岡桂子、いとうせいこう、角幡唯介各氏が出席。ある鉄道本が三浦さんと私の「取り合い」になり、いとうさんが横で「さあどうなるでしょうか。本日最大の山場ですね」と解説している。が、あっさりと私に書評権が転がり込んだので、「番狂わせを期待していたんだけどな」とがっかりされた。柄谷さんも面白いことを言っては座を盛り上げてくださる。

お二人に比べると、大学の教授などというのは狭い世界に生きてるなとつくづく思う。それを気づかせてくれるだけでも出席する意味はある。終了後に外に出てみたら、ちょうど月食の最中で、大勢の人が空を見上げていた。

十月九日（木）

午前十時、自動車販売会社のAさんが来て、いったん車を持ってゆく。診断の結果、運転自体に支障はないが、買い替えも含めて検討したほうがよいことがわかる。相手の損保会社との交渉はすべて一任している。

午後六時半、渋谷の渋東シネタワー内会議室で、『東京人』の皇居特集に伴い、御厨貴さんと対談する。御厨さんはこの日記を読んでおられるそうで、「うっかりしたことを言うと筆誅を加えられる」と言われていた。が、活字にできない話も含めて二時間近くも歓談した。場所や空間に対する関心を共有しているので、視点は違っても話がかみ合う。終了後も編集部の方々とともに台湾料理店に行き、話を続ける。

午後十時半に渋谷から田園都市線に乗ろうとしたら、溝の口で人身事故があって停まっている。タクシーはなかなか来ない。結局、道玄坂の上まで歩いてようやく空車を見つけることができた。自宅まで一万千三百二十円。

十月十日（金）

大学出講日。いつものように車で行く。

十月十一日（土）

文藝春秋と講談社から、『完本　皇居前広場』と『思索の源泉としての鉄道』の見本本が相次いで届く。

午後一時、自動車販売会社のAさんが来る。結局、車を買い替えることにした。事故を起こした相手の保険金をまるまる購入費に当てることにする。印鑑証明書や住民票が必要だというので、あざみ野駅前の行政サービスセンターに行ってくる。六時に再訪したAさんにお渡しする。

午後十一時のETV特集で「よみがえる色彩」を見る。三月の再放送だが、私自身が出演しているのでもう一度見る。大学の校舎も映っていていい宣伝になっている。広報活動の一環として評価してもらいたいものだ。

十月十二日（日）

午後五時半、みなとみらい線の元町中華街駅に行く。この駅は天井が高く、島式のホームの感じがワルシャワの地下鉄1号線の終点、カバティ駅によく似ていると思う。

横浜トリエンナーレを見に行った家人と甥のS君とホームで合流し、中華街へ。表通りは大変な混雑だったが、一歩脇道に入るとそうでもない。Aという店に入り、二階の座敷で焼売、小松菜の炒め、イカとエンドウの炒め、巻き揚げ、サンマーメンなどを食べる。どれも薄味ながら脂っこくなく、好みの味に仕上がっていた。S君は桐朋中学校の二年生で、美術にしか興味がないという。勤務校の女子学生よりも話がしやすいと感じる。年齢差よりも性差のほうが大きいようだ。

十月十三日（月）

先週に続いて台風が近づいていて、朝から雨。終日在宅。

香港の学生デモは、行政府の側が広場を使わせないことで道路をずっと占拠し続ける結果となり、市民生活に影響が出ていることから、一般市民の反発が広がっているように見える。これは行政府の作戦勝ちだろう。日本の反原発デモも同じことがいえる。国会前の道路ではなく皇居前広場でデモが認められていたら、参加者はもっと増えたに違いない。

十月十四日（火）

鉄道の日。台風は未明に関東を通過し、朝には三陸沖へと抜けていった。したがって大学も一限がなくなっただけで、あとは通常通りとなる。私の授業は三限なので大学に行く。ふだんと全く変わりのない学生数だった。しかし休講を期待していた学生が多かったせいか、教室の空気が弛緩している。自分の声が空しく響くだけなので、早めに終える。

十月十五日（水）

朝日新聞の朝刊文化面に出ると言われていた「昭和天皇実録」特集の二回目「昭和天皇と宗教」に関する私の談話記事が出ていない。もともとは先週水曜日に出るはずだったのに、坂本義和の追悼記事が出たために一週間遅れた。そのために忘れてしまったのかもしれない。

朝日の書評委員会から送られてきた今尾恵介『地図と鉄道省で読む私鉄の歩み　関東（1）東急・小田急』（白水社、二〇一四年）を一気に読む。期待していたのだが、私にとってはほとんどが既知のことばかりだった。

十月十六日（木）

正午過ぎに渋谷の道玄坂小路にある「ＴＥＴＳＵ」という店でつけめん（並）を食べた。八百円。つけめん業界では有名店らしい。が、五十歳を過ぎた人間には汁が濃すぎる。しかしスープ割にすると美味いのでつい飲んでしまう。案の定、後で喉が渇く羽目になる。

東大の駒場図書館に行き、放送大学の教科書執筆のための資料をいろいろと複写する。東大は勤務校とコピーカードが同一なので大量に複写する場合に重宝している。かつて社会科学研究所の助手をしていたので元教官の資格でカードをもっており、永久に入館できる。

渋谷から都営バスに乗り、六本木ヒルズで降りて午後四時にテレビ朝日に行く。Ｉさんを相手に、十月二十日に傘寿を迎える皇后について話す。「皇后さまと言ってくださいと要求されるが拒絶する。放映は二十日の夕方のニュースだという。ハイヤーで帰宅する。

十月十七日（金）

宮中では神嘗祭。大学出講日。

十月十八日（土）

午前中は『思索の源泉としての鉄道』と『完本　皇居前広場』の見本本を読み、見落とした誤植がないかどうかを確認する。家人は宮城県大崎市に出掛けて朝から不在。私も明日、大崎市に出掛ける。午後に朝日の読書面に出す前掲『どろにやいと』の書評原稿を書く。四百字。

十月十九日（日）

午前八時、セコムをして自宅を出る。ＪＲ横浜線の十日市場から新横浜を経由し、「こだま」で東京へ。東京からは、八時四十八分発の「やまびこ43号」に乗る。車中では、放送大学教科書「日本政治思想史」の第一章と第二章の原稿をチェックしてから、松本三之介先生の『吉野作造』（東京大学出版会、二〇〇八年）に久々に目を通す。

十一時三分、古川に到着。初めて降りる駅だ。阿部清・清泉会宮城支部長の車に乗り、吉野作造記念館に行く。館長の大川真さんに初めて会う。東北大学助教の定職をなげうち、厳しい財政状況のなかで奮闘しておられる。

午後一時半より、企画展示室ホールで「百年前の日本――吉野作造を取り巻く時代背景」と題して講演。家人が家元をしている煎茶道文人華道清泉幽茗流《せいせんゆうめい》との共催で、会場には当流の会員や一般市民など百三十人が集まり、席が足らなくなって臨時の椅子を出す。話が脱線して最後は大正天皇と貞明皇后にまつわるいささか不敬な話になる。後で大川館長から、「もう少しでレッドカードでした」と言われる。しかし終了後に用意していた『知の訓練』五十冊はほぼ完売した。

午後三時半より、記念館に隣接する祥雲閣で、家元主催の文人茶席に参加。煎茶のお手前を受ける。久々に主客の位置に座らせられる。こちらも盛況。今夜は当流の関係者と鳴子温泉に泊まることになっているが、私は大川館長とともに記念館の車で一足早く鳴子に向かう。温泉町に入ると硫黄の強いにおいが車内にまで立ち込める。六時に鳴子観光ホテルに到着。あとのメンバーはマイクロバスで着く。直ちに大浴場に行き、湯につかる。満室のせいで混んでいた。箱根や伊豆とは異なる硫黄の温泉で、体がポカポカする。

七時から二階の大広間で会食。大川館長や記念館の高橋専務理事も同席する。挨拶を求められたので、今日のような学問と芸術が一体化した学芸の道を当流は目指したらどうかと提案する。大川館長もうなずいていた。大崎市は当流の創業者である義母の出身地でもあるので、今後も吉野作造記念館での講演と祥雲閣での文人茶席を定例行事にしてはどうかという意見も出る。けれども最大の問題は、私が吉野作造の研究者ではないということだろう。

鳴子温泉は高松宮が愛した温泉である。いまもある菅原旅館を定宿にしていたようだ。天皇が退位し、高松宮が摂政になるという噂が出回っていた一九四八（昭和二十三）年六月にも逃げるようにしてやってきた。それでも新聞記者が旅館まで押しかけた。高松宮は退位に関する記者からの質問に対して、イエスともノーとも言えないと答えている。

会食が終わると、館長と専務理事は帰宅する。当流の関係者はカラオケルームに行ったが、私は少し顔を出しただけで部屋に戻り、NHKの「太陽を抱く月」を見て横になる。

十月二十日（月）

午前六時半、大浴場へ。次いで七時半には、大川館長から入浴を勧められた、ホテル近くの公衆浴場「滝の湯」へ。白濁した源泉かけ流しの湯であった。

八時に大広間で朝食。さすがにササニシキの本場だけあって米がうまい。九時半にマイクロバスで鳴子峡に向かう。すでに紅葉が始まっていて観光客で混んでいる。眼下にJR陸羽東線の鉄橋が見える。まさに絶景区間だが、陸羽東線にはまだ乗ったことがない。ちょうど列車が鉄橋にさしかかり、徐行運転をして乗客に絶景を見せている。

鳴子を離れても、朝に二度風呂に入ったせいか、硫黄のにおいが身体の表面に張り付いていて取れない。十一時半に古川駅へ。十二時八分発の「やまびこ」に乗り、仙台で降りて大宮まで停まらない「はやぶさ・こまち」に乗り換える。午後三時四分、東京着。往路同様、新横浜経由で四時に帰宅。五時からのテレビ朝日のニュースを見る。小渕優子経済産業相と松島みどり法相の辞任をトップで伝えていた。次に皇后の傘寿の誕生日のニュース。十六日にテレビ朝日で収録された私の映像が少しだけ出てきた。

講談社のKさんに電話する。『思索の源泉としての鉄道』は発売二日目で好調とのこと。今月はPHP新書から『なぜ皮膚がかゆくなるのか』という本も出ているが、著者が菊池新《あらた》と知って驚いた。もう何十年も会っていないが、中学時代のクラスメートで、修学旅行でも同じグループだったほど一時期親しかったからだ。菊池は日暮里で皮膚科を開業していて、場所柄多くの外国人患者がやってくるようだが、彼らにも絶大の人望がある名医だそうだ。このことは、日暮里に住んでいたNHK出版のKさんから聞いた。

十月二十一日（火）

大学出講日。損保会社から電話があり、口座に二十五万円あまりが振り込まれると伝えられる。これはそっくり新しい車の購入費用にあてられる。帰宅後に『東京人』から送られてきた御厨貴さんとの対談のゲラに赤字を入れ、電子メールの添付ファイルで送信する。

十月二十二日（水）

午前十時半から、白金で学務会議。私のほかはみな他学部の教員。「月曜日のテレビ見ましたよ」と声をかけられる。こういう気軽さが私の学部にはない。教授会よりも白金の会議のほうが時間厳守だし、緊張感がありつつもフレンドリーな感じがして、性に合っている。

午後三時に日本橋の高島屋に行く。めったに行かないデパートなので物珍しい。まず六階の紳士服売り場へ。別に買うつもりではなかったのだが、Sという店でたまたま小さな鮭の刺繍がたくさん入った英国製のカジュアルシャツが目にとまり、試着したところよく似合っていると美しい女性店員に言われたので、購入してしまった。

次に八階ホールに行く。「特別展天皇皇后両陛下の80年」を見るためだ。入場無料。入口からいきなり黒山の人だかりができていて、前に進むのも難儀するほど。多くの展示品はすでに写真や映像で知られているものだったが、宮中祭祀のさいに綾綺殿で天皇と皇后が手水をするときに用いる角盥《つのだらい》や楾《はんぞう》、三方、懐紙の現物が展示されていたのにはびっくりした。皇后用のものは、天皇用のものに比べて一回り小さい。見てもよくわからないせいか、この一角だけは比較的空いていた。思わぬ収穫があって満足する。

人いきれで疲れたので、六階の茶房「梅園」であんみつを食べて休んでから、都営浅草線と大江戸線を乗り継ぎ、午後五時半に朝日新聞社に行く。七時から書評委員会。横尾忠則、荻上チキ、佐倉統、内澤旬子、水無田《みなした》気流、保阪正康、杉田敦、吉岡桂子、諸富徹各氏が出席。珍しく横尾さんと書評したい本が重なったのでお譲りする。

私の横に座っていた内澤さんが、出席者の似顔絵をこっそり描いているのをのぞき見する。あまりに上手なので見とれていると、あわてて内澤さんが手で隠す。その仕草から、反射的に私の出身校である東久留米市立第七小学校での一情景を思い出した。内澤さんのチャーミングな一面が見られたのが、今日の委員会の最大の収穫だったかもしれない。

十月二十三日（木）

午後二時、神保町の岩波書店へ。Nさん、Iさん、Hさんら七人の編集者を相手に、五時まで「昭和天皇実録」の第一回講義を行う。今回は明治、大正期。A4のレジュメ七枚のほか、「実録」の関係箇所のコピー五枚。本来なら十六日に予定されていたところ、岩波側の都合で一週間延びて今日になった。活発な質疑応答を期待していたが単なる講義で終わった。

十月二十四日（金）

大学出講日。菊池新の病院あてにメールを出したら、すぐに返事が来た。白金に住んでいるそうだ。

講義では百人を超える学生に対して、歴代天皇を知っているだけ書けという試験をした。五人も答えられない学生がいる一方、綏靖《すいぜい》、弘文、光明《こうみょう》、土御門《つちみかど》といったマイナーな天皇を挙げる学生もいた。『日本の思想』を読むゼミには、学生のほか、主婦のTさんと歴史ファンのMさんも参加している。正規のゼミ生四人、それ以外も四人という組み合わせだ。

十月二十五日（土）

午前中に日経のIさんから、『東京人』の皇居特集号に出稿する「昭和天皇実録」の注目箇所、すなわち宇佐神宮、香椎宮での敵国撃破の祈りに関する原稿が送られてくる。Iさんは、私と違ってこの箇所を素直に受け取り、昭和天皇は原爆投下まで本土決戦を本気で考えていたのではないかという仮説を立てている。これは私以上に大胆な仮説ではないか。

午後一時、神楽坂の割烹「志満金《しまきん》」に行く。清泉幽茗流関東支部の秋の茶会に出席するためだ。ゼミ卒業生の伊勢尚美《なおみ》さんもやってくる。まず二階で鰻のかば焼きが入った弁当を食べてから、地下一階の会場に移動する。まず煎茶席、次に淹茶席に入ってお手前を受ける。大半のメンバーは十九日に古川の祥雲閣で会ったばかりだ。終了後、伊勢さんと一緒に近くのカフェでアイスカフェラテを飲みながら歓談。当流に関心をもったようで、教室に通いたいという。

家元すなわち家人は、今日からまた茶会の行事のため、仙台に出掛ける。

十月二十六日（日）

午前中は岩波書店での「昭和天皇実録」第二回講義の準備を行う。午後、電車に乗り、渋谷のブックファーストと新宿の紀伊國屋本店に行ってみる。前掲『思索の源泉としての鉄道』は、ブックファーストで総合十位、紀伊國屋で新書十三位にランクインしていた。が、まだ重版の知らせは来ていない。前掲『知の訓練』に比べると、紀伊國屋全店の順位がよくない。実は講談社現代新書だけで見ると、同時発売の佐藤健太郎『ふしぎな国道』のほうがはるかに売れている。地方では鉄道よりも国道のほうが生活の足になっているからか。それとも単に『ふしぎな国道』のほうが面白いからか。

新宿三丁目から地下鉄で神保町に移動する。恒例の神田古本まつりをやっているが、例年に比べて規模が小さい。前から欲しいと思っていた筑摩書房の丸山真男編『日本の思想6　歴史思想集』（一九七二年）があったので買う。八百円。

夕方になって、明日組み込まれる朝日新聞文化面の「昭和天皇実録」に関する私の分析に対して、デスクからの質問が転送されてきた。直前になって全面的な書き換えを迫るような質問に啞然としたが、担当のMさんの取り計らいにより、何とか事なきを得た。これまでに何度も経験していることだが、新聞というのは乱暴なメディアである。デスクがどういう方か存じ上げないが、直接お考えを聞きたく思った。

十月二十七日（月）

午前中、映画監督の舩橋淳さんから依頼を受けていた『フタバから遠く離れて』第二部の劇場用パンフレットに掲載する原稿を電子メールで送る。千八百字。

午後にまた神保町の古本まつりに行く。三省堂本店ではベストセラーが更新されていて、前掲『思索の源泉としての鉄道』は新書部門十位に入っていた。二位に吉田類『酒場詩人の流儀』（中公新書、二〇一四年）が入っているのが、いかにも神保町という土地柄を表しているといえようか。

十月二十八日（火）

大学出講日。一昨日に少しもめた、昭和天皇とキリスト教に関する朝日新聞の記事が無事掲載される。

十月二十九日（水）

書評委員会に備えて、勝浦令子『孝謙・称徳天皇――出家しても政を行ふに豈障らず』（ミネルヴァ書房、二〇一四年）を読む。

これは非常におもしろい。戦前は大手町に和気清麻呂像が建てられるなど、和気清麻呂は楠木正成とともに二大忠臣として大いに称えられた。その裏には道鏡を逆賊とし、道鏡を皇位に就かせようとした称徳天皇を淫乱な女帝と見なす歴史観がある。称徳天皇は道鏡との性的関係だけでは満足せず、山芋を性の道具とし、山芋が陰部から取り出せなくなったことがもとで死去したという伝説が語られてきたゆえんである。

けれども著者にいわせれば、これらはすべて後世に女帝としての称徳を不当におとしめ、女性天皇が二度と現れないようにするために作られたフィクションにすぎない。確かに「万世一系」のイデオロギーに照らしてみれば、道鏡はそれに挑戦しようとした逆賊に見える。しかし称徳は仏教、神道、儒教に通じ、「天」が授ける者であれば皇統以外の者でも天皇になれるという革新的な思想の持ち主であった。有名な宇佐八幡神託事件も、こうした思想が根底にあった。もし称徳の思想が現実化していたら、事実上の易姓革命が起こり、日本も中国や朝鮮と同様に王朝が交代したに違いない。

称徳は多くの女性を重用した。位階の授与は男性五十四人に対して女性四十四人、勲等の授与は男性二十八人に対して女性十五人。現在の日本社会に比べても、はるかに女性が登用されている。「女性が輝く日本へ」を掲げる安倍政権は、奈良時代を参考にしたほうがよい。

午後四時、角川書店へ。Gさん、KさんとYさんを相手に不敬小説の講義。六時半に終了。飯田橋の「おけ以」へ。相変わらず焼き餃子がうまい。

十月三十日（木）

十一月一日に朝日カルチャーセンター横浜で「新史料から見た昭和天皇」という講座を担当するので、午前中はそのレジュメを書く。午後に青葉台から上り各停に乗る。車中では日本記者クラブから送られてきた九月十一日の赤坂真理さんとの対談のゲラに赤を入れる作業を行う。表参道で降りて地下鉄銀座線で日本橋へ。高島屋の紳士服店Sに行ったら、先日の女性店員がいた。服を買いに行ったのか、女性店員に会いに行ったのかと問われればもちろん前者だ。勧められるままに、セーターと先日とは違うデザインのシャツを買う。秋物が不足しているのでまた買いに行ったのだ。

十月三十一日（金）

大学出講日。淡々と授業とゼミをこなす。ゼミにまた卒業生の伊東秀爾くんが来訪し、戦後のテレビ開局と政治の関係について一時間ほど講義する。

（1）東海道本線は十月十六日に復旧した。

（2）吉野作造の研究者は多い。東大出身者だけでも、松本三之介、三谷太一郎、坂野潤治、飯田泰三各先生らが論文を発表している。

十一月一日（土）

正午に横浜駅西口「ヨドバシカメラ」地下の食堂街にある「清正」で熊本ラーメンを食べる。同じ熊本ラーメンでも、「桂花」のように東京風にアレンジしない味が気に入っている。

午後一時より、横浜ルミネ八階の朝日カルチャーセンターで「新史料から見た昭和天皇」と題する講座を行う。五十人近くが受講する。これまでも何度か朝カル講師を引き受けたことがあるが、おそらく最大の人数。「昭和天皇実録」のニュースが効いているのだろう。

用意してきたレジュメと資料を見つつ、午後三時まで一気にしゃべる。聴衆の大半は高齢者。話すべきことが多すぎて二時間では足りなかった。が、講師も聴衆も集中できるのはこれが限度ではないか。

十一月二日（日）

午前中は放送大学テキスト『日本政治思想史』の第三章の原稿にとりかかる。総論の三回目として、時間と政治の関係について書き始める。

午後はたまプラーザの美容室でカット。鏡で見ても頭頂部の薄毛が目立っている。その分、全体のカットにかかる時間がだんだん短くなってきている。

十一月三日（月）

終日在宅。『日本政治思想史』第三章の続きを書く。

十一月四日（火）

学園祭につき大学は休み。

午後十二時二十四分、東京駅地下ホームから講談社のKさん、Hさんとともに快速君津ゆきに乗る。「鉄道ひとつばなし」の取材で、担当のKさんのほかに現代新書編集部のHさんも誘い、小湊鐵道といすみ鉄道に乗りに行く。

一時間で五井に着く。隣のホームに一両編成の上総中野ゆきディーゼルカーが停まっている。切符売り場はなく、JRの切符を渡して車内で車掌から切符を買う。

一時半過ぎに発車する。座席が半分埋まるほどの乗車率で、高齢者が多い。観光客やマニアらしき客は乗っていない。澄み切った秋空に稲刈りを終えた田んぼが遥々と広がる。途中の上総牛久でほとんどの客が降りる。ここから景色がいっそうひなびてくる。房総半島独特の低い丘陵と田んぼの織り成す里山の風景に心がなごんでくる。

線路は摩滅し、駅舎は開業した大正末期のまま。紅葉は線路端にしな垂れかかり、列車は恐る恐るくぐり抜けてゆく。自動改札も駅前のコンビニもない。上り列車と待ち合わせをする駅では、駅員がタブレットの交換を行っている。ここまで徹底して時流に背を向ける私鉄も珍しい。

終点の上総中野で第三セクターのいすみ鉄道に乗り換え、途中の大多喜で降りる。沿線の中心駅で、「房総の小江戸」を自称しており、大多喜城主の本多忠勝とその子、忠朝をNHK大河ドラマに誘致しようという幟《のぼり》があちこちに立っている。何もない小湊鐵道の各駅を見てきたので、商売っ気の強さにちょっと興ざめする。

江戸時代の建物が残る町並みを歩いてみたが、車の通行が多い街道に面しており、落ち着いて歩ける環境にない。店の看板もはがれ落ちたままで、「YOKOHAM

Ａ」が「ＫＯＨＡＭ」になっている。ポーランド語で（私が）愛しているを意味する動詞の「ｋｏｃｈａｍ」に似ている。(1)

大多喜から再びいすみ鉄道に乗り、終点の大原でＪＲ外房線に乗り換え、三つ目の太東《たいとう》で降りてタクシーに乗る。インターネットで調べた「いけす料理店あき」に午後五時過ぎに到着。伊勢エビの天麩羅やみそ汁などの盛り合わせ御膳を食べる。このあたりは日本一伊勢エビの漁獲高が多いところで、前々から一度食べたいと思っていた。さすがに新鮮でみそ汁も出汁が効いている。タクシーを呼んでもらい、太東から上り普通列車に乗って茂原で特急に乗り換え、東京に午後七時半に着く。半日の楽しい小旅行であった。

十一月五日（水）

午前中、横尾忠則さんからご著書が送られてくる。前回の書評委員会で本をお譲りしたことに対するお礼の手紙が添えられていた。直筆のこの手紙を家人に見せたところ、狂喜していた。家宝にすると言っている。書評委員の仕事はきついが、時にはこんな役得もある。

「鉄道ひとつばなし」の原稿「小湊鐵道に乗る」を一気に仕上げる。昼飯は醬油ラーメンを作って食べる。午後一時、自宅の車を運転して近くの自動車販売会社に行く。そして車検証などをもらい、新車に乗って帰ってくる。ギアチェンジとハンドブレーキの位置が変わったので、慣れるまではややこしい。車体は一回り小さくなったので燃費はよくなるはずだ。

自動車の損保保険担当のＨさんに電話し、買い替えたことを告げた上で車検証のコピーをファクスで送る。これで買い替えに伴う手続きは終了する。

午後四時、文藝春秋本社で『文藝春秋』編集部のＭさんに会う。戦後七十年企画の件で相談を受ける。いくつかプランを出しておいた。

午後五時半、朝日新聞社へ。書評委員会に先立ち、並んでいる本の品定めをする。七時より会議。柄谷行人、保阪正康、赤坂真理、水無田《みなした》気流、三浦しをん、本郷和人、佐倉統《おさむ》、吉岡桂子、杉田敦各氏が出席。前掲『孝謙・称徳天皇』はぜひ書評したいという意向を表明しておく。終了後は私と柄谷さんを除いて皆さっさと帰ってしまった。

十一月六日（木）

東京午前十一時三十六分発の「やまびこ49号」に乗る。自由席は大宮で満席となる。宇都宮に十二時二十六分着。栃木県立文書館の月井剛さんに迎えられ、車で文書館へ。月井さん、館長の高齋《たかさい》吉明さん、館長補佐の丸茂博さんと弁当を食べ、午後二時から四時まで「御用邸から見た皇室――日光田母沢・葉山・沼津を中心として」と題して講演。終了後、高齋さんに連れられ、近くの「正嗣《まさし》」という餃子店に行く。まだ四時半なのに十人以上並んでいる。

メニューは焼き餃子と水餃子の二種類しかない。どちらも五ヶ二百十円。一つずつ注文する。焼き餃子は小ぶりながら中身が詰まっていてボリュームがある。水餃子は中国の水餃子よりも韓国のマンドゥクッに近い。

高齋さんと別れ、バスで宇都宮駅に出る。次の新幹線は五時二十分発の「やまびこ216号」だが、指定席は満席で、自由席特急券を買う。宇都宮は人口が五十万人もいるので新幹線に乗る客が多く、自由席の乗り場にはたちまち長い行列ができる。まもなく入線してきた「やまびこ」の自由席車両はすでにほぼ満席で、最前列にいた私は座れたものの、大半の客は通路やデッキで立ちっぱなしになる。

小田原や熱海のように、新幹線と在来線が別会社のためにに在来線にも特急が走っているわけではなく、どちらもJR東日本のため新幹線でしか帰れないダイヤになっているからこういうことになる。もし在来線経由で新宿か上野までの特急が走っていれば、私もそちらを利用しただろう。

十一月七日（金）

文藝春秋のMさんからメール。「ヨン・サン・トオ」と呼ばれる六八（昭和四十三）年十月の国鉄ダイヤ改正の歴史的意味について書くことになった。

大学出講日。新車に乗っていつもの道を行く。レンタカーに乗っているようでまだ慣れない。前の車に比べるとハンドルの遊び具合もブレーキの効き具合も違う。制限速度順守で安全運転に徹した。

十一月八日（土）

レイルウェイライターの種村直樹さんが死去。JR担当の新聞記者だったとき、時刻表の取材で宮脇俊三さんとともに一度お会いしたことがある。名刺交換のさい、種村さんの名刺が新幹線0系のボンネット型をしていることにまず驚き、二人の娘さんの名前が「ひかり」「こだま」と聞いてもっと驚いたことを思い出す。

十一月九日（日）

午前中に「「ヨン・サン・トオ」と東北」と題する原稿を書く。二千字。これは来月十日発売の『文藝春秋』二〇一五年1月号に掲載される予定である。

前掲『思索の源泉としての鉄道』は、発売から一ヵ月近くがたつがまだ重版しない。同じ講談社現代新書から出ている『鉄道ひとつばなし』シリーズ[2]は、大体発売から一ヵ月以内に重版してきたので、この結果にはいささか落胆した。読者に飽きられているのだろうか。もしそうなら、『本』での連載中止も考えねばなるまい。

午後十一時からNHKで「太陽を抱く月」を見る。国王が意を決して祖母に当たる大王大妃《テワンテビ》に会い、療養を名目にソウルから温泉のある温陽《オニャン》に追放する場面が、敗戦直後に皇太后を東京から軽井沢に追いやる場面に重なって見える。

十一月十日（月）

放送大学の教材『日本政治思想史』第三章の原稿を途中まで書く。

十一月十一日（火）

大学出講日。午前十時、キャンパス内の健康支援センターで約三年ぶりに健康診断を受ける。血圧は正常だったが、視力が著しく落ちている。前回測ったときには右1・0、左1・5程度あったが、右目も左目も0・5までしか見えない。そんなことはあるまいと思い、もう一度測ったら左目は1・0まで改善したが、右目はあまり変わらない。確かに最近、細かい字がちょっと読みづらくなったとは感じていたが、一回目と二回目の検査で視力がかくも変わるとすれば、これまでの検査もひょっとして間違っていたのかもしれない。

授業で京都の話題を取り上げ、十一月の京都の紅葉がいかに美しいかを熱く語っていたら、本当に日帰りで京都に行きたくなってきた。土日や祝日の人出を考えれば、行くなら平日しかない。あいにく全部予定が入っていて、明日の教授会を休んで行こうかと真剣に考える。京都駅に近い東福寺や泉涌寺《せんにゅうじ》なら新幹線に乗って日帰りで十分行ける。

朝日新聞社のIさんから電話があり、『孝謙・称徳天皇』は最も大きな扱いで書評することになる。帰宅後に興が乗り、一気に第一稿を仕上げる。千百字。

十一月十二日（水）

講談社から、『皇后考』のゲラが届く。ページ数が六百四十二ページに増えている。

京都に行きたい気持ちを必死に抑えつつ、大学の教授会に出る。会議の最中、テーブルの上にゲラを出して赤ボールペンで直しの作業を続ける。

十一月十三日（木）

文藝春秋より、『文藝春秋オピニオン　2015年の論点』が送られてくる。私が執筆した「昭和天皇実録最大の謎　四五年夏の「戦勝の祈り」」も出ている。

午後二時、岩波書店に行く。岩波新書で刊行が予定されている『「昭和天皇実録」を読む』の二回目の講義。受講者はNさん、Iさんなど五名。今日は昭和戦前編で、一九二六年から四五年まで。途中十分程度の休憩をはさんだものの、前回同様、五時までかかった。御告文や御祭文の解説を中心に、天皇の戦争に対する認識を探ることに重点を置いた。

十一月十四日（金）

大学出講日。新車の調子はまずまずだ。途中で「吉野家」に立ち寄り、牛丼並盛と味噌汁、お新香のセットを注文する。四百三十円。「アジア地域秩序」では「都市と政治」と題して東京の話をする。最前列に座っている学生が机の下に目をやりスマホを操作していたので注意する。学生は、時計を見るためだったという。時計を見るなら構わないと言うべきか、それとも壇上の教員から誤解されないよう注意すべきだと言うべきか迷ったが、後者を選んだ。

十一月十五日（土）

午前中は『皇后考』のゲラの直しを続ける。午後にJR横浜線に乗り、町田市立図書館へ。ゲラの直しに必要な資料をコピーする。そのあとでマッサージ店に行く。肩、頭、足のすべてがガチガチですと言われ、入念にほぐしてもらう。

近くに創業百三十年という馬肉専門店「柿島屋」があった。まだ四時半だというのにえらくにぎわっている。町田にこんな店があるとは知らなかった。

十一月十六日（日）

今日も『皇后考』のゲラ直し。とにかく分量が膨大なので、連日やらざるを得ない。午後四時四十分、JR十日市場駅で家人と待ち合わせて町田に行く。昨日見つけたばかりの「柿島屋」が気になったので、さっそく家人を誘って行ってみることにした。店内は広い。まだ五時だというのに昨日同様にぎわっている。大型テレビには大相撲九州場所を中継するNHKが映し出されている。一人でホッピーを飲みながら相撲を見入っているような男性も結構いる。

馬刺しや肉皿、メンチ、チョリソなどを注文。肉なべというのも気になったが、この後にラーメンを食べるつもりだったので見送る。肉皿四百九十円、肉なべ（並）千二百円など、かなり安い。この庶民的な雰囲気は田園都市線沿線の小洒落た店には決してない。店を出てから、すぐ近くにあった「一蘭」に入る。福岡にある博多ラーメンの支店。カウンターの席が仕切られていて、客が汁の濃さや麵の固さ、ネギなどを選ぶ仕組みになっている。よく見かける同じ博多ラーメンの「一風堂」とは違った土着的なラーメン。しかし替え玉が百九十円というのは高すぎると思う。町田はラーメン激戦区だから、これでは生き残れないのではないか。

十一月十七日（月）

午後一時、東中野の映画館「ポレポレ東中野」で、『フタバから遠く離れて』第二部を見る。自宅で一度DVDを見てはいたのだが、実際に映画館で見ると迫力が違う。双葉町民が避難生活を送っていた旧埼玉県立騎西《きさい》高校が何度も出てきたが、DVDでは気づかなかった旧校長室とおぼしき町長室の壁に掲げられた騎西高校の校歌を記した額が、三・一一以前の世界を象徴しているように見えた。

三時より、舩橋淳監督と壇上でトークショーを行う。観客は五、六十人ほど。見てすぐなのでうまく言葉が出てこない。パンフレットに書いたこととほぼ同じことを話す。終了後に舩橋さんと駅前のドトールコーヒーに行き、舩橋さんが感銘を受けたと言われる拙著『滝山コミューン一九七四』の映画化の可能性につき、あれこれと話す。

十一月十八日（火）

大学出講日。高倉健死去のニュースが飛び込む。

午後四時四十五分から六時十五分まで、7号館で「皇后とはなにか」と題する公開講演会を行う。私が勤める学部の付属研究所が主催しているセミナー「グローバル時代の女性のちから」の一環として引き受けた。百三十数名が来場。宣伝していない割りには結構集まっている。来年一月刊行予定の『皇后考』の内容をかいつまんで話す。目の前に座っている爺さんがしきりに首を上下に振っていたが、疲れたのかそのうちに動かなくなった。終了後に最近の拙著三冊の即売会を行い、買ってくださった方にサインする。またやってくださいと声をかけられる。熱心な地域住民を味方につける方策を大学がきちんと考えていないのは、あまりにもったいない。

帰宅しようと車に乗り、ラジオをつけると、衆議院解散を伝えるニュースが流れる。一方でみんなの党は解党を決めたようだ。選挙対策のために野党がなだれを打って合同しようとしているというイメージが広がると、自民党の思うツボだろう。けれどもバラバラのままでは、またしても自民党の大勝利に終わってしまう。どちらにしても自民党が有利なわけで、暗澹たる思いにとらわれる。

十一月十九日（水）

午前十時半より、勤務校の白金校舎で学務会議。

午後五時半、朝日新聞社に行く。書評委員会に出席するためだ。テーブルに並んだ本を品定めし、書評したい本を選ぶには少なくとも一時間はかかる。タイトルだけでおもしろそうだと思って選んでしまうと裏切られることが多いというのは、この半年あまり委員をやってきて学んだ教訓のひとつである。実際に本を手にとり、ある程度中身を読まないと、必ず後悔することになる。そのためには会議が始まる少なくとも一時間半前には行く必要があるのだが、こんな時間にもう来ている委員は、私のほかに誰もいない。「出雲」や「鉄道」や「天皇」がタイトルに掲げられた本もあったが、本当に興味をそそられた本は、そのいずれでもなかった。

七時より会議が始まる。保阪正康、いとうせいこう、角幡唯介、内澤旬子、本郷和人、水野和夫、吉岡桂子、杉田敦、諸富徹各氏が出席。いまだに一度も出席したことがない委員がいるというのが解せない。東直子《ひがし》『いとの森の家』（ポプラ社、二〇一四年）を書評したいという意向を示す。福岡県の糸島半島を舞台とするローカルな物語だが、小学四年の主人公が神功皇后の伝説に出会うくだりにぐっと来るものがあった。

いとうさんは風邪をひかれているそうで、いつもほど元気がない。ムードメーカーが不調なせいか、大した盛り上がりもなく八時四十分に終わる。すぐにハイヤーで帰宅し、『皇后考』のゲラ直しを続ける。

十一月二十日（木）

午前中に前掲『孝謙・称徳天皇』の書評の修正稿を朝日新聞社にファクスで送る。

十一時半に外出。田園都市線の準急に乗り、渋谷で降りる。真冬なみの寒さのため、久々に道玄坂上にある味噌ラーメン店「真武咲弥《しんぶさきや》」へ。炙り味噌ラーメンを注文。八百十円。以前食べたときよりも札幌っぽさが増している。おろし生姜を汁に溶かして食べる。首都圏の味噌ラーメンでは、町田の「ど・みそ」や高田馬場の「羅偉伝《らいでん》」などと並ぶ味ではないか。

渋谷から地下鉄銀座線に乗り、虎ノ門で降りる。午後一時二十分、虎ノ門ツインタワー地下一階の会議室へ。平成26年度住宅生産振興財団「まちなみ塾」公開講座「日本の居住地、その歩みと新たなステージ」の第一部「鉄道から見た戦後住宅地形成史」の講師を引き受けたからだ。聴衆は住宅メーカーやUR都市機構、建築事務所などの関係者が多く、百五十名ほど。ほとんどが背広服の男性。

午後二時から三時二十分まで講演。背広服の男性たちはいいかめしい面構えをしている。それに負けぬよう、こちらもいかめしい面になる。途中で主催者のEさんが水を差し出してくださり、緊張が溶ける。聴衆の表情も少し和らぐ。あとは一気にしゃべるだけ。彼らにとっては初めて聴くような話だったらしく、いい刺激になったのではないかとEさんが言う。会場の外に出ると、いつの間にか冷たい雨が降っている。また京都に行きたい気持ちが頭をもたげてきた。

十一月二十一日（金）

大学出講日。ゼミは今日から松本清張『神々の乱心』上下に入る。サブテキストとして拙著『松本清張の「遺言」』（文春新書、二〇〇九年）を指定した。初回ということで冒頭の場面を丁寧に解説する。

十一月二十二日（土）

『「昭和天皇実録」を読む』三回目の講義に向けてレジュメを書き始める。今度は占領期に該当する。

午後十時過ぎ、なんとなく揺れているのを感じる。いつもの地震とは違う、気持ちの悪い揺れ方だ。すぐにテレビをつけると、長野県北部を震源とする最大震度6弱の地震だという。まさに糸魚川と静岡を結ぶフォッサマグナの上で起こったわけだ。これをきっかけにフォッサマグナでの地震活動が頻発すれば、そこにトンネルを掘ろうとしているリニア中央新幹線は中止に追い込まれるだろう。

十一月二十三日（日）

宮中では新嘗祭だが、今年から天皇は暁の儀を行わず、夕の儀の時間も短縮するという。昭和天皇の場合、六十九歳に当たる一九七〇年から同様の措置がとられたが、現天皇は八十歳まで夕の儀も暁の儀もきちんとやっていたことになる。それ自体が驚異的といえる。

午後零時過ぎに白金校舎に行く。高橋源一郎とともに入試の業務。高橋さんとは久々に会う。大学に行く途中のカーラジオで毎週NHKラジオ第一の番組に出演する高橋さんの声は聞いているので変な感じだ。

午後十一時からNHKで「太陽を抱く月」の最終回。国王周辺の関係者が次々と亡くなり、最後は国王と王妃となったヒロインのキスシーンで終わるという安易な展開に辟易させられる。来週からはまた「ダウントン・アビー」が始まるので、次に期待したいと思う。

十一月二十四日（月）

前掲『いとの森の家』の書評原稿を書く。四百字。あとは『「昭和天皇実録」を読む』のためのレジュメの作成と、『皇后考』のゲラの校正に精を出す。

十一月二十五日（火）

二十八日締め切りの放送大学の日本政治思想史シラバスを、所定の書式に従い、電子メールの添付ファイルで送る。とりあえず全十五回分の授業計画を立てたが、今後の原稿執筆により変更の可能性もある。

　大学出講日。一九七〇年十一月二十五日に起こった事件を念頭に、三島由紀夫について話す。冒頭に「今日は何の日か」と何人かの学生に質問したら、四年の男子が「給料日です。銀行が混んでいました」と答える。「じゃあ、三島由紀夫ってどういう人?」と質問すると、別の四年の男子が「男性です」と答える。さすがに見かねたのか、私のゼミ所属の二年の金子拓真くんが手を挙げたのでマイクを渡すと、滔々としゃべり出す。結局、三島の解説だけで終わってしまう。

　授業終了後、『サイゾー』という雑誌の編集者が研究室に来る予定だったが、三十分も遅れて来る。皇居について聞きたいというので、てっきり『東京人』十二月号の御厨《みくりや》さんと私の対談を読んだのかと思いきや、読んでいないという。向こうが準備不足を認めて取材は中止となる。

十一月二十六日（水）

京都に行きたいという欲望に耐えられず、日中文化交流協会の役員懇親会に出席するはずの予定をキャンセルし、ついに決行することにする。

　目当ては、東福寺と泉涌寺の紅葉である。一九一七年と二二年の十一月に貞明皇后が訪れているので、同じ風景を見ておきたかったのだ。

　JR十日市場駅の自動券売機で指定券を購入しようとすると、普通車は三列の真ん中しか席がなかったので、グリーン車にする。新横浜午前九時五十九分発の「のぞみ219号」に乗る。車内では書評委員会で取った青山陽子『病いの共同体』（新曜社、二〇一四年）を読む。普通車と違って静かなので集中できる。京都十一時五十八分着。東海道本線下りホームに行き、立ち食いうどんのスタンドに入って「きざみうどん」を食べる。スタッフは全員女性。慣れた手つきで湯切りしている。うどんも汁も関西風で、京都に来たという実感が湧いてくる。

奈良線の乗り場に移動して昔の山手線の電車とよく似た普通奈良ゆきに乗り、一つ目の東福寺で降りる。さすがに紅葉シーズンで、ホームには臨時の職員が何人も立って客を誘導している。人波につられて東福寺へ。中国人が多い。寺が近づくや紅葉に次ぐ紅葉。それだけでも う圧倒される。

境内に入り、四百円払って貞明皇后が歩いた通天橋を渡る。平日にもかかわらず、大変な人出。それもそのはず、紅葉はいまが真っ盛りで、右も左も見事に染まっている。中国語、ドイツ語、韓国語が聞こえてくる。一二年四月に訪れた九条家墓所にも行ったが、ここまで来るとさすがに閑散としている。すぐに引き返し、今度は歩いて泉涌寺に行く。東福寺ほど混んではいない。まず拝観料五百円を払い、さらに特別拝観料三百円を払って本堂に入る。泉涌寺は皇室との縁が深く、多くの天皇や皇族が訪れている。したがって本堂に隣接して御座所があり、貞明皇后が座った「玉座の間」も公開されている。

御座所には女官や侍従などの間もあったが、玉座の間は最も奥まったところにあり、すぐ目の前が庭園であった。ここからの紅葉の眺めが素晴らしかった。東京では決して味わうことのできない眺めである。皇后は十一月に京都を訪れることの意味をよくわかっていたのではないか。

二つの寺を訪れただけで十分満足し、泉涌寺道を歩いて帰ろうとすると、日本共産党の宣伝カーが大音響で政権批判をしている。どうせテープだろうと思って近づいてみると、車内でおばあさんがマイク片手に生でしゃべっている。さすがに七期二十八年間、蜷川府政[3]が続いた土地柄である。

東福寺から奈良線で京都に出て、午後三時五分発の「のぞみ232号」に乗る。帰りもまた『病いの共同体』を熟読する。自宅には五時半に着いた。新幹線の効用である。これからの時代、新幹線は会社や大学に行きたくないとき、ふと思い立って京都に紅葉を見に行くような「不真面目」な人間によって大いに活用されるべきではないか。

帰宅後、今日の京都訪問によってひらめいたことを大急ぎで『皇后考』のゲラに加筆する。

十一月二十七日（木）

『東京人』編集長の高橋栄一さんから依頼を受け、虎ノ門の桜田ビルで開かれた昼食会で「昭和天皇実録」の話をする。座長は国立公文書館館長の加藤丈夫さん。元官僚や経営者が多く、慣れない空気に緊張する。

終了後に明治大学図書館に行き、調べ物をしてから飯田橋に移動し、午後四時に角川書店へ。Gさんを相手に京都と貞明皇后の関係につき話す。Kさんも加わり、六時半に「おけ以」で焼き餃子。食べ慣れているせいか、先日食べた宇都宮の「正嗣」よりも美味く感じる。

十一月二十八日（金）

中島岳志さんのツイッターで、松本健一さんの死去を知る。松本さんの本は、二十代前半の頃によく読んでいた。特に『大川周明』（作品社、一九八六年）は、当時まだほとんどなかった大川に関する本格的な研究書として、印象に残っている。けれどもある時期から、過剰にロマン主義的な傾向について行けなくなり、読むのをやめた。九六年八月に亡くなった丸山眞男をしのぶ会が千日谷会堂で開かれ、受付を担当していたときに松本さんが喪服姿で現れたのが、初めての出会いだった。そのあとに信濃町駅前のカフェでお茶を飲んでいたとき、松本さんは隣の席にいて編集者と打ち合わせをしていた。

結局、まともに話したのはそのずっと後に開かれた保阪正康さんのパーティーで帰り際に一言二言交わしたのが唯一だった。ご著作から引用したのも、『昭和天皇』で一ヵ所だけだと思う。松本さんも『大正天皇』にやや批判的な見地から言及していた程度ではなかったか。お互いに似て非なるものを感じとっていたように思う。

十一月二十九日（土）

正午前に自由が丘の「いちばんや」で「しろ醤油三種入りラーメン」を食べる。九百八十円。完食。相変わらずの後味のよさに深く満足する。

午後零時半、白金校舎へ。入試業務。終了後、久しぶりに早稲田に行く。政経学部の3号館はすっかり新しくなっていた。午後三時半より、『藤原保信著作集』全十巻（新評論、二〇〇五～二〇〇八年）刊行十年を記念するミニシンポジウム「藤原政治哲学のポテンシャリティ」に出席するが、司会者、報告者とコメンテーターが七人もいる割りにはフロアの人数が少ない。やる側も聞く側もゼミの出身者や大学院で指導を受けた関係者ばかりのせいか、内輪で固まっている感は否めなかった。

七時よりリーガロイヤルホテル東京で懇親会。法政の奥武則さん、明治の石井知章さん、同志社の岡野八代さん、講談社のＹさん、毎日新聞のＩさん、日経のＵさん、文春のＫさん、共同通信のＨさんらと話す。未亡人の藤原貞子さんもお見えになったが、こちらもホールの大きさに比して参加者が少ない。九時に終了。九段下経由で帰宅する。

十一月三十日（日）

本日よりまた家人が韓国に出掛ける。終日在宅。明日持って行く『皇后考』のゲラの最終チェックを行う。午後十一時より、待ちに待ったＮＨＫの海外ドラマ「ダウントン・アビー」第二部を見る。

（1）正確にいえば、kochaćの一人称単数形がkochamである。

（2）『鉄道ひとつばなし』は二〇〇三年、『鉄道ひとつばなし2』は二〇〇七年、『鉄道ひとつばなし3』は二〇一一年にそれぞれ講談社現代新書の一冊として刊行された。

（3）蜷川虎三を知事とする府政。共産党が強く支持した。

十二月一日（月）

菅原文太さんがご逝去。一度ニッポン放送の番組に招かれたことがある。前掲『鉄道ひとつばなし』を熟読しておられたので、えらく恐縮したことを思い出す。

午後一時半、神保町のカフェ「古瀬戸」で『群像』出版部のHさんに会い、『皇后考』の校正ゲラを渡す。今回もまたHさんがすべてのページに一通り目を通すまでにまる一時間かかる。発売日は一月末ではなく二月初旬となる。そのあとに国会図書館に行き、「鉄道ひとつばなし」の関係資料をコピーする。

NHKの世論調査によると、安倍政権が決めた消費税率の八％から一〇％への引き上げ延期に反対している人が二八％もいるのに、そういう人たちの受け皿になる野党はない。このままでは投票する政党のない有権者が棄権に回り、投票率が大幅に下がる可能性がある。

十二月二日（火）

大学出講日。午前中に放送大学テキスト『日本政治思想史』第三章を脱稿する。ここまでが総論で、第四章以下は各論となる。授業では、今回の総選挙の投票率を五〇％台前半と予想し、もし五〇％を下回るような投票率になった場合には、民主主義が機能しなくなることを話す。

帰宅後には昨日国会図書館でコピーした資料や「昭和天皇実録」をもとに、『本』で連載中の「鉄道ひとつばなし」に出稿する「昭和天皇・香淳皇后と岡山」を一気に仕上げる。

十二月三日（水）

午前中は十一日に予定されている岩波書店での「昭和天皇実録」講義に備えて、レジュメ作成作業を続ける。

午後三時半、大手町の読売新聞社に行き、Sさんに会う。昭和天皇とキリスト教改宗をめぐる興味津々の話をうかがう。五時半に終わり、地下鉄で築地市場へ。朝日新聞社での書評委員会に出席するため、書評したい本の優先順位をつけるのが難しい。毎度のことながら、出席するはずの委員が急に来られなくなったそうで、弁当が余っているというので手を出したところ、腹が苦しくなる。横尾忠則さんがお見えになったので、本を送っていただいたお礼を申し上げる。

七時より委員会が始まる。横尾忠則、荻上チキ、保阪正康、本郷和人、佐倉統《おさむ》、内澤旬子、吉岡桂子、水野和夫各氏が出席。今日は本郷さんのギャグが好調だった。

十二月四日（木）

午前中は十二月二十八日の朝日新聞読書面に掲載される「今年の三冊」と「書評委員この一年」の原稿を書く。「今年の三冊」はすでに書評したものを除くことにした。尾崎真理子『ひみつの王国』（新潮社）、加藤典洋『人類が永遠に続くのでないとしたら』（同）、稲葉真弓『少し湿った場所』（幻戯書房）の三冊にする。

午後は明日のゼミに備えて『神々の乱心』上を久しぶりに読み返す。

十二月五日（金）

大学出講日。健康診断の結果が届いていた。悪玉コレステロールの値が異常に高い。ラーメンの食べ過ぎが原因か。時々胸がキリキリと痛むような症状が出ていたのはそのせいだったか。要医師面談と要栄養士面談の通知が同封されていたので、指定された来週と再来週の火曜日に、キャンパス内の健康支援センターに行くことにする。

図書委員長としての仕事も入ってしまった。後期の予算の範囲内で、教員から希望が出ている資料について、どれを認めてどれを却下するかを決定し、メーリングリストで全教員に通知しなければならない。

十二月六日（土）

読売新聞のKさんから依頼された「宗教と鉄道」の原稿を書く。千六百字。午後に青葉台の伊東屋に行き、年賀はがきの印刷を注文する。

十二月七日（日）

朝日新聞に前掲『孝謙・称徳天皇』の書評が掲載される。

コレステロール値を下げるために、昼にそばを食べてから運動靴をはき、手に何も持たずに歩いて外出する。まず自宅近くの恩田川に行く。鶴見川の支流で、川の両側が遊歩道になっている。この遊歩道を上流に向かって速足で歩いてゆく。多摩田園都市は丘陵地帯にあって坂が多いが、ここはずっと平坦な道が続いている。稲刈りが終わったあとの田圃が広がっている。川の水は透き通っていて、鯉が群がっているところもある。晴れてはいるが寒い。気温にして十度そこそこだろう。ジョギングをしている人と時々すれ違う。

東向地《とうこうち》団地という団地がある。神奈川県住宅供給公社の団地で、全部で八棟しかないが、給水塔もある。古い団地の雰囲気がよく保たれている。この団地を過ぎると、横浜市から東京都町田市に入る。その途端、川の両側が桜並木に変わる。見事な枝振りである。もちろんいまは葉を落としているが、春になるとさぞかし綺麗だろう。

市立総合体育館が見えてきたので、ちょっと中に入ってみる。FC町田ゼルビアのポスターが張ってある。町田にプロサッカーチームがあるとは知らなかった。

まだまだ歩いて行く。成瀬街道にかかる高瀬橋を過ぎたところで恩田川と別れ、高ケ坂《こがさか》郵便局から急坂を上ると視界が開け、丘陵地の斜面に中層フラット棟が並ぶ高ケ坂団地が全貌を現した。建設元は東京都住宅供給公社で、総戸数八百三十三戸の中規模団地である。六二年完成当時の景観がそのまま保たれている。こういう風景を見ると心が和むのは、四十年以上も団地に住んできたからだろう。

また坂を下って国際版画美術館に出て、もう一度上るとようやく町田の中心街にたどり着く。ドトールコーヒーに入って一服する。コーヒーを飲んでいると、総選挙で共産党の候補者への投票を呼びかける支持者による、シュプレヒコールを上げる声が聞こえてきた。

自宅から二時間弱かかったが、疲れは感じない。体力が落ちたという実感はない。まだ歩けそうだが、今日はこのあたりでやめておき、町田からJRで帰ることにする。これからも折りを見て実行しようと思う。

十二月八日（月）

午前九時過ぎ、自動車販売会社のAさんが来る。買い替えた車の一ヵ月点検のためだ。いったん車を持って行き、二時間後に再来訪。どこも異常はなかったという。

午後は要らなくなった本を二つの袋に入れて両手に持ち、十日市場のブックオフまで歩いて行く。たまにこういうことをやらないと本の置き場がなくなる。

十二月九日（火）

大学出講日。今日はサントリー学芸賞の授賞式に出るために電車で行く。午前十一時半、健康支援センターに立ち寄る。N医師からコレステロール値を下げるための助言を受ける。午後一時二十五分から二時五十五分まで講義。終了後、ゼミ生の古川愛巳《あいみ》さんと卒論のテーマについて話し合ってから、バスで戸塚駅へ。戸塚から有楽町までJRを乗り継ぎ、強い北風が吹くなか、午後五時過ぎに東京會館に着く。受賞者は全部で八人。私が朝日新聞で書評した『儒学殺人事件』の著者、小川和也《かずなり》さんも受賞者の一人である。

受賞者の挨拶が終わってから立食パーティー会場に入る。さすがに受賞者の数が多いせいか、出席者が多くて振り付けも派手である。みすず書房の守田さん、講談社のYさん、Iさん、Kさん、新潮社のNさん、中公のSさん、文春のTさんら私の担当編集者のほか、東工大の中島秀人さん、放送大学の御厨《みくりや》貴《たかし》さん、東大の牧原出さん、立教の小川有美《ありよし》さん、民博の小長谷有紀さん、明治の鹿島茂さんらに会う。御厨さんを除けば久々の再会であった。また学習院の兵藤裕己《ひろみ》さん、日文研の細川周平さんと初めて話す。御厨さんからも細川さんからもこの日記の話題が出た。

私にとってサントリー学芸賞は思い出深い賞である。山梨学院大学に勤めていた一九九八年にいただいた。(1)翌日の山梨日日新聞の社会面には、三段抜きで受賞の記事が出たものである。精神的にも苦しかったあのときに受賞できたことが、どれほど励みになったか。これからも若手研究者を育成する賞として、唯一無二の役割を果たしてほしいと思う。

終了後に小川和也さんの二次会に参加する。場所は有楽町のKという中華料理店。講談社のYさんが主催し、徳川家広さん、ノンフィクション作家の石井妙子さんらが参加する。堀田正俊のご子孫の女性も参加されていた。『儒学殺人事件』は徳川綱吉と堀田正俊の確執を描いた作品なので、両家が和解する格好になる。徳川さんとは初対面だったが恰幅がよく、NHKの海外ドラマ「ダウントン・アビー」に出てくる従者のベイツさんによく似ておられる。

午後十時にお開きとなり、日比谷から地下鉄千代田線の我孫子ゆきに乗る。かなり混んでいる。すぐ目の前に立っていた男性が、一心に『知の訓練』を読んでいたので、思わず相手の顔を凝視したら、向こうも気づいて目が合った。相手がひょっとしてという顔に変わった。「おわかりですか」と声をかけた。「信じられないなあ。（あなたの本は）よく読んでますよ。でも金が全然ないんで、図書館から借りています。この本も荒川区立町屋図書館から借りたものですが、最近の図書館はひどいね。予算がないのか、希望を出してもなかなか入れてくれなくてね」。堰を切ったようにしゃべり出したが、大手町に着いたので「すみませんがここで」と言って降りた。この間約三分。けれども深く心に残った。こういう読者もいるというのがありがたかった。

十二月十日（水）

午後二時から六時まで教授会。私の発言がもとで不毛な議論が延々と続く。この件を含めて、大変に不快な要件が二つほどあったが、立場上触れないでおく。授業だけを担当していればどれほど楽だろうか。もやもやとした感情がずっと残り、夜中に目を覚ましたまま眠れなくなる。

十二月十一日（木）

午後二時から五時まで、岩波書店で『「昭和天皇実録」を読む』第三回の講義を行う。今回は占領期。Nさん、Iさん、Hさんら七人が出席。天皇のカトリックへの改宗問題を中心に解説する。十月二十三日の日記に「活発な質疑応答を期待していたが単なる講義で終わった」と書いたせいか、これまでで最も質問が多かった。

十二月十二日（金）

大学出講日。授業評価のアンケート用紙を配る。文部科学省から指示された通りにしたがう。この結果は公表されることもない。高橋源一郎はしたがわないそうだ。

ゼミには卒業生の伊東秀爾くんと伊勢尚美《なおみ》さんが来た。正規のゼミ生六人に対して外部生も六人という構成になる。伊東くんは一年のゼミで政見放送の話をする。

十二月十三日（土）

午後に都立中央図書館に行こうとして青葉台駅まで行ったら、市が尾駅で人身事故が発生して不通だという。バスも満員だったのでJR十日市場駅まで二キロの道を歩く。十日市場駅はバスで来た客を含めて混んでいた。横浜線もラッシュ時並みの混雑で、狭い菊名駅のホームは人であふれた。東横線と地下鉄日比谷線を乗り継ぎ、広尾で降りる。旧有栖川宮邸跡を通って中央図書館へ。

『聖園《みその》テレジア追悼録』（聖園テレジア遺徳顕彰会、一九六九年）を読む。昭和天皇にしばしば面会した聖園テレジアについて調べるためだ。藤沢市の聖園女学院に電話したところ、図書館に資料はないと言われ、上智大学キリシタン文庫は手続きが面倒なことがわかり、とりあえず中央図書館に来たというしだい。明治学院も一応ミッション系の大学ではあるが、プロテスタント（長老派）のためカトリックの資料はほとんどない。

十二月十四日（日）

衆議院議員総選挙の投票日。午後に近くのさつきが丘小学校に行く。二年前の総選挙の日は宮崎県の高千穂にいたために期日前投票だった。校門のところにNHKの腕章をした職員が立っている。出口調査をしているのだろう。

年賀状の印刷を注文していた伊東屋から電話があったので取りに行く。帰宅後に筆ペンで何人かの住所と名前だけを書くが、すぐに飽きてしまう。

午後七時五十分より、NHKの選挙番組を見る。投票締め切り時間である八時になった途端、大勢が判明してしまった。予想通りの自公政権圧勝である。もう見る気がしなくなる。開票が二日間にわたり、時間の経過とともにしだいに結果がわかってくる昭和の総選挙が懐かしい。

民主党は議席をやや伸ばしたものの党首の海江田万里《ばんり》が落選。元首相の菅直人も選挙区では落選し、四百七十五番目、すなわち一番最後にぎりぎり比例区で復活当選するなど、とても躍進したとは言いがたい。唯一躍進したのは日本共産党。八議席が二十一議席に激増した。七二年総選挙の三十八には及ばないものの、六九年総選挙の十四を上回った。あのときは六九年に当選したばかりの不破哲三をいきなり書記局長に抜擢することでイメージの一新を図り、七二年総選挙でさらに飛躍した。今回はそれができるかどうかが鍵となるだろう。

最終投票率は五二％台になる見通し。授業で話した予想通りで、戦後最低だった前回をさらに七％近くも下回ることになりそうだ。棄権した有権者のなかには、安倍政権は消費税を予定通り一〇％に引き上げないと、子孫に膨大な借金を背負わせることになると考えている人たちもいるだろう。今回の総選挙では、そう考えている人たちはどの政党にも入れられないはずだからだ。

十二月十五日（月）

朝刊で昨日の選挙結果を見る。女性の当選者数を数えてみると四十五人しかいない。四百七十五議席のうちの四十五議席だから九・五％しかいない。選挙前よりはやや増えたとはいえ、相変わらず一〇％にも達しない低さである。

民主党と共産党の候補者がともに立った選挙区ではすべて民主党のほうが多くの票を集めているが、その差が最も少なかったのが西武沿線に当たる東久留米市、清瀬市、東村山市、東大和市、武蔵村山市の東京第二十区だったのが面白かった。清瀬市と武蔵村山市に限っていえば、共産党が民主党を上回っている。このような政治風土がなぜ生まれるのかを説得的に論じた政治学の研究はまだないと思う。

『みすず』1・2月号に出る「読書アンケート」の原稿を書く。朝日新聞の書評で取り上げなかった今年の本四冊と、「昭和天皇実録」との関連で重要な一九六九年刊行の本一冊を選んだ。書評委員になったせいで、今年は例年になく多様な本を読んだような気がする。

十二月十六日（火）

大学出講日。中央公論編集部のNさんに「新書大賞2015」の原稿を送る。明日にリニア新幹線が着工されるというので、橋山禮治郎『リニア新幹線　巨大プロジェクトの「真実」』（集英社新書、二〇一四年）をトップに挙げた。

午前十一時半、先週に続いて大学の健康支援センターへ。栄養士さんからどういう食事をすべきかについてアドバイスを受ける。教授会の合間に出るおやつの種類が多いのが気になっていたのでこの話を持ち出すと、基本的に間食はよくないとのこと。おやつを食べているくらいなら、時間を節約して教授会を早く終えるようにすればよいのに。

講談社『群像』出版部より、『皇后考』のゲラが送られてきた。最後のゲラである。はじめのページから丁寧に見直してゆく。まだ直しがある。六百五十三ページもあるので、到底一日では終わらない。

十二月十七日（水）

起きたら庭が真っ白だった。一面の霜柱である。氷点下に冷え込んだのだろう。気象庁は今年は暖冬と言っていたはずだが例によって外れている。

昨日の続き。『皇后考』ゲラを校正する。昼はきつねそばを作って食べる。二時過ぎに外出。車内でもゲラを手放さない。三時半から白金の勤務校で図書委員会。ギリギリ間に合った。四時過ぎに終了。図書館で明後日のゼミに備えて前掲『神々の乱心』を読み返す。白金高輪から溜池山王を経由して六時に銀座へ。クリスマスのイルミネーションが目に眩しい。「三笠会館」六階に行く。朝日新聞社書評委員会の忘年会が開かれるためだ。Iさんに二十八日に掲載される「今年の三冊」の原稿をお渡しする。会場に並ぶ新刊本をチェックし、書評したい本に○をつけてからテーブルに着席する。

柄谷行人、保阪正康、杉田敦、吉岡桂子、水無田《みなした》気流、水野和夫、萱野稔人、三浦しをん、諸富徹、佐倉統各氏が出席。一人ずつ簡単な挨拶をすることになり、柄谷さんは「あんまり自分の専門に近い本だとアラばかり見えてこんな本誰が書評するかという気になるし、かといってあんまり遠い本だと理解できなくなる。このアンチノミーが常にある」、杉田さんは「書評してもらってありがとうという礼状を受け取るよりも、著者が猛烈に抗議をしてくるような書評を書きたい」という趣旨の発言をされた。ともに含蓄のある挨拶だった。私は「書評委員のなかで唯一皆勤だったのがびっくりした」と言ったら萱野さんが大笑いされていた。

ただ書評委員どうしの仲は必ずしもよいというわけではない。読売の書評委員会はもっとなごやかだという話も聞く。けれども私にとっては適度に距離感のあるほうが居心地がよいので、朝日の雰囲気は嫌いではない。

十二月十八日（木）

午後四時、渋谷のセルリアンタワー内のカフェ「坐忘」で、朝日新聞出版『大学ランキング』編集部のKさんに会う。教員賃金ランキングについて取材を受ける。

渋谷から吉祥寺まで井の頭線の各停に乗る。車内では『皇后考』のゲラの直しを続ける。七時より吉祥寺の焼肉店「李朝園」で新潮社の編集者仲間との忘年会。KMさん、Eさん、Nさん、Tさん、KKさんに会う。栄養士からのアドバイスが頭にあったので野菜を多く食べるよう心掛ける。

この店の焼肉は天下一品で、いつ来ても満員なのだが、今日は意外に空いている。アベノミクスによる景気回復の実感はない。鉄道の話題になり、市川紗椰《さや》というファッションモデルの鉄道マニアがいることを知る。来年の文庫化が予定されている『レッドアローとスターハウス』の解説は誰がよいかと聞かれたので、清瀬旭が丘団地に住んでいた映画監督の是枝裕和さんの名前を真っ先に挙げる。

帰途、午後十時過ぎに渋谷に出て田園都市線に乗ろうとしたら、信号トラブルとかでまた停まっている。やむなく駅を出て道玄坂下でタクシーをつかまえる。首都高でも全く渋滞はなく三十分足らずで帰宅。一万九百十円。

十二月十九日（金）

大学出講日。研究室のパソコンに小諸市民大学から講演の依頼が来ている。一方的に日程と時間を設定され、「第三候補まで連絡してください」「すべて金曜日の7時から9時まで講演。5時ころには長野新幹線佐久平駅にきていただきたい」（原文ママ）と言われてもなあという感じ。正直言って気が乗らない。東京新聞のAさんに、「東京どんぶらこ」の原稿「多摩センター」をファクスで送る。

NHKBSプレミアム「英雄たちの選択」で伊藤博文と明治憲法の誕生をテーマにするので出演してくれないかという依頼が来る。晩年の韓国統治の問題に全く触れないのは納得できないので、丁重にお断りする。

東京駅の開業百周年を記念して、一日限りでブルートレイン「富士」[2]が復活運転された。しかしその区間は東京―伊東間だという。熱海から西の東海道本線はJR東海の管轄のため、JR東日本管内だけしか走れないのだろう。これは果たして復活運転といえるのだろうか。

理化学研究所がSTAP細胞の存在は証明できなかったと会見を開く。小保方晴子さんは退職するそうだ。一月の熱狂は何だったのかと思わずにはいられない。

午後六時過ぎ、TBSラジオの「荻上チキ・セッション22」担当者より電話がある。二十三日に東京駅開業百周年を特集するので出演するよう依頼される。同じ朝日新聞書評委員のよしみで引き受けてしまう。

十二月二十日（土）

東京駅で発売される記念Suicaを買うために丸の内口に一万人を超える人々が集まったことに危険を感じたJR東日本が発売を途中で打ち切ったことに対して、納得できない人々が駅員を取り囲むなど暴徒化したらしい。警官も動員されたようで、平成の上尾事件(3)かと錯覚する。もしこれがブルートレインの全廃に抗議して集まっているならば、私も馳せ参じたかもしれないけれど、たかがSuicaで早朝から並ぶ人々の心理はよくわからない。いまやこの国の「鉄道熱」は、私ごときの中途半端な「テッチャン」のレベルをはるかに超えてしまったのだろう。

午後三時、青葉台のカフェ「ANTONIO」で、NHK制作局のIさんに会う。NHKスペシャルの戦後七十年企画番組につき相談を受ける。

十二月二十一日（日）

たまプラーザの美容院でカット。年末の日曜日のせいか混んでいる。三十分ほど待った。そのあと久しぶりにマッサージを受ける。あっと言う間に眠りに落ちた。午後十一時十五分よりNHKで「ダウントン・アビー」第二部を見る。

十二月二十二日（月）

午前中は来月予定されている岩波新書『「昭和天皇実録」を読む』のための講義最終回のレジュメ作りと『皇后考』ゲラ直しの作業に没頭する。午後に東京新聞のSさんから電話。JR山田線の宮古—釜石間の三陸鉄道への移管が正式に決まったのでコメントを依頼される。こんなことになるのならなぜもっと早く移管できなかったのかと話す。

十二月二十三日（火）

天皇誕生日だが大学出講日。車で行く。途中のリンガーハットで減塩チャンポンを食べる。祝日なので保土ヶ谷バイパスはいつもよりも空いている。授業は行わず、一般常識、英語、世界地理、人文書などの問題を次々に出す。祝日なのに授業をやれと迫る文科省に対するせめてもの抵抗である。終了後、車でいったん帰宅し、午後六時過ぎに軽く食事を済ませて外出。青葉台から渋谷、目黒を経て、八時前に明治学院前に着く。しかし今夜は白金校舎に用事があるわけではない。メモしてあった番地を手掛かりに、中学時代の友人、菊池新《あらた》の家を目指す。クリスマスパーティーに招待されたため、三十五年ぶりに再会することになったのだ。

　十月の日記に書いたように、菊池は私が『思索の源泉としての鉄道』を出したのと同じ月に『なぜ皮膚がかゆくなるのか』をPHP新書から出したのが縁で、メールのやりとりをするようになった。そしてついに今日、再会と相成ったわけだ。閑静な住宅地のなかに目指す家はあったのだが、あまりの豪邸にびっくりする。招待客は五十人ほどいたが、おそらく百人は余裕で入れるだろう。本人は客の応対に忙しそうだったが、私を見つけるや駆け寄りかたく握手を交わす。やはり面影はある。中学時代の記憶と現在の豪邸とのあまりのギャップに戸惑う。話している限りは間違いなく三十五年前の菊池がそこにいるのだ。二人きりでしばらく話し込んだが、九時半頃に失礼する。外に出てみると見慣れた白金界隈の風景が広がっていて、まるで竜宮城から現世に戻ってきたような錯覚に陥る。

　桜田通りでタクシーを拾い、赤坂のTBSに行く。十時から始まる荻上チキさんのラジオ番組「セッション22」にまた出演を依頼されたからだ。テーマは二十日に百年を迎えた東京駅で、作家の森まゆみさんと一緒になる。森さんは大学のゼミの先輩だから安心感がある。十時四十五分から一時間ほど話すが、脳裏にはまだ菊池邸での時間が流れていて、半分位は心ここにあらずといった心境であった。午前零時前にタクシーに乗って帰宅する。ラジオで何を話したかは覚えておらず、ひたすら「滝山コミューン」とは真逆の慶応という世界について考えさせられる。午前一時半に就寝。

十二月二十四日（水）

午後三時、神保町のカフェ「古瀬戸」で『群像』出版部のHさんに会い、『皇后考』のゲラを渡す。これで最後のゲラになる。発売は来年二月五日の予定。ただ気になるのは、一月二十日に国書刊行会から『倉富勇三郎日記』第三巻が発売されることだ。(4)年代でいえば一九二三年と二四年に当たる。ここに「序」で記した神功皇后に関するマル秘情報が収録されている可能性がある。初版では間に合わないので、Hさんには重版した場合に「追記」として『倉富日記』に触れることができるよう、余白を準備しておいてくださいとお願いした。

十二月二十五日（木）

宮中では大正天皇例祭。終日在宅。放送大学教材『日本政治思想史』の第四章「各論1　徳川政治体制のとらえ方——朝鮮と比較して」の執筆に全力を上げる。

十二月二十六日（金）

大学出講日。本年最後の授業である。ゼミでは金子拓真くんが風邪をひいているにもかかわらずマスクもせずに至近距離で喋るので、遠くの席に移動して窓を開ける。

終了後に戸塚駅東口の中華料理店「上海広場」で忘年会。付属研究所長をしていたときに企画した公開セミナーでは、終了後に共演者を必ずこの店に連れてきて夕食をともにしたのでなじみの店である。しかし肝心のゼミ生よりも院生や社会人の方が多い。午後五時半から始まり、なんだかんだと話しているうちに九時になってしまう。

十二月二十七日（土）

終日在宅。『日本政治思想史』の第四章を脱稿する。全一五章のうち年内に四章まで書くという目的が達成された。一カ月に一章のペースで書いたことになる。このペースを保てれば、来年中にはテキストが完成できそうだ。まあそんなにうまくいくかどうかはわからないが。

午後は年賀状の宛て名書きとコメント書きを続ける。筆ペンで一枚ずつ書いているので時間がかかる。それから一月八日に安藤礼二さんと対談するので大著『折口信夫』（講談社）を読む。この本はどこから読んでもおもしろい。朝日新聞に書評も書かなければならないが、限られた紙幅のなかでどこをすくいとるべきか迷ってしまう。

十二月二十八日（日）

部屋の大掃除。当面読まない本を旧宅に当たる田園青葉台団地に持って行く。そして団地に置きっ放しでもう読みそうにない本を十日市場のブックオフに持って行く。ここまでは元気はつらつだったが、帰宅してから喉が痛くなる。やはり一昨日に金子くんから風邪をうつされたのだろう。

十二月二十九日（月）

『東京人』編集部のTさんから送られてきたDVD映画『町の政治』を見る。一九五七年当時の北多摩郡国立町（現・国立市）で勉強するお母さんの様子が撮影されている。三月号の特集「記録映画に描かれた東京」で原稿を頼まれたので、いくつかDVDを送ってもらった。

午後六時半より大塚の「米作」で文春のTさん、Aさん、Hさんとふぐ料理を食べる。『「昭和史発掘」再発掘』の新書化に向けての打ち合わせもする。

十二月三十日（火）

熱はないものの風邪の症状が悪化する。終日在宅。

十二月三十一日（水）

風邪薬を飲んで何とか体調を保つ。明日から伊香保に行くのでここで体調を崩すわけにはいかない。午後に蕎麦屋の「更科」に行き、例年通り年越そばを買ってくる。夜はNHKEテレの第九を聴く。

こうしてまた一年が過ぎようとしている。竹内好は私と同じ五十二歳だった一九六二年の大晦日の日記に、「今年をふり返ってみるに、今年もまたアッという間に過ぎた。年をとると一年がじつに短かい。来年はまたもっと短かくなるのだろう」と書いたが、私も全く同じ気持ちだ。反比例して仕事は多くなる一方である。背骨は湾曲し、肩は慢性的に凝っている。もはや業として諦めるほかはあるまい。

（1）『「民都」大阪対「帝都」東京』（講談社選書メチエ、一九九八年）でサントリー学芸賞社会・風俗部門を受賞した。

（2）二〇〇九年三月十四日のダイヤ改正で消えたブルートレイン。東京—大分間を結んでいた。

（3）一九七三（昭和四十八）年三月十三日に高崎線の上尾駅で国労と動労の順法闘争に伴うダイヤの乱れに反抗した利用客が起こした暴動のこと。

（4）倉富勇三郎は当時、枢密顧問官。結局、第三巻の発売予定日は二月十四日に延期された。

2015

一月一日（木）

今年もまた家人のつくる雑煮を食べ、届いた年賀状のうち、出さなかった人たち宛てに年賀状を書いて投函してから、家人とともに外出。渋谷午後十二時十四分発の特別快速高崎ゆきのグリーン車に乗るが満席で座れず。新宿で二階席が空いたので座る。天気は快晴。JR高崎線は久しぶりに乗る。関東平野を坦々と走るだけの詰まらない線だと思っていたが、本庄を過ぎると右手に赤城、左手に榛名妙義の山々が迫ってくるのがいかにも上州らしくてよい。高崎に二時四分着。三十八分発水上ゆき普通電車に乗り換える。湘南色と言われたオレンジと緑の二色塗りの車両。JR上越線にはまだ国鉄時代の車両が走っている。午後三時三分渋川着。六分発の伊香保榛名口ゆきのバスに乗る。客は我々を含めて四人しかいない。ひたすら上り坂を行く感じ。伊香保温泉に三時二十九分着。標高七百メートルで気温は零度。さすがに寒い。旅館に電話してワゴン車に来てもらう。

今日泊まるのは千明《ちぎら》仁泉亭。皇太后節子《さだこ》が一九四八

（昭和二十三）年に二泊したことのある旅館である。昨年夏に泊まった伊豆長岡の三養荘に続き、皇后研究の一環として泊まることにした。ただし研究費は出ない。というか、申請しないのだから出ないに決まっている。

通された部屋は角部屋で眺めがよい。皇太后は温泉に入ることはなかったようだが、私は夕食前に大浴場、露天風呂、家族風呂に入り、夕食後にもまた入った。せめて正月くらいは仕事を忘れ、温泉三昧といきたいものだ。

天皇が新年に当たっての感想を文書で発表する。「この機会に、満州事変に始まるこの戦争の歴史を十分に学び、今後の日本のあり方を考えていくことが、今、極めて大切なことだと思っています」。先月の総選挙で圧勝した安倍政権を掣肘する意図が込められてはいないか。

一月二日（金）

午前七時に起きてまた風呂に行く。上州の山々が見渡せる露天風呂は、これまで浸かったなかでも最上の部類に入る。九時過ぎにチェックアウトしてバスに乗るが、往路とは対照的に通路まで人で埋まった。渋川から高崎に出て上信電鉄に乗り換える。西武鉄道のお古を改造した二両編成の車両。途中、世界遺産に指定された富岡製糸場の下車駅、上州富岡で半分ほどが降りた。その三駅先の上州一ノ宮で下車。目指すは上野国《こうずけのくに》一宮の一之宮貫前《ぬきさき》神社である。

両側に出店の並ぶ階段状の長い参道を登ってゆくと、左手に大きな行幸記念碑があった。一九三四（昭和九）年に昭和天皇が参拝したのを記念したものだ。階段を登りきったところに総門があり、人垣ができている。参拝客が多いので、境内への入場を規制しているのだ。規制が解除されると、人々がいっせいに階段を下り始める。この神社は「下り宮」といい、階段を下りたところに社殿がある珍しい構造になっている。宮崎県の鵜戸神宮、熊本県の草部吉見《くさかべ》神社と合わせて「日本三大下り宮」と呼ばれている。鵜戸神宮と草部吉見神社は訪れたことがあるが、この神社は初めて訪れた。正月で人が多いせいか、前二社で感じたような森厳さはなかった。家人は並んで参拝する。私は参拝せずに社殿を見物する。神社は研究の対象なので中立的な態度を保つようにしているからだ。

再び上州一ノ宮から上信電鉄で高崎に戻り、自宅で食べる夕飯として「だるま弁当」と「峠の釜めし」を買う。「峠の釜めし」は横川の名物駅弁なのに、なぜか高崎でも売っていた。竹内好は一九六三年一月七日の日記で、スキー帰りの信越本線の車中で夕食の駅弁はどれにするかをめぐり、「峠の釜めし」を主張する竹内と「だるま弁当」を主張する鶴見俊輔の間で論争となり、最後に鶴見が折れて「釜めし」に同調したこと、竹内は転向だと言ったが鶴見は認めなかったことを書いている。しかし今日はどちらも買うことにした。

高崎午後二時十四分発の特別快速小田原ゆきは、帰省からのUターン客でグリーン車は満席だったので普通車に座る。渋谷だと乗り換えが面倒なので横浜まで乗り、JR横浜線経由で帰宅する。横浜で崎陽軒のシウマイも買い、晩は駅弁づくしとなる。

一月三日（土）

正午前に自宅を出て、八王子市めじろ台にある義母の家に行く。義弟とその息子三人も来ている。長男は高校二年で、医学部志望だという。試しに英語の簡単なテストをやったところ、あまりできない。本人も認めているように、語彙力が足りない。けれども前に会ったときと比べるとだいぶ大人になった。集中力はあるようだからあと一年がんばるよう励ます。重要な単語や熟語が入った英文をネイティブ・スピーカーが次々に読み上げ、日本人がその訳文を吹き込んだディスクを買い、毎晩寝る前に繰り返し聴くとよいと助言する。

午後四時半頃に失礼して京王線、JR南武線、東急大井町線を乗り継ぎ、六時頃に尾山台の御厨貴《みくりやたかし》邸へ。例年行われる正月パーティーに顔を出す。御厨ご夫妻のほか島田裕巳ご夫妻と娘さん、東大の池内恵《さとし》さん、玉井克哉さん、明学の司馬純詩《じゅんじ》さん、あわやのぶこさん、岩波のIさん、文春のIさんらに会う。今年は昨年よりも人数が多い。九時頃に失礼し、大井町線と田園都市線を乗り継いで帰宅する。

一月四日（日）

正午前にJR錦糸町駅で実家から来た家人と合流し、総武快速線に乗って千葉へ。駅構内のコーヒーショップで家人がコーヒーを飲んでいる間に「万葉軒」の駅そばスタンドに入り、野沢菜天ぷらそばを食べる。なんとなく、麵、汁ともに以前より味が落ちたように感じる。

内房線の君津ゆきに乗って蘇我で降り、京葉線から来た快速上総一ノ宮ゆきに乗り換えて土気《とけ》で降りる。迎えに来ていた母の車に乗って実家へ。今年は甥が大学受験を控えているので兵庫在住の妹一家は来ず、静かな正月である。父は八十三歳、母は七十八歳だが、二人とも元気で血色もよい。東急が開発したあすみが丘という住宅地に住んでいる。周囲には昭和の森をはじめとした公園や池が点在していて、散歩にはもってこいの環境。丘陵地なのでアップダウンがある。運動部の合宿で使えそうな長い階段もある。コレステロール値を下げるために駆け上がってみる。最後の数段がきつかった。

夕食は「鍋焼きうどん(1)」を作ってもらって食べる。両親は名古屋で結婚したので、わが家では八丁味噌を使った料理をよく食べた。懐かしい味に感泣しそうになる。夜は暗くて車の運転を避けているというので、近くのバス停から土気駅までバスに乗り、総武本線に直通する快速東京ゆきに乗って午後九時半に帰宅する。

一月五日（月）

八日に予定されている安藤礼二さんとの対談に備えて、前掲『折口信夫』と『現代思想』二〇一四年5月臨時増刊号「折口信夫」をひたすら読み返す。

一月六日（火）

大学出講日。雪は降らないが、午後から暴風雨のような天候になる。前掲『知の訓練』は一通り終わったので、二年前の授業で使った「言葉と政治」の資料と『滝山コミューン一九七四』のコピーを補助教材として話す。新年最初の授業のせいか、学生はまだお屠蘇気分が抜け切れていないようだ。

一月七日（水）

宮中では昭和天皇祭。『東京人』編集部から依頼されていた特集「記録映画に描かれた東京——なつかし風景探偵」に出す東京郊外の映画に関する原稿を一気に書く。二千字。

午後三時、野村證券青葉台支店に行く。担当のSさんに勧められ、資産運用の方法を変更する。資産は増やしたいがリスクはなるべく避けたい。そもそも忙しいので株価の動向を毎日見てはいられない。結局、「保守型」といわれる最も安全そうなコースを選んだ。

午後五時半、朝日新聞社へ。書評委員会に出席する。Iさんに『病いの共同体』の書評原稿を渡してから、一時間かけてじっくりと本を選ぶ。七時より会議。保阪正康、杉田敦、佐倉統《おさむ》、いとうせいこう、荻上チキ、吉岡桂子、萱野稔人、内澤旬子、角幡唯介各氏が出席。本郷和人さんは本を選んだだけで会議には出なかった。淡々と進み、一時間あまりで終わる。今日は珍しく自然科学系の本がとれた。

一月八日（木）

日本時間で昨夜、パリの新聞社でテロ事件が起こり、記者や警察官など十二人が死亡する。イスラム教の聖戦を風刺したことに対する反発と見られる。

午後四時半から講談社で安藤礼二さんと対談する。『群像』三月号に掲載される予定。安藤さんの新著『折口信夫』と二月に出る拙著『皇后考』をめぐって話題が尽きず、七時頃までずっと途切れることなく話が続く。どちらもほぼ同じ時期に『群像』に連載されていた。『折口信夫』はすでに三刷が決まったそうで、安藤さんも喜んでいた。

対談の途中、別件でたまたま講談社に来られていた柴崎友香さんがお見えになる。個人的にお会いしたかったので嬉しかった。よくツイッターで大阪の地下鉄御堂筋線の話などを書いておられ、近しいものを感じていたからだ。

対談終了後、近くの蕎麦屋で安藤さん、『群像』出版部のHさん、Kさん、Sさんと会食。安藤さんは酒を飲むとますます口が滑らかになる。Sさんのおかげでここまでやってこられたと言われていたが、私も同じ思いだ。著者にとって、どの編集者に出会うかはきわめて重要だと思う。そういえば昨日も、書評委員会で保阪さんがある本について、「著者は非常にいい文章を書いているのに編集者がそのよさを台なしにしている」と言われていた。

一月九日（金）

大学出講日。来週金曜日はセンター入試の前日で休みになるため、秋学期最後のゼミになる。

一月十日（土）

午前中は放送大学教材『日本政治思想史』第五章の原稿を書く。午後は書評する予定の新藤浩伸『公会堂と民衆の近代』（東京大学出版会、二〇一四年）を読む。

午後十一時からＮＨＫＥテレで吉本隆明の特集番組を見る。高橋源一郎、橋爪大三郎、竹田青嗣、上野千鶴子ら、吉本の影響を受けた団塊世代の作家や学者が多く出てきた。元同僚の竹田さんを久しぶりに見た。上野さんは吉本がコム・デ・ギャルソンを着て『ａｎａｎ』に登場した頃から見方が変わったとしながら、在野を貫いた姿勢を評価していた。吉本が大勢に反して反核運動や反原発運動に異を唱えていたことも、番組の最後にきちんと取り上げていた。

上野さんがインタビューを受けたのは自宅なのだろう。武蔵野台地が一望できるマンションの高層階で、夕方のせいか後光が射していた。旧北多摩郡に生まれ育った私としては、気になる眺めであった。

一月十一日（日）

午後十一時から見た番組がＮＨＫの「ダウントン・アビー」に変わっただけで、昨日とほぼ同じ一日を過ごした。「ダウントン・アビー」は第一次世界大戦が終わるはずの一九一八年まで時代が進んだが、ドラマ上は戦争がまだ終わっていない。

一月十二日（月）

成人の日。フランス全土でテロに抗議する三百七十万人以上、パリ市内だけで百六十万人以上のデモが行われる。共和国広場にはヨーロッパ各国の首脳やイスラエル、パレスチナの代表も集結して行進する。「広場の政治」がいまも息づくフランスならではの現象である。これがいかに画期的かは、東京の皇居前広場に中国の習近平や韓国の朴槿恵《パククネ》らが集まり、安倍晋三とともにデモ行進をするという、到底あり得ない想像をするだけでもわかる。

一月十三日（火）

大学出講日。秋学期最後の授業となる。終了後、ゼミ三年の古川愛巳《あいみ》さんと個人面談。彼女は宮城県石巻市の出身で、実家は東日本大震災で被災している。卒論のテーマとして、震災直後にこの地方で広がった流言飛語を取り上げてはどうかと提案する。帰宅後に来週実施する「アジア地域秩序（比較政治学）」の期末試験問題を作成する。三問中二問選択で、すべて記述式の問題。問1は高橋哲哉『靖国問題』（ちくま新書、二〇〇五年）に引用された、戦中期に戦死した息子が靖国神社に合祀された母親たちの座談会を通して、靖国神社の精神的役割を考えさせる問題、問2は四五年八月十五日に記された当時のさまざまな日本人の日記を通して、「時間支配」について考えさせる問題、問3は丸山眞男の「軍国支配者の精神形態」に描かれた東京裁判被告の陳述を通して、「なる」の論理について考えさせる問題をつくった。

一月十四日（水）

教授会の日だが、体調がよくないので自宅で静養する。

一月十五日（木）

午後二時、岩波書店に行く。岩波新書『「昭和天皇実録」を読む』第四回講義を行う。Nさん、Iさん、Hさん、Sさんら六人が出席。今回は五二年から昭和が終わる八九年まで一気に話したのでレジュメの枚数が多く、六時近くまでかかる。終了後にNさん、Iさんと神保町の居酒屋で夕食を兼ねて今後のスケジュールにつき話し合う。戦後七十年に合わせて七月に刊行したいとの打診を受ける。

一月十六日（金）

午後六時、駿河台下のIという店でPHP新書のOさんに会う。金目鯛の煮付けやカキフライなどを食べながら、新書になりそうな二つのテーマについて話し合う。

その一つは「温泉の政治民俗学」。オオクニヌシ、スクナビコナの国作りから戦後の象徴天皇制まで、時に隣国とも比較しつつ、「温泉」と「政治」や「民俗」との関係を探ろうというものだ。もう一つは「交通機関から眺める戦後史」。日本では鉄道が非常に発達し、首都圏の鉄道網は昭和初期にほぼ完成していたにもかかわらず、マッカーサーが一度も鉄道を利用しなかったことに象徴されるように、米軍は鉄道に関心を払わなかった。ジープは米軍の象徴となり、血のメーデー事件では次々に放火された。けれども日本の道路事情は六〇年代まできわめて劣悪だった。首都圏ですら舗装や排水設備の完備した道路はごく一部にすぎなかった。隅田川や東京湾では船便も発達していた。飛行機は戦後のある時期までスチュワーデスに象徴される「高嶺の花」のイメージがある一方、墜落などの事故やハイジャックもよくあった。これらを組み合わせて何か面白い戦後史を描けないだろうかと話した。

一月十七日（土）

阪神・淡路大震災からちょうど二十年がたった。当時は東大の社会科学研究所の助手であった。助手の任期は三年で、もうすぐ任期が切れるのに就職先が決まらず、精神的に追い込まれていたのを覚えている。

昨日話した「温泉の政治民俗学」の構想を練る。何だかんだ書いていているうちに四百字詰めで十五枚ほどになる。ものになるかどうかはもう少し書いてみないと判断できない。

午後一時半、家人が家元をしている煎茶道の清泉幽茗《せいせんゆうめい》流に入門を希望する女性が二人ほど自宅に来て、四時過ぎまで小さな茶室でお手前につき手ほどきを受けていた。うち一人はゼミの卒業生の伊勢尚美《なおみ》さんであった。

午後十一時からEテレを見る。今日の特集は石牟礼道子さん。まだ大学院生だった九一年に、熊本の真宗寺で渡辺京二さんとともに一度だけ会ったことがある。正確にいえば、渡辺さんに会うために熊本郊外のご自宅を訪ねたら、渡辺さんが真宗寺に案内してくださったのだ。その後、原稿用紙に書かれた石牟礼さん直筆のお手紙とご著書をいただいた。すっかりファンになってしまい、しばらく石牟礼さんの本ばかり買って読んでいた時期がある。

久しぶりに見た石牟礼さんは、パーキンソン病の症状が出てはいたものの、お元気そうであった。昔の石牟礼さんの写真もいろいろと映し出されたが、水俣病裁判のため東京駅の近くで野宿したときの、口をきりりと結んで前を見る写真が圧巻だった。四十代の頃のものだろう。まるで妖気が立ちのぼってくるような凜とした美しさに息を呑んだ。渡辺さんが「妖精」と呼んでいるのもわかる気がした。

一月十八日（日）

前掲『病いの共同体』の書評が朝日新聞に掲載される。朝日新聞出版から、四月刊行予定の『大正天皇』朝日文庫版のゲラが届く。

午後二時に何も持たずに外出。十二月七日以来の散歩に出掛ける。今回はコースを変えて、まずさつきが丘方面に向かい、東名高速道路のガード下をくぐって緑区北《きた》八朔町《はっさくちょう》に出る。高速道路は青葉区と緑区の境界であるとともに、東急文化圏とJR文化圏の境界でもある。

北八朔町に入った途端に横浜商科大学みどりキャンパスが見えてくる。大きな野球場があり、ユニフォームを着た部員たちが音楽をかけながら練習に励んでいる。このキャンパスを突っ切ると市営の北八朔住宅が現れる。いわゆる団地だが、団地というよりはマンションのような外観だ。住宅のはずれに森があり、遊歩道が続いている。何だろうと思ったら、北八朔公園という森林公園の入り口だった。東急が丘陵地を開発し尽くしている青葉区とは異なり、緑区には里山の風景を保った広大な公園や市民の森がいくつもある。

公園内をしばらく歩いてから、東名高速道路にかかる道路橋を渡ると青葉区千草台に出た。ここで見つけたのが千草台団地という古い団地である。住宅金融公庫の融資住宅のようだが、外観は典型的な公団の賃貸団地と変わらない。全部で七棟あり、そのうちの二棟はなぜか隣町の藤が丘にあった。空き家が目立つ。主のいない部屋の障子はボロボロに破れている。こんな団地が東急文化圏に残っていること自体が驚きである。いや、本当にびっくりした。

藤が丘の隣町の梅が丘まで来ると、高台に粂野美術館という看板の立つ豪邸があった。門を閉ざしているので休館なのだろう。道路から全貌は見えないが、敷地は相当に広い。気になったので、帰宅してからインターネットで検索してみた。しかしホームページはなく、有益な情報は何も得られなかった。自宅の近所にこんな美術館があること自体、今日初めて知った。一体どういう客が訪れているのだろうか。

一月十九日（月）

年賀状の当選番号が発表された。今年もまた三等の切手シートが五枚当たっただけであった。

某バラエティ番組のプロデューサーから、天皇の番組をつくるので明日にも台本をチェックしてくれというメールが大学から転送されてきた。もちろん面識もない。台本の次はVTRもチェックしろという。

こういう依頼をする場合、協力すれば番組のなかできちんと明示しますとか、これこれの謝礼をしますとか、書くのが最低限の礼儀だろうが、そんな文言もいっさいない。こちらの都合も聞かず、自分の番組の都合だけを押し付けてくる。不快なので黙殺することにした。

一月二十日（火）

大学で期末試験を行う。受験者は百十六人であった。本試験の監督のあとに二コマ分の補助監督もやったので、車での帰宅は午後七時になる。

カーラジオでは、イスラム国が日本人二人を人質にとったニュースを流している。七十二時間以内に二億ドルを払わなければ人質を殺すと脅しているようだ。この背景には、中東各国を訪問中の安倍首相がイラクやシリアの難民支援のために二億ドルを拠出すると表明したばかりか、イスラム国を挑発するような発言をしたことに対する反発があると思われる。日本は米国や英国とは異なり、たとえ人質を犠牲にしてもテロには屈しないという強い姿勢を（少なくとも表面的に）示すことはできないだろう。人質がイスラム国に拘束されていることを知りながら首相がイスラエルを訪問したことを考えると、明らかな外交上の失策ではないか。

とても気になるニュースだが、夕食後に採点を始める。深夜まで続けても全部は終わらなかった。

一月二十一日（水）

暦どおりの寒さ。日中でも二、三度しかない。午前中には小雪もぱらつく。

昼前に採点を終える。例年通り、六割に達しない答案が三割を超えた。その一方で満点が二人、九九点が二人、九七点が一人いた。同じ講義をしているはずなのに、どうしてこうも理解力の差がつくのだろうか。

午後五時四十五分、朝日新聞社へ。いつも通り、まる一時間かけて本を選び、書評委員会に出席する。ほかに保阪正康、いとうせいこう、島田雅彦、佐倉統、本郷和人、吉岡桂子、杉田敦、諸富徹、荻上チキ各氏が出席。

いとうせいこうさんと雑談。三月に北陸新幹線が開通すると、金沢以東の北陸本線は第三セクター[2]になって事実上の値上げになり、上京するのは便利になっても地域間の移動が不便になり、大阪から富山に行くときも金沢で新幹線に乗り換えなければならなくなると話したら、びっくりされていた。こういう情報は、東京にいるとなかなか伝わってこない。

一月二十二日（木）

午前中は『大正天皇』朝日文庫版の「あとがき」を書く。三千字。

午後四時、角川書店でGさん、Kさんらを相手に久々に不敬小説の講義。「昭和天皇実録」から得られた新知見をもとに全面的に構想を入れ替えた。終了後、七時から飯田橋の「おけ以」で焼き餃子、タンメン、焼きそばなど。相変わらず満員。例によって全く飽きのこない味を堪能する。

一月二十三日（金）

須田桃子『捏造の科学者』（文藝春秋、二〇一四年）を読む。毎日新聞科学環境部の記者が、STAP細胞事件の当事者とのメール内容などプライベートな情報を公開しつつ、この事件に迫ったドキュメント。事件の経過についてはわかるのだが、そもそもなぜこうした事件が起こったのかについての掘り下げが足らないように思える。当事者への取材を含め、もう少し証言や情報がそろった時点で本にしてもよかったのではないか。

文春のTさんからメール。ヴァイニング夫人の『皇太子の窓』（文藝春秋、一九八九年）が学藝ライブラリーから復刊されるとのことで解説を依頼される。日程の都合上、お断りする。

大学院の後輩で、三人の子供を育てている石川公彌子《くみこ》さんからメール。世田谷区民大学の設立などを公約に掲げ、四月二十六日執行の世田谷区議選に出馬することを決めたという。研究者になる道を捨て、退路を断っての立候補である。ここに至るまでの苦難がしのばれる。しかし応援をしたくても、私は世田谷区民ではない。世田谷区民で、保坂区長とも付き合いのある小熊英二さんにメールを出す。

一月二十四日（土）

朝日文庫版『大正天皇』のゲラ直しを続ける。細かな直しが結構ある。新潮文庫編集部からも、文庫版『レッドアローとスターハウス』のゲラが届く。解説者の人選が難航している。是枝裕和さんは四月のトークショーを引き受けてくださったが解説は無理、國分《こくぶん》功一郎さんも来年度サバティカルの準備のため無理だという。かく言う私自身も、前掲『皇太子の窓』の解説を断っている。まず本を精読し、四百字詰めで十五～二十枚の解説を書くのは大変な手間がかかる。だから断る気持ちもよくわかる。別に解説などなくてもいいのだ。文庫版『大正天皇』に解説を付けることは念頭になかった。著者自身よりも編集者のほうが解説にこだわるのかもしれない。

午後十一時より、ＮＨＫＥテレで三島由紀夫の特集を見る。事件当時の防衛庁長官で、三島より七歳年上の中曽根康弘が最後に出てきて、「三島君」と呼んでいることに驚愕する。事件当日、南馬込の自宅にいち早く駆けつけ、柩に向かって号泣した石原慎太郎を登場させてほしかった。

午前零時半、番組が終わってＮＨＫに切り替えてみると、臨時ニュースをやっている。イラクの人質事件に大きな展開があったようだ。二人の人質のうち湯川遥菜さんが殺され、後藤健二さんが殺された湯川さんの写真を掲げながら、英語で身代金要求に応じなかった安倍首相を非難している。官邸の動揺ぶりがテレビを通して伝わってくる。

一月二十五日（日）

前掲『折口信夫』の書評が朝日新聞に掲載される。

午後零時半、中野へ。北口の「青葉」本店で中華そばを食べる。「青葉」は最近、支店を増やしているが、まぎれもなくここが本店。行列ができていたが、ほどなく入れた。さすがに本店だけあって、混んでいても丁寧なつくりである。汁まで完食した。それでも全く喉が渇かなかった。

午後一時半より中野サンプラザで開かれた煎茶道文人華道清泉幽茗《せいせんゆうめい》流清泉会の総会に出る。今年は出席者が一段と少なく、三十人に満たなかった。しかも全員が五十代以上の熟年世代である。

小熊英二さんからメールが来る。先日のメールに対する返答かと思いきや、ご母堂が逝去されたそうだ。安藤さんからも書評を読まれた旨のメールをいただく。

午後十一時からNHKで「ダウントン・アビー」を見る。タイタニック号で死んだはずの家督相続人が顔面に大怪我をして生還してきたという信じられない展開。第一次世界大戦が終わるとともに始まる英国の「戦後」をドラマがどう描くか。来週以降の期待がふくらむ。

一月二十六日（月）

午後三時、神保町のカフェ「古瀬戸」で日経のWさんに会う。近ごろの団地ブームに関する取材を受ける。

昨日掲載された『折口信夫』の書評に対して、京都のある人物が日ごろコンタクトをとっている朝日新聞のKさんにクレームをつけたそうだ。曰く、「中天皇」とは「中継ぎの天皇」と解釈するのが通説だと。何を言っておるのかと思う。この人物は折口の著作も『折口信夫』も読んでいないのだろう。Kさんがツイッターでそのまま流したことから明らかになった。この分だと、もうすぐ出る『皇后考』に対しても、きっと難癖をつけてくるに違いない。

一月二十七日（火）と二十八日（水）

放送大学の教科書『日本政治思想史』の第六章「明治維新と天皇」の原稿を執筆する。

一月二十九日（木）

新潮文庫『レッドアローとスターハウス』のゲラ直しを行う。難航していた解説の執筆は速水健朗《はやみずけんろう》さんが快諾してくださる。

一月三十日（金）

宮中では孝明天皇例祭。

朝から雪となる。午前八時半、外出。青葉台から上り各停に乗る。雪で十数分遅れて十時過ぎに九段下に到着。ゼミ生や卒業生十人と合流し、靖国神社遊就館へ。正午頃まで見学し、九段下のラーメン店「斑鳩《いかるが》」で昼食。午後一時、九段下駅で講談社のHさんから出来上がったばかりの『皇后考』を一冊いただく。引き続きゼミ生らを誘導し、地下鉄東西線、JR中央線を経由して立川へ。午後二時、昭和記念公園内の昭和天皇記念館を訪問。手早くポイントを説明する。再び中央線に乗り、高尾へ。午後三時二十分、武蔵陵墓地の入口にたどりつく。三時半までに入らないとゲートが閉まってしまうので、何とかギリギリ間に合ったことになる。

一面の雪景色のなか、大正天皇、貞明皇后、昭和天皇、香淳皇后の各陵を回る。多摩東陵《たまのひがしのみささぎ》（貞明皇后陵）の前では、『皇后考』を手にしながら記念撮影をしてもらう。高尾に戻り、京王線で高尾山口まで行き、送迎バスに乗って裏高尾の「うかい鳥山」で夕食。炉端焼きを食べながら、皆で今後のゼミ活動などについて話し合う。支払いは私のポケットマネーから多く出したが、しんしんと更けてゆく雪の裏高尾を窓外に眺めるだけでも、来た意味はあったと思う。

一月三十一日（土）

JR東日本が、今日から不通になっている常磐線の竜田—原ノ町間に直行のバスの運行を始める。途中、どこも停まらないので、双葉町民や浪江町民にとってのメリットはない。

午後一時より、朝日カルチャーセンター横浜で「皇后考」と題して三時まで講義。受講者は三十数名。『群像』出版部のHさんも即売用の『皇后考』を持ってきてくださる。終了後にサイン会を開き、十一冊売れる。

(1) 名古屋名物の味噌煮込みうどんのこと。わが家では鍋焼きうどんと称していた。

(2) 正確には、石川県内がIRいしかわ鉄道、富山県内があいの風とやま鉄道、新潟県内がえちごトキめき鉄道に分割される。

二月一日（日）

朝起きると、後藤健二さん殺害のニュースが飛び込んできた。安倍首相の中東訪問以来の一連の判断に問題はなかったのか、厳しく検証されるべきなのは言うまでもないが、ヨルダン国王と太いパイプをもっている皇室が暗に動いた可能性はなかったのかが気になる。紛争地域に住む弱者に対する後藤さんの温かいまなざしこそ、現天皇や現皇后が一貫して追求してきたものと響き合うはずだからだ。

開成中学校を受験した日からちょうど四十年がたつ。この話は去年の日記にも書いたので繰り返さないが、どうやら私にとって二月一日というのは、自らの人生を半ば決定づけた重大な日として深く刻み込まれてしまったようだ。

二月二日（月）

書評委員会で取った四方田犬彦『台湾の歓び』（岩波書店、二〇一五年）を読む。この人の文章は独特のリズムがあり、私の感性になじむので、毎度のことながら読み出すとやめられなくなる。大学をやめてフリーになり、いよいよ自由な時空へと飛翔してゆくような文章が脳裏に絡み付く。還暦を過ぎても群れず、もちろんボスや権威になることもなく、永遠の旅人たらんとするこの人の精神から学ぶべきものは多い。

午後に明治大学図書館。「鉄道ひとつばなし」の原稿執筆のための資料収集に出掛ける。

二月三日（火）

午前十一時、白金の大学に行く。午後一時半まで入試業務。四時まで次の業務がないので、散歩に出ることにする。まずは十二月に訪れた菊池新《あらた》の自宅の周辺にまた行ってみる。昼間のせいか、外から眺めるだけでも大きさがよくわかる。次にすぐ近くにある佛所護念会[1]の本部へと吸い寄せられるようにして歩いて行く。信者たちとともに中に入ろうとしたら受付の人に制止された。周辺には専用の駐車場や宿舎がいくつもある。閑静な住宅地やマンションの間の道を進んで行くと、今度は古そうな団地が姿を現した。芝白金住宅という団地で、たった四棟しかない。一目で公団の団地だとわかる。こんな一等地にあるにもかかわらず、上方の階の郵便受けには軒並みガムテープが張られている。

時計を見るとまだ二時過ぎである。方角を転じて高輪台に向かう。道はゆるやかなアップダウンを繰り返す。台地の上に出ると視界が開ける。突然、真新しい白亜の御殿が現れる。警備員が立っているので大使館かと思ったが、そうではない。「テラス白金」という看板があるだけだ。不審に思って塀伝いに歩いて行くと、畠山記念館にたどり着く。これ幸いと五百円を払って入る。煎茶道の流派に関わっているので、抹茶道といえども茶器には関心がある。創立者の畠山一清（即翁）は茶人として知られ、小林一三や五島慶太ともしばしば茶会を開いた。館内には貴重な茶器の数々が展示されていた。

三時過ぎに記念館を出たところで、後ろから「原先生ですか」と声をかけられる。昨年、辻井喬さんを偲ぶ会で知り合った渡辺満子さんだった。ご実家が近くにあるという。少し時間があったので、グランドプリンスホテル新高輪まで歩いてコーヒーを飲みながら話す。皇室や政界に関する興味深い話をうかがう。「テラス白金」について聞いてみると、住民が反対運動を起こしたのに建てられ、建物についての住民への説明はなく、その実態は不明なのだという。

有意義な休み時間を過ごせたことに満足し、ちょうど四時に大学に戻る。六時まで入試業務をこなす。

二月四日（水）

前掲『皇后考』の発売日。Ａｍａｚｏｎは明日から。

午後四時、神保町のカフェ「古瀬戸」で『中央公論』編集部のＮさんと会う。三月に開業する北陸新幹線について取材を受けるが、「明」よりも「暗」に多く言及したため、編集部の意向には沿わない結果になったようだ。

五時四十五分に朝日新聞社に行く。例によって一時間をかけて書評すべき本を選び、七時からの委員会に出る。初めて隈研吾さんがお見えになったが、すぐに仕事先に向かわれた。保阪正康、佐倉統《おさむ》、水無田《みなした》気流、いとうせいこう、島田雅彦、荻上チキ、柄谷行人各氏が出席。淡々と進み、八時四十分に終了する。

二月五日（木）

講談社のPR誌『本』に連載している「鉄道ひとつばなし」の原稿「温泉の付く駅名」を一気に書く。二千百八十四字。

二月六日（金）

午後零時半、自由が丘の「いちばんや」で「深煎り胡麻コクラーメン」を食べる。九百円。その名の通り、深い胡麻の風味がいつまでも残る。ただ前回食べたときに比べると、若干喉の渇きを覚える。

一時半に大学に行き、三時まで入試業務。白金高輪から都営地下鉄三田線で神保町に向かい、三時四十五分にカフェ「古瀬戸」で朝日文庫編集部のYさんに会う。『大正天皇』文庫版のゲラと文庫版あとがきの原稿を渡す。

神保町から急行に乗って青葉台に移動し、大学受験のため上京してきている高校三年の甥と妹、千葉の実家からわざわざやって来た母と一緒にイタリア料理店「グリーンハウス」で夕食。甥は妹と同じく建築学科を志望しており、明日は明治大学を受験するそうだ。三人とも今夜は旧宅に当たる団地に泊まることになっている。

二月七日（土）

午前十時半、白金の大学へ。入試業務。二時から四時まで時間が空いたので、歩いてグランドプリンスホテル新高輪のカフェに行き、コーヒーを飲みながら『レッドアローとスターハウス』文庫版の最終校正を行う。四時から五時まで再び入試業務。終了後に渋谷に移動し、六時半からうどん店「美々卯」で新潮社のKさんとTさんに会う。Kさんに文庫版のゲラを渡し、『皇后考』をさしあげる。

Ａｍａｚｏｎにさっそく星三つの評が出る。「下手の横好き」と名乗るこの評者はＡｍａｚｏｎで購入したというから、正味一日で読んだことになる。文章を読む限り、あまりきちんと読んだ感じはしない。この評者は前掲『昭和天皇』が出たときにも真っ先に星二つの評を書いていた。はじめから原武史の本が出たら叩いてやろうという意図が透けて見える。この評のせいで後から買おうとした人たちに影響が出なければよいのだが。

二月八日（日）

大きな本を出した直後の反動が来る。全身を覆う何ともいえない疲労感。本の売れ行きや評価もさることながら、思わぬ史料の見落としがあるのではないかと思うと少しも気持ちが休まらない。大学と文筆業の両立は、一体いつまで続くのだろうか、そのうちに身体がストライキを起こすのではないか、などといろいろ考える。

午後十一時よりNHKで「ダウントン・アビー」。第一次大戦後に流行したスペイン風邪で、クローリー伯爵家の跡継ぎであるマシューの結婚相手だったラビニアが死んでしまう。従者のベイツはメイド長のアンナと結婚するものの、妻を殺害した容疑で逮捕される。伯爵の三女シヴィルは、伯爵の反対を押し切り、階級の違う運転手とアイルランドに赴く。「戦後」の波乱の幕開けである。

二月九日（月）

放送大学の教科書『日本政治思想史』第六章「明治維新と天皇」の原稿執筆を再開する。書評委員会で取ってきた飯嶋和一《かずいち》『狗賓《ぐひん》童子の島』（小学館、二〇一五年）を少し読み始めるが、これは期待に違わずおもしろそうだ。

二月十日（火）

昼過ぎに神保町の三省堂本店に行く。『皇后考』は人文部門の六位に入っていた。先週のデータだと思うが、発売は五日だったから実質四日分でこの売れ行きは予想外だ。不安ばかりが渦巻くなかで少しほっとする。

午後二時十五分、新宿の紀伊國屋本店で吉岡三貴さんに会い、近くの「カフェ・ラ・ミル」で『皇后考』を渡す。参考文献を提供していただいたお礼である。

二月十一日（水）

午後五時半、紀伊國屋新宿本店下のパスタ店「ジンジン」でナポリタンを食べてから新宿駅へ。中央総武各駅停車に乗り、東中野で降りる。六時、ポレポレ東中野で原將人映画監督に初めて会う。六時半より八時まで、原監督の映画『あなたにゐてほしい』を見る。昭和三十年頃の静かな山里が舞台。許婚の戦死の知らせを信じることができずに待ち続ける女性が、新たに設置されるテレビの受信契約に奔走する。戦地から戻るはずの男性と都会からやってくる電波を、ともに彼方から来訪するマレビトとしてとらえる視点が鋭いと思った。

　終了後に原監督、寺脇研さんと三人でトーク。寺脇さんとも初対面だった。観衆は三十人程度か。歴史的仮名遣いの話になり、ふとＪＲはいまでも鉄道省時代と同じ旧仮名の駅の略号を用いていることを思い出し、川越はカハコエだからハエ、下十条はシモシウセウだからモセと略記していることを話す。トークが終わると、次の映画を見ようとする人たちがどっと入ってきた。

二月十二日（木）

　午後三時、朝日新聞社に行く。オピニオン編集部のＴさんを相手に、戦後七十年という言い方が隠蔽する戦前と戦後の連続性や、「内地」と沖縄など周辺、さらには植民地の「戦後」体験の違いなどについて、二時間ほど話す。

　午後八時からＢＳプレミアム「英雄たちの選択」を見る。テーマは伊藤博文。昨年十二月にこの番組への出演を依頼されたが断ったので、どういう作りになったかが気になっていた。番組の冒頭に伊藤之雄《ゆきお》が出てきたことで、伊藤博文を立憲主義者として評価すべしという裏の意図がわかってしまう。案の定、晩年の韓国統治の問題には全く触れられない。これじゃあダメだなとつぶやきながら、途中でチャンネルを変える。

二月十三日（金）

　国書刊行会のホームページを見たら、『倉富勇三郎日記』第三巻がすでに「在庫あり」と出ているではないか。しかしＡｍａｚｏｎや一般の書店のウェブストアで検索してみると、まだ入荷していない。国書刊行会に電話してみると、書店に並ぶのは来週の月曜日頃だという。待てないので直接本社にうかがえば購入できるかと尋ねると、午後三時半に来れば倉庫から出しておくと言われる。本社の所在地は板橋区で、最寄り駅は都営三田線の志村坂上だという。

　青葉台から東急に乗り、神保町で降りる。いささか遠回りになるが、乗り換えを一度で済ますにはこの方法しかない。せっかく神保町で降りたので東京堂に行こうとしたら、路上で日経社会部時代のデスクだった柴崎信三さんにばったり会う。八八年に辞めて以来だから二十七年ぶりの再会ということになる。私のほうから「柴崎さんですか」と声をかけたところ、すぐに向こうも気づいてくださった。

柴崎さんはすでに日経を退職され、獨協学園の理事をされているが、非常勤の講師を続けており、いくつか単行本も出されている。かつて大目玉を食らった上司に「ご活躍ですね」と丁寧に言われるのは面はゆい。

東京堂では『皇后考』が五位に入っていた。神保町から地下鉄三田線に乗り、志村坂上で降りる。板橋区のこのあたりは全く未知の土地だ。駅前の国書刊行会に入り、三万円払って『倉富勇三郎日記』第三巻を購入する。わざわざ来たということで、消費税分は負けてくれた。領収証を書いてもらっている間に最も気になっている箇所を手早くめくり、『皇后考』の記述に誤りはなかったかどうかを確認する。もちろん新しい情報も記載されてはいたが、『皇后考』の文章を修正しなければならないほどではなかった。一安心して帰る。

二月十四日（土）

前掲『台湾の歓び』の書評を一気に書く。すでに頭に入っている言葉を吐き出してゆくような感じ。八百字。

昨日購入した『倉富勇三郎日記』第三巻の記述をもとに、『皇后考』第一章の注を二つ加える。しかしこの加筆は、重版されなければ反映されることはない。自分自身が朝日新聞の書評委員なので、朝日に書評が出ることはない。毎日新聞の場合は、書評委員の本であってもほかの書評委員が取り上げることはあるそうだ。この手の本は、全国紙に書評が出るか出ないかで売れ行きが違ってくるので、朝日新聞に出ないのは正直言って痛い。

バレンタインデーにつき家人からチョコレートをもらう。

二月十五日（日）

『日本政治思想史』第六章を脱稿する。

午後一時五十分より三時まで、NHKで少年ドラマシリーズ「未来からの挑戦」のアーカイブスを放映していたので見る。「未来からの挑戦」は眉村卓が原作で、一九七七年に二十回連続で午後六時台に放映された。当時、私は中学二年生だったが、未来人がある中学校に潜入して学校を乗っ取り、全体主義的な支配を築こうとする野望に対して主人公の関耕児率いるクラスが抵抗し、彼らの野望を打ち砕くストーリーに引き込まれた。なぜならそのストーリーは決してフィクションではなく、自らが体験した東久留米市立第七小学校での出来事に、あまりにも似ていたからだ。その詳細については『滝山コミューン一九七四』で記したので繰り返さない。スタジオにはゲストとして、未来人の集まる英光塾に通いながら改心する西沢杏子役の紺野美沙子が、当時の模様を語っていた。こういう番組が今頃になって再放送されること自体、少年ドラマシリーズの人気がいまなお衰えていない証左のように思われた。

二月十六日（月）

午前中は今週土曜日に対談する建築家の山本理顕《りけん》さんが『思想』に連載した論文「個人と国家の〈間〉を設計せよ」をじっくりと読む。建築家がアーレント『人間の条件』をもとに空間政治学について論じた画期的な論文である。

午後四時、講談社で奥泉光さんと『皇后考』をめぐって対談。ＰＲ誌『本』四月号に掲載される。奥泉さんは私が敬愛する作家の一人である。『神器《しんき》』や『東京自叙伝』など、近現代日本をテーマとする作品も少なくない。精読していただき恐縮する。五時半までかかる。

六時より近くの焼き鳥店で奥泉さん、『本』編集部のＫさん、『群像』出版部のＨさんと夕食。奥泉さんは大腸のポリープをとったばかりだというが非常に快活で、日本酒も召し上がっていた。七時を過ぎてからたまたま講談社にいらしていた小野正嗣《まさつぐ》さんや『群像』編集長のＳさんらも合流し、にぎやかな会となる。小野さんは芥川賞を受賞されたばかりで、電車の中吊り広告にも大きな顔写真が掲げられているが、昨年までは同じ大学の同僚であった。といっても学部が違うので、正式に会うのは初めてであった。

奥泉さんも小野さんも、朝日新聞の書評委員だったことがある。いまも書評委員をされている柄谷行人さんの話題で盛り上がる。私を含め、三人に共通しているのは、あれだけの著書を次々と出しながら、権威ぶった態度を全く感じさせない「天然ボケ」風の柄谷さんのキャラに対する畏敬の念のようなものである。また奥泉さんと小野さんからは、本人からしか聞くことのできない小説の書き方について、きわめて興味深い話をうかがうことができた。

奥泉さん曰く、いま『群像』に連載している「ビビ・ビ・バップ」は失敗作になるかもしれない。何しろ連載十五回目になっても、まだ三日?しかたっていない。しかしこれまでの小説を振り返ると、失敗作ほど面白かったりする。二葉亭四迷の『浮雲』なんかがそうだ。小野さん曰く、『ユリシーズ』も一日間だけの小説だった。奥泉さん曰く、まだ全然終わりが見えていない。小野さん曰く、え、それは意外ですね。奥泉さんは最初から設計図が全部頭に入った状態で書いていると思っていました。こんな会話が私の頭越しに延々と続いたけれど、もちろん不快ではなかった。

二月十七日(火)

宮中では祈年祭の日。

午前十時、大学の入試判定教授会に出る。二時に退出。車で帰る途中、「吉野家」に立ち寄り、牛丼並盛と味噌汁、お新香が付いたBセットを注文。五百十円。牛丼は「松屋」や「すき家」などいろいろあるが、私は昔から通い慣れている「吉野家」が一番好きである。後からメニューに加わった豚丼や牛すき鍋セットではなく、必ずクラシックな牛丼並盛を注文することにしている。

帰宅後にまた前掲『狗賓童子の島』を読み始める。幕末の大塩平八郎の乱と隠岐騒動を結び付けようとする骨太の歴史小説だ。あっという間に引き込まれる。下手な論文よりも、歴史を物語として叙述する方法論に関して裨益するところきわめて大である。これは他の本をさしおいても書評しなければなるまいという気持ちが高まる。

二月十八日(水)

昨日に引き続き『狗賓童子の島』を読む。民間信仰、地方史、医学、経済史、政治史、社会史などが混然一体となったスケールの大きさに圧倒される。

午後四時、渋谷のS税理士事務所に行き、源泉徴収票や支払調書や領収証など、確定申告の関係書類一式をお渡しする。支払調書だけでも膨大な数になるので、毎年Sさんに確定申告を一任している。年に一度だけ事務所を訪れるのだが、段々インターバルが縮まっているように感じるのは、それだけ年をとったせいだろうか。

午後六時、朝日新聞社へ。いつものように本を選んでから書評委員会に出席する。担当のIさんに『台湾の歓び』の書評原稿を手渡したところ、『皇后考』の関係資料として神功皇后が出てくる古典落語のコピーをいただく。これもまた重版のさいには加筆しておかねばなるまい。

七時より委員会。荻上チキ、本郷和人、水野和夫、杉田敦、水無田気流、内澤旬子、島田雅彦、諸富徹、吉岡桂子、萱野稔人、角幡唯介、いとうせいこう、保阪正康各氏が出席。十四人も出席するのは珍しい。しかし各自が手短に発言したので定刻の八時半に終わった。

二月十九日（木）

大学院入試につき午前九時十五分に大学に行く。問題を作ったので待機していなければならない。ところが受験するはずだった一人の学生が欠席したため受験者はゼロ。何のためにわざわざ出勤したのかわからない。せっかく来たので研究室の本を整理し、出された弁当を食べてから帰宅する。

安倍首相が夏に発表する戦後七十年の談話について議論する有識者会議のメンバー十六人が発表される。北岡伸一、中西輝政、山内昌之ら、おなじみの面々が並ぶ。私立大学のパーマネントスタッフは一人も入っていない。戦後史の専門家も入っていない。加藤典洋、小熊英二、白井聡、道場親信らが入っていないのは言うまでもない。

二月二十日（金）

『日本政治思想史』第七章「街道から鉄道へ――交通から見た政治思想」執筆準備のために明治大学図書館に行き、関係資料をコピーし、三省堂で参考文献を大量に購入する。昨年度の研究費がかなり余っているので金に糸目をつけずに購入できる。三茶書房に立ち寄り、店主のHさんに『皇后考』を謹呈したところ、東条内閣の内務次官（後に内務大臣）だった湯沢三千男の史料を貸していただいた。

二月二十一日（土）

午前十時九分、新横浜から「のぞみ105号」に乗る。普通車の指定席が満席のためグリーン車に乗る。ちょうど春節で中国人の観光客が多いせいかもしれない。三島を過ぎると車内のあちこちでシャッター音が聞こえる。富士山を写しているのだ。もし彼ら彼女らが外国人ならば、晴れわたる空に雪を頂く富士山はさぞかし美しく見えるだろう。

十二時八分、京都着。在来線にかかる跨線橋を渡ろうとすると、今度は線路に向かってカメラを構える人々に出くわす。三月十四日に廃止される寝台特急「トワイライトエクスプレス」がもうすぐ着くので撮ろうとしているのだ。「葬式鉄」と呼ばれる人たちである。

駅前から市営バスに乗り、銀閣寺道で降りる。バス停の目の前にあったラーメン店「ますたに」に入る。前から一度行ってみたいと思っていた店だ。京都ラーメンは「魁力屋」や「天下一品」のようなチェーン店を除けば、京都駅から歩いて行ける「新福菜館」と「第一旭」しか食べたことがなく、バスで三十分近くかかる「ますたに」まではなかなか行けなかった。思っていたよりも小さな店だったが満員。並盛を注文。背脂が浮いていて、京都ラーメンというより尾道ラーメンのような感じ。汁はピリリと辛い。麺は非常に柔らかい。東京に店があればもっと硬くするだろう。思うにこれぞオリジナルの京都ラーメンなのだ。元祖の味を堪能する。

まだ時間があるので周辺を散歩する。まず京大の人文科学研究所分館に行ってみる。キャンパスから少し離れたところにあったが、スパニッシュ・ロマネスク様式の白亜の殿堂が威容を誇っていた。私が勤めていた東大の社会科学研究所と同じような建物を想像していたら、見事に期待を裏切られた。次に京大の裏手に当たる吉田山に登り、市街を見渡してから吉田神社へと下り、二十七年ぶりに京大のキャンパス内を突っ切り、出町柳《でまちやなぎ》に出て、下鴨神社に行ってみる。吉田神社も下鴨神社も、ちゃんと訪れたのは初めてであった。二時間ほど歩き続けたが、不思議と疲れは感じない。

なぜ京都に来ると、決まって体が軽くなるのだろう。夏の暑さを考えると定住したくはないが、旅人として歩くには最高の町だと思う。それはこの町に御所や天皇陵、泉涌寺《せんにゅうじ》など、皇室ゆかりの名所旧跡が多いからだ。自分の研究対象がそこかしこに転がっている近しさを感じる。

出町柳駅で京都精華大学の鈴木隆之さんに電話を入れ、午後三時発の鞍馬ゆきの叡山電車に乗る。京都精華大前駅で降りると、鈴木さんが迎えに来られていた。控室で客員教授の山本理顕さんと面会する。四時より建築学科主催の山本客員教授連続対談に出席。今日はその一回目で、明日のゲストは浅田彰だという。山本さんとは前に一度対談したことがあり、私が提唱する空間政治学の理念を共有する数少ない「同志」として、かねてより尊敬の念を抱いていた。

鈴木さんから、Uストリームで中継してもよいかと言われるが拒絶する。聴いているのは主に建築学科の学生。彼ら彼女らに交じって、京大大学院生で昨年まで私のゼミに出ていた花田史彦《ふみひこ》くんがいたので挨拶する。テーマは空間と政治。まず山本さんが、「個人の国家の〈間〉を設計せよ」に関連する図面や写真をスライドで次々に見せながら解説してゆく。それに応答する形で、私は『団地の空間政治学』で書いたことをかい摘まんで話す。五時四十分に終了。

タクシーに分乗して木屋町に移動し、鴨川べりの店で夕食。山本さんの口からさまざまな建築家に対する辛辣な批判が飛び出す。もっと聴いていたいところだったが、帰らなければならないので八時過ぎに失礼してタクシーで京都駅に向かい、午後八時三十五分発「のぞみ58号」に乗る。またしても指定席は満席につき、グリーン車にする。しんと静まり返った車中で、前掲『狗賓童子の島』を読みふける[2]。

二月二十二日（日）

午後四時から、Uストリームで中継している山本理顕さんと浅田彰さんの対談を見る。昨日私が座っていたのと同じ席に浅田さんが座っている。西洋哲学史にも建築史にも通暁する浅田さんは山本さんの解釈に批判的かと思いきや、そうでもなく、ラディカルな試みとして評価していたのはやや意外であった。さすがに年をとったせいか丸くなったように見える。けれども見た目には全く変わっていない。

二月二十三日（月）

いよいよ花粉の季節が到来したようだ。くしゃみと鼻水が出る。が、ティッシュを取り出さなければならないほどではない。念のためマスクをして外出する。

午後三時、竹橋の毎日新聞社で大阪本社社会部のKさんに会い、北陸新幹線について取材を受ける。問題点ばかり指摘していたら五時を過ぎてしまった。

二月二十四日（火）

午後三時、神保町の三茶書房に行く。店主のＨさんから借りていた史料を返却し、三省堂の二階でコーヒーを飲みながら談笑する。四時に角川書店。Ｇさん、Ｙさんを相手に『皇后考』をめぐる話と不敬小説の講義。七時に終了し、飯田橋の「おけ以」で焼き餃子やタンメン。

二月二十五日（水）

体が重くてなかなか起きられない。花粉症のせいか。いや、これもまた『皇后考』を出した後の反動か。

「世に倦む日日」という方がツイッターで、「安倍晋三の七十年談話など不要だが、もし私が有識者会議のメンバーを選ぶとすれば、誰にするだろう」とつぶやき、十人選んだなかに私も入っていたのは光栄だが、万一政府から呼ばれたとしても拒否するだろう。いや、政府に対抗して談話を出そうという有志の試みならば加わるかもしれない。

大学から授業評価の結果が送られてくる。これまでよりも評価が下がっている。授業のやり方そのものを変えたつもりはないのだが、サバティカルで一年大学に行かない間に学生の気質が変わってしまったのだろうか。かつては「みんなのキャンパス」というネット評価で、明学で最も評価の高い教員になったこともあったのに、もはや見る影もない。もちろん批判が正当であれば謙虚に耳を傾けなければならないが、学生の書いた文章を読む限り、首をかしげざるを得ないものが少なくない。「感情的になりすぎで不愉快」とはどういう意味か。問題のある学生を叱り飛ばすだけでこんな評価を受けなければならないのか。「バカと言われると自分のことを言われているみたいでドキッとする」というのも解せない。教訓とすべき歴史上の話をしていることが理解できていないとすれば、暗澹たる気分になる。総じて、コミュニケーション能力、人の話をきちんと受け止める力が不足してきている印象を受ける。

二月二十六日（木）

朝日新聞出版から送られてきた『大正天皇』文庫版再

校ゲラをはじめからチェックしてゆく。まだまだ見落としがある。あっと言う間に午後になる。

午後六時、日比谷の日本記者クラブ内のレストランで、先日再会した元日経の柴崎信三さん、日経論説委員のOさん、編集委員のIさんと夕食。柴崎さんに『皇后考』を渡す。おのずと日経時代の話になる。もう二十七年も前の話だが、それっきり会っていない同期入社の親しかった面々の名前が出てくると、彼らの姿が脳裏に浮かぶ。言うまでもなくその姿は、二十代のままで全く年をとっていない。しかし、神保町で二十七年ぶりにすれ違ったSさんをすぐに判別できたように、いまでも彼らを判別することはできるような気がする。もしこの日記を読んでいたら連絡してほしい。

二月二十七日（金）

建築家の磯崎新さんに呼ばれ、午後六時にご自宅を訪れる。『皇后考』をお渡ししたら、すでに購入されていて半分ほどお読みになったとのこと。恐縮する。

二月二十八日（土）

東京新聞の「東京どんぶらこ」に、私が書いた「東浅川町」が掲載される。午前中は「鉄道ひとつばなし」の原稿として「再び東京（駅）一極集中化を論ず」を一気に書く。放送大学の教科書で使うつもりのケンペル『江戸参府旅行日記』や渡辺浩、與那覇《よなは》潤の著作を用いつつ、鉄道網の東京駅一極集中化の歴史的意味について考察してみた。

午後四時、銀座三丁目の「ルノアール談話室」に行く。『サイゾー』編集部からの依頼で、三月十四日の北陸新幹線開業をめぐってライターの速水健朗さんと対談。六時に終了。タクシーで東京駅丸の内駅舎内のラウンジで編集部のYさん、フリーライターのMさんも交えて夕食。北陸新幹線に批判的な識者が少ないのを反映してか、三月になってからも同様の取材を受けることが予定されている。

（1）　一九五〇年に関口嘉一と関口トミノによって創立された法華系の宗教団体。身延山久遠寺への団参のほか、明治神宮や伊勢神宮への参拝も行っており、右派組織の一翼を担っている。

（2）この歴史小説で一つ気になったのは、女性の描き方である。主人公をはじめ、前面で活躍するのはすべて男性で、女性の登場人物が少ない上、彼女らはひたすら男性を陰で支える役割に徹している。これはいささかステレオタイプ的ではないかという気がした。小説であればもう少し女性を魅力的に描いてもよいのではないかとも思ったが、史料に忠実たらんとしたのかもしれない。

三月一日（日）

書評委員会で取ったユン・チアン『西太后秘録』上（講談社、二〇一五年）を読み始める。『皇后考』を書いた手前、西太后には非常に関心がある。

午後九時よりNHKEテレでN響の定期演奏会を聴く。ドボルザークの交響曲第9番「新世界から」を演奏していた。この交響曲には第四楽章に一カ所だけシンバルが鳴る場面がある。テレビの画面にその場面が映るかと思って注視していたが、残念ながら映らなかった。一九七五年二月二日、開成中学校の入試二日目の夜に見た「ああ！新世界」は、札幌のオーケストラでシンバル奏者を演じる主人公が、第四楽章でシンバルをたたき損ねるテレビドラマだった。このドラマを見てからというもの、「新世界から」は私にとって特別な意味合いを帯びた交響曲になってしまった。

三月二日（月）

午後七時、半蔵門の「TOKYO　FM」に行く。番組「タイムライン」を制作しているUさん、アンカーの星浩さんに会う。七時二十三分から三十七分まで、北陸新幹線がもたらす負の側面につき話す。ラジオ出演も場数を踏むとそれなりに慣れてくる。いずれ放送大学でもラジオで話さなければならないので、ちょうどよい練習になっているかもしれない。半蔵門の天麩羅屋で天重を食べて帰宅する。

三月三日（火）

終日在宅。前掲『西太后秘録』上の続きを読む。『日本政治思想史』第七章の原稿を書く。

三月四日（水）

大学に行ったら谷口功一『ショッピングモールの法哲学』（白水社、二〇一五年）が届いていた。気になっていた本。郊外や団地の話も出てくるが拙著は引用されていない。『群像』に掲載された秋山駿さんと私の対談が掲げられているが、引用されるのは秋山さんの発言だけなので、これは「確信犯」だと判断した。批判があるなら堂々と批判してほしかった。

午後一時半から定例教授会。今年度はサバティカル明けの関係上、四年のゼミ生がいないことを理由に午前の卒業判定教授会を欠席したことに対して、学部長から注意を受ける。続いて来年度の教職員組合の執行部選挙。来年度は国際学部の担当なので執行委員長ら役員三名を選ばなければならない。票数の多い順に二名が決まったが、最後の一名は五名が同数で決選投票となる。その中に私も入っていた。内心穏やかでなく、午前の教授会を欠席したことに対する報いかと思ったが、何とか免れる。

珍しく午後四時過ぎに終了。天気がいいので戸塚駅まで歩くことにする。花粉が大量に舞っているせいか、くしゃみが出て目がかゆい。多少道に迷ったものの、三十分もかからなかった。東海道線で新橋まで行き、五時四十五分に朝日新聞社へ。いつものように書評すべき本を選ぶ。『ショッピングモールの法哲学』も並んでいた。年度末のため会議はなく、今年度で退任される委員の送別会が七時から二階のレストラン「アラスカ」で開かれた。フルコースを食べ始めるが、膝の上に置いたはずのナプキンが見つからない。仕方なく、ナプキンなしで食べる。横を向くと、三浦しをんさんもスープの皿ごと持ち上げて飲んだりしているので安心した。

退任する赤坂真理、いとうせいこう、内澤旬子、角幡唯介、萱野稔人、佐々木敦、水無田《みなした》気流各委員が挨拶。それぞれ、担当記者や他の書評委員による各委員への「講評」もあった。まるで結婚式のスピーチのようで、何となく居心地が悪い。来年、自らも「講評」を受けることになるのかと思うと、最終回は欠席したほうがよいかもしれない。

印象に残ったのはいとうさんのスピーチ。締め切りの一週間前には第一稿を仕上げるが、そのあと刀を研ぐように何回も直すという。これは私の原稿の書き方によく似ている。作家としての資質に近いものを感じた。

会が終わって立ち上がったら、ナプキンが座っていた尻の下に押し潰されていた。これで気づかないのはどうかしている。バーに移動して二次会。柄谷行人さんと内澤さんのヤギをめぐる珍問答に一同爆笑する。柄谷さんは『皇后考』も半分ほどお読みになったそうで、批判されるかと思いきや意外にも褒められた。いとうさんとは北陸新幹線の話で盛り上がる。十一時になった頃に失礼する。

三月五日（木）

前掲『狗賓童子の島』の書評の第一稿を書き上げる。千百字。難しい原稿だと思っていたが、言葉が降霊する感じでいつの間にか書き終える。

三月六日（金）

昨日の書評原稿を何度か修正する。午後六時半、神保町の東京堂書店に行く。控室で『群像』出版部のHさん、Mさん、講談社文芸文庫出版部のMさん、Hさんらに会う。七時より六階ホールで高橋源一郎さんと『皇后考』をめぐるトークショー。ほぼ満席。元ゼミ生の永澤佑太郎くん、中野操さん、ゼミ生の金子拓真くん、新潮社のKさん、講談社のKさん、角川書店のGさん、Kさん、PHPのOさん、エレメネッツのTさん、映画監督の榎本敏郎さんらが来られた。八時半に終了。サイン会の後に高橋さんや編集者の方々と近くの中華料理店に行く。

三月七日（土）

大学から採点変更願が届く。二人の学生が、自分は出席もしているしまあまあ書けているはずだからD評価はおかしいと言って採点の変更を求めている。私が大学生の頃はこんな制度はなかった。いまは学生の方がセクハラから採点変更まで何でも訴えられる時代になっている。答案を見直した結果、採点に誤りはなかった。所定の用紙に変更は認められないという判定を下した理由を縷々明記する。

前掲『西太后』上を読了し、下巻に移る。日清戦争のとき、最後まで講和を拒絶し、戦争の継続に固執していたのは西太后だけだったというエピソードがおもしろい。これはアジア太平洋戦争末期における皇太后節子《さだこ》とそっくりである。俄然書評で取り上げたい意欲が湧いてくる。

三月八日（日）

朝日新聞に前掲『台湾の歓び』の書評が掲載される。終日、『日本政治思想史』第七章の原稿執筆を進める。どうしても前の章と重なってしまう箇所が出てくるが、読者の理解を深めるにはかえって効果的かもしれないと思う。いかにしてわかりやすく書くかに重点をおいている。

午後十一時十五分よりNHKで「ダウントン・アビー」第三部が始まる。慌ただしく一週間が過ぎてゆくなかで、日曜の深夜だけは凪のように静かである。「イ・サン」以来、この習慣はずっと変わっていない。

三月九日（月）

四月六日にゼミ遠足で滝山団地を訪れることになり、『滝山コミューン一九七四』の舞台となった東久留米市立第七小学校の校長にあてて校内見学の可否を尋ねるメールを出す。直ちに副校長から返事がある。返答についてはいましばらく時間がかかるとのことだった。

午後五時、神保町のカフェ「古瀬戸」で文藝春秋のTさんに会う。文春新書から刊行予定の松本清張『昭和史発掘』関連本の原稿の一部を渡される。同時に学藝ライブラリーから刊行予定の大岡昇平の対談集の解説を依頼される。打ち合わせ終了後、「新世界菜館」にて談笑する。

三月十日（火）

東京大空襲から七十年。山陽新幹線開業から四十年。

ということは、新宿駅から中央本線の客車列車が消えてから四十年ということでもある。

また教務課から採点変更願が届く。正直、もう勘弁してくれという感じ。この学生は試験の成績が二十五点で、出席点を加えても三十七点にしかならない。それでも「ちゃんと書けているのにD評価はおかしい」と抗議してくる。こうした言い分を認めるたびに、いちいち自宅に変更願が届くようでは貴重な時間に恵まれるはずの春休み中の研究もおちおちできないだろう。暗澹たる気分になる。

昨日Tさんからもらった「はじめに」の原稿をワープロで打ち直してゆく。午前中は快調だったが午後から急に花粉症がひどくなる。くしゃみと鼻水が止まらなくなり、集中力が落ちる。夜は早めに床に就く。

三月十一日（水）

東日本大震災から四年。二十日は地下鉄サリン事件から二十年を迎える。八月が原爆や敗戦と結び付いた月だとすれば、三月は空襲や災害、事件と結び付いた月といえるかもしれない。ぐっすりと寝たせいか、花粉症が緩和される。

三月十二日（木）

午後六時半、神保町の東京堂書店へ。二〇〇一年に四十四歳で死去したノンフィクション作家の井田真木子さんの著作集が里山社から出されたのを記念して、関川夏央さんと酒井順子さんのトークショーがあるので聴きに来たというしだい。六階の控室に行き、お二人に挨拶。ご両人とも『皇后考』をいち早く書評してくださったことに、まずはお礼を申し上げる。里山社のKさんにも会う。里山社というのは、Kさんが一人で立ち上げた出版社だそうだ。

七時にホールに移動してトークを聴く。梯《かけはし》久美子さんや文春のIさんもいた。生前に親交があったという関川さんは、もう亡くなって十四年になろうとしているのに、まるで昨日会ったばかりのような口ぶりで井田さんについて語る。その語り口は誠実そのものだ。こういう話をさせると関川さんの言葉は妙に冴える。酒井さんはいわばボケ役で、なんとなく漫才をしているような趣もあった。

八時半に終了。関川さん、酒井さん、Kさん、トークを聴いていた仲俣暁生さん、文春のSさん、読売のMさん、共同通信のMさんと一緒に、近くの中華料理店に行く。井田さんの生前の思い出を語り合ったが、私は面識がなかった。ただし、私の処女作である『直訴と王権』を、文春のPR誌『本の話』で井上ひさし、松山巌両氏とともに井田さんが取り上げておられたので、お名前は存じ上げていた。米原万里さんや黒岩比佐子さんのように、女性のノンフィクション作家は比較的若くして亡くなる方が多い。関川さんの、井田さんは(文学の世界でもとっくになくなった)文壇に相当する場をノンフィクションの世界に求めていたのではないかという指摘にはなるほどと思った。酒井さんは、富山県紙の北日本新聞社から依頼され、三月十四日に開通する北陸新幹線の一番列車に乗りに行くという。

三月十三日(金)

最後の寝台特急「トワイライトエクスプレス」が午前中に大阪駅と札幌駅に到着したのに続いて、夕方には定期列車としては最後の寝台特急「北斗星」が上野駅と札幌駅を発車する。ニュースでも大々的にやっている。これまでに何度となく繰り返されてきた光景だ。

三月十四日(土)

JRダイヤ改正日。北陸新幹線の開業と上野東京ラインの開通が改正の目玉である。思うところがあり、ツイッターで三連続つぶやいたところ、反響が結構ある。ダイヤ改正を喜んでいる人たちばかりではないことがわかる。

鉄道マニアはダイヤ改正と聞くと足が浮き立つものだが、結局どこにも行かなかった。いまや開業に合わせて新幹線に乗りに行った酒井順子さんや豊岡真澄さんこそが正真正銘のマニアであって、「新幹線開業とともに在来線の特急を廃止し、三セク化して青春18のような格安切符も使えなくするのは日本だけだ。客の事情に応じた多様な旅行をする自由を奪っているのに、誰も不満を言わないのはおかしい」などとつぶやいている自分は一体何なんだと思ってしまう。

春学期の一年必修「現代史」の授業を常に最前列で聴いていた熱心な女子学生が、実は仮面浪人生だったことが判明。自らのツイッターで、青学の文学部に行くと表明している。ショックを隠しきれない。

三月十五日（日）

午後二時半に東大総合図書館に行ったら、日曜日で書庫が閉まっていた。どうしても見たい資料があったので、タクシーで都立中央図書館に行く。いつもは地下鉄で見えない馬場先門、日比谷、溜池、六本木の日曜の風景を、まるで外国人の旅行者のように珍しく眺める。

午後六時半、下北沢の北沢タウンホールで開かれた、世田谷区議選に立候補予定の石川公彌子《くみこ》さんの決起表明の会に出る。簡単な挨拶をさせられる。

三月十六日（月）

フリー編集者の赤岩なほみさんから、井上章一・三橋順子編『性欲の研究　東京のエロ地理編』（平凡社、二〇一五年）が送られてきた。巻頭に、井上章一さんと私の対談「エロ地理三題噺――皇居前広場、電車の痴漢、団地妻」が掲載されている。表紙は和服姿の女性がお色気たっぷりにしゃがみこんでいる写真で、赤岩さんが自負するように、なかなかインパクトがある。

午後七時、神保町のカフェ「古瀬戸」で、『ＡＥＲＡ』編集部のＫさんに会う。現在の皇室について、皇后を中心に一時間ほどインタビューに答える。終了後、新御茶ノ水から地下鉄千代田線に乗って赤坂に行く。

午後十時、ＴＢＳへ。四十五分よりラジオ「荻上チキのセッション22」にゲストとして出演する。テーマは北陸新幹線で、開業当日に富山で地元利用者の声を取材した﨑山《さきやま》敏也記者が基本的にリードし、私が解説するといった展開になる。二人で問題点ばかりを言い合っているような感じになり、内心これは相当お叱りの声が届きそうだなと思う。

しかし私の横では、アシスタントで花巻出身の南部広美アナが、私の解説にしきりにうなずいている。特に北陸本線が第三セクターに変わったことに伴い、富山駅の在来線ホームから全国でも一、二を争う味だった「立山そば」が消えたことについて憤慨すると、彼女も一緒に悔しがっていた。十一時四十五分に終了し、タクシーで帰宅する。

三月十七日（火）

東京新聞に連載している「東京どんぶらこ」の原稿「小平霊園」を書く。

晴れて暖かいので、昼食後に何も持たず、散歩に出掛ける。今回は恩田川沿いの遊歩道を下流に向かって歩いて行くことにした。あちこちで梅が咲いている。紅梅よりも白梅の方が多い。けれども梅林というほどではない。観護寺という真言宗の寺が見えたので、無人の境内に入ってみる。古そうな墓地があり、「志田家」「土志田家」の墓が目につく。どちらも、このあたりの地主に多い名字である。日中戦争で戦死した陸軍歩兵軍曹の墓もあった。

それからJR中山駅まで歩き、南口から三保中央ゆきの神奈川中央交通バスに乗る。たまたま停まっていたバスに乗ってみたくなったのだ。終点が近づくと、左側の車窓が俄然開け、里山が保存された広大な公園が現れた。看板には、「三保念珠坂公園」と書かれてある。こういう公園が当たり前のようにあちこちにあるのは緑区ならではだ。行ってみたかったが、三保中央のバス停に青葉台駅ゆきの市営バスが停まっている。時刻表を見ると、このバスを逃すとあと一時間も来ないことがわかり、やむなく乗って帰宅する。

『中央公論』編集部から来たアンケート「あなたが一番好きな女性アイドルは誰か」に、「テレサ野田」と書いて返送する。七〇年代のNHK少年ドラマシリーズ「タイムトラベラー」や「未来からの挑戦」に熱中した者にとって、このエキゾチックな女優の名は深く刻み込まれている。

三月十八日（水）

大学の卒業式だったが今年も出なかった。全員を起立させ、賛美歌や校歌の斉唱を強制させる式のあり方は、いかなる宗教や思想信条の持ち主であろうが受け入れる国際学部の理念と相反していると考えるからだ。このあり方が改められない限り、自分の考えを変えるつもりはない。

午後一時、曙橋の太田出版に行く。『atプラス』の表紙に私の写真が出ることになり、写真家の岩沢蘭さんにポーズを変えつつ撮ってもらう。岩沢さんは國分《こくぶん》功一郎さんの連れ合いと聞いてびっくり。たまたま在宅中の國分さんと初めて携帯電話で話す。二時に北大の中島岳志さん来訪。『皇后考』をめぐって四時半まで対談。

終了後、朝日新聞社に移動。書評すべき本を選んでから、書評委員会に出席。新年度最初の会議とあってさすがに出席者が多い。残留した横尾忠則、保阪正康、柄谷行人、杉田敦、島田雅彦、本郷和人、佐倉統《おさむ》、吉岡桂子、荻上チキ各氏に加えて、新任の細野晴臣、五十嵐太郎、大竹昭子、武田徹、中村和恵、蜂飼耳、星野智幸、宮沢章夫各氏の姿もあった。会議室内にみなぎる熱気にやられ、終わった頃にはクタクタになっていた。直ちに帰宅して床に就く。

三月十九日（木）

新聞に公示地価が出ている。横浜市では相変わらず田園都市線沿線に当たる青葉区の上昇が目立つ。けれども子供を育てるなら、多少交通が不便でも隣の緑区の方が本物の自然に恵まれていてよいように思える。

午前中は江田編集企画室から送られてきた『まちなみ塾講義録』のゲラを直して返送する。午後五時、国際文化会館へ。来日している米国ポートランド州立大のケネス・ルオフさんと会う。朝日のＩさんも同席。六時にルオフさんと二人で近くの寿司屋に行く。『皇后考』を渡し、最近の皇室について解説を加えながら話す。

三月二十日（金）

地下鉄サリン事件から二十年目の日。

書評委員会で取った森田登代子『遊楽としての近世天皇即位式』（ミネルヴァ書房、二〇一五年）を読み始める。江戸時代の天皇は京都御所に事実上幽閉されていて一般庶民の前に全く現れなかったとする説に対する批判の本。即位式のときには御所の門が開かれ、式の模様を見物できたというのは面白い。だが実際には、必ずしも天皇の姿が見られたわけではないようだ。

正午に文藝春秋に行き、林真理子さんと対談する。テーマは『皇后考』。お忙しいのに一気に読まれたという。『週刊文春』のエッセイで、多摩川の河川敷で殺された少年の母親を批判したとしてネットで強い非難を浴びた直後のせいか、いつもよりも元気がないように見えた。それでも二時間あまりは話したろうか。終了後に編集部のＭさんと昼食。本社に戻り、『週刊文春』のＨさんから原稿の依頼を受ける。

三月二十一日（土）

午後三時、青葉台のカフェ「ANTONIO」で、朝日新聞のKさんに会う。私鉄の葬祭ビジネスについて取材を受ける。そういえば今日はお彼岸だが、今年もまた多磨霊園の姉の墓には行けなかった。

三月二十二日（日）

日経に『皇后考』の書評が出た。O論説委員の予言した通りだった。評者は学習院大学学長の井上寿一さん。井上さんとは面識がない。本書のいい所と悪い所を公平公正に指摘したきわめて好感のもてる書評。こういう書評を学習院のトップが書いてくださった意味はきわめて大きい。

渋谷の東急プラザが閉館した。中学一年だった一九七五年、一学期の期末試験が終わった日に東横線の渋谷駅で母と待ち合わせ、昼食をとるためにプラザの食堂街にあった「ニュー・トーキョー」で初めて五目焼きそばを食べたのが忘れられない。世の中にこんなうまいものがあったのかと思うくらい感動した。それ以来、中華料理店に入ると五目焼きそばを注文せずにはいられない癖がついてしまった。

三月二十三日（月）

普天間基地を移設するための辺野古沖での調査を進める国とそれを認めない沖縄県の対立が深まっている。翁長知事が上京したさいに会見を要請したのに応じなかったのは国の方である。この対立は、明治以来の日本の国民国家としての歩みを再検討するための視座を与えている。

三月二十四日（火）

新潮社から、『レッドアローとスターハウス』の文庫版見本が十冊届く。装丁は単行本版と同じだが、赤地に白抜き文字の背表紙が鮮やかだ。この刊行を記念して、来月に神楽坂の「ラカグ」で映画監督の是枝裕和さんとトークイベントを開くことになっている。

正午に有楽町の中華料理店「慶楽」で五目焼きそば。一昨日の日記で書いたせいか、久々に食べたくなった。

千三十円。モツと青菜がたくさん入っている。薄味でうまい。午後零時四十五分より、有楽町の東映試写室で是枝監督の最新作『海街ｄｉａｒｙ』を見る。舞台は海に面した鎌倉の古い家で、三人の姉妹が住んでおり、この家に腹違いの妹が加わって話が展開してゆく。四季折々の風景がすばらしい。こうした風景がまるでない人工的な団地という空間に育った是枝さんと私の共通点は、きっとあるはずだと感じた。

三時半より、有楽町電気ビル内の日本外国人特派員協会「メディアルーム」で日中文化交流協会常任委員会。初めて出席される成田龍一さんに会う。篠田正浩さんから『皇后考』の話題を持ち出されて恐縮する。理事長の池辺晋一郎さんの挨拶のあと、一人ずつ自己紹介をする。「少年ドラマシリーズで聴いた池辺さん作曲のテーマソングが忘れられない」と場違いな挨拶をする。でも私にとって池辺晋一郎とは、一九七五年に見た「なぞの転校生」のテーマソングとともに深く刻み込まれた名前だったのだ。そのご本人に四十年経って直接会えるとは、まさに感無量というほかない。

三月二十五日（水）

午後二時半、大手町の読売新聞社でＫさんから『皇后考』の取材を受ける。Ｋさんとは三年前にひばりが丘で『団地の空間政治学』の取材を受けたとき以来の付き合いで、社員ではなく個人として信頼を置いている。

朝日のＴさんから、朝刊紙面「耕論」に掲載する談話原稿のゲラが送られてくる。二月十二日に受けた戦後七十年に関するインタビューをもとにしたもの。赤字を入れて戻す。

三月二十六日（木）

四月十二日の朝日新聞に掲載予定の前掲『西太后秘録』上下の書評を一気に書く。千百字。今回ばかりは手放しの礼讃というわけにはゆかない。問題点を指摘しつつ、面白いポイントも挙げるようにした。

『週刊文春』のＨさんから依頼された、戦争と天皇について考える上で役立つ三冊の本について紹介する原稿を書く。吉田裕《ゆたか》『昭和天皇の終戦史』（岩波新書、一九九二年）、半藤一利『聖断』（ＰＨＰ文庫、二〇〇六年）、『高松宮日記』全八巻（中央公論社、一九九五〜九七年）

の三冊とした。八百字。

三月二十七日（金）

急に暖かくなる。東京では桜の開花が進む。

また大学から学生の採点変更願が郵送されてくる。言い分は前回と同じだ。曰く、半分以上出席しているし、ちゃんと書けているのにD評価はおかしい。見直したが全然おかしくない。もし大学入試にこの制度が適用されたら、一体どういうことになるのだろうか。

『atプラス』のSさんから、中島岳志さんとの対談のゲラが送られてくる。赤字を入れてゆくが、分量が多いために全部は終わらない。『文藝春秋』のMさんからも、林真理子さんとの対談のゲラが送られてくる。こちらの締め切りの方が早いので、先にこちらから進めることにした。

三月二十八日（土）

昨日から進めていた『文藝春秋』のゲラの直しを完成させ、ファクスで送る。続いて、『atプラス』のゲラの直しの続きにとりかかる。夕方までに一応終わらせる。

朝日新聞社のKさんから、私鉄の葬祭ビジネスに関する私の談話原稿が送られてくる。最後の二つの文に直しを入れ、以下のようにする。「葬祭業進出が沿線の少子高齢化に対処する模索の一つだとすれば、今後は霊園開発にも手を広げなければならなくなるだろう。ただ、鉄道会社にとって最も大切なことは、生きている間に電車に乗ってもらうためのサービスを考えることではないか」。

三月二十九日（日）

朝日新聞に前掲『狗賓童子の島』の書評が掲載される。毎日新聞には中島岳志さんが書かれた『皇后考』の書評が掲載されている。

明後日に河出書房新社で加藤典洋さんと対談するため、河出から送られてきた戦後の知識人、具体的にいえば、竹内好、鶴見俊輔、橋川文三、坂口安吾、小田実らによる戦争論を読む。これらは主に五〇年代から六〇年代にかけて書かれた文章をコピーしたものだが、元兵士にせよ一般市民にせよ疎開児童にせよ、国民の大多数が何らかの戦争体験をもっており、社会主義の理想が信じられていたという点で今日と決定的に異なる。逆にいえば、この二つがほぼなくなった現在、彼らが書いた文章は、とりわけ下の世代にとってきわめて難解になりつつあるという印象をもった。また八月十五日を境に「戦前」と「戦後」に分ける発想が、彼ら（例えば小田実）によって強く打ち出されてきたこともわかった。

三月三十日（月）

朝日新聞社会面に、私鉄の葬祭ビジネスに関する記事が出ている。ところが私のコメントは、「生きている間に」がなぜか抜け落ちていて、単に「電車に乗ってもらうためのサービスを考えることではないか」となっている。私鉄会社としては、駅に隣接する葬祭場に行くために電車に乗ってもらうことも戦略の一環として考えているわけだから、これだと全く私の意図が伝わらなくなってしまう。

午後二時、渋谷のSというカフェラウンジで、NHKエンタープライズのIさんから、夏に戦後史に関する番組をつくりたいということで相談を受ける。主に占領期の皇居前広場について話したが、この店は分煙のシステムがなく、店内にたばこの煙りが充満していて、段々と気持ちが悪くなってくる。三時過ぎに失礼する。

いい天気だったので、井の頭線で下北沢に出て、町田まで小田急の下り急行に乗る。目的は車窓から花見をすること。予想どおり、百合ヶ丘や玉川学園前の線路端に並ぶ桜は満開だ。そういえば、この日記の連載を始めた二〇一三年四月一日の日記に書いたように、ちょうど二年前にも、私は小田急の同じ区間に乗って満開の桜を見ていた。あれからもう二年が経ってしまったかと思う。

三月三十一日（火）

今日と明日は明後日に入学する学部の一年生を集めてフレッシャーズキャンプが箱根で行われるが、私は参加しなかった。なぜ全員を強制参加させて合宿させなければならないのか。この種の集団行動を苦手とする学生もいるはずなのに、間違ったメッセージを与えているとしか思えない。やるなら希望者だけに限るべきだ。現に同志社や立教などではそうしている。なぜ同志社や立教のように大学の施設を使わず、全員から旅館代を徴収して箱根の温泉に泊まるのかもわからない。国際学部なのだから、キャンパスがある神奈川県内の米軍基地を訪問するとか、ほかにやり方があるはずだ。

午後四時から千駄ヶ谷の河出書房新社で、加藤典洋さんと戦後史をめぐって対談する。今日は酒を飲まなくても加藤さんは饒舌だった。原爆を落とした後の米国側の反応に関する話が非常におもしろかった。

今日を最後に、本連載を終えようと思う。正直に言って、公開する日記を書くのがこれほど難しいとは思わなかった。竹内好は日記で実名を挙げながらこき下ろすことも厭わなかったが、当時は論壇がしっかりと機能していて、知識人の役割が期待されていたからこそ名指しして厳しい意見を言うこともできたのに対して、いまや論壇が事実上なくなり、誰もがツイッターで自分の意見を表明できる時代になってしまった。また個人情報保護の掛け声が大きくなり、別段批判的なことを書かなくても、実名を挙げただけで本人から抗議を受けることにもなりかねない。この日記でも、うっかり実名を挙げてしまったがために、そうした声があったことを間接的に聞いた。心よりお詫びしなければなるまい。

明日からまた新年度が始まる。大学をめぐる環境は年々悪化の一途をたどっている。比較的リベラルな明学ですら、多様な意見が尊重されなくなっている。私は思い切って、この日記で大学の現状を広く知ってほしいという願いを込めて、いささか批判的なことを書いた。けれどもこんなことばかり書いていると、いずれ私も竹内好のような決断をしなければならなくなるだろう。その覚悟はもうできている。

竹内が最後の日の日記に記したのと同じ言葉を、私も記しておこう。責任解除！

（了）

あとがき

三浦半島と房総半島に挟まれた浦賀水道は、潮の流れが速い海峡として知られている。『日本書紀』には、ヤマトタケル（日本武尊）が東征の途上、「馳水《はしるみず》」すなわち浦賀水道を通って相模から上総に渡ろうとしたところ、暴風が起こって海が荒れ、同行していたオトタチバナヒメ（弟橘媛）が入水すると穏やかになったとある。浦賀水道は古くから、潮流と結びついた神話の舞台となっていたのだ。

六月十三日、JR外房線の土気《とけ》駅に近い千葉市緑区あすみが丘の実家で、本書にも何度か登場する母が急死した。母はきわめて元気で、その日の昼食も父と一緒にとっていた。だからこそ夕方になって、入浴の最中、湯船で急性心不全を起こし、そのまま入水したと妹からの電話で知らされたとき、しばらく絶句するとともに、反射的にオトタチバナヒメを思い出した。あすみが丘は上総に含まれるし、母は横須賀で生まれ、浦賀水道を望む三浦郡浦賀町（現・横須賀市）大津で育ったからだ。もし一人残されたらまた故郷の横須賀に戻りたい、遺骨は浦賀水道に撒いてほしいと常々言っていた。

ヤマトタケルは、オトタチバナヒメが入水することで難を逃れ、無事上総に渡ることができた。母もまた、入水することで、何らかの災難をいち早く察知し、自ら犠牲になったのだろうか――。

上総を含む千葉県には、蘇我、姉ヶ崎、木更津、君津、富津《ふっつ》など、オトタチバナヒメにちなむ地名が多い。母の死を知らされた日、東京からJR京葉線に乗った。オトタチバナヒメは実は死んではおらず、流れ着いて「我、蘇り」と言ったとされる蘇我で外房線に乗り換えたときには、さすがに胸が熱くなった。

本書は、『みすず』二〇一三年六月号から一五年五月号にかけて、全部で二十回にわたって連載した「日記」に、通常の連載が休止される「読書アンケート特集号」

（毎年一・二月合併号）にぶつかったため掲載されなかった二〇一三年十一月、十二月、一四年十一月、十二月分の「日記」を加えたものである。細かな字句を修正したり、書誌情報を新たに加えたりしたほかは、ほぼ原文のままにした。登場人物は、原則として会社に所属している方についてはイニシャルのみを記したが、それ以外の方はすべて実名とさせて頂いた。ただし個人情報保護のため、あえて名を記さなかった方もいることをお断りしておく。

「日記」の連載を終えた二〇一五年四月から、にわかに身辺が慌ただしくなった。一五年三月三十一日の日記に「予告」したように、十六年間勤めた明治学院大学を一六年三月に退職し、四月から千葉市美浜区に本部を置く放送大学に移ることが決まった。一四年六月十七日の日記に書いたように、当初は客員教授として採用されるはずが、正式に教授として移籍することになったわけだ。母は、実家に近くなると言ってとても喜んでいた。その矢先の死であった。

目下、安倍政権は安保関連法案を今国会中に成立させようという強い決意を固めている。一三年四月一日の日記で、「「安倍内閣」はいつでも「岸内閣」に戻る可能性がある」と書いたが、状況はまさに六〇年安保闘争の頃に似てきている。実は特定秘密保護法案が可決される直前の一三年十二月四日にも、同様のことを書いた。だがそのときに比べても、一層こうした実感を深めつつあるのが昨今の状況である。

そう考えると、本書は六〇年安保闘争の後に連載を始めた竹内好の「日記」とは対照的に、「一五年安保」に至るまでの二年間の「予兆」を、身辺雑記も含めて書き留めたものととらえられよう。改めて読み返してみると、『群像』に連載していた「皇后考」（二〇一五年二月に『皇后考』として刊行）をはじめ、原稿執筆に関する記述がやたらと多い。そうした記述は、多くの読者にとってはどうでもよいことかもしれないが、大学に勤める学者の日常を正直に書いたつもりである。

本書のタイトルは、母が好きだった関川夏央さんの『豪雨の前兆』（文春文庫、二〇〇四年）から示唆を得ている。そこには浦賀水道の潮流と、公私ともに「潮目」を迎えようとしている現在の双方が投影されている。

みすず書房の名編集者で、大学のゼミの先輩でもある守田省吾さんに、今回もお世話になった。竹内好の「日記」を半世紀後に模写してみたいという私の提案を、守田さんはあっさりと承諾してくださった。また半世紀後、本書が平成という時代の一証言として活用されたり、本書の読者によって新たな「日記」が『みすず』に連載されたりすることをひそかに期待している。

記述には細心の注意を払ったつもりだが、すべての登場人物に確認をとったわけではない。そのため思わぬ失礼をおかけしているかもしれない。どうかご海容いただきたい。

原　武史

二〇一五年八月一日

著者略歴

（はら・たけし）

1962年，東京に生まれる．早稲田大学政治経済学部を卒業後，日本経済新聞社に入社，東京社会部記者として昭和天皇の最晩年を取材．東京大学大学院博士課程中退，東京大学社会科学研究所助手，山梨学院大学助教授，明治学院大学助教授を経て，現在　同大学国際学部教授．専攻は日本政治思想史．著書に『直訴と王権』（朝日新聞社，1996，韓国語版は知識産業社，2000）『〈出雲〉という思想』（公人社，1996，講談社学術文庫，2001）『「民都」大阪 対「帝都」東京』（講談社選書メチエ，1998，サントリー学芸賞受賞）『可視化された帝国——近代日本の行幸啓』（みすず書房，2000，増補版《始まりの本》2011）『大正天皇』（朝日選書，2000，朝日文庫，2015，毎日出版文化賞受賞）『皇居前広場』（光文社新書，2003，増補版，ちくま学芸文庫，2007，完本，文春学藝ライブラリー，2014）『鉄道ひとつばなし』1-3（講談社現代新書，2003，2007，2011）『対論　昭和天皇』（保阪正康との共著，文春新書，2004）『岩波　天皇・皇室辞典』（吉田裕との共編，岩波書店，2005）『昭和天皇』（岩波新書，2008，中国語版は台湾商務印書館，2008，司馬遼太郎賞受賞）『滝山コミューン1974』（講談社，2007，講談社文庫，2010，講談社ノンフィクション賞受賞）『松本清張の「遺言」——『神々の乱心』を読み解く』（文春新書，2009）『沿線風景』（講談社，2010，講談社文庫，2012）『震災と鉄道』（朝日新書，2011）『団地の空間政治学』（ＮＨＫブックス，2012）『レッドアローとスターハウス』（新潮社，2012，新潮文庫，2014）『知の訓練』（新潮新書，2014）『思索の源泉としての鉄道』（講談社現代新書，2014）『皇后考』（講談社，2015）ほか．

原 武史

潮目の予兆

日記 2013・4－2015・3

2015年 8月 1日 印刷
2015年 8月 17日 発行

発行所 株式会社 みすず書房
〒113-0033 東京都文京区本郷5丁目 32-21
電話 03-3814-0131（営業） 03-3815-9181（編集）
http://www.msz.co.jp

本文組版 キャップス
本文印刷・製本所 中央精版印刷
扉・表紙・カバー印刷所 リヒトプランニング

ISBN 978-4-622-07933-0
［しおめのよちょう］